西 北 民 族 大 學

中華多民族文學遺產叢書

多洛肯　主編

元代哈薩克諸部族
漢語作品搜集整理研究

多洛肯　孫　坤等著

上海古籍出版社

西北民族大學 "新絲綢之路經濟帶校級規劃項目" (編號XSCZL201601) 最終成果

西北民族大學2015年中央高校基本科研業務費項目 (編號31920170131) 資助出版

國家民委民族問題後期資助項目 (2016–GMH–013)

目　　録

上編　元朝哈薩克諸部族
文學創作述論

下編　元朝哈薩克諸部族
漢語作品搜集整理

上　編

元朝哈薩克諸部族
文學創作述論

緒　　論

一、研究現狀

綜觀學界研究現狀發現，相對於其他朝代，學者對元朝文學的關注度不夠，研究範圍較小，元朝的相關資料零散、不易搜集整理等因素，導致研究者觀照的視角多集中在漢族世家和少數民族望族，主要以個人或家庭爲單位進行研究，以族群的研究視野進行研究尚未普遍。

哈薩克部族是元朝歷史舞臺上佔據極爲重要地位的色目群體之一，其諸多活動對元朝社會有著重要的影響。就目前相關史料與相關研究成果來看，學界只是對哈薩克部族中的某個人物或某個家族的某方面有所論述，從族群這個視角對其部族進行全面系統的研究卻寥寥無幾。現將學界相關研究成果臚列如下：

首先是記載哈薩克部族文人生平事跡的基本史料類。宋濂的《元史》對哈薩克部族文士生平事跡記載非常翔實，但《元史》成書過於倉促，存在不少缺點和弊病。① 因此，後人自明朝以來，不斷有人對其增續和重修，先後成書有：明人胡粹中《元史續編》，清人邵遠平《元史類編》，洪鈞《元史譯文證補》，曾廉《元書》，趙翼《廿二史劄記》，民國屠寄《蒙兀兒史記》，柯紹忞《新元史》等，此外還有《大元聖政國

---

① 顧炎武《日知録》卷二六《元史》中指出其“一人作兩傳”、“本紀有脱漏月者”、“列傳有重書年者”等弊端。錢大昕在《潛研堂文集》卷一三《答問十》也指出：“古今史成之速，未有如《元史》者，而文之陋劣，亦無如《元史》者。”

朝典章》(簡稱《元典章》),官修《通制條格》,虞集等編纂《皇朝經世大典》(簡稱《經世大典》),蘇天爵編《元朝名臣事略》,明人黃淮、楊士奇等奉命敕編《歷代名臣奏議》,清人錢謙益編撰《國初群雄事略》等。其次為行記類,有元人耶律楚材的《西遊錄》,金人烏古孫仲端撰《北使記》,金元之際李志常《長春真人西遊記》,南宋趙珙《蒙韃備錄》,南宋彭大雅《黑韃事略》。再有筆記小說類,元人陶宗儀《南村輟耕錄》《書史會要》,明人葉子奇《草木子》等。還有詩文集類,有金人元好問《遺山文集》,元人蘇天爵編《元文類》,黃溍《金華黃先生文集》,虞集《道園學古錄》《道園類稿》,許有壬《至正集》,耶律楚材《湛然居士文集》,清人顧嗣立編《元詩選》等。國外的研究資料如:波斯人志費尼《世界征服者史》和拉施特《史集》等著作。這些史料涉及元朝社會、政治、軍事、人物、文化、風俗等各個方面,可以更加系統準確地對元朝的哈薩克部族進行研究論述。

今人的相關研究成果:陳垣的《元西域人華化考》是研究色目人的開山之作,其中包含哈剌魯、欽察、凱烈、康里等哈薩克部族,涉及不忽木家族、泰不華、伯顏宗道、廼賢、買閭、蘭楚芳、金哈剌、慶童、伯顏子中11人,分別從儒學篇、佛老篇、文學篇、美術篇、禮俗篇進行詳細論證,是中國元史研究的開拓性著作。蘇北海的《哈薩克族文化史》,對哈薩克族的族源、分佈以及各個歷史時期的文化發展、民族風俗習慣進行了詳細的考證。臺灣學者蕭啟慶的《西域人和元初政治》,系統論述了色目人在元初政治的地位和作用;其《內北國而外中國·蒙元史研究》(上下冊)也涉及金哈剌生平事跡和《南遊寓興集》版本考辨、文獻價值的論述。陳高華的《元代哈剌魯、維吾爾資料輯錄》、馬建春的《元代東遷西域人及其文化研究》、羅賢佑的《元代民族史》,都涉及哈剌魯、康里、欽察等部的族源歷史,以及文化、醫藥、天文、傳統技藝等方面內容。楊志玖的《元代回族史稿》中《元代西域人的華化與儒學》和《關於元代回回人的華化問題》兩篇論文,講述了西域人華化與儒學相關問題，其中涉及康里不忽木推進儒學發展的歷史事件及其作用與影響。楊鐮的《元西域詩人群體研究》《元詩史》，對元朝時期西域詩人群體做了考證研究。《元西域詩人群體研究》中有專門的章節介紹不忽木及康里詩人、廼賢其人其詩、乃蠻詩人答禄與權等；《元詩史》則涉及不忽木家族、金元素、廼賢、泰不華、伯顏子中、答禄與權等人的生平事跡、著述版本考證以及詩歌藝術成就研究等方面。桂棲鵬的《元代進士研究》下編“元代色目人進士考”，對塔海、鐵閭、泰不華、完澤溥化、捏古伯、哈刺臺、金哈刺、太禧奴 8 人的生平事跡和科舉情況作了細緻考證。余來明的《元代科舉與文學》則從科舉的角度對色目進士生平事跡、科舉名次等進行考證，並分析科舉制度與元朝文化發展之間的關係。張沛之的《元代色目人家族及其文化傾向研究》，對康里阿沙不花家族的仕宦、婚姻、喪葬以及文化傾向進行論述。何高濟、陸峻嶺的《域外集——元史、中外關係史論叢》，對元朝的阿速、欽察、康里人作了詳細考證。賈合甫·米爾紮汗的《哈薩克族歷史與民族》詳細講述了“哈薩克”名稱由來的傳說、史料及其研究，以及與哈薩克族有族源關係的塞種、匈奴、烏孫、大月氏、康居、阿蘭、克烈、乃蠻、欽察等諸部族，系統介紹了哈薩克族的歷史衍變。李修生的《全元文》、隋樹森的《全元散曲》、唐圭璋的《全金元詞》以及多洛肯的《元明清少數民族漢語文創作詩文叙錄》（元明卷）等，爲我們提供了大量的元朝色目人中哈薩克部族文人生平事跡和文學作品的相關資料。

　　期刊論文類，則有賈合甫·米爾紮汗《關於哈薩克族族源與民族形成問題》（《新疆社會科學》1982 年第 3 期），蘇北海《元代克烈部考》（《新疆師範大學學報（哲學社會科學版）》1987 年第 1 期），《元代乃蠻族衰落考述》（《西北民族大學學報（哲學社會科學版）》1988 年第 3 期），《蔑兒乞惕部在遼、元時期的歷史活動》（《喀什師院學報（哲學社會科學版）》1991 年第 2 期），分別對克烈部、乃蠻部、蔑兒乞惕部進行詳細考證論述。巴哈提《乃蠻述略》(《新疆大學學報(哲學社會科學版)》1987 年第 1 期),陳高華《元代的哈剌魯人》(《西北民族研究》1988 年第 1 期),王叔磐《泰不華傳略與族籍考正》(《內蒙古社會科學》1991 年第 3 期),何兆吉《元政權中的顯赫家族——〈康里氏先塋碑〉考略》(《西北第二民族學院學報(哲學社會科學版)》1994 年第 2 期),蕭啟慶《元色目文人金哈剌及其〈南遊寓興詩集〉》(《漢學研究》1995 年第 2 期),《元朝泰定元年與四年進士輯錄》(《蒙古史研究》2000 年第 6 輯),《元代蒙古色目人的漢化與士人化》(《北京論壇(2006)文明的和諧與共同繁榮——對人類文明方式的思考:"世界格局中的中華文明"國學分論壇論文集》,2006 年),楊富學《元代哈剌魯人伯顏宗道事文輯》(《文獻季刊》2001 年 4 月第 2 期),《元代哈剌魯人伯顏宗道新史料》(《新疆大學學報(哲學社會科學版)》2001 年第 3 期),續西發《哈薩克族的族稱、族源和系譜》(《伊犁師範學院學報(哲學社會科學版)》2005 年第 1 期),王頲《元康里人巎巎家世、仕履和作品》(《湖北大學學報(哲學社會科學版)》2005 年第 5 期),查洪德、劉嘉偉《元代葛邏禄詩人迺賢研究百年回顧》(《民族文學研究》2007 年第 4 期),王偉《蒙古興起前的克烈部落》(《科教文匯》(中旬刊)2008 年第 7 期),劉嘉偉《論回回詩人迺賢的語言藝術》(《寧夏師範學院學報(哲學社會科學版)》2009 年第 1 期),《論迺賢在多民族文學史上的地位及貢獻》(《前沿》2009 年第 4 期),《論色目詩人迺賢的民族特色》(《黑龍江民族叢刊》(雙月刊)2009 年第 2 期),《元代葛邏禄詩人迺賢生平考述》(《西北民族研究》2010 年第 2 期),《泰不華在元大都多族士人圈中的文學活動》(《內蒙古大學學報(哲學社會科學版)》2012 年第 4 期),段海蓉《元代色目士人研究綜述》(《中國史研究動態》2009 年第 7 期),《元代詩人迺賢的本土化及其詩歌創作》(《民族文學研究》2011 年第 1 期),黃鳴《元代葛羅禄詩人迺賢詩風考論》(《中央民族大學學報(哲學社會科學版)》2012 年第 1 期)等。這些學術論文,基本上針對一個或幾個哈薩克文士的族屬問題、生平事跡以及詩文成就幾個方面來論述,對研究哈薩克部族的相關歷史具有重要的參考價值。

不難看出這些作品雖然對哈薩克部族有所研究,但是往往局限於個人、家族的個案研究,即使有涉及部族的作品,也只是介紹某個部族,缺乏深入的考察與分析。總之,學界尚無充分關注到哈薩克部族在元朝時期的相關事跡及文化成就,沒有對整個部族的文人史料進行全面搜集、整理,更沒有對其文化創作、文學成就以及文化傾向做出一個系統全面的分析。

二、研究意義、研究方法、研究難點及創新

本編論題的選擇首先是基於對元朝時期哈薩克部族文士的文學創作與文化傾向的考慮。哈薩克部族文士是色目階層傑出的代表之一,他們許多人在元朝的文壇上享有較高地位,作爲少數民族文人用漢語創作的作品也別受推崇,加之受到蒙古族,特別是漢族文化的影響,其文化在彰顯本民族文化成就的同時,也具有獨特的藝術品位與審美傾向。因此不論是研究哈薩克部族文人的生平事跡,還是詩歌作品,都值得在新的視閾下進行深入探究。

其次是基於學界對哈薩克部族文人群體的研究狀況的考慮。有關哈薩克文人的研究著作不少,但是幾乎所有的作品都是從個人或者家族的角度去分析考證,一旦涉及族群這個大的概念,許多作品只是蜻蜓點水般一筆帶過,讓人覺得不夠全面細緻,力度欠缺。元朝時期的哈剌魯部、康里部、欽察部、凱烈部等部族,作爲哈薩克族的一員,其族源流變、歷史分佈、文化成就、文化特色、思想傾向等方面,都是需要深入探討的內容,這是論及哈薩克族不可回避的歷史問題與文學現象,對研究哈薩克族具有重要的意義。

鑒於以上分析,本編以正史、文集史料及地方史志爲基礎,結合

相關著述、論文等資料，並採用實地調研等方式，利用相關文獻學、史料學等知識，深入考察哈薩克部族的歷史發展軌跡，對其部族文人所取得的文化成就以及文化傾向作重點研究，以考察哈薩克部族在元朝時期所取得的文化成就和發展過程。

同時研究也存在一些難點。哈薩克是一個草原遊牧民族，關於哈薩克民族的歷史文化記載多爲口頭傳承，再加之紛繁複雜的逐水草而居的遊牧生活方式，這些因素都增加了研究的難度。尤其是早期的歷史文化的部族史料稀少，年代久遠，遷徙流變複雜，所以對哈薩克部族部落的流變、整合與分佈探究難度大，從而導致學界對於元朝時期哈薩克部族流變掌握不够充分，没有認真結合歷史學等相關知識，統籌兼顧，縱橫貫通，導致一些最基本的概念界定出現紕漏。例如查洪德、劉嘉偉《元代葛邏禄詩人廼賢研究百年回顧》(《民族文學研究》2007 年第 4 期)、劉嘉偉《元代葛邏禄詩人廼賢生平考述》(《西北民族研究》2010 年第 2 期)、黄鳴《元代葛羅禄詩人廼賢詩風考論》(《中央民族大學學報(哲學社會科學版)》2012 年第 1 期)等論文中，都提到了"元代葛邏禄"這個概念。筆者翻閱《元史》、《蒙兀兒史記》等史料，在元朝時期並没有"葛邏禄"這一族稱，而是稱之爲"哈剌魯"，"葛邏禄"這一稱呼只存在唐朝時期。楊富學的《元代哈剌魯人伯顏宗道事文輯》(《文獻季刊》2001 年第 2 期)、《元代哈剌魯人伯顏宗道新史料》(《新疆大學學報(哲學社會科學版)》2001 年第 3 期)則稱之爲"哈剌魯"，並無異議。查洪德、劉嘉偉以及黄鳴三位先生對於哈剌魯部在唐朝和元朝的族稱没有準確區分。而劉嘉偉的《論回回詩人廼賢的語言藝術》(《寧夏師範學院學報(社會科學版)》2009 年第 1 期)一文，對廼賢的族屬稱呼也不準確。楊志玖在《元代回族史稿》中寫道："元代有時也用回回一詞泛稱西域人或色目人，如《元史・世祖紀》至元十六年九月一份詔書說：'凡有官守不勤於職者，無論漢人、回回，皆論誅之，且没其家。'還有一些信奉伊斯蘭教的突厥人如阿兒渾人、哈剌魯人和一部分畏兀兒人則只稱其本來部族名,很少稱回回人。這也是應當注意的一個問題。"①所以,劉嘉偉稱廼賢爲"回回人"是不甚妥當的,應按照其部族名稱稱之爲"哈剌魯人"。這些問題需要認真研讀與探析哈薩克部族歷史發展與族源流變才能避免,同時也反映了元朝時期哈薩克部族族源流變複雜,準確把握每個部族歷史發展難度較大。

　　需要特別強調和指出的是,本書題目是《元朝哈薩克諸部族漢語作品搜集整理研究》,這就需要首要弄清民族和部族的概念的區別。斯大林曾這樣對民族的概念進行定義:"民族是人們在歷史上形成的一個有共同語言、共同地域、共同經濟生活以及表現於共同文化上的共同心理素質的穩定的共同體。"②斯大林在這裡提到的"民族"指的是近代民族,同時斯大林也指出:"民族不是普遍的歷史範疇,而是一定時代即資本主義上升時代的歷史範疇。"③"在資本主義以前的時期是沒有而且不可能有民族的。"④對於部族的定義,學界認爲:部族屬於族體的類型之一,一般是指歷史上形成於部落之後、民族之前具有不甚穩定的共同地域、共同語言、共同文化和共同經濟等特徵的族體。它形成於原始公社制向奴隸制或封建制過渡的時代。最初形成的部族一般是奴隸制部族。⑤　筆者認爲,無論是從概念上區分,還是從史實出發,部族這個族體的確曾在歷史上客觀地存在過。它是氏

---

① 楊志玖:《元代回族史稿》,天津:南開大學出版社,2003 年版,第 8 頁。
② 斯大林:《馬克思主義和民族問題》,《斯大林全集》第 2 卷,北京:人民出版社,1953 年版,第 294 頁。
③ 同上,第 300 頁。
④ 斯大林:《民族問題和列寧主義》,《斯大林全集》第 2 卷,北京:人民出版社,1953 年版,第 289 頁。
⑤ 參考《中國大百科全書·民族》,北京:中國大百科全書出版社,1993 年版,第 63 頁;顧章義:《"部族"還是民族——人們共同體的"部族"說質疑》,見陳梧桐主編《民大史學》,北京:中央民族大學出版社,1996 年版;金天明:《部族——民族共同體發展的第三個歷史類型》,見中央民族學院民族研究所編《民族研究論文集》(第三集),1984 年版。

族部落解體之後、民族形成之前,以某個最富强的宗族爲核心,由不同民族的宗族、家族和家庭(也包括奴隸)組成的具有共同的地域、語言、經濟和文化等特徵而又不甚穩定的共同體。① 又因元朝時期並没有"哈薩克"這個稱謂,哈薩克族形成於明朝中期,約在十五世紀六十年代,在錫爾河下遊放牧的早期哈薩克人從蒙古金帳汗國分裂出來,向東遷移到巴爾喀什湖以南的楚河流域。由於他們是爲了反叛和擺脱壓迫與統治而遷移的,因而得名"哈薩克",意爲"避難者"、"脱離者",後建立哈薩克汗國,這才正式形成了以"哈薩克"這個名稱存在的民族共同體。但是在綜合考察相關資料,例如楊志玖的《元代回族史稿》和白壽彝的《回族人物志》(元代卷),衆所周知回族形成於明朝初期,元代回族只能稱爲回回,而"回回"則是指信奉伊斯蘭教的維吾爾族、西亞、中亞的各族穆斯林。而"回族"作爲一個民族,則是如上述定義,必須是生活在共同的區域,使用共同的語言,有共同經濟生活以及表現於共同文化上的共同心理素質的穩定的共同體。所以從概念來看"回族"與"回回"並不是一回事。既然楊志玖先生和白壽彝先生可以用"元代回族"這個題目來論述,那麼論文採用"元朝哈薩克部族",而非"元朝哈薩克族"或"元朝哈薩克民族",想必方家也會贊同該論文題目的設定。

其三因哈薩克部族文人歷史記載相對較少,較爲分散和模糊,且詩文集散佚嚴重,需從其他文集、碑銘或地方史志摘録,辨别考證難度大。

最後,本書主要有兩點創新,其一是從族群的視角切入,從宏觀的角度全面系統的分析哈薩克部族在元朝的文化、政治地位發展,彌補過去學界從個人或者家族的某個方面來研究的缺陷;其二是從文

① 參考楊茂盛《中國邊疆研究文庫——中國北疆古代民族政權研究》,哈爾濱:黑龍江教育出版社,2014年第2版,第14頁。

化傾向這個角度，對哈薩克部族的儒化、蒙古化以及產生這種文化傾
向的成因進行探討，更能整體把握哈薩克部族文化的發展脈絡。對
研究哈薩克這一民族在元朝的發展乃至對今後的影響，都有一定的
文學價值。

第一章　哈薩克部族概況
及其部族文人述略

　　哈薩克族是我們多民族的偉大祖國的重要成員之一，同時，哈薩克族又是人口超過一千萬的重要的跨國民族之一。"哈薩克"作爲民族稱呼，最早出現在 15 世紀，唐代的典籍記載的"可薩"、"葛薩"、"曷薩"就是"Kazak"的同音異譯。哈薩克民族歷史悠久，因此在漫長的歷史長河中，許多部落和民族交相融合，才慢慢地形成了今天的哈薩克族，其中主要有塞種、匈奴、大月氏、烏孫、康居（康里）和阿蘭（奄蔡）、克烈、乃蠻、欽察、葛邏禄、篾兒乞惕等。[①] 哈薩克部族文人在民

---

① 《哈薩克族簡史》編寫組編寫的《哈薩克族簡史》（烏魯木齊：新疆人民出版社，1987 年版）第一章《概況》中説："烏孫人自西元前二世紀起，便繁衍生息在伊犁河谷和七河流域，它融合原先居住在該地區的塞種和月氏人，成爲哈薩克族的先世。"在第四章第二節《烏孫》中再次強調："烏孫是哈薩克族的主要源流，是組成哈薩克民族的主體部落……古代烏孫人爲今哈薩克族的主要祖先之一，當毋庸置疑。"蘇北海《哈薩克族文化史》（烏魯木齊：新疆人民出版社，1989 年版）第 58 頁提到："……其中烏孫、康居、奄蔡是哈薩克族的主要族源，其餘各族也或多或少地融入了哈薩克族，終於形成哈薩克草原的著名民族。"賈合甫·米爾紮汗《關於哈薩克族族源與民族形成問題》（《新疆社會科學》1982 年第 3 期）、續西發《哈薩克族的族稱、族源和系譜》（《伊犁師範學院學報》2005 年第 1 期）、鍾興麒《關於哈薩克民族形成問題》（《新疆師範大學學報》社會科學版 1983 年第 2 期）、馬賢能《哈薩克族源淺説》（《民族研究》1982 年第 3 期）、洪濤《也談哈薩克族族源》（《伊犁師範學院學報》1986 年第 1 期）、賈合甫·朱努斯《哈薩克族的族源及其形成和族名》（《伊犁師範學院學報》1986 年第 1 期）、田雪原主編《中國民族人口》第 4 集，第 37 卷《哈薩克族人口》（北京：中國人口出版社，2005 年版）、賈合甫·米爾紮汗《哈薩克族歷史與民俗》（烏魯木齊：新疆人民出版社，2014 年版）等專著或論文認同塞種、匈奴、大月氏、烏孫、康居（康里）、阿蘭（奄蔡）、克烈、乃蠻、欽察、葛邏禄、篾兒乞惕這些部族是今哈薩克族的族源。

族文化交融中,積極進取,在中國文化史上留下濃重的一筆。

第一節　哈薩克部族族源流變
及其地域分佈

　　塞種人爲哈薩克的族源之一。據漢文典籍記載,塞種人被當時漢王朝稱爲"允戎",史册上也稱之"獫狁"、"玁狁"。塞種人世居敦煌,在月氏的排擠下西遷到天山以北一帶(相當於今天的阿爾泰到巴爾喀什湖以東和以南的地區),並在此遊牧生活。"塞種"一詞,最早出現於《漢書·西域傳》:"烏孫有塞種、大月氏種云。"目前學界多認爲烏孫也是哈薩克族源之一,而當時漢朝人則認爲當時的烏孫是塞種和大月氏的後裔,由此也可以説明哈薩克族中就有古代的塞種人成分。

　　在哈薩克族成分中,匈奴也是其族源之一。匈奴興起於西元前 3世紀,衰落於西元 1 世紀,領土範圍則東盡遼河,西至蔥嶺,相當於今天哈薩克族居住的大部分地區。匈奴作爲一個部落最早出現在戰國時期的史書上。西元前 221 年至前 207 年,秦始皇統一六國、建立大秦帝國時,匈奴尚處於發展狀態,當時臣服於東方的東胡和西方的月氏。西元前 209 年冒頓成爲單于後,匈奴才逐漸擺脱依附狀態,戰勝東胡,擊退月氏,成爲一個强大的部族。據《漢書·西域傳》載,西元前 71 年,烏孫聯合漢朝進攻匈奴,並俘獲 4 萬匈奴人,這 4 萬人便漸漸融入烏孫部族,成爲哈薩克族的主要族源。後來匈奴分裂爲南匈奴和北匈奴,南匈奴依附於漢朝,而北匈奴不願依附而西遷,於是西遷至阿爾泰山谷和哈薩克草原,漸漸融入古代哈薩克部族中,並且建立悦般國。如《魏書·西域傳》和《北史·西域傳》記載,在龜茲背面(即烏孫故地)的悦般國,爲匈奴北單于部落所建。另據《北史·西域傳》"悦般國"條載："其人清潔於胡,俗翦髮齊眉,以錦糊塗之,昱昱然光澤。日三澡漱,然後飲食。"①意思是説他們比當地的胡人要清潔,而且吃飯前要洗手漱口,同今天的哈薩克族也極爲相似。據研究,匈奴人的語言與哈薩克也極爲相似,種種證據表明,匈奴也是哈薩克族源之一的可能性最大。②

烏孫歷來被認爲是哈薩克族的主要族源之一。漢朝時期主要居住在敦煌、祁連之間(今河西走廊)一帶,後在獵驕昆彌的帶領下,攻打在伊犁河流域居住的大月氏,而兵敗的大月氏,一部分西遷,另一部分則留在原地和烏孫族共同生活,也就逐漸被烏孫族同化。烏孫的語言,經許多專家考證,認爲屬於突厥語族。古代烏孫統治者的後代都帶有"彌"字。日本學者白鳥庫吉考證"彌"在漢代讀"bi",即今哈薩克語中的"biy"的對音,漢語多譯作"比",是古代哈薩克族的仲裁法官。③這些事實表明烏孫和大月氏也是哈薩克族的祖先之一。

康居(康里)是組成哈薩克民族的主要部落之一,位於烏孫國的西北部,在卡拉陶山和錫爾河之間,歷史上其活動範圍相當於今天中亞地區鹹海以北地區,後遊牧於烏拉爾河以東至鹹海東地區,南與花剌子模爲鄰。康居國,舊時又稱高車國。伊朗史學家拉施特在《史集》中這樣解釋:"始造有輪車,故曰康喀里。突厥人謂輪車曰康喀里。"④由此可知,漢語舊稱高車,後沿用突厥語稱之爲康喀里,遂簡稱爲康里。而"康居"作爲一個國家的名稱早在西元前3世紀便見於史册。關於古代康居與哈薩克族的淵源關係,有不少學者提出過自己的看法。清代學者祁韻士認爲"哈薩克當即古康居國"。⑤魏源説:

① [北齊]魏收:《魏書》卷一二〇,北京:中華書局,2005年簡體版,第1535頁。
②③ 參考續西發《哈薩克族的族稱、族源和譜系》,《伊犁師範學院學報》2005年第1期。
④ 轉引自張星烺《中西交通史料彙編》第五册,北京:中華書局,1978年版,第46頁。
⑤ [清]祁韻士:《西陲總統事略》卷一一。

"哈薩克分左、右、西三部,……左部遊牧逐水草,爲古康居國。"①何秋濤也説哈薩克"蓋古康居國也"。② 日本學者白鳥庫吉也認爲:"漢時代康居住地風俗,與今日之哈薩克毫無殊異也。"③《漢書·西域傳》載:"康居十二萬户,六十萬人,勝兵十二萬。"可見康居在漢朝時期是一個實力强大的國家。《北史·西域傳》載:"康國名爲强國,西域諸國多歸之。"這裏康國便是康居,可見在魏晉南北朝時康居西域强國地位仍然穩固。8—11 世紀,康里人被葛邏禄人所統治,遊牧於烏拉爾河以東至鹹海東北地區。12 世紀時期,曾短暫臣服於西遼和金朝。13 世紀初期,花剌子模國雄起,康里人秃兒罕可敦專權擅政,信任並重用康居部軍人,康居部軍事力量達到鼎盛。唐宋之際,康居不再見於史書,洪鈞《元史譯文證補》卷二四《附康里補傳》云:"元魏以後,不見於史,蓋其部衆已爲蠕蠕所破。突厥既盛,東西萬里,悉歸役屬,名號改易,書籍無征,蒙古崛興,康里始著。"④可以解釋唐宋之際康居不見於史書的原因,是因爲康居被蠕蠕所滅,投降歸附後,自然也不見其部存在,到了元朝時期才又興盛起來。元人又稱其爲康禮、航里、夯力、杭斤等。元史臣黄溍在《康里氏先塋碑》記載:"康里,古高車國也。"⑤意思是説,康里就是古代的高車國。成吉思汗時期,率軍征伐康里,康里國族率衆歸降,且交王族幼子曲律和牙牙予太宗撫養。後在仁宗與武宗爭奪皇位期間,牙牙二子阿沙不花和康里脱脱因擁戴武宗海山即位有功,康里氏一族遂爲顯赫家族,康里部地位也

① [清]魏源:《聖武記》卷四《乾隆綏服西屬國記》。
② [清]何秋濤:《朔方備乘》卷三一《漢魏北徼諸國》。
③ [日本]白鳥庫吉著、錢蹈孫譯:《粟特國考》,載《北京師範大學學術季刊》第 1 卷第 4 期。
④ [清]洪鈞:《元史譯文證補》卷二四,商務印書館《國學基本叢書》本。
⑤ [元]黄溍《金華先生文集》卷二八,宋濂《元史》卷一三〇《不忽木傳》載:"不忽木,名時用,世爲康里部大人。康里,即漢高車國也。"[明]宋濂《宋文憲公全集》卷四一《康里公神道碑銘》載:"公諱回,字子淵,世爲康里部大人,族康里,古高車國。"(中華書局《四庫備要》本)

得以提升。阿沙不花尤其受到武宗海山的寵信，被授中書平章政事（後遷知樞密院事），兼廣武康里侍衛親軍都指揮使，封康國公。阿沙不花之弟康里脫脫歷任同知樞密院事、中書平章政事、御史大夫、中書左丞相、尚書省右丞相等軍政要職，死後被封和寧王。其子鐵木兒塔識、玉樞虎兒吐華與達識帖睦邇在順帝朝先後被任爲知樞密院事。父子兩代、兄弟三人相繼執掌樞府大權，這充分體現了這個康里貴族之家在元朝不同尋常的權勢與地位。在元朝身居高位、擔任要職的康里人還有許多，武將如艾貌貌拔都、也速答兒、耶速緝兒、塔里赤、明安、帖哥臺、孛蘭奚等；文臣如禿忽魯、斡羅思、不忽木、慶童等。元詩人楊載曾頌讚這個聲勢煊赫的康里氏家族：“國受輿圖廣，家傳譜牒詳。馳聲縣雁塞，拓跡至狼荒。轉戰逾千里，來降盡一方。奮戈白日回，列戟耀清霜。破竹收城邑，分茅賜土疆。弟兄皆勁悍，父祖各雄强。相印仍兼縮，兵符更迭藏。排衙開萬里，納芻過三床。已及書宗柘，還宜紀太常。後人能繼紹，千載有輝光。”①從這首詩可以反映出當時康里豪門貴胄的得勢與煊赫。居官的康里人中，亦有政績斐然者。例如定椿被命領都水監事，數年之間，“浚治舊規，抑塞新弊，水政大修”，②對當時水利建設有所貢獻。康里氏作爲元代顯族，在歷經 7 世 30 多人中，出任中央各部門主要官職者，爲數甚多，其中右丞相就有 2 位，分別是定住、伯撒里；左丞相則達 5 人，他們是康里脫脫、鐵木兒塔識、定住、哈麻、慶童；平章政事、中書左丞、中書右丞及參知政事有 6 人，他們是不忽木、阿沙不花、回回、斡羅思、達識帖睦邇、玉樞虎吐兒，可見康里部人才濟濟，其部族影響力可見一斑。

阿蘭，史集亦稱作阿思、阿宿、阿速惕，爲古代奄蔡人的後裔，和康居（康里）一樣得到歷史的承認而記於史册。據《史記》記載，“奄蔡

———————
① ［元］楊載：《楊仲弘詩集》卷四《題康里氏家譜》，《四部叢刊》初編本。
② ［元］歐陽玄：《圭齋集》卷九《康里公政績碑》，《四部叢刊》影印明成化本。

在康居西北,可二千里,行國,與康居大同俗。控弦者十餘萬。臨大
澤,無崖,蓋乃北海云。"①可見國力之强盛。又據《後漢書》:"奄蔡國,
改名阿蘭聊國,居地城,屬康居。土氣温和,多楨松、白草。民俗衣服
與康居同。"②《魏書》則稱"奄蔡國,一名阿蘭"。因此,三國時期阿速
人又稱阿蘭聊、阿蘭。大約西元後,阿蘭人開始西遷,並被歐洲所知,
於3世紀遷徙至伏爾加河下遊。5世紀上半葉,一部分阿蘭人在匈奴
的壓迫下,西遷至多瑙河流域。在前蘇聯出版的《哈薩克共和國史》
中説:"按照中國方面的記載,阿蘭在康里的北邊,大約兩千里。他們
是過著遊牧生活的,其風俗習慣和康里相似。在他們周圍,沒有高山
大石,他們在海邊生活。"③這就説明,他們是在鹹海的西部和現在的
哈薩克斯坦的土地上生活的。現在哈薩克斯坦小玉兹生活著的阿爾
沁、義力木烏魯、巴依烏魯等部落估計是那時阿蘭人的後代。④

　　葛邏禄崛起於西元8世紀,《新唐書》認爲"本突厥諸族",初居於
"北庭西北,金山(今阿爾泰山)",⑤大概是今天的額爾齊斯河和烏倫
古河流域。葛邏禄"當東、西突厥間,常視其興衰,附叛不常也"。唐
代中期以後,勢力"寝盛,與回紇爭疆,徙十姓可汗(即西突厥)故地,
佔據碎葉、怛邏斯諸城"。⑥ 也就是今巴爾喀什湖東南伊犁河和楚河
流域。還有一部分,則遷到今新疆阿克蘇地區。西元9世紀中葉,回
紇汗國衰微,其中一支西奔,建立喀喇汗王國,葛邏禄人也屬其國。
根據10世紀末佚名作家所撰《世界境域志》記載,"葛邏禄人一些是

① [西漢] 司馬遷:《史記》卷一二三《大宛列傳》。
② [南朝宋] 范曄:《後漢書》卷八八《西域傳》。
③ [前蘇聯] 阿拉木圖:《哈薩克共和國史》第一卷,蘭州:蘭州大學,1943年版選譯本,第
　47頁。
④ 參考賈合甫・米爾紮汗:《關於哈薩克族族源與民族形成問題》,《新疆社會科學》1982
　年第3期;續西發:《哈薩克族的族稱、族源和譜系》,《伊犁師範學院學報》2005年第
　1期。
⑤ [宋] 歐陽修:《新唐書》卷二一七《回鶻傳》。
⑥ [宋] 歐陽修:《新唐書》卷二七〇下《回紇傳附葛邏禄傳》。

獵人，一些是農民，一些是牧民。他們的財富是羊、馬和各種毛皮。他們是好戰的民族，易於侵略。"①12世紀上半期，西遼取代了喀喇汗王朝，葛邏禄又改而隸屬於西遼。主要聚居於巴爾喀什湖以東的海押立（又稱海牙里，今巴爾喀什湖以東）和伊犁河流域的阿力麻里（今新疆霍城西北與哈薩克斯坦交界處），地跨蔥嶺東西。在元代時期，"葛邏禄"被稱爲"哈剌魯"，還可以看到不少類似的同名異譯，如合兒魯、哈魯、哈利魯、柯耳魯等，都是"Karluk"的音譯。《史集》認爲，哈剌魯人和畏兀兒人一樣，是從突厥人中分出來的。突厥人始祖烏古思的嫡系就爲突厥人，依附於他的一些親屬的後代，就成爲畏兀兒、欽察、康里、哈剌魯人。② 哈剌魯人英勇善戰，在喀喇汗王朝和西遼王朝統治下，他們曾不斷起來反抗。13世紀初，一位阿兒思蘭罕爲西遼所逼自殺，子嗣位，繼續採用阿兒思蘭罕這一稱號。當成吉思汗的將領忽必來帶著軍隊迫近時，新阿兒思蘭罕便殺死沙黑納，投降蒙古。③ 與此同時，一個叫斡匝兒的哈剌魯人，控制了阿力麻里和普剌地區，也投降蒙古，但不久爲西遼所俘殺。④ 據《元史》記載，"元年辛末（1211）春，帝居怯禄連河。西域哈剌魯部主阿昔蘭罕來降。"⑤阿爾思蘭汗（罕）歸附以後，被遣回海押立。但隨從他前往蒙古觀見的一部分軍隊則被留下，在塔不臺率領下，參加對金戰爭，這部分軍隊後來就留在中原和江南地區。1219年，成吉思汗西征，"阿爾思蘭汗帶

① 轉引自魏良搜《喀喇汗王朝史稿》，烏魯木齊：新疆人民出版社，1986年版，第66頁。
② ［波斯］拉施特：《史集》第一卷第一分册，北京：商務印書館，1983年版，第136—137頁。
③ 《元朝秘史》卷一〇和《史集》一卷一分册第247頁都説忽必來去後阿爾思蘭罕投降。［伊朗］志費尼《世界征服者史》（南京：江蘇教育出版社，2005年版）上册第86—87頁叙述了阿兒思蘭罕殺沙黑納投向蒙古經過，卻没有提到忽必烈。
④ ［伊朗］志費尼：《世界征服者史》上册，呼和浩特：内蒙古人民出版社，1980年版，第87—88頁。
⑤ ［明］宋濂：《元史》卷一《太祖本紀》，北京：中華書局，1975年版，第15頁。

領自己的人馬去與他會師,給他很大的幫助"。[1] 13 世紀中期以後,
哈剌魯人聚居的海押立和阿力麻里是蒙古察合臺汗國的一部分,在
蒙古各汗國之間的不斷戰爭中,這些地區遭受了很大的破壞,哈剌魯
人在此過程中逐漸爲中亞其他民族所同化,最後在歷史上消失。[2] 有
人認爲現在的哈薩克族中玉茲的阿爾根部就是古代葛邏禄部後裔,
居住在阿爾泰山西部和北部以及塔城山中。[3]

　　克烈部是一個古老的突厥部族,9 世紀開始便見於史籍,但當時
没有克烈這個族稱,被稱爲阻蔔。遼金時期,克烈部遊牧於杭愛山與
肯特山之間的鄂爾渾河和圖拉河流域,西與乃蠻部爲鄰,東與塔塔
爾、蒙古相連,北有篾兒乞惕等部。元朝時,克烈又稱凱烈、怯烈、怯
列等。12 世紀後期,克烈部首領王罕曾與成吉思汗父親也速該結爲
兄弟,幫助成吉思汗擊敗塔塔爾、篾兒乞惕、乃蠻等部。後與成吉思
汗決裂,被成吉思汗打敗,西逃至乃蠻,被乃蠻部所殺。於是大批克
烈人或投歸乃蠻,或逃到巴爾喀什湖一帶。成吉思汗建國後,將克烈
人分編入蒙古各部族中,特別是以西蒙古的土爾扈特部中爲多。因
而有些西蒙古學者認爲克烈部是土爾扈特部的重要祖先,如加班沙
拉勃在其《四衛拉特簡史》中認爲土爾扈特始祖是 13 世紀時克烈統
治者王罕的内飾官。儘管元代的克烈部一部分融入蒙古族中,一部
分仕元中央的克烈人融入漢族,一部分處於中亞的克烈人融入中亞
各民族,但是克烈部的主體部落卻一直在哈薩克族内。[4] 現在克烈是
哈薩克族中玉茲的一個部落,主要居住在阿勒泰地區。

　　篾兒乞惕在唐朝時期並未見到有其部族的著録,但是到契丹族

---

① [伊朗]志費尼:《世界征服者史》上册,呼和浩特:内蒙古人民出版社,1980 年版,第
　 88 頁。
② 陳高華:《元代的哈剌魯人》,《西北民族研究》1988 年第 1 期。
③ 參考續西發《哈薩克族的族稱、族源和譜系》,《伊犁師範學院學報》2005 年第 1 期。
④ 參考蘇北海《元代克烈部考》,《新疆師範大學學報》(哲學社會科學版)1987 年第 1 期。

建立遼朝時,其部便是一個重要的部落。蔑兒乞惕部並不是分佈很集中,除主要分佈在遼、金時期的色楞河流域一帶,還分佈在阿爾泰山東部、額爾齊斯河及烏倫吉河上遊一帶。《遼史》中有關蔑兒乞惕部有這樣的記載"(壽隆二年)十二月乙未斡特剌討梅里急,破之","(壽隆三年)十一月丁丑,西北統軍司奏討梅里急,捷",這裡的"梅里急"便是蔑兒乞惕部,①從契丹大軍征討這方面就可以看出蔑兒乞惕部是一個實力強大的部落。據拉施特的《史集》蔑兒乞惕部説,該部有四個分支:兀合思、木丹、禿答黑鄰和只溫。② 遼金時,篾兒乞惕部分佈在色楞格河流域一帶,北鄰吉利吉斯、禿馬惕等部,南接克烈部,東連乃蠻部,西抵蒙古部。當時,篾兒乞惕部是人口衆多、非常好戰的部落,他們常與成吉思汗的蒙古部和王罕的克烈部發生戰爭。一次,篾兒乞惕部襲擊成吉思汗部,把成吉思汗的家和營地搶劫一空,還搶走了他的妻子孛兒帖。篾兒乞惕部後被成吉思汗率領的蒙古兵打敗,一部分人留在原地,併入蒙古克烈部;一部分西逃,逃到貝加爾湖東部。篾兒乞惕現在是哈薩克中玉茲一個部族,主要居住在阿勒泰地區吉木乃縣。

乃蠻在我國史籍中有多重譯法,又稱爲"奈蠻"、"乃滿"、"乃馬"等,而"乃蠻"這一稱呼最早見於《遼史》卷三六《天祚本紀》及卷六九《部族表》。其部主要分佈在古謙河(今俄羅斯境內)到烏倫吉河一帶,東與克烈部相接,西連葛邏禄,南抵西遼。③ 巴哈提認爲乃蠻部不可能是由某一個民族發展而來,它應該是漠北回鶻文化的延續,不斷地有劄剌亦兒、克烈、篾兒乞惕等部匯入其中,逐漸壯大,最後形成了

---

① 蘇北海:《蔑兒乞惕部在遼、元時期的歷史活動》,《喀什師院學報》(哲學社會科學版)1991年第2期。
② 〔波斯〕拉施特著,余大鈞、周建奇譯:《史集》第一卷第一分冊,商務印書館,1983年版,第186頁。
③ 同上,第224頁。

"有廣大的牧地,有衆多的人民,有豐富的牲畜"①的泱泱大族,在 12、13 世紀的歷史條件下蓬勃邊興,成爲一個强大的部落。② 乃蠻在西遼初期附屬於西遼,12 世紀中葉又與金朝聯繫密切。乃蠻在太陽罕時期因爲内部矛盾走向衰落,在屈出律時期,乃蠻同蒙古軍隊在巴達哈傷山地境内的撒里峽谷戰敗,屈出律被殺,乃蠻滅亡。餘下的乃蠻人或者歸附於蒙古,或者遷徙到阿拉湖、巴爾喀什湖、葉斯湖、錫爾河周圍地區及烏魯套山麓。元朝時期,"乃蠻(乃滿)"亦作"奈蠻"③和"乃馬"等。鐵木真滅掉克烈部後,其疆域擴大到今天外蒙古的中部,並與乃蠻部接壤。12 世紀末,乃蠻首領太陽罕與篾兒乞惕部聯合攻打成吉思汗,反而被成吉思汗所殺,乃蠻部衆四散逃離,因協助蒙古擊滅西遼有功,留居在楚河流域和錫爾河流域的乃蠻人被編入蒙古軍中。鐵木真 1206 年在斡難河上稱"成吉思汗",分封諸那顏時,給豁兒赤分封的百姓中就有乃蠻。④ 而在《元史》列傳記載的乃蠻人就有抄思、別的因、囊加歹、鐵連等。其中囊加歹在元世祖忽必烈攻打南宋和海都中戰功顯赫。鐵連則在平海都叛亂時發揮了傑出的外交才能。世祖曾贊曰:"有鐵連,則朕之宗族將不失和矣。"⑤因此乃蠻人在元朝也做了很大貢獻。乃蠻部現在是哈薩克族中玉茲的一個大部落,主要分佈在我國新疆阿勒泰、塔城和伊犁三個地區。

　　欽察是哈薩克族中玉茲的一個大部落名稱,今一般譯作"克普恰克",又稱乞蔔察克,俄羅斯人稱其爲波洛伏齊人,斡羅思編年史稱之爲波洛維赤,拜占庭史學家則稱之爲庫曼(庫蠻)。有人認爲,欽察在漢代便已有之,是一個與烏孫、康居一樣古老的部落。我國史書稱爲

---

① 第・達木丁蘇隆編譯:《蒙古秘史》,北京:中華書局,1956 年版,第 169 頁。
② 參考巴哈提:《乃蠻述略》,《新疆大學學報》(哲學社會科學版)1987 年第 2 期。
③ [清] 彭大雅:《黑韃事略》,王國維 1925 年箋證本。
④ 策・達木丁蘇隆編譯:《蒙古秘史》,北京:中華書局,1956 年版,第 211 頁。
⑤ [明] 宋濂:《元史》卷一三四《鐵連傳》,北京:中華書局,1975 年版,第 2064 頁。

"呼揭",中世紀的文獻中被譯作"欽察"。漢代被稱爲"呼揭"的欽察人是當時生活在阿爾泰山之陽(今額爾齊斯河流域,納里木和哈里賓山山脚一帶)的遊牧部落。他們西與烏孫爲鄰。7世紀欽察人生活在額爾齊斯河上遊和阿爾泰山一帶,並臣屬突厥汗國。史載欽察部族軍"士風剛悍,其人勇而善"。① 早在11世紀,欽察人就出現在黑海以北的草原上。1253年路過欽察前往哈剌和林的法國傳教士魯布魯克,就把當時欽察人所居的里海、高加索、黑海以北的大平原叫作庫曼。13世紀初,欽察部極爲強盛,欽察人遊牧於黑海以北的伏爾加河和烏拉爾河流域帶,這一廣闊的地區被稱爲"欽察草原",在這些地區居住的人們被稱爲"欽察人"。格魯塞云:"欽察人在1222年以前當成吉思汗的尉官們尚未侵寇時,一直是俄羅斯草原上的主人翁。"②欽察部下分爲若干各自獨立的小部,王族居玉理伯里山,稱玉理伯牙兀氏。元人蘇天爵在爲欽察人土土哈所撰《樞密句容武毅王》中,提出"其先系武平北折連川按答罕山部族,後徙西北絶域,有山曰玉理伯里,襟帶二河,左曰押亦,右曰也的里,遂定居焉。"③太宗元年(1229),欽察歸附於蒙古。欽察人初入華者多居漠北,以牧養皇家馬畜、進奉黑馬奶酒爲業。虞集在《句容郡王世績碑》中述及欽察人班都察:"其種人以強勇見信,用掌芻牧之事,奉馬潼以供玉食。馬潼尚黑者,國人謂黑爲哈剌,故別號其人曰哈剌赤。"④所以欽察人在元朝又被稱爲哈剌赤。最初欽察人多以驅口、怯憐口身份隨蒙古軍征戰,後因其戰功卓越,欽察人隸諸王爲奴者因此得以釋免爲軍。依旨"欽察種人,或隸諸王,或在民編,皆命析出,隸公(土土哈)部伍。於是户

---

① [元] 蘇天爵:《元文類》卷二六《句容郡王世績碑》,北京:商務印書館,2008年。
② [法] 格魯塞:《草原帝國》,西寧:青海人民出版社,1984年版,第209頁。
③ [元] 蘇天爵:《元朝名臣事略》卷三,北京:中華書局,1988年版。
④ [元] 蘇天爵:《元文類》卷二六《句容郡王世績碑》,北京:商務印書館,1958年版。

給楮幣二千緡,歲賜粟帛,擇材堪宿衛者,從事輦轂"。① 元政府將其
編入"欽察衛",在平定海都、八剌和乃顏之亂中起到重要作用,不少
將領因此封王拜相、世掌兵權。

第二節　哈薩克部族文人生平事跡述略

文章所列舉的哈薩克部族成員,皆對元朝的文壇產生了一定的
積極影響,這些人包括參與文化活動並有突出貢獻者,有文學作品流
傳於世者,以文聞名但作品失傳者。對那些憑軍功、政治而聞名者,
傳記史料雖有所提及,但受篇幅所限,因此並未列舉。本節將哈薩克
部族文人按照其部族所屬予以歸納,以便研究。

一、康里部

鐵木兒塔識(1302—1347),字九齡,康里脫脫子。初事元明宗於
潛邸。元文宗朝纍官至同知樞密院事。惠宗至元年間任中書右丞。
惠宗至正元年(1341)任中書平章政事,至正五年拜御史大夫,至正七
年遷升中書左丞相,並任**遼**、**金**、**宋三史總裁官**。至正七年卒於相位,
年四十六,追封冀寧王,諡"文忠"。生平事跡見(明)宋濂《元史》卷
一四〇等。

不忽木(1255—1300),亦作卜忽木、不灰木、不忽麻、康里不忽
木。一名時用,字用臣,號靜得。早年入國子監,從許衡學。至元十
四年(1275)授利用少監,出爲燕南河北道提刑按察副使,進正使。至
元二十二年(1285),入爲吏部尚書,歷工部、刑部尚書,拜翰林學士承
旨,授中書平章。元成宗即位,拜昭文館大學士,平章軍國事。卒,諡

---

① 〔元〕蘇天爵:《元朝名臣事略》卷三《樞密句容武毅王》,北京:中華書局,1988 年版。

"文貞"。存詩2首,套數1套,文3篇。生平事跡見(元)趙孟頫《松雪齋集》卷七;(明)宋濂《元史》卷二四、卷一〇三;(明)陳邦瞻《元史紀事本末》卷八;(乾隆)《正定府志》卷四;(清)汪輝祖《元史本證·不忽木傳》;(清)屠寄《蒙兀兒史記》卷一一四;柯劭忞《新元史》;陳垣《元西域人華化考》卷二、卷四等。

回回(1291—1341),又譯和和,字子淵,號時齋,康里人,故又稱康里回回。不忽木之子,系寇氏所生。爲著名書法家康里巎巎之兄,兩兄弟俱有文采,時人稱之爲"雙璧"。博學能文,在成宗朝宿衛,擢太常院使。至大間,調大司農卿,除山南廉訪使,再改河南。英宗即位,丞相拜住首薦回回爲户部尚書,後又拜南臺侍御史,改參議中書。泰定初,授太子詹事丞,升翰林侍講學士,遷江浙行省右丞。文宗立,除宣政院使,擢中書右丞,力辭還第。數年卒,謚"忠定"。存詩2首。生平事跡見(元)陶宗儀《書史會要》;(明)宋濂《元史》卷一四三;(清)顧嗣立、席世臣《元詩選·癸集上》等。

巎巎(1295—1345),又譯庫庫,字子山,號正齋,又號恕叟、蓬累叟,又稱康里巎巎。不忽木次子,系王氏所生。詩文均有時名,且是元代最著名的書法家之一。幼年入國子學,後以貴介公子宿衛宮廷,始授承直郎、集賢待制,遷兵部郎中,轉秘書監丞,拜監察御史,轉江南行臺治書侍御史,拜禮部尚書,進奎章閣大學士,又拜翰林學士承旨、知制誥兼修國史。順帝至正四年(1344)出爲江浙行省平章政事,明年復以翰林學士承旨召還,至京去世,謚"文忠"。存詩6首,文12篇。生平事跡見(明)宋濂撰《元史》卷一四三;(清)顧嗣立、席世臣《元詩選·癸集》等。

康里百花,即康里不花,字普修。平生篤志墳典,至於百氏數術,無不研覽。以書法知名,書宗二王。官至海北廉訪使。擅詩,今僅存1首。生平事跡見(元)陶宗儀《書史會要》卷七,(清)顧嗣立、席世臣《元詩選·癸集》等。

金哈剌，又名金元素，名哈剌，字元素，晚號葵陽老人。元文宗天曆三年（即至順元年）進士，元文宗賜姓金，故稱金哈剌、金元素。至順間任鍾離縣達魯花赤。至正四年（1344），改刑部主事。纍官江南浙西道肅政廉訪司僉事、淮東廉訪副使。至正間曾任監察御史，出爲福建海道防禦，升江浙行省參政、左丞。入爲工部郎中，歷中政院使、參知政事，拜樞密院使。至正二十八年（1368），追隨元順帝放棄大都北遁。在北元是元老重臣，頗有影響。最後不知所終。能文辭，書宗巎正齋。著有《南遊寓興集》，存詩 368 首，曲 1 首《塞鴻秋·詠雪》。生平事跡見（元）陶宗儀《書史會要》；（元）歐陽玄《刑部主事廳題名記》（熊夢祥《析津志輯佚·朝堂公宇》）；（元）劉仁本《賀金元素拜福建省省參政仍兼海道防御》（《羽庭集》卷一）；（明）賈仲明《錄鬼簿續篇》；（隆慶）《中都志》卷六；（康熙）《鳳陽府志》卷二五等。

太禧奴（泰熙奴），出身閥閱，曾祖爲康里不忽木，[1]其祖回回官至陝西行省平章，叔祖巎巎官至翰林承旨。至正十四年（1354）甲午科進士，授太常禮儀院太祝。善書，曾作《草書帖》詩，自署"康里泰熙奴"。生平事跡見（明）宋濂《平章政事康里公神道碑》（《宋文憲公全集》卷四一，四庫備要本）；（清）屠寄《蒙兀兒史記》卷一五五等。

二、哈剌魯部

伯顔子中（1327—1379），字子中，祖上官於江西，居於龍興路進賢縣（今江西南昌進賢縣）。自幼好學，從釣臺夏溥習舉業，曾四次以《春秋》領鄉薦。至正四年（1244）中江西行省鄉試，任龍興路東湖書院山長，遷建昌路（今南城縣）儒學教授。元末戰亂，伯顔子中極力維持江西局面，受到行省參政全庵撒里的器重。後江西淪陷，輾轉到福

---

① 蕭啟慶：《元朝史新論》，臺北：允晨文化實業股份有限公司，1999 年版，第 170 頁。

建。元亡後,隱姓埋名數十載。洪武十二年(1379),其行跡暴露,朱元璋召其入朝,因拒不仕明,飲鴆而亡。早有詩名,所作結爲《伯顔字中詩集》,惜未見傳本。存詩 14 首,曲 1 首。生平事跡見(元)王禮《伯顔子中詩集序》(《麟原集》前集卷四);(明)朱善《伯顔子中傳》(《一齋集》前集卷六);(明)丁之翰《七修類稿》卷一六;(康熙)《南昌郡乘》卷五二;(清)顧嗣立《元詩選》;(清)婁近垣《龍虎山志》卷一三;(清)張廷玉等編《明史》卷一二四附《陳友定傳》等。

廼賢(1309—1368),字易之,世居金山之西。元興西北,諸部仕中朝者,多散處内地,故易之稱南陽人。後遷居慶元(今浙江寧波)。隨其兄宦遊江浙,再至京師。以能文名,尤長歌詩,每一篇出,士大夫輒傳誦之。時浙人韓與玉能書,王子充善古文,易之與二人偕來,人稱爲"江南三絶"。久之歸浙東,辟爲東湖書院山長。以薦授翰林編修官,出參桑哥失里軍事卒。存詩 280 首,文 5 篇。生平事跡見(清)顧嗣立《元詩選》初集;陳垣《元西域人華化考》卷三、四等。

鐵閭,字充之,居鄞縣(今浙江寧波),與廼賢是同鄉。至治元年(1321)辛酉科進士,授余姚州同知。後仕履不詳。存詩 2 首。生平事跡見(元)王元恭《至正四明續志》卷二《進士》;(明)蕭良幹《萬曆紹興府志》卷二八《職官志》;(明)張元忭、孫鑛纂,李能成點校(萬曆)《紹興府志》等。

伯顔宗道(1292—1358),又名伯顔師聖,字宗道,號愚庵,居開州(今河南濮陽)。早年通諸經,至正四年(1344),以隱士徵至京師,授翰林待制,參與修撰《金史》。書成辭歸,居家講學。至正十七年(1357),紅巾軍攻佔大名等地,被俘而死。謚文節。一生著述甚豐,死後所作散失。存詩 1 首,文 2 篇。生平事跡見(元)楊崇禧《述善集》附録;(正德)《大名府志》卷一〇;(明)宋濂《元史》卷一九〇;陳垣《元西域人華化考》卷二等。

三、欽察部

泰不華(1304—1352)，或譯作泰(臺)哈布哈、泰布哈、臺哈巴哈等。初名泰普化(或譯作達普化、達溥化、塔斯布哈)，文宗賜以今名。字兼善，世居白野山，遂自號白野。其父塔不臺始家居台州(浙江臨海)。至治元年(1321)，賜右榜進士第一，授集賢修撰，累轉監察御史。順帝初，與修宋、遼、金三史，擢禮部尚書。至正八年，方國珍兵起江浙，行省參政朵兒只班被執，上招降狀，詔泰不華察實以聞。具上招捕之策，不報。十一年，遷浙東道宣慰使都元帥，與左丞孛羅帖木兒夾攻國珍。孛羅先期至，爲所執，尋遣大司農達識帖睦邇招之，國珍偽降。泰不華請攻之，不聽。改台州路達魯花赤。十二年三月，國珍襲之澄江，九戰死之，年四十九，贈行省平章政事、魏國公，諡"忠介"。兼善好讀書，以文章名。善篆隸，溫潤遒勁，盛稱於時。存詩48首，文6篇。生平事跡見(元)陶宗儀《書史會要》卷七；(元)陶宗儀《南村輟耕錄》；(元)虞集《送達溥化兼善赴南臺御史詩序》，《道園類稿》卷二；(元)蘇天爵《答達兼善郎中書》，《滋溪文稿》卷二四；(元)吳師道《辛酉進士題名後題》，《禮部集》卷一八；(元)黃溍《沿海上副萬戶石抹公神道碑》，《金華黃先生文集》卷二七；(元)王士點、商企翁《秘書監志》；(明)宋濂《元史》卷一四三；(明)馮從吾《元儒考略》卷四；(明)黃宗羲《宋元學案》卷八二；(清)顧嗣立《元詩選·初集》；陳垣《元西域人華化考》等。

四、克烈(凱烈)部

凱烈拔實(1308—1350)，字彥卿，凱烈(克烈)氏，故又名克烈拔實。定居大都(今北京)。十一歲時以近臣之子身份入侍仁宗。元統元年(1333)，僅二十餘歲就出任燕南憲僉，歷遷翰林直學士，出爲燕南廉訪使。至正十年，死在河西廉訪使任上。安葬於大都宛平縣池水里雙堤之原。存詩 5 首。生平事跡見（元）黄溍撰《神道碑》,《金華黄先生文集》卷二五;（元）陶宗儀《書史會要》卷七;（清）顧嗣立、席世臣《元詩選·癸集》(戊集)等。

蘭楚芳,又作藍楚芳,約生活在元中後期。曾官江西元帥。才思敏捷,儀表清秀,爲元季曲壇俊傑之士。他和"唯以填詞爲事"的劉庭信關係篤切,曾在武昌等地賡和樂章,切磋曲技,時人把他倆與唐代掀起新樂府運動的元稹、白居易相提並論。《蘭楚芳散曲》共收入其小令 5 首,套數 3 篇,内容包括[南呂·四塊玉·風情]、[南呂·罵玉郎過感皇恩採茶歌·閨情]、[雙調·雁兒落過得勝令·相思]、[雙調·折桂令·相思];套數有[黄鐘·願成雙·春思]、[中呂·粉蝶兒·思情]、[中呂·粉蝶兒·失題]等。生平事跡見（明）賈仲明《録鬼簿續編》小傳(天一閣藏本)等。

五、篾兒乞惕部

脱脱(1314—1355),字大用,篾兒乞惕氏。其弟也先帖木兒。脱脱從小"異於常兒",隨漢儒吳直方習漢文經史,漢學涵養頗深。後至元四年纍官御史大夫。六年參與罷逐權臣伯顔,有功,拜知樞密院事。至正元年,除中書右丞相。詔修遼、宋、金三朝史,任總裁官。至正十二年率軍敗紅巾軍於徐州。後因哈麻中傷而被罷職,一年後改流大理,哈麻矯詔鴆死之。史稱其政績"不以察察爲明,赫赫爲威,僚屬各効其勒。至於事功既成,未嘗以爲已出也"。[①] 存詩 2 首。生平事跡見（明）宋濂《元史》卷一三八,《脱脱傳》等。

六、乃蠻部

答禄與權(約 1311—1380),字道夫,晚號洛上翁人,西域乃蠻

---

① [明] 宋濂:《元史》卷一三八《馬劄兒臺傳》。

答禄氏,乃蠻君主大陽汗後裔。據稱其先人有別號答禄子者,子孫
因之,故以答禄爲氏。答禄與權在元惠宗至正初登進士第,初任秘
書監管勾,後出爲河南北道廉訪司僉事。據《明史》本傳所載,入明
寓居河南永寧,自署洛上人、洛上翁。明洪武六年受推薦,被明太
祖任以泰府紀善,後又改任監察御史。七年初,又令出任廣西按察
僉事,未行,復命爲御史,擢翰林院修撰。後坐事,降職典籍。九年
又晉爲應奉。十一年以年老辭官。存詩 56 首。生平事跡見(元)
黄溍撰《答禄乃蠻先塋碑》,《金華黄先生文集》卷二八;(明)廖道南
《殿閣詞林記》卷八;(明)朱元璋《辯答禄異名洛上翁及謬贊》,
《明太祖文集》卷一六;(明)趙撝謙《奉吴端學書》,《趙考古文集》
卷一;(明)釋來復《澹遊集》卷上,第 221 頁,;《明太祖實錄》卷七
九、卷一一七;(明)朱睦㮮《皇朝中州人物志》卷一;(清)張廷玉
等《明史》卷一三六(附於《崔亮傳》);(清)陳田編《明詩紀事》甲
籤卷四;(清)萬斯同《明史》卷一七七;(清)王鴻緒《明史稿》卷
一二四等。

　　囊加歹,字逢原,乃蠻人,[①]居濟陽(今屬山東)。元統元年
(1333)進士,官同知制誥兼國史編修。仁宗時,以其家河南,特授
河南江北行省平章政事,佩金虎符終其身,封浚都王。子教化,山
東、河北、蒙古軍副都萬户,執禮和臺,河南、江北行省平章政事。
孫脱堅,山東、河北軍大都督,世襲有位。存文 1 篇。生平事跡見
(明)宋濂《元史》卷一三一,列傳第 18;明萬曆三十七年《濟陽縣
志》卷七等。

---

① 李修生《全元文》説囊加歹爲蒙古人,但[明]宋濂《元史》卷一三一載:"囊加歹,乃蠻人。
曾祖不蘭伯,仕其國,位群臣之右。……太祖平乃蠻,父麻察來歸……"説明囊加歹本乃
蠻權臣之後,由於太祖滅乃蠻,才歸順蒙古,所以囊加歹爲乃蠻人無疑。

第三節　哈薩克部族文人詩文集
及其版本嬗變考

　　哈薩克部族文人著作數量在歷史上較爲可觀,可是由於元朝至今年代久遠,且建國祚短,許多文人著作來不及刊刻,或毀於戰火兵燹,所以他們的著作或者失傳或者散佚。經整理統計,本篇共列舉 17 位哈薩克部族文人,有文學作品流傳下來的有 15 位,共 9 部詩文集傳世。

　　金哈剌:著有《玩易齋集》、《南遊寓興集》。《玩易齋集》從未見著録,詩集《南遊寓興集》(不分卷)僅存於日本内閣文庫,爲江户時期鈔本,存詩 364 首,包括了《永樂大典》中的佚詩和《書宿州惠義堂》。卷首有劉仁本至正二十年(1360)臘月序,趙由正至正二十年四月序兩篇。除劉仁本、趙由正二序及目録外,共有 62 葉。該本首頁鈐有"兼葭堂藏書印"、"淺草文庫"、"日本政府圖書"等印,末頁鈐有"昌平阪學問所"、"文化甲子"二印。[1] 此集所收詩歌,皆是金哈剌宦遊東南期間所作,故稱之爲《南遊寓興集》,集中諸詩皆以寄寓性情、抒發胸臆爲主。

　　廼賢:廼賢著有詩集《金臺集》(二卷)、《海雲清嘯集》、《金臺後集》、《鐃歌集》,筆記《河朔訪古記》三卷,書帖《南城詠古詩帖》一帖。今存《金臺集》(二卷)、後人整理《乃前岡詩集》(三卷)、《河朔訪古記》三卷、書帖《南城詠古詩帖》一帖,其餘皆散佚。

　　《金臺集》:存詩 269 首,以其遊大都居於京師金臺坊而得名,更深層的含義是借用燕昭王築金臺以納士的典故。《金臺集》(二卷)是

---

[1] 參見蕭啟慶《内北國而外中國・蒙元史研究》,北京:中華書局,2007 年版,第 762 頁。

他的代表作,收錄了他的大部分詩歌作品。公私書目著錄及現存《金臺集》的多種版本多爲兩卷。《書舶庸譚》卷三著錄“《金臺集》一卷”。又云:“按是書首尾俱題《金臺集》卷一,詩僅一卷,仍標次第。”可能是個殘本。

刻本概況:據楊彝的後序,早在至正十五年(1355),廼賢從京師返回鄞縣後,《金臺集》“其友已傳刻之”,這應當是該書最早的刻本。明人葉盛《水東日記》卷八:“《金臺集》前後序題跋出虞伯生、歐陽元功、黃晉卿、張起岩、余廷心、曾子固、危太樸等,篆隸真行小楷皆出諸公親筆,入刻極其精妙。嘗從錢元溥檢討借觀,留余所者數月。後再從借觀,則託辭卻去矣。”此本清代尚存,《天祿琳琅書目》卷六著錄云:“今書有兩卷,當是前後稿並列,而無危素前序,蓋偶佚之。書中諸賢序、詩、識語,皆至正間所作,當時心折易之。匪特文章各盡所長,書法亦兼其妙,真行篆隸無體不具,則無體不精。而摹刻者又能得其精神,不失銖黍。選紙選墨,印而傳之。豈獨爲元刻之冠,即置之宋槧佳本中,又何多讓焉!”這則材料證實元刊《金臺集》刻印精美,與《水東日記》相吻合,則其所見應爲初刻本。這個版本《藏園訂補邵亭知見傳本書目》卷一四描述得更爲詳細,指出其版式爲“十一行二十二字,細黑口,左右雙闌”,並盛讚其“精雅異常”。元刊本今已不可見。

明崇禎十一年(1638),毛氏汲古閣將影元本《金臺集》刊入《元人十種集》,並增加了目錄。毛晉在跋文中介紹了廼賢的族籍、交遊情況,並稱:“前後諸序跋,不但評論詳核,書法亦極精妙,因倩友人王與公摹而付諸棗,若初本,余亦不能辨。”國家圖書館、北京大學圖書館藏有該本。此外,民國十一年(1922),武進董氏誦芬室有景元至正本。收錄《金臺集》的《元人十種集》有上海商務印書館1926年影印本,中國書店1990年《海王邨古籍叢刊》影印本。清人顧嗣立編《元詩選·初集》收廼賢詩158首,亦名《金臺集》,有4首不見於兩卷本。

現存長洲顧氏秀野草堂本,中華書局 1985 年出版了排印點校本。

鈔本概況:《金臺集》有清人金侃鈔本,鈔於清康熙二十四年(1685),《鐵琴銅劍樓藏書目錄》卷二二著録,今藏於國家圖書館。金侃(? —703),字亦陶,號立庵,吳縣(今江蘇蘇州)人,能詩,善書畫。該鈔本卷一鈐有"金侃和印"、"亦陶"兩枚印鑒,還有一枚不很清楚,大約是"鐵琴銅劍樓"藏書印。補入了佚詩五古 7 首、七古 2 首、七律 6 首。金侃的跋文書法精美,見解不凡。他從《詩經》、《離騷》追溯詩史,感慨時人囿於唐詩的藝術成就,對於宋元詩家有所偏見。並稱"偶録乃易之之詩,漫識此。易之爲葛邏禄人,其國去中華數千萬里,西夷之最遠者。而其詩工麗秀逸,極得唐人之風致,而又確然自成其爲元人,亦豪傑之士矣"。

法式善存素堂本,藏於國家圖書館善本室。該本存於清人法式善編輯的《宋元人詩集八十二種》中。法式善(1752—1813),文學家,姓烏爾濟氏,字開文,號時帆,蒙古正黄旗人,乾隆進士,官至侍講學士。他有感於宋元詩遭遇"兵滅摧殘之阨",以十年的時間編成此書,其中選了元代作家 41 家,共 328 卷 177 册。《金臺集》入選時没有分卷,祖本也應當是至正本,卷前後没有序跋,和廼賢好友張子淵的《元張伸聲子淵詩集》合爲一册。筆者所見,該册封面上鈐有"陶廬藏書"、"王孟韋柳"、"詩龕居士存素堂圖書印"等印鑒。

《四庫全書》别集類收録了《金臺集》,編校於清乾隆四十六年(1707)十月,將廼賢改譯爲納新。據"提要"對序跋的介紹,可知祖本也應該是元本。文淵閣本已經由臺灣商務印書館出版發行。另外,《四庫全書薈要》别集類也收録了《金臺集》。摛藻堂本由世界書局影印發行。此外,《木樨軒藏書書録》著録:"《金臺集》兩卷,《補遺》一卷(元廼賢撰)。舊鈔本(清傳鈔林雲鳳鈔本)。"該本現藏於北京大學。

《河朔訪古記》:該書撰於元至正二十三年(1363),曾收入明《永樂大典》。今所存《河朔訪古記》已非完帙，四庫館臣輯録重編，按照所遊地區分爲三卷。《四庫全書》總目稱兩卷；王禕《王忠文集》尚保存有該書的王序，稱此書兩卷；劉仁本序稱此書十六卷，清人魏源《元史新編》、曾廉《元書》從此説。明人焦竑《國史經籍志》著録爲十二卷，黄虞稷《千頃堂書目》卷八、錢維喬（乾隆）《鄞縣志》亦著録爲十二卷。《河朔訪古記》武英殿聚珍版本（史部，福建本、廣雅書局本）、真意堂叢書本、守山閣叢書本（史部，道光本、鴻文書局影道光本、博古齋影道光本）、粵雅堂叢書本（三編，第二十四集）、真意堂叢書本（清嘉慶十六年潢川吴氏活字印本，清吴志忠編、傅增湘校並跋），①都是根據四庫本校對刊印。

《南城詠古詩帖》：至正十年，廼賢出遊燕城，賦五言律詩 16 首，後同遊的新進士朱夢炎向他索書前詠，因爲書之，傳世至今。《南城詠古詩帖》在明代爲私家第藏，清代歸於内府。《石渠寶笈》有所著録，列爲上等。《三希堂法帖》將其編入卷二六。民國時期書法鑒定家吴江、蘇宙忱編選的《三希堂法帖精華本》，此帖列入其中。

泰不華：著有《顧北集》，共計詩 32 首，文 6 篇。

《泰顧北詩集》一卷，明萬曆四十三年（1615）刻本，天啟二年重修本，輯入潘是仁《宋元詩六十一種》。

《顧北集》：清康熙三十三（1694）年長洲顧氏秀野草堂刻本，1 册（15 頁）。

凱烈拔實：《凱烈拔實詩》，存詩 5 首。今存（清）嘉慶三年（1798）南沙席氏刻本，（清）光緒十四年（1888）重修刻本，一册（42 頁）。因家有四詠軒，並將與許有壬、周伯琦、成廷珪、王禕等人的唱和酬答之作輯成《四詠軒詩》，許有壬作序，傳頌詞林。

---

① 詳參郎焕文主編《歷代中州名人存書版本録》，鄭州：中州古籍出版社，1999 年版，第 281 頁。

　　答禄與權：著有《答禄與權詩集》、《答禄與權文集》、《歸有集》十卷、筆記《雅談》一卷、《窺豹管》，惜今皆散佚，殘存詩 56 首。《答禄與權文集》，明人楊士奇《文淵閣書目》卷九有著録。黄虞稷《千頃堂書目》也説他著有《答禄與權文集》十卷，有"吳人黄省曾序，其集傳之"。據黄省曾《答禄與權集序》，他還有筆記《雅談》一卷，但今已不見傳本，僅《永樂大典》還保存斷簡殘片。答禄與權的著述，見於《文淵閣書目》和《千頃堂書目》。《文淵閣書目》是明代官方藏書目録，由楊士奇撰於明正統年間。卷二日字號大小第二廚書目著録有"答禄與權文集，一部五册，完全"。《千頃堂書目》屬私家藏書目，所録皆有明一代書籍。卷一七有如下著録："答禄與權文集，十卷。蒙古人。……吳人黄省曾序其集傳之。"此官私書目，言及卷數、册數、原書序文作者、庋藏情況等，足見其書在明代確曾刊行。《明史·藝文志》據《千頃堂書目》又予以著録。（清）陳田輯《明詩紀事》，在答禄與權小傳中提及他著有《歸有集》十卷，按語中又説："余觀道夫題詠，自署洛上翁，則著籍永寧明矣。《道夫集》十卷，著録於《明史·藝文志》及《千頃堂书目》，今罕传本。"事實上，《明史》及《千頃堂書目》著録的文集與陳氏所言不同。或《答禄與權文集》又作《道夫集》，而答禄與權另有《歸有集》十卷，亦未可知。

　　伯顔子中：著有《伯顔子中詩集》，未見傳本。後清人顧嗣立輯伯顔子中 14 首詩爲《子中集》，《子中集》有清康熙四十一年（1702）長洲顧氏秀野草堂刻本，清光緒十四年重印，1 册（22 頁）。甘肅文化出版社出版、吳海鷹主編的《回族典藏全書》第 156 册中，《子中集》（清鈔本）爲影印本。

第二章　哈薩克部族文人
詩歌內容研究

　　本文將哈薩克部族文人的詩歌創作作爲研究的重點，因此他們所創作的曲和文，在此簡要叙述其基本創作情況。這有助於讀者理解哈薩克部族文人詩歌創作情況，也使讀者能够對哈薩克部族文學創作有一個全面完整的認知。

　　表一顯示，在 15 位哈薩克部族文人中，6 人有散文作品存世，共計 29 篇，主要涉及題跋書序、章表奏疏、隨筆劄記、箴銘頌贊四種，分別是 21 篇、3 篇、4 篇、1 篇。題跋書序的數量佔文章總數的 68%，可見他們在文學活動中來往之密切。綜觀 29 篇文章，大部分是對現實生活的記叙，對解決實際問題的建議。比如至元十三年（1276），不忽木與同舍生堅童、太答、禿魯等向元世祖忽必烈上奏《請興學校疏》。不忽木首先指明興學重教的道理："故古之王者，建國君民，教學爲先。"①然後從歷史上的治世到少數民族入主中原再到以北平南的國家興起，證實世代不斷擴大學校的規模和提高教育的水準，從而希望元世祖能够重視發展教育，爲國家培養人才。文章並没有使用華麗的辭藻、高超的技巧，反而顯得質樸直白、情真意切。再如伯顏宗道的《節婦序》，文中主要講述了元朝色目欽察氏濟陰郡太君爲夫守節

―――――――――

① ［明］宋濂：《元史》卷一一五《學校》。

的事跡。欽察氏濟陰郡太君出身名門,是欽察國"亦納思國王之玄孫",①在其 24 歲時不幸亡夫,孀居五十餘年。伯顔宗道撰文對其守節一事倍加讚賞:"甘守夫亡,恪執婦道,遵奉姑命,撫孤益篤。"②文筆也是質樸無華、記述翔實,並無誇張文飾等技巧,顯得厚重敦實,同時也可以看出理學思想對伯顔宗道具有深刻的影響。諸如巙巙、泰不華等人的文章風格大抵相同。究其原因大概有兩點,其一便是政治因素。元仁宗曾下御旨:"浮華過實,朕所不取。"③元朝皇帝不喜歡浮華過實的文章,而更傾向選取有實用功能和務實精神的文章。這種自上而下的文章創作傾向影響了哈薩克部族文人的文筆風格。其二便是作爲北方遊牧民族,哈薩克部族文人自有其文化特點和審美觀,他們素來尚武輕文,生性豪放粗獷,而不好南人的婉約柔靡。因此他們養成了質樸無華、化繁爲簡的實用主義的文筆風格,這種文筆風格與講究文法技巧的中原文化相比反而獨具特色。

表一　哈薩克部族文人散文創作簡況表

姓　名	文　章　篇　目	數　量
不忽木	請興學校疏、請遣使勸諭陳日燇自新疏、請效法漢文帝克謹天戒疏	3
巙巙	康里巙草書柳子厚謫龍説、閻立德王會圖跋、題唐歐陽詢化度寺邕禪師塔銘、顔真卿述張旭筆法一卷、周朗畫杜秋圖、十二月十二日帖、臨懷素自叙卷、跋靜心本蘭亭、奉記帖、跋趙孟頫常清靜經帖、跋任仁發張果見明皇圖、題丞相義門詩後	12
廼賢	徐伯敬哀詩序、寄題壽張堂詩序、南城詠古詩序、讀汪水雲詩集、仙居縣杜氏二真仙廟詩序	5
伯顔宗道	節婦序、濮陽縣尹劉公德政碑	2

---

①② [元] 楊崇喜撰、楊富學點校《述善集》,蘭州:甘肅人民出版社,2001 年版,第 130 頁。
③ [明] 宋濂:《元史》卷八一《選舉一·科目》。

姓　　名	文　章　篇　目	數　　量
泰不華	禱雨歌序、題范文正公書伯夷頌卷後、題范文正公與尹師魯二札卷後、書李孝光漢洛陽令方聖公儲傳後、重建靈溥廟記、明倫堂記略	6
囊加歹	善士郭英助文廟禮器記	1
		總計 29

　　表二顯示,在 15 位哈薩克部族文人中,2 人有散曲作品存世,共計 9 首。相較文而言,曲則豐富多彩,不僅雅俗並立,而且具有强烈的創新精神與反抗精神。以蘭楚芳的[南吕·四塊玉·風情]爲例:"我事事村,他般般醜,醜則醜村則村意相投。則爲他醜心兒真博得我村情兒厚。似這般醜眷屬、村配偶,只除天上有。"這是一首有關愛情的散曲,以一個女子的角度進行描寫。女子認爲自己"事事村(蠢)",而自己的意中人"般般醜",但是不管他外貌如何,她看中的卻是男子的心真情厚,勇敢大膽地説出自己和男子是天造地設、世間絶無的一對,完全不似一般漢族女子對待愛情羞澀矜持的態度,而是有主動追求愛情和摒棄門當户對的功利婚姻的態度。整首曲子坦蕩率真,具有明顯的異域特色。再如不忽木[仙吕·點絳唇·辭朝]這首套曲篇幅很長,但通篇都圍繞"辭官歸隱"的主題展開,用語工整,用典貼切,且多用對比手法,"仕"與"隱"的反復比較構成了整首套曲的主體部分。作者用第一人稱"臣"反復陳説自己退隱的心志,並處處將"山林"的自由與"朝市"的桎梏進行對比,鮮明地傳達出内心的價值取向。《柳葉兒》一曲中,"則待看山明水秀"、"學耕耨,種田疇"幾句所描述的隱居情境,不同於仙人式的超塵絶俗,而是近似於陶淵明式的歸隱生活,具有鮮活樸實的田園氣息。從哈薩克部族文人的散曲創作上,可以看出其自然率意、直白外露、滑稽詼諧的特點和趨向

通俗的審美情趣，同傳統詩詞的審美風格有很大的不同。

表二　哈薩克部族文人散曲創作簡況表

姓　名	元 曲 篇 目	數　量
不忽木	套數：仙呂·點絳唇·辭朝	1
蘭楚芳	小令：南呂·四塊玉·風情、南呂·罵玉郎過感皇恩採茶歌·閨情、雙調·沉醉東風、雙調·折桂令·相思、雙調·雁兒落過得勝令·相思 套數：黃鐘·願成雙·春思、中呂·粉蝶兒·思情、中呂·粉蝶兒·贈妓	8
		總計 9

　　相對於文和曲的創作，哈薩克部族文人的詩歌創作更勝一籌。有元一代，敘事文學高度發達，傳統的敘事詩在元曲的影響下，也更趨向於通俗化。元代詩歌繼承前代傳統，元代理學、少數民族語彙以及少數民族文人的參與等因素，使得元代詩歌更加多元化多樣化，哈薩克部族文士對元代詩歌的發展做出了不可磨滅的推動貢獻。他們的作品風格，既有慷慨激越，又有流麗閑婉；既有諷諭勸誡，又有酬唱述懷；既有種族記憶的顯現，又因居住中原隨文而化。元人戴良曾對他們的成就做了評價："昔者成周之興，肇自西北。而西北之詩見於《國風》者，僅自豳、秦而止。……我元受命，亦由西北而興。而西北諸國，如克烈、乃蠻、也里可溫、回回、西蕃、天竺之屬，往往率先臣順……積之既久，文軌日同。而子若孫遂皆捨弓馬而事詩書。"①可見，他們不僅豐富了西北詩歌的內容，同時也因"捨弓馬而事詩書"，提高了整個民族的文化素養，使得元代文壇呈現出異彩紛呈的局面。作爲從西北遷往中原的少數民族群體，哈薩克部族文人的詩歌題材內容也和自身文學素養呈正相關關係，顯得更加豐富和成熟。以下

---

① ［元］戴良：《九靈山房集》卷一三《丁鶴年詩集序》，叢書集成初編本。

臚列了哈薩克部族文人詩歌内容簡況,有助於讀者對其詩歌創作内容與特色有更爲清晰的認識。

從表三可以看出:有詩歌流傳的詩人共計 13 人,分別是康里部不忽木、回回、嶧嶧、康里百花、金哈剌 5 人;哈剌魯部伯顏子中、廼賢、鐵閭、伯顏宗道 4 人;欽察部泰不華 1 人;克烈部凱烈拔實 1 人;蔑兒乞惕部脱脱 1 人;乃蠻部答禄與權 1 人。從詩歌數量和詩歌内容比重來看,哈薩克部族文人現存詩歌 771 首,詩歌内容以風光紀行和酬唱贈答題畫爲主,分別佔有 26％和 47％,社會諷諭、詠史述懷和思家愛國則佔了 6％、18％和 3％。從詩歌創作傾向和創作特色來看,哈薩克部族文人的詩歌則明顯地體現出對唐詩的接受。元末詩人戴良曾説:"唐詩主性情,故於風雅爲猶近;宋詩主議論,則其去風雅遠矣。然能得夫風雅之正聲,以一掃宋人之積弊,其惟我朝乎!"①唐詩主性情,這並非戴良個人的一己之見,舊傳爲范梈論詩之作的《詩法源流》也説:"唐人以詩爲詩,宋人以文爲詩;唐詩主於達性情,故於《三百篇》爲近;宋詩主議論,故於《三百篇》爲遠。"②此前的嚴羽以性情論詩,並以盛唐詩爲"吟詠情性"之高標,已爲學界所熟知。金元之際的元好問也説:"詩家聖處,不離文字,不在文字。唐賢所謂'性情之外不知有文字'云耳。"③元詩宗唐,也是古今論者的普遍認識。如明人胡應麟所言:"近體至宋,性情泯矣。元人之才不若宋人高,而稍復緣情。"④因此人們認爲元詩以性情論詩,便是去宋歸唐。哈薩克部族文人詩歌創作便有明顯的唐詩接受傾向和以性情論詩的詩歌創作特徵。⑤

---

① [元] 戴良:《皇元風雅序》,李軍等校點《戴良集》,長春:吉林文史出版社,2009 年版,第 325 頁。
② [元] 范梈:《詩法正論》(一卷),張健點校《元代詩法校考》,北京:北京大學出版社,2001 年版,第 236 頁。
③ [元] 元好問:《陶然集詩序》,姚奠中主編《元好問全集》,太原:山西古籍出版社,2004 年版,第 46 頁。
④ [明] 胡應麟:《詩藪》外編卷五,上海:上海古籍出版社,1979 年版,第 206 頁。
⑤ 參考查洪德《元代詩學通論》,北京:北京大學出版社,2014 年版,第 156 頁。

表三　哈薩克部族文人詩歌內容簡況表

姓名	詩　歌　內　容					總計
	社會諷諭詩	詠史述懷詩	風光紀行詩	酬唱贈答題畫詩	思家愛國詩	
伯顏子中	挽余廷心、過故居，共計2首。	過豫章、七哀詩七首，共計8首。	過烏山鋪、十華觀、春日絕句、北山，共計4首。			14
不忽木			過贊皇五馬山泉、登蓬山，共計2首。			2
回回		賈公祠二首，共計2首。				2
嶢嶢	清風篇，共計1首。	題釣臺、秋夜感懷，共計2首。	聖安寺詩，共計1首。	送高中丞南臺、李景山歸自南談點蒼之勝寄題一首，共計2首。		6
康里百花				題夏禹玉煙江疊嶂圖，共計1首。		1
鐵閭				寒草岩、升仙木，共計2首。		2
伯顏宗道		龍祠鄉社義約贊，共計1首。				1
泰不華		衡門有餘樂、題岳忠武王廟、詠鄭氏義門，共計3首。	陪幸四湖、絕句二首、蘭雪齋、京師上元夜，共計5首。	賦得上林鶯送張兵曹二首、寄姚子中、題梅竹雙清圖、題柯敬仲竹二首、題玉山所藏水仙畫卷等，共計24首。		32

40

續　表

姓名	詩歌內容					總計
	社會諷諭詩	詠史述懷詩	風光紀行詩	酬唱贈答題畫詩	思家愛國詩	
凱烈拔實			元符山房、遊茅峰、喜客泉、全清亭,共計4首。	贈集虛宗師,共計1首。		5
脫脫		過安次留題、六月過安次遇大水復留題,共計2首。				2
答祿與權		洞中歌、雜詩四十七首,共計44首。	鳥、偶成四首、梅花村圖,共計6首。	送徐知府赴京洛陽、送孫處士還南湖、贈故人任志剛、寄趙可程、題見心禪師天香室、送宋承旨還金華,共計6首。		56
廼賢	新鄉媼、潁州老翁歌、行路難、達祿將軍射虎行、新隄謠、劉舍人桃花馬歌、讀揭文安集二首、羽林行、賣鹽婦,共計10首。	郊城冬夜讀書有感、讀金太祖武元皇帝平遼碑、三峰山歌、南城詠古十六首、北邙山歌、岳墳行等,共計52首。	登崆峒山、發大都、居庸關、簷子窟、還京道中、京城春日四首、月湖竹枝四首、京城燕、宮詞八首、錫喇鄂爾多觀詐馬宴奉次貢泰甫授經先生韻五首、塞上曲五首等,共計56首。	送王公子歸揚州、題吳照磨墨梅、題馬遂信州圖、題會稽韓與玉秋山樓觀、送進士王克敏赴成都錄事、宋顯夫內翰挽詩、送胥有儀南歸、病中答張元傑宗師惠藥等,共計152首。	秋懷寄西蜀仲良宣慰家兄、三月十日得小兒安童書、秋夜有懷侄元童、七月十六夜海上看月、鄆城題壁二首、新月行、望泰山、錢塘留別喀爾丞相之會稽代祀、寄劉德玄知己,共計10首。	280

續　表

姓名	詩　歌　内　容					總計
	社會諷諭詩	詠史述懷詩	風光紀行詩	酬唱贈答題畫詩	思家愛國詩	
金哈剌	蔡皎然禱雨、宋陳獻肅公勁正堂銘卷、江節判墓志銘、陳節婦、諷俗等，共計36首。	新正書懷二首、秋丁有感、王節婦祠、書觀音寺壁、蘭亭圖、高節書院、鄭監丞墓志卷、唐昭宗封錢武肅王鐵券等，共計21首。	廟山道中、萬松關、霞嶼山、象田寺、山水圖、錢塘江、錢清驛、候樵亭、遣興、山水橫披、方山禪刹、芍藥、自和、登大禹峰、春日、過奉化州、寧川道中、墨梅、東山等，共計126首。	寫扇寄玉岩長老、酬王德昌教授、贈天寧孜舜田長老、柯敬仲畫、柯敬仲竹、柯敬仲小景、題方山泉道人扇、題葉仲剛都司錢吳興四果（石榴、香橙、林檎、梅子）、雙鵲圖爲沙彦中題等，共計175首。	寄弟孟堅、弟孟堅扇、得家書毛元道收舜舉山水、簡列明遠南宏遠二修撰、元日和劉德玄先生韻、聞礐和劉經歷韻、和鐵周賢治書韻、大有宮紀事、和陳繼善都司聞喜詩，共計9首。	368
詩歌數量	49	136	204	363	19	771
所佔比重	6%	18%	26%	47%	3%	100%

第一節　詠史述懷詩

一、詠史詩

　　在所有的詩歌題材中，詠史詩是歷史事件、歷史人物或歷史遺蹟與詩人情感、詩人文化心理積澱的兼融。東漢班固的《詠史》是詠史詩的真正開端，他的詩歌講述了緹縈救父事，贊詠了她的精神和膽量。但是在唐以前，詠史詩一般是直述史事，顯得質樸無華。而唐代的詠史詩，開拓出了"懷古"、"覽古"、"詠懷古蹟"等新的領域。這讓詩人主體情感真正介入詩歌，使得詠史詩達到史實、抒情、議論三位一體的境界，他們面對現實有感而發，將歷史題材熟練地加以鎔裁，化爲瑰麗的詩篇，達到內容和形式的完美統一。到了宋代，詠史詩在理學思想的影響下而趨於散文化、議論化、哲理化。元代的詠史詩，在題材上多與登臨懷古詩兼融。詩人以詠史爲寄託，諷喻社會現實，抒發盛衰興亡、滄桑變化帶來的感觸，並以此生發議論，進行抨擊。哈薩克部族的詩人也創作了不少特色鮮明的詠史詩，並且顯示了較高的文學成就。

　　金哀宗至大九年，即蒙古窩闊臺汗歲三年（1231），成吉思汗四子托雷和窩闊臺分道伐金。托雷從鳳翔、寶雞進入大散關。十一月，蒙古軍假道宋境，沿漢水而下，經興元（今陝西漢中）、洋州（今陝西洋縣），在均州（今湖北均縣西北）、光化（湖北光化北）一帶，用皮囊渡過漢水，北上進入金境。四年（1232）初，元軍與金軍在鈞州（今河南禹縣）遭遇，托雷被金軍圍困在三峰山。適逢大雪，金"軍士被甲冑僵立雪中，槍槊結凍如椽，軍士有不食至三日者"。① 拖雷率領軍隊，於金軍疲乏之際，大敗金大將完顏合達、移剌蒲阿、完顏斜烈，全殲金軍精銳三十餘萬，無一人逃脫。至正五年（1345），迺賢離開家鄉，北上遊歷，在經過陽翟時，於三峰山逗留遊覽，並重溫了這段歷史，寫下了這首《三峰山歌》：

　　　　鈞州陽翟縣南有山曰三峰，昔我睿宗在邸，嘗統兵伐金，與其將鏖戰山下，敗其軍三十萬，而金亡矣。今百餘年，樵牧往往於沙礫中得斷矟、遺鏃、印章之類。至正五年嘉平第二日，予自郟城將上京師，道出陽翟，夜宿中書郎郭君彥通私館，感父老之言而作歌曰：

---

① [元] 脫脫等：《金史》卷一一二《移剌蒲阿傳》。

落日慘澹黃雲低，懸厓古樹攢幽溪。

三峰山頭獨長嘯，立馬四顧風淒淒。

溪邊老翁行傴僂，勸我停驂爲君語。

山前今日耕種場，誰識當年戰爭苦。

金源昔在貞祐間，邊塵四起民凋殘。

燕京既失汴京破，區區恃此爲河山。

大元太子神且武，萬里長驅若風雨。

鏖兵大雪三將死，流血成河骨成堵。

朱鷺應瑞黃河清，聖人啟運乾坤寧。

當時流離別鄉井，歸來白髮歌承平。

曠野天寒霜簌簌，夜靜愁聞山鬼哭。

至今隴上牧羊兒，猶向草根尋斷鏃。

論功衛霍名先收，黃金鑄印身封侯。

英雄半死鋒鏑下，何人酹酒澆荒丘。

（余比修國史，睹三峰之役，金師三十五萬來拒戰，我師不敵，軍於山之金溝，其軍數重圍三峰，而中夜大雪，金人戈戟弓矢凍縛莫能施，我師一鼓殲之。自是金人膽落，不復戰矣。易之作歌辭，豪健激昂，而奕奕有思致。殆與三峰長雄置諸樂府鐃歌間，揚厲無前之盛績，良無媿也。晉寧張翥題）[1]

這首詩可以分爲三個部分，第一部分開篇陳述了三峰山愁雲慘澹、蕭風瑟瑟的景色，溪邊老翁給詩人講述當年三峰山戰役的悲壯與慘烈；第二部分則以老翁的視角切入，講述了當年金元兩國在三峰山交戰的場景，"三將死"、"血成河"、"骨成堵"，寥寥數語，卻勾勒出當年戰役的激烈程度。第三部分則將視野又從回憶拉向現實，至今仍

---

[1] ［元］迺賢：《三峰山歌》，《金臺集》（二卷）卷一，文淵閣四庫全書本。

然能在戰場遺址上發現當年戰爭的斷鏃殘劍，陰天下雨時，似乎還能聽到死去將士的呐喊。當年凱旋而來的將士論功行賞，官至侯爵，可是那些戰死沙場、爲國捐軀的亡魂卻没有得到重視，尸骨在異國他鄉埋葬，甚至都没有後人去祭奠他們。元代後期有太多的戰爭，不僅要防禦外敵的侵入，也要鎮壓各地的農民起義，詩人也看了太多的戰爭，也知道戰爭的殘酷性，只要有戰爭就會有犧牲，這是詩人不願意看到的，他希望國家能夠永享太平，百姓能夠永遠安居樂業。詩人用這首詩，表達他對國家盛世太平的渴望。

再如廼賢《讀金太祖武元皇帝平遼碑》：

> 十丈豐碑勢倚空，風雲猶憶下遼東。
> 百年功業秦皇帝，一代文章太史公。
> 石斷龍鱗秋雨後，苔封鼈背夕陽中。
> 行人立馬空惆悵，禾黍離離滿故宫。①

金太祖武元皇帝平遼碑在南都豐宜門外（今北京豐臺區），由金史臣韓昉撰，宇文虚中書。韓昉（1082—1149），字公美，燕京（今北京）人，遼天祚帝天慶二年（1112）壬辰科狀元，補右拾遺，轉史館修撰，累遷少府少卿、乾文閣待制。後降金，初授昭文館直學士，官至參知政事，封鄆國公。善屬文，長於詔册，作《太祖睿德神功碑》，當世稱之。宇文虚中（1079—1146），初名宇文黄中，别號龍溪居士，成都府廣都（今成都雙流）人。大觀三年（1109）進士，宋徽宗賜名“虚中”，官至資政殿大學士，歷仕宋徽宗、宋欽宗、宋高宗三朝，遷爲黄門侍郎。南宋建炎二年，出使金國被扣押。金熙宗繼位，加授禮部尚書、翰林學士承旨，封河内郡開國公，加特進，後因圖謀南奔而被殺。宋孝宗

---

① ［元］廼賢：《讀金太祖武元皇帝平遼碑》，《金臺集》（二卷）卷二，文淵閣四庫全書本。

淳熙六年,追贈開府儀同三司,賜諡肅滐。有文采,詩集不傳,今存詩50餘首,收入《中州集》和《全金詩》,詞收入唐圭璋《全金元詞》,《宋代蜀文輯存》錄長文短簡十二篇。廼賢這首詩歌寫的是他經過金太祖武元皇帝平遼碑時的所見與所感。開頭便寫金太祖完顏阿骨打叱咤風雲的氣勢與平遼建金的功績,將他拿來與統一六國的秦始皇嬴政相比也不遑多讓,如果太史公司馬迁知道此事的話,也會將它重重地載入《史記》,表達了詩人對完顏阿骨打極盡讚美與欽佩之情。但是後來筆鋒一轉,寫金都現在殘垣斷壁、蕭索凋零的頹景,讓詩人不禁感慨萬千,宮闕萬間都做了土。詩人表面上是寫金太祖完顏阿骨打平定遼東建立金國,但最後因金國統治腐敗而被元帝國所滅的歷史事實,其實他是影射元廷統治者,藉以警告他們如果不能讓文臣治國、武將守邊,繼續讓這種吏治腐敗、朝綱亂紀的現象發生,金國的悲慘結局也會在元朝重演。

廼賢寫過許多類似這樣題材的詩歌,《岳墳行》也是其中代表作之一:

守墳觀禪師至京,請加封諡徵賦此。宋將孟珙滅金,捷回金陵,命軍士屎溺秦檜墓上。

岳王烈烈真丈夫,材兼文武唐漢無。

平生許國膽如斗,誓清九廟迎鸞輿。

十萬精兵多意氣,赴難勤王盡忠義。

將軍閫外圖中興,丞相江南請和議。

東京百戰方解圍,班師詔促事還非。

父老吞聲仰天哭,兒郎含憤渡河歸。

感激英雄竟誅害,萬里長城真自壞。

但將淮水作邊關,不道中原屬蕃塞。

百年古廟近荒墳,夜深石馬戰秋雲。

簫鼓時來謁祠下，遺民猶泣舊將軍。

君不見滅金孟珙誇驍勇，凱還兵薄秦家隴。

六軍涸穢積如山，千古行人呼糞塚。①

　　這首詩不像《讀金太祖武元皇帝平遼碑》那樣委婉含蓄，詩人開門見山地表達自己對岳飛的讚賞與敬佩，說他是"真丈夫"，文治武功無人能及，在抵禦金朝侵犯屢立戰功。然而正是這樣一位戰功顯赫、將士愛戴的好將軍，卻被奸相秦檜召回，喪失了收復故土的大好機會，製造了遺恨千古的風波亭慘案。愛國將領被毒戕，讓天下人心寒，導致國家長期分裂，一條淮河，金國與南宋分割而治。這也使詩人發出了"萬里長城真自壞"的感慨，一個國家容不下賢臣良將，卻讓奸佞當道，善惡不分，這不是自掘墳墓嗎？詩人也從中給予當朝統治者以警醒，賢臣救國，小人誤國。雖然過去了百年，但是時常能看到有人到岳飛墳上祭拜，同時作爲對比，奸相秦檜的墓則遭到了污辱，抗金名將孟珙命士兵往他的墓塗滿了糞尿等污穢之物。中國古代社會一向有死者爲大的傳統，如若不是罪大惡極、激起民憤，没有人願意去拿死人洩憤。而秦檜顯然是國家的叛徒、人民的公敵，被這樣對待也不足爲奇。詩人通過詠歎歷史，藉以諷諭，實屬巧妙。

　　再如康里部回回《賈公祠》其一：

　　　　烈日當空存大節，嚴霜卷地揭孤忠。

　　　　至今凛凛有生氣，銷得聲光吐白虹。②

　　以及哈刺魯部伯顔子中《過豫章》：

---

① ［元］廼賢：《岳墳行》，《金臺集》（二卷）卷二，文淵閣四庫全書本。
② ［清］顧嗣立：《元詩選·癸集》，北京：中華書局，1987年版，第163頁。

　　艫棹滄洲外,行行入故城。樓臺空舊跡,門巷半新名。

　　盛學誰從説,明身只自驚。惟看徐孺子,千古有餘清。①

　　這兩首詩歌分別是對漢代賢臣賈誼和徐孺子的詠歎。賈誼(前
200—前 168),洛陽(今河南省洛陽市東)人,西漢著名思想家、文學家。
賈誼雖有才華,但被權臣排擠,最終遭貶。徐孺子(97—168),即徐穉,
豫章南昌(今南昌市高新區北瀝徐村)人。東漢時期著名的經學家,以
"恭簡義讓,淡泊明志"的處世哲學爲世人推崇。兩首詩雖然詠歎了不
同的人,但是表達的情感是一致的,都是讚揚他們高風亮節、忠貞爲國
的精神,並且他們的美名一直流傳後世,是人們學習的典範。藉以表達
對清官廉吏的渴望,對盛世太平的希冀。但兩首詩在寫作手法上又不
盡相同。回回的詩歌語言氣勢宏大,顯得雄渾有力,他並沒有壓抑自己
的感情,而是直接表達自己的觀點與評判,驚濤駭浪般的情感抒發敲擊
著每個人的心靈。而伯顏子中的詩,抒情方式則顯得含蓄委婉,借用對
古蹟的描寫從而引起自己的思考,並聯想到徐孺子,清濁明昏後世自有
評論。在語言上也顯得質樸無華,並無藻飾。在看似平淡的語言背後,
蘊藏著深刻的人生哲理,於不動聲色之中給予人最有力的鞭策。

　　這些詩歌都是通過對歷史人物或者歷史事跡的詠懷感歎,在讚
美古代先賢的同時,表達對現實社會良將賢臣的呼喚。在這樣的現
實環境中,只有這些爲國爲民,鞠躬盡瘁死而後已的人,才能真正幫
助元廷走向輝煌,才能爲百姓去謀求福祉。作爲統治階層的哈薩克
部族文人,他們用紙和筆發出了時代最強音。

二、述懷詩

　　《詩經》大序中説"詩言志","志"即"情"也,對詩歌的本質特征做

――――――――――

① ［清］顧嗣立:《元詩選・二集》,北京:中華書局,1987 年版,第 923 頁。

出了歸納。在古代詩歌中，對自我的推崇、對個性的張揚、對個人情趣理想的表達、對親情友情愛情的流露等因素，是詩歌創作最原始最根本的動力，因此述懷詩是最能體現詩歌本質特徵和詩人最真實情感的，它們不僅具有文學價值，還具有一定的史學價值，通過研究解讀它們，可以成爲還原史實的一種手段。如嶐嶐《秋夜感懷》：

> 元統三年乙亥歲，孟秋十七辰丁酉。
> 初夜才聞蟋蟀聲，秋蟬單啼聲亦久。
> 次夜蟬啼聲更多，中宵酷熱如之何。
> 三更欲盡蟬聲止，蛩聲切切鳴相合。
> 輒願蓐收肅金氣，爲運涼飆示秋義。
> 一掃沉陰秋月明，鬱蒸既盡清風至。[①]

　　這首詩是嶐嶐在至正四年（1344）農曆八月十一於杭州所作，但是詩人在元統元年才將此詩抄錄下來。《中國書法全集》四十六冊小序載：“余作此詩今十年矣。適欲書，偶記而錄之，子山識。時至正四年歲甲申八月十一日，在杭州之河南王之西樓。”詩歌大部分詩句都是寫秋夜的景色。因爲秋伏未盡，仍然是悶熱無比，蟋蟀與蟬的叫聲此起彼伏，讓詩人心煩意亂。可是最後四句“輒願蓐收肅金氣，爲運涼飆示秋義。一掃沉陰秋月明，鬱蒸既盡清風至”，詩人突發奇想，希望能夠盼來涼風除去這一切的煩惱，這裡的“金氣”，可以理解爲自然界的秋風，更深層次應該理解爲元廷整治貪官污吏的手段，前面的“蟬”、“蛩”則是指代這些貪官污吏。可見詩人是多麼痛惡這些煩人的跳梁小丑，同時又是多麼渴望元廷能夠處理他們！

---

① 嶐嶐：《秋夜感懷》，劉正成主編《中國書法全集》四十六冊，北京：榮寶齋出版社，2000年，第 229 頁。

　　再如迺賢《郟城冬夜讀書有感》：

　　　幽窗悄無寐，稍覺塵慮清。月色下床頭，映我書冊明。
　　　微燈照孤影，慨彼華髮生。永懷古先哲，勞心但營營。①

　　這首詩是迺賢在郟城冬夜讀書時的真切感悟，主要是對苦讀詩書，和科舉考試帶來的一些壓力，而這個壓力正來源於對自己影響較大的兄長塔海。檢索史籍，由王元恭（至正）《四明續志》卷二《進士》得知：迺賢兄塔海，字仲良，占籍南陽路汝州郟縣，延祐五年（1319）進士及第。泰定二年（1325）三月，塔海以忠翊校尉出任慶元路奉化州判官，累官至四川嘉定宣慰使（官階從二品）。因爲迺賢自幼追隨在塔海身邊，所以塔海對他的影響是十分明顯的。因爲塔海一舉中第，而自己於至正元年倉促應考，結果名落孫山。這讓迺賢感到羞愧，所以他才下定決心認真準備，也正因爲這樣，才有了這首《郟城冬夜讀書有感》。詩歌前四句寫了迺賢在書房讀書的清冷之景，四下無聲的冬夜，讓詩人覺得略顯清冷，環顧四周，只有皎潔的月色映照在床頭，並讓手中的書冊顯得更加明亮。然後詩人想到自己白髮都生了出來，還在孑然一人追求功名，一種孤單寂寞的感覺油然而生。最後一句"永懷古先哲，勞心但營營"，既是對先哲的緬懷，也是對自己的激勵。根據王元恭（至正）《四明續志》我們可知，郟縣是迺賢父祖進入中原的第一個立足點，所以他的這首詩歌不僅是寫自己，还寫到了對先祖的懷念，並希望通過自己的努力，取得成績，以達到光耀門楣的目的。

　　迺賢是慶元路鄞縣（今浙江寧波）人，至正六年（1346），他從家鄉來到了大都，並且入住在金臺坊的客寓中。作爲一個南方人，大都的

――――――
① ［元］迺賢：《郟城冬夜讀書有感》，《金臺集》（二卷）卷一，文淵閣四庫全書本。

北國風光讓廼賢應接不暇。他來到大都的第一首詩便是《京城燕》，寫給他又親切又熟悉的燕子。並且在詩歌前加了一段小序："京城燕子三月盡方至，甫立秋即去，有感而作。"詩云："君不見，舊時王謝多樓閣，青瑣無塵捲珠箔。海棠華外春雨晴，芙蓉葉上秋霜薄。"[①]看到燕子三月來，立秋去，聯想到自己來到大都是不是值得，又會有什麽收穫，這種迷茫的心緒在詩歌里表現得淋漓盡致。

伯顔子中《過烏山鋪》中也有類似的情緒流露：

溪流霜後淺，野燒曉來明。古路無人跡，空山有驛名。
衾寒知夜永，析響覺風生。苦被浮名誤，棲棲復此行。[②]

伯顔的這首詩清幽閑淡，卻又透露著深刻的哲理，在質樸無華的描寫中，賦予了這首詩最大價值的品讀。詩歌首聯點明寫作的時間地點，"霜"、"曉"這些字眼，説明是在深秋黎明時分。詩人在經過烏山鋪看到的景象：溪水淺流，篝火未盡，人跡罕至的古路，清幽寂寥的山間有一座驛站。寥寥幾筆，勾勒出一幅蒼涼遒勁的深秋出遊圖。然後詩人的視野由山間轉向室内，因山間濕氣重，所以衣服被子都是潮濕冰冷的，而且驛站外面風吹將屋頂都在晃動，這樣的居住條件讓人覺得難以入眠，自然顯得深夜格外的長。最後一聯"苦被浮名誤，棲棲復此行"，詩人似乎看透了功名，可是又不得不進行此趟旅程。這種行程似乎不是自然界簡單的遠遊，或許詩人有更深的旨意。詩人明明知道元廷積重難返、多災多難，但爲了國家，爲了百姓，也爲了自己的忠臣之心，無論前方是多麽的艱難，都要堅持走下去。這是不得不的選擇，也是不得不的決定。

---

① ［元］廼賢：《京城燕》，《金臺集》（二卷）卷一，文淵閣四庫全書本。
② ［清］顧嗣立：《元詩選·二集》，北京：中華書局，1987年版，第923頁。

這些文人的詠史述懷詩，雖未能擺脱前人詠史述懷興亡、失意、思歸等苑囿，但是因其少數民族直爽性格使然，也將此類詩歌寫得語意渾然，雖有苦楚，但是心胸豪邁，較前人詩歌仍有可取之處。

第二節　風光紀行詩

哈薩克部族是追隨蒙古鐵騎南征北伐的勁旅，後又憑軍功遷入中原，因此他們有更多的機會飽覽大好河山，又因爲他們的少數民族身份，所看到的景觀又殊於漢人之描繪，無論是自然風光，還是民俗風情，在他們筆下別有異域風味。

一、自然風光

不忽木《過贊皇五馬山泉》：“相彼山泉源本清，太平君子濯塵纓。泠泠似與遊人説，説盡今來往古情。”①據《大明一統志》卷三載：“在贊皇縣東一十里，上有五石馬，因名。……上有白馬泉及五馬山神廟。”所以不忽木的詩歌寫的是贊皇縣（今河北省西南，石家莊和邢臺之間）五馬山泉水的景色。這首七絶短小精悍、意藴豐厚。詩歌前兩句是寫五馬山泉水的清澈，後兩句則採用擬人化的寫作手法，賦予五馬山泉以人格色彩，想象著它對過往的遊客講述過去的歷史興衰。詩歌妥帖地使用典故，採用《孟子·離婁上》“滄浪之水清兮，可以濯吾纓”之語，説明太平盛世的君子們經過此泉，都會洗濯冠帶上的灰塵。可以看出詩人對太平盛世的嚮往，想象奇特，角度精妙。同時此詩語言清新自然，不事雕琢，自有一種渾然天成之感。陳援庵評價其詩：

---

① ［清］顧嗣立：《元詩選·癸集》，北京：中華書局，1987年版，第162頁。［清］道光十二年鈔本《内邱縣志》卷四題作《題九龍橋》。

"雖一鱗半爪，然流麗可喜。"①涵虚子《詞品》評價甚高："閑雲出岫，必有所見也。"

再如伯顔子中《春日絶句》：

> 幾片殘紅點客衣，小溪流水鱖魚肥。
> 畫橋盡日無人過，楊柳青青燕子飛。②

伯顔子中這首七言絶句清新秀麗、恬淡閑婉，像是徐徐展開的春日山水畫卷。"幾片殘紅"，指出此時應在暮春時節，而一個"點"字，化靜爲動，不僅將落下的花瓣擬人化了，而且似乎更能表達出詩人看到花瓣沾到行人衣服時的欣喜之情，一個"點"字，盤動全詩，讓詩歌充滿靈動之氣。然後詩人又看到潺潺流動的溪水中，鱖魚正肥，這裡詩人化用了唐代詩人張志和的《漁歌子》里的"西塞山前白鷺飛，桃花流水鱖魚肥"一句，也可看出伯顔子中宗唐之風。然後詩人視角由下而上轉換，看到溪水之上的畫橋人跡罕至，一整天都沒人經過，岸邊的楊柳樹已泛青青之色，燕子也來回翻飛，構成了這幅春日之圖。"幾片殘紅"、"小橋流水"、"楊柳青青"、"燕子翻飛"，色澤鮮明但又顯得柔和，氣氛寧靜但又不失活潑。這不僅反映了伯顔的漢語文創作成就之高，同時也反映了他那種悠然恬淡、高遠脱俗的人生旨趣。寥寥幾筆，而形態畢現。

又如金哈剌《山水圖》：

> 曲曲松間路，英英嶺上雲。人家臨水住，機杼隔溪聞。
> 戴笠耕春雨，扶節對夕曛。定知清興足，不作北山文。③

---

① 陳垣：《元西域人華化考》，上海：上海古籍出版社，2000年版，第62頁。
② ［清］顧嗣立：《元詩選·二集》，北京：中華書局，1987年版，第922頁。
③ ［元］金哈剌：《南遊寓興集》，日本江戶寫本。

　　這首詩描繪了一幅山水農耕圖。詩人首先寫了他看到的景色，彎彎曲曲的松間小路，漂浮在半山腰的綿綿白雲。然後又寫一戶人家臨水而住，機杼織布的聲音隔著溪流都能聽到。在田地裡，有個農夫帶著斗笠在耕地，跟著耕牛的節奏從早到晚耕作。這裡"扶節"化用了《列子·湯問》里《薛譚學謳》"扶節悲歌"一句，這裡詩人卻反其意而用之，塑造了一個滿足於自身生活的耕夫形象。"夕曛"則是指落日的餘暉。南朝謝靈運《晚出西射堂》："曉霜楓葉丹，夕曛嵐氣重。"唐人戴叔倫《晚望》："山氣碧氤氳，深林帶夕曛。"又宋人梅堯臣《金山寺》："吳客獨來後，楚橈歸夕曛。"這些詩都是用的這個意思。尾聯"定知清興足，不作北山文"則寫出了詩人的猜想，這個耕夫一定是滿足於現在的生活，才不去想考取功名改變命運這些事。這樣的世外桃源的生活，遠離戰場紛爭，遠離勾心鬥角，是詩人渴望得到的生活。整首詩歌語言質樸，對仗工整，描繪了一幅生動的山水圖。

　　總之，哈薩克文人的此類詩歌，不僅豐富完備了史料記載，具有文史互證的作用外，其鮮明靈動、清新秀美的描繪也是令人心馳神往的。

二、扈從詩

　　中統元年（1260），忽必烈即位，將開平作爲臨時首都，後稱上都。1272年，遷都燕京（今北京），爲中都，後稱大都，開始正式實行兩都巡幸制。官員跟隨皇帝由南向北行進途中，目睹了巡幸規模之大，沿途風景奇特，觸發了詩人的情懷，於是創作了大量的扈從詩。在扈從隨行的官員中，有相當一部分都是詩文家。《元詩選》《元詩選癸集》《元詩補遺》中共收錄五十餘位詩人的497首扈從詩，並且此類詩歌數量仍有增補空間。立意保存一代之文獻史料是這些詩人創作扈從詩的原因之一。"鄙近雖不足以上繼風雅，然

一代之典禮存焉。"①"若觀夫巨麗，雖不能形容其萬一，而羈旅之思、
鞍馬之勞、山川之勝、風土之異，亦略見焉。"②除了"以詩存史"的意圖
外，元朝詩人還通過扈從詩來抒寫自己的情志，"竊爲詩一二，以賦物
寫景，然抒吾懷之耿耿，而閔吾生之孑孑，情在其中矣"。③

　　以"居庸關"這個意象爲例，就有很多人反復吟詠，如以下詩句：
"斷崖萬仞如削鐵，鳥飛不度苔石裂。"④"關門兩向當天開，馬如流水
車如雷。荒雞一鳴官怒起，列宿慘澹雲徘徊。"⑤"連山東北趨，中斷忽
如鑿。萬古爭一門，天險不可薄。"⑥"居庸關，山蒼蒼，關南暑多關北
涼。天門曉開虎豹臥，石鼓晝擊雲雷張。……居庸關，何崢嶸！上天
胡不呼六丁，驅之海外消甲兵。男耕女織天下平，千古萬古無
戰爭。"⑦

　　上面詩句主要都是關於戰爭題材的，也都描寫居庸關的險要地
勢。而迺賢的《居庸關》相較於以上詩歌，則有一絲不同的韻味，這裡
作簡要論析：

　　　　關北五里，今敕建永明寶相寺，宮殿甚壯麗，三塔跨於通衢，
　　車騎皆過其下。

　　　　　疊嶂緣青冥，峭絕兩厓束。　盤盤龍虎踞，岑巇互回伏。
　　　　　重關設天險，王氣輿坤軸。　皇靈廣覆被，四海同軌躅。
　　　　　至今豪俠人，危眺屢驚蹜。　崎嶇棧閣峻，縈紆岡澗曲。
　　　　　環村列虛市，鑿翠構廬屋。　溪春激岩溜，山田雜稑菽。

---

①　［元］張昱：《〈輦下曲〉序》，《張光弼詩集》，《四部叢刊》續編本。
②　［元］胡助：《上京紀行詩序》，《純白齋類稿》卷二〇，《金華叢書》本。
③　［元］柳貫：《題北還諸詩卷後》，《待制集》卷一八，文淵閣四庫全書本。
④　［元］陳孚：《居庸疊翠》，《元風雅》後集卷四，文淵閣四庫全書本。
⑤　［元］揭傒斯：《居庸行（赴上京道中作）》，《母音》卷六，文淵閣四庫全書本。
⑥　［元］黃溍：《居庸關》，《金華黃先生文集》，《四部叢刊》本。
⑦　［元］薩都剌：《過居庸關》，《雁門集》卷二，文淵閣四庫全書本。

絕頂得幽勝，人煙稍聯屬。浮圖壓廣路，臺殿出層麓。
白雲隱疎鐘，落日帶喬木。豈須歎蜀道，政可誇函谷。
居人遠念我，叩馬苦留宿。恐辜殷勤情，解鞍看山瀑。①

　　居庸關在今北京昌平縣境內，形勢險要，自古就是兵家必爭之地。詩人開始也像其他詩人一樣，描述了居庸關的險要地勢以及它在元朝的戰略地位。但是後面筆鋒一轉，寫道"環村列虛市，鑿翠構廬屋"，獨闢蹊徑，描寫居庸關周圍自然之景、阡陌交通、菽麥山田、絕頂幽勝、人煙聯屬，這樣的戰爭要地竟然有這樣難得的村舍民居。詩人留宿在此時，表達了對居庸關景色的欣賞和清幽閒適的人生感悟，發出了"恐辜殷勤情，解鞍看山瀑"的感慨。

　　迺賢雖然自小生長在中原地區，接受儒學培養，但是作爲哈剌魯部族的後人，他的骨子裏仍然流淌著豪放不羈的血液，大漠孤煙、長河落日、騎馬射箭的遊牧生活才是他嚮往的，並且願意去嘗試的。而在隨行過程中，他將看到的景色，寫成了《塞上曲五首》：

秋高沙磧地椒稀，貂帽狐裘晚出圍。
射得白狼縣馬上，吹笳夜半月中歸。
雜遝氈車百輛多，五更衝雪渡灤河。
當轅老嫗行程慣，倚岸敲冰飲驟駝。
雙鬟小女玉娟娟，自捲氈簾出帳前。
忽見一枝長十八，折來簪在帽簷邊。
馬乳新挏玉滿缸，沙羊黃鼠割來腥。
踏歌盡醉營盤晚，鞭鼓聲中按海青。
烏桓城下雨初晴，紫菊金蓮漫地生。

---

① ［元］迺賢：《居庸關》，《金臺集》（二卷）卷二，文淵閣四庫全書本。

最愛多情白翎雀，一雙飛近馬邊鳴。①

　　讀罷《塞上曲》五首，立刻感覺到草原的氣息撲面而來，是那麼的猛烈，是那麼的直接，就像最原始的東西觸碰最柔軟的心髓，讓人情不自禁地就愛上了。而詩歌中的少數民族的意象的運用，使得這組詩歌不同於中原文壇所創作的內容。"胡笳"、"氈車"、"驦駝"、"長十八"、"海青"、"沙羊"、"黃鼠"、"馬乳"、"白翎雀"，這些意象都是北方草原遊牧地區所特有的。

第三節　酬唱贈答與題畫詩

　　古人用詩歌相互酬唱、贈答，稱爲倡和，或稱唱和。梁蕭統《昭明文選》立"贈答"詩類，收王粲以下至齊梁贈答詩八十餘篇，可見當時贈答體已經很發達。最早的贈答詩，據文獻記載可上溯到西漢蘇（武）、李（陵）的送別詩，但是真僞尚存問題。而東漢的《客示桓麟詩》與桓麟的《答客詩》，以及秦嘉與其妻徐淑的夫婦贈答，當視爲此類詩歌的濫觴。而從西晉以後，則逐漸多起來，直至晚清，在各家詩集中幾乎無不有此類詩篇。② 而在元代由於統治者對於文化的不設防，文化環境非常寬鬆，文化交流空前繁榮，所以出現了許多優秀的酬唱贈答詩歌。這些詩歌主要內容爲思念友人、宦遊送別、寄情方外、題畫詩等方面。

一、思念友人

　　朋友之間的情誼永遠都是值得吟詠的，無論是伯牙、子期的知音

---

① ［元］迺賢：《塞上曲五首》，《金臺集》（二卷）卷二，文淵閣四庫全書本。
② 褚斌傑著：《中國古代文體概論》（增訂本），北京：北京大學出版社，1984年版，第260頁。

之情，還是荆軻、高漸離的生死之交，這種情誼不同於血緣親情，熱情大方、豪氣奔放本就是哈薩克部族人的傳統，他們對待朋友也是一片真摯與熱情。如金哈剌《春日遣興寄劉德玄經歷二首》：

> 我愛迂江好，離州半日程。園花飛暖蝶，庭樹囀春鶯。
> 倚竹看山色，循溪聽水聲。況逢劉幕府，詩酒見交情。
> 聞道公車便，侵晨欲發程。到家延好客，隨處聽啼鶯。
> 新宅花呈艷，高亭竹有聲。安能同逸步，春色最關情。①

　　詩中的劉德玄便是元朝文人劉仁本。劉仁本（約 1308—1367），字德玄，號羽庭，天台（今屬浙江）人。元末以進士乙科官溫州路總管，至正十九年(1359)除江浙行省左右司郎中。有《羽庭集》六卷傳世。金哈剌在任海道防禦都元帥的時候，協助方國珍海運工作，並與劉仁本爲同僚。“國珍歲治海舟，輸江淮之粟於大都，仁本實司其事。”②據統計，金哈剌《南遊寓興集》中與劉仁本相互酬唱贈答的詩歌有 14 題 17 首之多，高居酬唱對象的首位，可見二人感情之深。而這兩首詩，也可窺探兩人之交情。兩詩似是承接關係，第一首詩寫詩人在欣賞春日的美景時，恰巧遇到了好友劉德玄，便想和他一塊喝酒叙舊。而第二首詩則寫聽到劉德玄説他正好方便，便邀請詩人到他家把盞言歡，在看到劉德玄家中美景時，詩人發出了“安能同逸步，春色最關情”的感慨，詩人不僅表達了自己與好友之間的情誼深厚，並且期待下一次相逢時再能一塊散步的場景。類似還有《寄劉玄德經歷十六韻》：“別來才咫尺，勝似幾昏昕。每喜交遊密，常蒙記憶勤。”③

---

① ［元］金哈剌：《南遊寓興集》，日本江户寫本。
② ［清］紀昀等：《四庫全書總目》卷一六八，中華書局 1997 年整理本，第 2244 頁。
③ ［元］金哈剌：《南遊寓興集》，日本江户寫本。

《和劉德玄郎中隱君》："知君惟有葵陽老,千里相思白髮新。"①情真意切,令人感動。

劉仁本不僅與金哈剌交好,同廼賢也是莫逆之交。廼賢仕途不順,卻以詩聞名。他晚年歸浙東時,與客官在此的劉仁本相識,且仁本對他有知遇之恩。至正二十二年(1362),廼賢受元廷徵召,任翰林國史院編修一職,但當時戰亂頻仍、路途險惡,廼賢無法順利前往赴任。而劉仁本知道他"賢且貧也",遂聘其爲東湖書院山長,並贈《送馬易之主東湖書院事》詩:"湖水東頭見學宮,教分黨術啟群蒙。曾崇俎豆祠朱子,今喜師儒得馬融。蠹簡青燈聽夜雨,鯫生絳帳坐春風。鄞邦自是衣冠藪,況復書文四海同。"②將廼賢同通儒馬融相比肩,可見評價之高。《羽庭集》卷二有《四明應節婦張氏詩次馬編修韻》,説明廼賢有詩贈予劉仁本,但是檢閲各個版本《金臺集》均不見此詩。不過也從此可看出兩人文化互動頻繁。廼賢也有和其他人的酬唱之作,如余闕、脱脱、傁哲篤、傁遜等人,可看出哈薩克部族文人交友範圍廣泛,並不局限於本民族的交往。

二、宦遊送別

送別詩,主要是文士之間抒發離愁別緒的詩歌,送別詩肇始於《詩經·邶風·燕燕》,發展於南北朝時期,興盛於唐代。而封建時期的官員一生要輾轉多地任職,所以他們經常會面臨分別的境況。元代官員也不例外,很多詩歌涉及這一題材,例如金哈剌《送嘉仲和運判》:

　　　昔年遺愛在舒城,又向嘉禾播政聲。

---

① 〔元〕金哈剌:《南遊寓興集》,日本江户寫本。
② 〔元〕劉仁本:《送馬易之主東湖書院事》,《羽庭集》卷三,文淵閣四庫全書本。

尊俎每期賓客盛,詩書能教子孫成。

江堤柳色春來早,驛館梅花夜更清。

莫歎艤司淹驥足,九霄萬里看鵬程。①

　　詩中的嘉仲和運判,生平事跡不詳,但從此詩可以看出詩人和他感情真摯。詩人開頭便寫了嘉仲和運判的政績,在舒城的時候便已有美名,希望他到了即將上任的地方也能再接再厲。頷聯寫了嘉仲和運判的熱情好客,且人緣極好,每次宴請賓朋都會座無虛席,自身的文學修養也是極高,並且言傳身教於子孫。頸聯則寫了送別同僚時的景色,初春時節,江堤的柳樹已經抽出嫩芽,驛館的梅花仍然在清冷的深夜裡開放。在這樣的時節,詩人卻要和友人告別,可是在尾聯詩人一改送別詩的淒悶苦楚之境,筆尖一蕩,寫出了"莫歎艤司淹驥足,九霄萬里看鵬程"一句,頓時境界開闊起來,令人一掃心中積悶,豪氣萬丈。雖然最後一句有化用高適"莫愁前路無知己,天下誰人不識君"以及李清照《漁家傲》"九萬里風鵬正舉"之意,但是化用巧妙,毫無生澀之感,圓滑流暢,不留鑿痕。

　　諸如此類的詩歌不勝枚舉,例如廼賢同危素、鄭覺民、劉仁本等人相互唱和的詩歌衆多,在加強朋友間友誼的同時也拓寬了彼此的文化視野,提高了治學水準。

三、寄情方外

　　元代統治者自成吉思汗時期就對宗教採取寬容政策,實行相容不拒、免去差稅的優待,正因如此,元代呈現佛教、道教、薩滿教、也里可溫、伊斯蘭教等多元宗教並存現象,元人的信仰也呈現自由開放的姿態,有些人甚至不止信仰一種宗教。宗教間的交流與融合,也促進

―――――――――――

① [元]金哈剌:《南遊寓興集》,日本江户寫本。

了文化的繁榮與發展。

如鐵間的《寒草岩》：

> 寒草岩前春色稀，桃花無數映清溪。
> 我行已到仙家窟，不比漁人此路迷。①

又《升仙木》：

> 辟穀升仙世所奇，幾人到此亦成迷。
> 齊眉化羽歸何處，樹老山空鳥自啼。②

《寒草岩》這首詩前兩句寫了寒草岩的初春景色，有無數盛開的桃花倒映在清清的溪流上。後兩句則寫了鐵間一行人在此遊玩，不會再像武陵漁人一樣迷路。這裡化用了陶潛的《桃花源記》的典故，將"仙家窟"看作是桃花源，而將自己比作武陵漁人，但是因爲自己内心有信仰和堅持，才不至於像漁人一樣"迷不復得路"，化用典故自然，卻又表明情懷，甚是巧妙。而《升仙木》講述的是劉樊夫婦在四明山登仙樹羽化成仙的傳説。詩歌開頭引用劉樊夫婦辟穀升仙的神奇故事，可是詩人也不知道有多少人慕名到此，想得道成仙。現在劉樊夫婦的坐化之處不知在何地，只有鳥兒在深山老樹上啼叫。表達了詩人也想潛心修道、羽化成仙，可是卻不知如何實現這一想法的遺憾之情。

這兩首詩寫得飄逸自然，雖寫凡塵，卻又不食煙火，有種空靈神秘之感。同時也説明鐵間是信奉道教的，"仙家"、"辟穀"、"化羽"都

---

① 《御選元詩》卷七二，文淵閣四庫全書本。
② ［清］黄宗羲：《升仙木》，《四明山志》卷五，四明張氏約園刊本。

是道教的專有名詞，而且在《升仙木》里詩人也表達了潛心修道的願望和無法成仙的遺憾之情，可見鐵閭對道教的信奉之虔誠。

元朝的宗教信仰並不是强制的，而是採取寬容的政策，一個人可以有一種信仰，也可以有多種信仰。史書記載，忽必烈命自己寵臣廉希憲信奉佛教，而廉希憲則稱自己已受孔子戒，不願接受佛戒，而忽必烈也沒有再勉强。① 金哈剌有《和巽中和尚二首》，其一云："袈裟遮體帽遮頭，共説沙門得貫休。"② 又《張道士》云："謝卻紅塵事，飄然去學仙。"③雖然不能説明金哈剌信仰佛、道兩教，但至少説明他並不排斥佛、道兩教，而且對這兩種宗教都有興趣，並與兩教人士來往密切，鑽研教理。

諸如此類還有廼賢《陽明洞丁元善尊師攜酒招省郎穆蕪君過余夜飲》、《送道士袁九霄歸金坡道院》，泰不華《贈澄上人》《贈山中道士善琴》，金哈剌《過謙上人所居》《梅隱爲于道士作》等等，都反映了哈薩克部族文人對宗教的態度，並且與方外人士來往密切，探討人生哲學，品味文學的意趣。

四、題畫詩

題畫詩萌芽於西漢揚雄《趙充國畫像贊》，中經曹植、傅玄、陶淵明的畫像贊，到南朝江淹、沈約、庾肩吾的看畫詩，再到北朝庾信正式以《詠畫》命名，題畫詩的形成和體制有了實踐和理論上的基礎。唐朝則是題畫詩的形成期，但是此時的詩並非題在畫面之上。到了宋朝，書與畫才真正結合，題畫詩發展到成熟階段。目前從實物考證，形式上把書與畫融合在同一載體的是宋徽宗趙佶《芙蓉錦雞圖》（藏北京故宮博物院）和《臘梅山禽圖》（藏臺北故宮博物院），並且這種藝

① ［明］宋濂：《元史》，北京：中華書局，1976 年版，第 3092 頁。
② ［元］金哈剌：《南遊寓興集》，日本江户寫本。
③ 同上。

術行爲在元代形成風氣,並在元末趨於成熟,成爲元代的一種文學現象。[1] 元代的題畫詩數量多達 3 798 首,但是從縱向維度來看,題畫詩的數量在各個朝代是不均衡的,據有關文獻資料統計:六朝到隋爲 34 首,[2]唐爲 175 首,宋爲 1 085 首,金爲 88 首,明爲 3 752 首,[3]可見元代題畫詩之興盛。據《古今圖書集成·文學名家列傳》統計,元代有文學名家 394 人,[4]而明有文學名家 1 836 人,元代的文學名家數量約爲明代的五分之一,可是題畫詩的數量却較之明代多出許多。另外,從建國時間長短來看,元朝建國僅有 90 年,而明朝卻長達 270 年。所以,從題畫詩數量和時間跨度兩方面來説,元代題畫詩的確是盛極一時。而色目詩人在題畫詩方面也取得了巨大的成就,如康里百花、高克恭、薩都剌、馬祖常等人,都有文學成就較高的題畫詩流傳下來。明人陳繼儒説:"先秦、兩漢,詩、文具備,晉人清談、書法,六朝人四六,唐人詩、小説,宋人詩餘,元人畫與南北劇,皆自獨立一代。"[5]可見元代畫成就之高,而題畫詩與元人畫共生,且可與元人畫成就相提並論。

例如康里百花《題夏禹玉〈煙江疊嶂圖卷〉》:

> 大江來自岷山遠,萬里東流幾深淺。
>
> 洪濤巨浪日舂撞,一派西隨萬山轉。
>
> 萬山峨峨翠黛浮,大孤小孤當中流。
>
> 高城遠出武昌樹,衰草微連鸚鵡洲。

---

① 東方學:《題畫詩源流考辨》,《河北學刊》2002 年第 4 期。
② 劉繼才據《全漢三國晉南北朝詩》統計。
③ 劉繼才據《御定歷代題畫詩類》並參考部分詩文集統計;參考查洪德《元代詩學通論》,北京:北京大學出版社,2014 年,第 119 頁。
④ 另據《四庫全書總目提要》所録《御定四朝詩》統計,元有詩人 1197 人,其與"文學名家"有別。
⑤ [明] 陳繼儒:《太平清話》卷一,明崇禎刻本。

茅屋人家住深島，雞犬不聞人跡少。

幾行歸雁日邊來，一幅征帆天際小。

湘南雨歇秋風清，落木黯慘哀猿聲。

荆門月出夜潮長，九疑山碧秋雲横。

我生自是優遊者，足跡何曾半天下。

長江萬里欲神遊，卻喜今朝見圖畫。

圖畫再展未能休，似有模糊寒具浮。

只恐通仙忽飛去，驚絶當年癡虎頭。①

　　夏珪，生卒年不詳，南宋畫家，又名圭，字禹玉，錢塘（今杭州）人。與李唐、劉松年、馬遠齊名，在中國古代繪畫史上有“南宋四家”之稱。康里巎巎則是看到了夏珪的這幅《煙江疊嶂圖卷》，心有所感，寫下了這首題畫詩。楊鐵崖曾言：“蓋詩者心聲，畫者心畫，二者同體也。納山川草木之秀，描寫於有聲者，非畫乎？覽山川草木之秀，叙述於無聲者，非詩乎？故能詩者必知畫，而能畫者必知詩，由其道無二致也。”②元釋英《答畫者問詩》亦云：“要知詩真趣，如君畫一同。機超罔象外，妙在不言中。”③二人對題畫詩看法較爲一致，認爲詩畫同體，詩是有聲畫，畫是無聲詩，不管怎樣，都是文人心境的一種表現手法。康里巎巎將看到的畫卷之景，生動細緻地描述出來。他用自己的文筆描述了奔流向東的長江之水，雞犬不聞、人煙稀少的深島，秋風落葉下的哀猿、征帆落日下的歸雁這些意象，最後加入自己的情感在裡面，詩人自認爲遍遊天下，可是看到這幅圖卷才知道自己還有很多地方並未涉足，一方面表達了對大自然的敬畏與探奇之情，另一方面也

---

① ［清］顧嗣立、席世臣：《元詩選·癸集》，北京：中華書局，1987 年版，第 661 頁。
② ［元］楊維楨：《無聲詩意序》，《東維子集》卷一一，《四部叢刊》本。
③ ［元］釋英：《白雲集》卷四，《武林往哲遺著》本。

表達了看到畫卷的驚喜之情。

再如廼賢的《梨花白頭翁圖爲四明應成立題》：

> 澹月溶溶隔畫樓，一枝香雪近簾鉤。
> 山禽似怨春歸早，獨立花間自白頭。①

該詩寫得清雅別致，雖然是應承之作，但是絲毫没有晦澀應付之感，讀起來清新淡雅而又有絲絲傷感，讓人動容。前兩句詩人按照畫面所呈現的内容予以描述，可知是春寒料峭的夜晚，淡淡的月光灑在畫樓上，一枝帶雪的樹枝橫卧在窗邊。後兩句則將山禽，即白頭翁擬人化了。好像白頭翁並不是生來就白頭，而是因爲抱怨春天離去太早，一夜愁白了頭。猶如神來之筆，將惜春傷春之感，借用動物之角度，巧妙地表達出來，讓人生發出“禽猶如此，人何以堪”之感。

第四節　思鄉愛國詩

詩言志，歌詠情，任何時代的詩歌都離不開對家鄉和國家的吟詠。人非草木，孰能無情？古代無論是漂泊在外求學的學子，還是輾轉各地仕宦不定的官員，無論在春風得意，還是陷入低谷的時候，他們始終會懷念家鄉的親人，希望能從親人那裡得到最溫暖的慰藉與鼓勵。同時，作爲封建王朝培養的文士，忠君愛國也是他們精神境界和人生價值的體現，特別是哈薩克部族，將“忠”和“勇”作爲部族的傳統精神一直保留，並世代相傳。

---

① ［元］廼賢：《梨花白頭翁圖爲四明應成立題》，《金臺集》（二卷）卷一，文淵閣四庫全書本。

一、思鄉念家

思鄉念家的懷鄉詩是詩歌的主體，早在先秦時代就有不少懷鄉詩，其中以《詩經》和楚辭爲代表。魏晉南北朝時期是其發展時期，詩歌的思想内涵主要以仕宦遠遊思鄉爲主。唐宋時期，懷鄉詩發展鼎盛，無論是詩歌題材、創作主體、思想内涵，都較前朝更爲豐富。而元朝的懷鄉詩因爲有少數民族詩人的參與，又呈現出異於前朝的特色。例如金哈刺《新正書懷二首》：

> 鳳曆推年紀，生成託化鈞。驛梅纔送臘，官柳又逢春。
> 莫歎鬚鬢老，還欣麴米新。日邊雲五色，直北望楓宸。
> 欹枕愁長夜，凭欄謌醉眸。塵沙迷楚甸，風雨暗江洲。
> 何日銷兵氣，窮年問酒籌。兒郎有書信，海上待歸舟。①

金哈刺的這兩首詩寫的是對家鄉以及親人的懷念，尤以第二首感情更爲真摯，文學藝術特色更高。詩人剛開始就寫自己因爲長夜難眠，所以倚著欄杆喝酒，在醉眼朦朧中，他看到塵沙滿甸、風雨交加的景色。然後詩人不禁發問，什麽時候才能没有戰爭，才能和親朋好友把酒言歡。爲什麽詩人會有這樣的想法與心境，原來都是因爲家中兒郎寄來了書信，詢問詩人何時能够回家。讀罷此詩，讓人不僅感受到詩人宦遊在外對家鄉及家中親人的深切思念，同時也表達了一個人在外飄蕩的孤單寂寞之感。

再如廼賢《新月行》：

> 江南小兒不識愁，新月指作白銀鈎。

①［元］金哈刺：《南遊寓興集》，日本江户寫本。

家人見月更歡喜，捲簾喚我登高樓。

三年留滯京華里，袞袞黃塵馬頭起。

一番見月一番愁，歸心夜逐東流水。

在家不厭賤與貧，出門滿眼多故人。

誰念天涯遠遊客，只有新月能相親。①

　　這首詩清新明快，同時又夾雜淡淡的哀愁。自己的孩子不懂得什麼是愁，將新月想象成了白銀鉤，而家人看到新月之後也是十分地歡喜，呼喚詩人登樓望月。詩人因爲要謀取功名，在大都待了三年，如今看到新月升起，有說不出的惆悵與念家。在人際關係複雜的大都，讓詩人不禁懷念家鄉生活的單純與樸素，儘管貧賤，也不會厭煩，出了家門，都是自己父老鄉親。可是在異鄉的詩人卻連個說話的人都沒有，只能將滿腹的心事告訴新月。廼賢一生都在爲功名而奔走流浪，或許在追求功名的過程中看盡了世態炎涼、人情冷暖，也懂得貧賤與富貴始終有一條不可逾越的鴻溝，這才讓廼賢感到孤單寂寞，才會對家鄉對親人有了濃濃的思念與依戀。若說此詩是廼賢對功名的渴望，下面這首《三月十日得小兒安童書》則是廼賢更爲灑脫的人生觀的顯現：

辭家海上忽三年，念汝令人思惘然。

萬里書來春欲暮，一庭花落夜無眠。

賈生空抱憂時策，季子難求負郭田。

但得南歸茆屋底，儘將書册教燈前。②

---

① ［元］廼賢：《新月行》，《金臺集》（二卷）卷一，文淵閣四庫全書本。

② ［元］廼賢：《三月十日得小兒安童書》，《金臺集》（二卷）卷一，文淵閣四庫全書本。

　　這首詩表面寫廼賢對小兒子的懷念,而實際是表達自己壯志難酬、歸隱之意的詩作。詩人寫道自己離開家在外漂泊已經三年,其對家鄉親人的思念可謂深切,而此時小兒子寄來的家書,讓詩人激動地一夜未眠。五六句則採用典故,賈生,即西漢時的賈誼(西元前200—168),通曉諸子百家,有遠大抱負,後被文帝召爲博士,升至太中大夫,後遭陷害,被文帝疏遠,貶爲長沙王太傅,抑鬱而死。後代很多詩都以賈誼的生平遭遇爲題材,如李商隱《安定城樓》:"賈生年少虛垂涕,王粲春來更遠遊。"劉長卿:"賈誼上書憂漢室,長沙謫去古今憐。"都是吟詠感歎賈誼空有治國之志、卻無法實現的生平遭遇。季子,則是指戰國時期的蘇秦(? —約西元前321),字季子,東周洛陽乘軒里人。曾遊說齊、楚、燕、韓、趙、魏六國,聯合抗秦,被推爲合縱之長,佩六國相印。"難求負郭田",是指蘇秦早年遊說秦國,未被録用,大困而歸,受到兄嫂的奚落和歧視,後出遊六國,終於成了顯赫一時的大人物。當行過家鄉洛陽時,兄嫂前來迎見,側目不敢仰視,俯伏侍取食。蘇秦感慨説:"此一人之身,富貴則親戚畏懼之,貧賤則輕易之,況衆人乎! 且使我有雒(洛)陽負郭田二頃,吾豈能佩六國相印乎!"①採用這兩個典故,詩人委婉含蓄地説出了自己壯志未酬的惆悵之情,以致出現最後"但得南歸茆屋底,盡將書册教燈前"這樣的歸隱之情,希望能夠罷官回家,教子讀書,過著淡泊名利的生活,以此終老。

二、忠君愛國

　　文學是訴諸語言並以形象説話的一種意識形態,也可以説是一種特殊的精神產品。而忠君愛國這一題材是文學中重要組成部分,歷朝歷代都有涉及。而每當經歷戰亂和朝代更替,這種題材的作品

---

① 〔漢〕司馬遷:《史記》卷六九《蘇秦傳》,北京:中華書局,1959年版。

呈井噴之勢,而元代末期,由於外敵入侵和農民起義不斷發生,忠君愛國的詩歌便又迎來發展的高峰。

如伯顏子中《挽余廷心》:

> 義重身先死,城存力已窮。百年深雨露,一士獨英雄。
> 甲第聲華舊,文章節概中。只今千種恨,遺廟夕陽紅。①

余廷心,即余闕,順帝至正十八年(1358)余闕守安慶,被義軍陳友諒攻陷,舉家自盡。伯顏的這首詩寫得深沉悲痛,令人感傷。詩歌一開始就寫了余闕捨生取義的忠義之舉。是什麼讓余闕有此舉動呢,原來是因爲元廷對他有恩澤,這裡的"雨露",比喻元廷的恩澤。接下來詩人就說到了余闕的才華,科舉考試取得第一名,文章志節氣概非同一般,可是如此優秀的人,卻自盡而亡,讓人不得不歎息。這裡伯顏子中之所以吟詠先烈、懷念余闕,實際上他也有同樣的氣節,只是通過對先烈的懷念,委婉地表達出自己的志節罷了。

再如泰不華《陪幸西湖》:

> 北都冠蓋地,西郭水雲鄉。珠樹三花放,鷟旗五色翔。
> 雞翹輝鳳渚,豹尾殿龍驤。駕擁千官仗,帆開百尺檣。
> 屬車陪後乘,清道肅前行。河漢元通海,湖山遠勝杭。
> 經綸屬姚宋,制作從班揚。瑞繞金根動,聲搖玉珮鏘。
> 春陰飛土雨,曉露挹天漿。御柳枝枝綠,仙葩處處香。
> 葵傾惟日向,荷倨借風張。寶馬鳴沙路,華舟迴石塘。
> 金吾分禁籞,武衛四屯箱。小大濡深澤,仁明發正陽。

---

① [清] 顧嗣立:《元詩選・二集》,北京:中華書局,1987 年版,第 921 頁。

皇皇星斗潤，落落股肱良。朝野崇無逸，邦家重有光。

賜租寬下國，傳詔出中堂。布政親巡省，觀民或怠荒。

麥禾連野迥，桑柘出林長。樂歲天顏喜，回鑾月下廊。[①]

詩歌記述了皇帝遊覽四湖時的恢宏壯觀之陣仗，千官作陪，開河清道，金玉錚錚，寶馬嘶嘶，通過這一系列的描寫與叙述，表達了詩人陪皇帝出遊的自豪之情，同時也反映了對皇帝的崇敬與忠誠之意。

總之，哈薩克部族文人的詩歌題材創作不僅豐富多彩，而且具有獨特的民族審美意趣，他們無論是諷諭現實、詠史述懷，還是在風光紀行、酬唱贈答、思家愛國上，都表現出了獨特的文化視角和人文觀照，迥異於中原文化，爲元代文化增加了新鮮的血液，在豐富和發展元代文學上做出了不可磨滅的貢獻。

第五節　社會諷諭詩

《詩經》中的《碩鼠》《伐檀》等篇，是社會諷諭詩的濫觴，歷經兩漢、魏晉，到唐宋時期完全成熟並繼續向前發展。元朝是個大一統的朝代，在經歷無數次兵燹戰火的洗禮，社會諷諭詩也較之以往朝代淬煉出更顯著的成就。作爲色目階層的哈薩克部族文人，他們不僅批判統治階級的腐敗統治、殘酷壓迫，同時也表達了對底層人民的同情與關愛，對清官廉吏的渴求和對盛世太平的渴望。

一、天災人禍下對民生問題的關注

歷朝歷代的統治階層都會考慮被統治階層的問題，"水能載舟，

---

① ［清］顧嗣立：《元詩選・初集》，北京：中華書局，1987 年版，第 1730 頁。

亦能覆舟"的民生觀也讓統治者更加重視民生問題。例如哈剌魯詩
人廼賢的《新鄉媼》：

> 蓬頭赤腳新鄉媼，青裙百結村中老。
> 日間炊黍餉夫耕，夜紡棉花到天曉。
> 棉花織布供軍錢，倩人輾穀輸公田。
> 縣裏公人要供給，布衫剝去遭笞鞭。
> 兩兒不歸又三月，祇愁凍餓衣裳裂。
> 大兒運木起官府，小兒擔土填河決。
> 茆樀雨雪燈半昏，豪家索債頻敲門。
> 囊中無錢甕無粟，眼前只有扶床孫。
> 明朝領孫入城賣，可憐索價旁人怪。
> 骨肉生離豈足論，且圖償卻門前債。
> 數來三日當大季，阿婆墳上無紙錢。
> 涼漿澆濕墓前草，低頭痛哭聲連天。
> 恨身不作三韓女，車載金珠爭奪取。
> 銀鐺燒酒玉杯飲，絲竹高堂夜歌舞。
> 黃金絡臂珠滿頭，翠雲繡出鴛鴦褳。
> 醉呼閽奴解羅幔，床前爇火添香篝。①

　　這首詩主要寫在戰亂頻仍的元朝，蒙古國族統治下百姓生活艱
難的場景與絕望的心理。全詩可以分爲三個部分：第一部分寫的是
封建王朝的橫徵暴斂，導致民不聊生；第二部分寫的是豪門勢力的欺
淩壓榨，甚至出現賣兒還債的人間慘景；第三部分寫的是貧富懸殊，
痛訴社會的不平等。詩歌一開始就描述了蓬頭赤腳、衣衫襤褸的新

---

① ［元］廼賢：《新鄉媼》，《金臺集》（二卷）卷一，文淵閣四庫全書本。

鄉老婦的形象。然後通過老婦的哭述,讀者瞭解到儘管老婦一家辛苦耕織,但是統治階級強取豪奪、強徵壯丁,導致老婦一家舉債過日。沒有還債能力的他們只能通過出售自己的孫兒來還債,血濃於水的親情,旁觀者的不理解,讓本已破碎的心情更加掙扎、自責,從而反諷當時社會的黑暗無情。當給婆婆上墳時,老婦才發現自己連買紙錢的錢都沒有,對生活的灰心、對未來的絕望,再加上她看到"三韓女"出則僕從相隨、入則錦衣玉食的奢侈生活,更加重了心態失衡感,讓她產生了不如做一個青樓娼妓的想法。在中國古代社會,娼妓優伶是最下等的職業,普通百姓是不齒於與之爲伍的,但凡是對生活還有一點希望的人,都不會有羨慕娼妓的想法。詩人通過新鄉老婦的種種遭遇與哭訴,採用以小見大的角度,反映了當時社會的普遍現象,無情地鞭撻了元政府統治下的政治黑暗、民生困頓,表達了對下層百姓的關心與同情。濮陽蓋苗(字耘夫)評價其詩曰:"右《新鄉媼》一首,余同年諸海仲良宣慰君之仲氏,納新(按:(清)《四庫全書》將"廼賢"譯作"納新")易之之所作也。其詞質而婉,豐而不浮。其旨蓋將歸於諷諫云爾。昔唐白居易爲樂府百餘篇,以規諷時政,流聞禁中,即日擢爲翰林學士。易之他詩若《西曹郎》《潁州老翁》等篇,其關於政治,視居易可以無媿,而藻繪之功殆過之矣。況今天子聖明,求言之詔播告天下,當此之時,易之之詩或經乙夜之覽,則其眷遇又豈下於居易哉。故子三復之餘,謹識其後,以俟南臺。"將易之詩歌成就與白樂天比肩,可見他在時人、同儕心中的地位。元詩人楊彝也云:"如《潁州老翁》《西曹郎》《巢湖》《新鄉媼》《新鄉堤》等篇,撫事感懷,若不經意而盡所欲言。有得於風人之旨者,當不謝於古人。"[1]二者評論頗爲精當。

封建社會時期的中國是一個農業大國,而農業最大的影響因素

---

① [元]楊彝:《金臺集·後序》,文淵閣四庫全書本。

就是氣候，風調雨順則國泰民安，若風雨失調則會導致農作物減產，甚至絕收，這時處在最下層的勞動人民則首當其衝。歷史上因自然災害導致流民暴動、凍餒遍野，甚至人食人的慘劇時有發生。所以歷代的統治階層都會採用各種方式祈求風調雨順、五穀豐登。例如康里部詩人金哈剌的《乞雨謠》：

> 白稻滿田秋不收，池乾井涸河絕流。
> 老農踏車足生繭，嗷嗷莫救飢寒憂。
> 郡侯持香扣龍戶，清醑在樽牲在俎。
> 神能鑒誠沛霖雨，不見悲啼見歌舞。[①]

金哈剌這首詩創作於元朝末年，自然災害和吏治腐敗等因素，導致農民起義時常爆發，作爲統治階層的金哈剌自然希望元朝能够風調雨順，百姓能够安居樂業，以實現統治的穩固，於是寫下了這首《乞雨謠》。詩歌首聯一開始就描述了顆粒無收、井枯河乾的大旱場景，頷聯將視野轉到了百姓辛苦汲水的勞動場面。儘管踩水車踩得雙足生繭，仍無濟於事，並且詩人設身處地爲百姓著想，今年的冬季該怎樣安然度過？頸聯鏡頭忽轉，從下層百姓一下捕捉到統治階層奢侈的生活，錦衣玉食的貴族生活與心憂饑寒的貧民生活形成了最強烈的對比，而此刻詩人對百姓的同情與關愛之情達到了噴薄的界點，尾聯這種憂國思民的情感如火山般噴薄而出，祈求天上的神靈能够聽到自己及百姓虔誠的禱告，讓元朝大地出現歌舞升平的盛世之景。從金哈剌的這首詩歌可以窺探元朝末年風雨飄搖的統治，統治階層並不是不努力爲元朝著想，像廼賢、金哈剌這一類人，他們積極地想通過自己的努力讓元朝重返過去的強大與穩定，但是憑一己之力很

---

① ［元］金哈剌：《南遊寓興集》，日本江户寫本。

難讓積重難返、根基壞掉的元帝國有所起色。或許他們明白自然災害並不可怕,可怕的是人禍,政治黑暗、吏治腐敗才是吞食大元帝國的元兇,他們對百姓越是同情和關心,越表明他們對現實社會有清醒的認識。

再如伯顔子中《過故居》:

> 白頭歸故里,荒草没柴門。鄉舊仍相見,兒童且不存。
> 忠清千古事,骨肉一家魂。痛哭松楸下,雲愁白日昏。①

伯顔占籍龍興路(今江西南昌),是當時較爲富庶的地方,可是在他年老回鄉時,他看到的不再是記憶中的景象,而是一片蕭索破敗的慘景。若是人丁興旺,荒草怎麼也不可能長得把柴門都覆蓋了,曾經認識的鄉親仍在,只是不見兒童存在,這是一種可怕的景象。在農業社會,勞動力富餘才是繁榮昌盛的象徵。兒童之所以不見,無非是因爲百姓貧窮,無法撫養。詩人委婉含蓄地反映百姓生活的艱難現狀。基於此情此景,詩人忍不住老淚縱橫,"痛哭松楸下,雲愁白日昏"這兩句詩將全詩的思想感情推向一個新的高度,表面上看詩人是因自己家鄉破敗而痛苦,更深層次是因爲詩人看不到希望,覺得愧對家鄉父老。詩人採用擬人化的手法,將"雲"和"日"都賦予了人性化的色彩,白雲也因爲鄉村破敗而憂愁,日光因爲人丁蕭索而昏暗,這裡更能表達出詩人對民生問題的關注,對當權者不作爲的批判,更是對元朝命運擔憂的情懷。

二、兵燹戰火中對腐敗吏治的批判

元朝自元世祖忽必烈定都漢地,將國號改爲大元(1271)起,最終

---

① 〔清〕顧嗣立:《元詩選·二集》,中華書局,1987年版,第923頁。

以元順帝於至正二十八年（1368）放棄大都北遁而結束，歷經 97 年。宋濂在《元史·地理志》中載："自封建變爲郡縣，有天下者，漢、隋、唐、宋爲盛，然幅員之廣，咸不逮元。漢梗於北狄，隋不能服東夷，唐患在西戎，宋患常在西北。若元，則起朔漠，並西域，平西夏，滅女真，臣高麗，定南詔，遂下江南，而天下爲一，故其地北逾陰山，西極流沙，東盡遼左，南越海表……"①叱咤風雲的蒙古鐵騎將足跡踏遍了整個中華大地，將中國版圖空前擴大。可是，在政治統治上，作爲遊牧民族的蒙古國族漸漸弊端顯露，黑暗的統治、腐敗的吏治，慢慢地侵蝕大元帝國的根基，最終在元朝末年，強大的元朝轟然倒塌，終結了曇花一現的強大假象。作爲統治階層的色目階層，許多文人在自己的作品裏反映了這種問題，例如迺賢的《新隄謠》：

> 近歲河決白茅，東北氾濫千餘里。始建行都水監於鄆城，以專治之。少監蒲從善築隄建祠，病民可念。予聞而哀之，乃作歌曰：黃河決道時，有清水先流至，名曰漸水。曹濮之人見此水，皆遷居高丘預避。
>
> 　　老人家住黃河邊，黃茅縛屋三四椽。
> 　　有牛一具田一頃，蓻桑種穀終殘年。
> 　　年來河流失故道，墊溺村墟決城堡。
> 　　人家墳墓無處尋，千里放船行樹杪。
> 　　朝廷憂民恐爲魚，詔蠲徭役除田租。
> 　　大臣雜議拜都水，設官開府臨青徐。
> 　　分監來時當十月，河冰塞川天雨雪。
> 　　調夫十萬築新隄，手足血流肌肉裂。
> 　　監官號令如雷風，天寒日短難爲功。

---

① ［明］宋濂等撰：《元史》卷五八《地理志一》，北京：中華書局，1976 年版，第 1345 頁。

> 南村家家賣兒女，要與河伯營祠宮。
>
> 陌上逢人相向哭，漸水漫漫及曹濮。
>
> 流離凍餓何足論，只恐新隄要重築。
>
> 昨朝移家上高丘，水來不到丘上頭。
>
> 但願皇天念赤子，河清海晏三千秋。①

　　詩歌主要講的是黄泛區曹濮一帶（今河南），百姓在監官逼迫下修建新堤的事。詩歌前四句是對家住黄河邊上一位老人生活的描述，一間草房，一頭耕牛，一頃良田，過著自給自足的耕織生活。但是因黄河決堤，所有的生活都被改變了。元帝心憂百姓，免除了災區的賦稅徭役，可是下層官吏在執行上卻出了偏差，寒冬臘月、雨雪交加的時節，竟然徵集壯丁修建新堤。雖然百姓手足流血、皮膚皸裂，但是"天寒日短難爲功"，更讓人心寒的是監官竟然不顧百姓死活，只爲取得成績，導致家家賣兒女、人人相向哭的場景。天災雖然可怕，可是"苛政猛於虎也"，可見人禍比天災更爲可怕。看到這樣一副慘景，詩人發出了"但願皇天念赤子，河清海晏三千秋"的吶喊，祈求皇天能够風調雨順，希望元帝能够聽聞下層百姓的疾苦，整頓吏治，使得大元疆土海晏升平、長治久安。

　　"羽林行"是從樂府舊題《羽林郎》衍化而來，屬於《雜曲歌辭》一類。"羽林"，據班固《漢書·百官公卿表》記載：漢武帝太初元年（前104）設建章營騎，後改名爲羽林騎。作爲皇帝禁宫衛隊，一般也稱御林軍。由於它是皇帝的近衛軍，兵源多來自軍人的子孫，故又稱"羽林孤兒"。這些"羽林孤兒"往往憑藉他們的特殊身份，橫行不法，人們對他們唯恐避之不及。元朝末年，因爲驕奢淫逸之風久矣，以强悍善戰而稱的蒙古鐵騎威風不再，再加上封蔭制使得軍隊高級將領的

① ［元］迺賢：《新隄謠》，《金臺集》（二卷）卷一，文淵閣四庫全書本。

年齡偏小且毫無上陣殺敵的本領與經驗,軍隊戰鬥力急劇衰退。迺賢的詩歌《羽林行》諷諭的就是這種不合理的封蔭制度:

> 羽林將軍年十五,盤螭玉帶懸金虎。
> 黃鷹白犬朝出遊,翠管銀箏夜歌舞。
> 珠衣繡帽花滿身,鳴騶斧鉞驚路人。
> 東園擊毬誇意氣,西街走馬揚飛塵。
> 湖南昨夜羽書急,詔趣將軍遠迎敵。
> 寶刀鏽澀金甲寒,上馬傍徨苦無力。
> 美人牽衣哭向天,將軍執別淚如泉。
> 安得天河洗兵甲,坐令瀚海無塵烟。
> 君不見關西老將多戰謀,數奇白髮不封侯。
> 據鞍矍鑠尚可用,誰憐射虎南山頭。①

　　《羽林行》這首詩可以分爲三個部分:第一部分講的是羽林將軍錦衣玉食、遊玩嬉樂、不可一世的紈絝生活;第二部分講的是皇帝徵召,出征禦敵,但是羽林將軍因怕死崩潰而哭;第三部分講的是詩人對有勇有謀的戍邊老將得不到加官晉爵,而貪生怕死的乳臭小子卻官至將軍的疑諷。整首詩結構完整,語言質樸流暢,採用多重對比:首先是羽林將軍征戰前後的對比,將征戰前的錦衣玉食、不可一世的紈絝生活與征戰時"苦無力"、"淚如泉"的貪生怕死的狀態作了對比;其次是羽林將軍與關西老將的對比,"年十五"只懂享樂,毫無半點戰爭經驗卻官至羽林將軍的少年與長年戍守關西險隘、有豐富戰鬥經驗卻沒有高官厚禄的老將做了對比。同時詩人也用了"馮唐易老,李廣難封"這個典故,更加重了對元朝封蔭制度不合理的諷刺與質疑。

---

① 〔元〕迺賢:《羽林行》,《金臺集》(二卷)卷一,文淵閣四庫全書本。

元廷重用這種貪生怕死、毫無戰鬥經驗的紈絝子弟,注定在後期的戰爭中無法重現當年蒙古鐵騎的颯爽雄風,也爲自己的王朝自掘墳墓。

歷史上對於元朝的滅亡的分析有多種説法,無論哪種説法都對元政府的管理制度的缺陷有所提及。元代後期,當朝之人挾權勢"椎剝盡膏血,遊獵徹昏晨",文官貪財,武官怕死,最終將形勢大好的江山敗完,倉促地結束了不到百年的統治。哈薩克部族的有識之士,雖然知道這些原因,但是憑藉一己之力無法改變積重難返的元朝,只能在詩歌中來表達自己的無奈之情。

三、繡黻盛世下對清官廉吏的渴求

中國向來提倡詩歌爲事而作,提倡詩歌的教化功能和爲政治服務的作用。早在春秋時期,孔子就提出了"興觀群怨"之説,到了漢代詩歌的怨刺理論正式建立。之後,詩歌衍化出了怨刺功能。而在日漸衰微、吏治腐敗的元朝,人民渴望出現能夠匡扶救世的賢臣良相,能夠讓國家重振雄風、百姓安居樂業。許多文人也用社會諷諭詩的美刺方法來諷諭元廷的官場與吏治,所以對清官廉吏的渴求成爲時代最強烈的呼喚。如康里部巎巎的《清風篇》:

> 清風嶺頭清風起,佳人昔日沉江水。
> 一身義重鴻毛輕,芳名千載清風裏。
> 會稽太守士林英,金榜當年第一名。
> 一郡疲民應有望,定將實惠及蒼生。①

巎巎的詩歌清新秀麗,語言平易閑婉,充分體現元詩"尚清"之特色。這首《清風篇》運用典故,手法嫻熟,毫無生澀之感,可見巎巎的

---

① [清] 顧嗣立、席世臣:《元詩選・癸集》,北京:中華書局,1987 年版,第 164 頁。

文學成就之高,並且深諳中原傳統文化。詩歌開頭便寫到詩人因清風嶺的清風吹起,吹皺一池江水的場景中,想起了自沉汨羅的屈原,然後他又引申到司馬遷《史記》中"死有重於泰山,或輕於鴻毛"這一句,認爲自沉汨羅、爲國而死的屈原是偉大的,是流芳百世的。然後詩人筆鋒一轉,寫到了當今會稽太守士林英,他不僅文采出衆,獲得了金榜的第一名,而且政績斐然,深得百姓愛戴。這裡詩人不僅將士林英抬高至與屈子並肩,同時也反映了詩人對清官廉吏的深切渴望,呼籲這樣的父母官出現得越多越好。

同爲康里部詩人的金哈剌也寫過類似的題材,例如《雪》:

相國多仁政,陰陽得順調。五更風撲面,三日雪齊腰。
宿麥根猶壯,長松翠不凋。太平符樂歲,擊壤聽民謠。[①]

據《元史》卷一一三《宰相年表二》,可以推斷出這首詩寫於順帝十二年,詩中丞相應爲脫脫。因爲在順帝時期,脫脫在順帝支持下採取"更化"政策,朝政爲之一新,"中外翕然,稱爲賢相",其他丞相像伯顏、阿魯圖等人,政績基本不明顯,特別是伯顏强權專橫,導致元朝矛盾重重。而且《宰相年表二》中載:"(順帝)四年,(脫脫)五月辭相位。"因爲脫脫政績明顯,功高震主,於是順帝對脫脫猜忌之心加重,脫脫被迫辭去相位。但後來順帝在皇后奇氏的勸説下再次啟用脫脫爲相。"(順帝)九年閏七月,(脫脫)復相。……(順帝)十二年二月,(脫脫)總兵,八月出師,十一月還朝。"[②]這時候脫脫作爲丞相,帶兵鎮壓亂民叛軍,並於冬季凱旋而來。這時候金哈剌希望在丞相脫脫的帶領下,元朝再次能够興盛。

---

① ［元］金哈剌:《南遊寓興集》,日本江户寫本。
② ［明］宋濂:《元史》卷一一三《宰相年表二》,北京:中華書局,1976 年版。

　　金哈剌的詩歌較之嶔崺更爲直接，他一上來就開門見山地誇讚當今相國的輔君治國的才能，在他實施仁政的情況下，風調雨順，連下三日齊腰深的大雪，保證了小麥的安全過冬。瑞雪兆豐年，詩人在看到雪的時候，心裡想到的卻是來年莊稼的收成，“長松翠不凋”表面上是寫松樹深冬青翠依舊的樣子，更深層次可以理解爲詩人希望相國的仁政如同這青松一樣一直推行下去，這樣百姓才能安居樂業，國家才能盛世太平。由此可見詩人對丞相脫脫的推崇與敬佩之情，爲國家擁有這樣的賢臣良相感到由衷的高興。

　　元朝後期吏治腐敗，官場黑暗，導致百姓生活困苦，國家飄搖欲墜，這也直接促使人們對清官廉吏的迫切需求與渴望，而哈薩克部族文人諸如嶔崺、金哈剌等詩人的詩歌便是當時時代的呼籲與渴求，他們希望能够重現大元皇朝之雄風，出現拯救蒼生的清官廉吏。

第三章　哈薩克部族文人
詩歌藝術特色

胡行簡曾説:"西北貴族聯英挺華,咸誦詩讀書,佩服仁義。入則謀謨帷幄,出則與韋布周旋,交相磨礱,以刻厲問學,蔚爲邦家之光。至元、大德間,碩儒巨卿前後相望。自近世言之,書法之美,如康里氏子山、劄剌爾氏惟中;詩文雄渾清麗,如馬公伯庸、泰公兼善、余公廷心,皆卓然自成一家。其餘卿大夫士以才谞擅名於時,不可屢數。"①顧嗣立極言西北色目詩人所取得的文學成就,甚至同虞集、楊載這樣的大儒相比較,也不遑多讓。在概覽哈薩克文人詩歌作品的基礎上,筆者認爲:作爲少數民族詩人,哈薩克部族文人的詩歌作品無論是在描寫叙事方面,還是在語言風格方面都取得了很高的藝術成就,是元代文壇的一支勁旅。

第一節　描寫叙事技巧

林唐臣(林弼)曾評價廼賢:"自弱冠知名於胄監中。爲詩有法,善以長篇述時事,誠所謂'詩史'者……公久寓江南,習其士俗民瘼吏弊,可以一曆而周知矣。今易之君不惟采民謠以觀風,又能述民風以

---

① 〔元〕胡行簡:《方壺詩序》,《樗隱集》卷五,文淵閣四庫全書本。

爲詩,蓋將以備清問之對、國史之録"。① 其實這種評價不僅適用於廼賢,也適用於和廼賢一樣由西北入駐中原的哈薩克部族文人。他們的叙事詩歌,不僅具有現實主義特色,還能夠將自己的民族情感、價值標準注入其中,實在難得。

一、取材典型　主題明確

哈薩克部族文人,受到民族傳統的影響以及對文學創作的追求,精心選擇具有典型意義的題材,並通過明確的主題和深入的挖掘力度,苦心經營,以求最大程度地表達出具有進步意義的思想。

前文提及的廼賢《新鄉媪》一詩,選取了新鄉老婦人這一典型人物,通過細節描寫與客觀叙述,呈現出"蓬頭赤脚"、"青裙百結"的貧窮的人物形象,緊接著詩人又揭示了造成老婦生活貧困的原因,原來是官差催租,兩個兒子被徵服役而不得回家,又被債主逼迫,不得不賣掉幼小的孫兒抵債,這一幕幕的慘景,在詩人的筆下如同展開的畫卷,一幅幅的向讀者説清。然後詩人筆鋒一轉,寫道:"恨身不作三韓女,車載金珠爭奪取。銀鐺燒酒玉杯飲,絲竹高堂夜歌舞。黄金絡臂珠滿頭,翠雲繡出駕鴦禍。醉呼閹奴解羅幔,床前爇火添香篝。"極度描寫青樓女子生活的奢華,反襯出老婦的悲慘命運。"恨身不作三韓女"的心理活動,更加深化了這首詩的主旨思想,在揭露貧富差距巨大的元朝社會的同時,也引發了人們對現實的思考,這種不平等的社會究竟是什麼原因造成的?

再如伯顔子中的《七哀詩》:

有客有客何纍纍,國破家亡無所歸。荒村獨樹一茅屋,終夜

---

① ［明］林唐臣:《馬翰林易之使歸序》,《林登州集》卷九,《北京圖書館古籍珍本叢刊》複印明刻本。

泣血知者誰？燕雲茫茫幾萬里，羽翮鎩盡孤飛遲。鳴呼我生兮亂中遭，不自我先兮不自我後。

我祖我父金月精，高曾纍世皆簪纓。歲維丁卯兮吾以生，於赫當代何休明。讀書願繼祖父聲，頭白今日俱無成。我思永訣非沽名，生死逆順由中情，神之聽之和且平。鳴呼祖考兮俯餤假，籩豆失薦兮我之責。

我母我母何不辰，腹我鞠我徒辛勤。母兮淑善宜壽考，兒不良兮負母身。榖維新兮酒既醇，我母式享無悲辛。鳴呼母兮母兮無遠適，相會黃泉在今夕。

我師我師心休休，教我育我靡不周。四舉濫叨感師德，十年苟活貽師羞。酒既陳兮師庶止，一觴我奠涕泗流。鳴呼我師兮毋我惡，捨生取義未遲暮。

我友我友，全公海公，愛我愛我兮人誰與同？惟公高節兮寰宇其空，百戰一死兮偉哉英雄。鳴呼我公兮斯酒斯酌，我魂我魂兮惟公是托。

我子我子兮嬌且癡，去住存殁兮予莫女知。女既死兮骨當朽，女苟活兮終來歸。鳴呼女長兮毋我議，父不慈兮時不利。

鴆兮鴆兮置女已十年，女不違兮女心斯堅。用女今日兮人誰我冤，一觴進女兮神魂妥然。鳴呼鴆兮果不我誤，骨速朽兮肉速腐。[①]

這七首詩從國破離亂到簪纓高祖、淑善母儀、師德教育、友朋高節、嬌癡子女，一一呼唱，哀婉淒絕，如杜鵑啼血，末以飲鴆酒而骨肉速腐來表明拒不仕明、爲元守節的心志，以表不愧國家、父祖、母親、師友、子女，詩歌仿若杜甫《同谷七歌》，但與杜甫憂於生計苦厄不同，

---

① ［清］顧嗣立：《元詩選·二集》，北京：中華書局，1987 年版，第 923 頁。

伯顏子中更多的是表現憂國思家、忠義高節的情懷。此外還有嶔嶔的《賈公祠》，選取了賈誼這一漢代賢臣的形象，開門見山地表達了對賈誼的欽佩之情，並且希望後人能夠將他作爲傚法典範，能夠心存大節，爲國効力。還有前文提及的廼賢《塞上曲五首》，通過貂帽狐裘的牧人裝束、敲冰取水的日常勞作、少女簪戴長十八的情景、吹笛踏歌的民族歌舞等典型場景來展現塞外獨特的民族風俗。這些詩歌無一例外地選取了典型題材，爲自己的主旨服務，主題明確，頗見藝術魅力。

二、注重技巧　描寫生動

詩歌和其他體裁一樣，有特定的技巧，只有善於並且合理運用這些技巧，詩歌才能更好地表達出獨特的藝術魅力和文學價值。哈薩克部族文人也在傳統漢文學的影響下，潛心學習詩歌表現技巧，並恰當運用。

前面列舉廼賢的《新鄉媪》中，詩人將新鄉老婦的悲慘生活和三韓女的奢靡生活作對比，凸顯出元朝社會貧富差距過大的現實情況。又如《羽林行》云："寶刀鏽澀金甲寒，上馬傍徨苦無力。美人牽衣哭向天，將軍執別淚如泉。安得天河洗兵甲，坐令瀚海無塵煙。君不見關西老將多戰謀，數奇白髮不封侯。據鞍矍鑠尚可用，誰憐射虎南山頭。"詩中的對比，將毫無殺敵經驗卻取得高官厚祿的羽林將軍同征戰沙場卻沒有爵位的關西老將相比較，讓人不由感歎蔭襲制度的不合理，更加突出了詩歌的主題，增强了詩歌的可讀性。再如金哈剌的《乞雨謠》"老農踏車足生繭，嗷嗷莫救飢寒憂"和"郡侯持香扣龍戶，清醑在樽牲在俎"這幾句，將百姓悲慘生活和郡侯奢侈享受作對比，更加體現了社會的貧富不均，同廼賢的《新鄉媪》有異曲同工之妙。

詩歌的正文前後加上小序或小注，也是哈薩克部族文人慣用的敍事技巧。如嶔嶔《秋夜感懷》小序載："余作此詩今十年矣。適欲書，偶記而録之，子山識。時至正四年歲甲申八月十一日，在杭州之河南王之西樓。"將所作詩歌的時間、地點以及爲何而作寫地十分清楚，倘若没有這段小序，只是讀詩歌，"元統三年乙亥歲，孟秋十七辰丁酉。"我們只知這是元統三年（1335）所作，而小序則明確説真正記録下來是十年後的至正四年（1345），這就爲我們研究詩人詩歌創作提供了珍貴的史料，具有十分重要的作用。再如廼賢的《三峰山歌》前面的小序，就明確交代了三峰山的地理位置、發生的歷史事件，並且寫出自己創作此詩的時間、背景以及所要表達的心情，通過這種小序，讀者能够更加清晰地了解詩人想要表達的主旨，才能更好地貼近詩人的情感去理解這首詩。

　　注重叙述視角的轉换，力圖叙述真實詳盡，所謂叙述視角是指對作品里的故事内容進行觀察和講述的角度，主要分爲三種：第一人稱叙事、第二人稱叙事和第三人稱叙事。以廼賢《三峰山歌》爲例，詩人先採用第三人稱叙事這種全知全能的角度來描寫三峰山上荒涼蕭索的景色，然後又轉向老翁爲第一人稱視角自述往事，"溪邊老翁行傴僂，勸我停驂爲君語"，讓老翁充當叙事者，顯得真實可信。在老翁叙述完畢，叙述視角又轉向詩人，並以第一人稱叙事角度發出了"英雄半死鋒鏑下，何人醉酒澆荒丘"的感慨，短短一百多字，視角切换如此頻繁而又自然，既有全知全能的客觀視角叙述，又有詩人感慨的感性視角表達，結構複雜卻不紛亂，視角多變卻叙述清晰，實屬難得。

　　哈薩克部族文人的詩歌，不論是叙事詩還是寫景記遊詩，都遵循自然而爲、抒情達意的寫作手法，這也正是遊牧民族所崇尚的一種生活態度，並將之作用於詩歌，達到情景合一的效果。比如廼賢的一些諷諭詩，像《新鄉媪》《新隄謡》《三峰山歌》等，他總是將自己的情感暫且隱藏，開篇伊始採用客觀的叙事手法，寫到新鄉媪的貧困悲慘生活、征夫修建新堤的非人待遇以及三峰山戰事慘烈等情景，詩人一開始並没有將主觀感情介入其中，而是借詩歌中主人公之口講述，給讀

85

者一個客觀真實的資訊,最後詩人再通過一些感歎或呼籲之詞,將自己的感情插入其中,使詩歌情感有所升華,從而引起讀者的共鳴,達到抒情達意的目的。還有如答祿與權《雜詩四十七首》,通篇都是對周圍景物作客觀描繪,只在後兩句表達自己某種心境,或者通篇沒有抒情之句,而是將感情寓於景色之中,留給讀者自己體會。詩歌並沒有爲抒發某種感情而刻意爲之,而是通過自己所看到的景色,觸景生情,順勢而爲的一種情感抒發,真實自然,而無矯揉造作之感。

王國維曾説:"何以謂之有意境? 曰:寫情沁人心脾,寫景則在耳目,述事則如其口出是也。"[①]王國維認爲文學作品要有意境,就離不開"情"與"景"的結合。他在《人間詞話·乙稿序》中也提到過:"文學之事,其内足以攄己,而外足以感人者,意與境二者而已。"[②]由此可見情景交融是文學作品中必不可少的創作技巧。金哈剌的《南遊寓興集》是他在南方做官時寫的有關山水的詩歌,情景交融的創作技巧在這部詩集里有最直接的體現。如《得家書》:

> 朝朝簷鵲噪,夜夜燭花開。忽見家中信,新從海上來。
> 政茲愁滿眼,翻作喜盈腮。我有平安寄,重封待雁回。

詩歌剛開始就寫了喜鵲在樹上喳喳地鳴叫,蠟燭在夜裡結出燭花的場景,這一切都預示著有好事來臨,果不其然,原來是家中有人來信了。接下來,詩人採用對比手法"政茲愁滿眼,翻作喜盈腮",剛剛還被政務弄得愁眉苦臉,看到家書以後立刻笑容滿面,寫出詩人看到家書興奮激動的心境。一切景語皆情語,正因爲詩人看到家書後是高興的,所以他才認爲自己所看到的景物也是積極正面的。再如

---

① 王國維:《宋元戲曲史》,北京:百花文藝出版社,2002 年版,第 99 頁。
② 王國維著、宋楚明注:《人間詞話全集鑒賞》,北京:中國畫報出版社,2012 年版,第
   398 頁。

伯顔子中的《過豫章》："艫棹滄洲外，行行入故城。樓臺空舊跡，門巷半新名。"這前半段都是寫經過豫章時的風景，雖然表面上寫景，實則都是爲最後兩句"惟看徐孺子，千古有餘清"服務，借助自然之景表達求賢若渴的心情。嶔嶔《秋夜感懷》描寫秋夜裡的秋蟬寒蛩的鳴叫，心煩意亂之下，希望冬天到來凍死這些惱人的昆蟲，更深一層則表達了他希望元廷罷黜奸佞、重用賢臣的政治渴望。

還有迺賢的《答禄將軍射虎行》："箭翎射没錦毛攉，厓石崩騰腥血濺。萬人歡噪聲振天，剖開一鏃當心穿。"[1]便用了誇張的修辭手法，極言答禄與權的祖父箭法精妙、膂力之大，把老虎射殺的同時，連石頭都射碎了。

無論是採用對比誇張、轉換叙述視角，還是採用情景交融的手法，這些技巧都可以看出哈薩克部族文人在詩歌方面的造詣，他們不僅熱衷於漢文化，還積極地學習漢文化，並將這種成就以詩歌的形式展現出來。

第二節　質樸尚清的語言藝術

"在心爲志，發言爲詩"，意思是指蘊藏在心裡的是情志，用語言表達出來的才是詩篇，由此可見語言對於詩歌的重要意義。因此，要探求哈薩克部族文人詩歌的藝術特色，語言是其中必不可少的。貢師泰曾論迺賢的詩歌語言，"大抵五言類謝朓、柳惲、江淹，七言類張籍、王建、劉禹錫，而樂府尤流麗可嘉，有謝康樂、鮑明遠之遺風"。[2]戴良也説："積之既久，文軌日同，而子若孫皆捨弓馬而事詩書……他

---

① ［元］迺賢：《答禄將軍射虎行》，《金臺集》（二卷）卷二，文淵閣四庫全書本。
② ［元］貢師泰：《金臺集前序》卷首，文淵閣四庫全書本。

如高彥敬、嶷公子山、達公兼善、雅公正卿、矗公古柏、斡公克莊、魯公至道、王公廷圭輩，亦皆清新峻拔，成一家言。"①由此可知，哈薩克部族文人詩歌語言大都不事雕琢，以質樸尚清爲主。

一、質樸純真、風格省淨的語言特色

作爲草原遊牧民族，哈薩克部族人必須養成眼疾手快、化繁就簡的狩獵技巧，而哈薩克部族文人將這種生存技巧巧妙地運用到文學創作上來，於是就形成了質樸純真、風格省淨的語言特色。如金哈剌《烟波釣艇圖》：

> 樹暝山含雨，溪暄水漾雲。
> 得魚來屋底，塵事任紛紛。②

以及《野興》：

> 雪消春水長平湖，烟樹微茫似有無。
> 一葉小舟雙槳去，行行鳬雁入菰蒲。③

這兩首詩寫得清新明快，像是兩幅清雅淡然的山水畫卷，讓人心神澄淨，備感清新。《煙波釣艇圖》中"暝"、"含"、"暄"、"漾"、"來"這些動詞，運用到"樹"、"山"、"溪"、"水"、"魚"這些物象上，賦予它們人一樣的動作和情感，讀起來流麗可喜，頗有情調。《野興》更是像潑墨留白的山水畫，小舟蕩開而去像是畫上的山水，而飛入菰蒲的鳬雁就像畫作的留白，讓人忍不住遐想鳬雁究竟會飛往何處，會做些什麼？

---

① ［元］戴良：《鶴年吟稿序》，《九靈山房集》卷一三，北京：中華書局，1985 年版，第 183 頁。
②③ ［元］金哈剌：《南遊寓興集》，日本江戶寫本。

短短 28 個字,就涵蓋了曠野所有景色,而所有的景色又在詩人筆下簡潔明快地表達出恬淡閒適的情感,不蔓不枝,明淨簡潔。

再如泰不華的《題溪樓》:"溪水綠悠悠,高樓在溪上。日暮望江南,舟中采菱唱。"①廼賢的《京城春日二首》:"官牐冰消綠漫堤,落花流水五門西。黃鸝不管春深淺,飛入南城樹上啼。"②這些詩歌,都是用平淡無奇的物象,質樸直白的語言,以追求明白曉暢,但又言淺意深的意境。

哈薩克部族文人多質樸純真,所以他們的詩歌中也很少用到華麗的辭藻或者奇譎的語言。像答祿與權《雜詩四十七首》其一:"在昔顏氏子,陋巷困簞瓢。爲邦兼四代,克復在一朝。青蠅附驥尾,勝驤千里遙。竭才方卓爾,奚暇嗟無聊。"③自言自語式的詩歌語言,並佐以日常生活的物象,如"簞瓢"、"陋巷"、"青蠅"、"驥尾"之類的語言,描述了一幅鄉村生活的場景,使得詩歌在平淡樸素中又自有一種獨特的韻味。

再如廼賢《田家留客圖爲四明劉師向先生賦》:"客來田家當六月,主人相留樹邊歇。呼兒牽馬飲清泉,廚裏新漿解君熱。"④更是用生活化的語言,採用對話的形式來描述農家生活的場景,恰似街坊鄰居般親切的交談,質樸之中又帶著對農村生活的滿足之情。

這些詩歌看似渾樸自然,實則技藝高超,於不動聲色中將自然之景與所詠之情表達出來,頗具功力,使詩歌如行雲流水般清新自然。

二、善用技巧、平中見奇的語言藝術

哈薩克部族文人詩歌也講究語言技巧,並且取得獨特的成就。

---

① [清]顧嗣立:《元詩選初集》,北京:中華書局,1987 年版,第 1729 頁。
② [元]廼賢:《京城春日二首》,《金臺集》(二卷)卷二,文淵閣四庫全書本。
③ 楊鐮:《全元詩》,北京:中華書局,2013 年版,第 49 冊,第 471 頁。
④ [元]廼賢:《田家留客圖爲四明劉師向先生賦》,《金臺集》(二卷)卷二,文淵閣四庫全書本。

清人李重華云："業師問余：唐人作詩何取於雙聲疊韻，能指出妙處否？余曰：以某所見，疊韻如兩玉相扣，取其鏗鏘；雙聲如貫珠相聯，取其婉轉。"①在作詩宗唐的元代，疊字也是元代詩人常用的語言技巧。

疊字，又被稱爲疊音、重言，也就是詞、詞素或音節的重疊使用。使用疊字的好處便是能够增强詩歌的音律美，朗朗上口，清朗悦耳。廼賢在《金臺集》中疊字的使用次數高達 130 餘次。如"渺渺溪雲淨，涓涓石溜縣"②、"飄風西北来，颯颯吹裳衣"③等詩句，他利用疊字的回環效果描摹物態，模擬聲音，使詩歌的表達效果增强。

疊字也可以用来營造環境氛圍，抒發詩人當時心情。在塑造淒清蒼凉之方面，如金哈剌"漠漠平原曉，瀟瀟遠樹秋"，④從音韻學的角度上來看，"蕭"字的古音爲/sieu/，聲母在發音方法上是輕擦音，開口度不大，容易模擬風聲、流水聲、草木摇落等淒清的聲音，用"蕭蕭"一詞表現秋風蕭瑟、草木凋落之荒凉破敗景象。又用以表現老年人年老體衰的"擾擾紅塵亂，瀟瀟白髮生"，⑤用以表現風聲雪貌的"南山落木風蕭蕭，千里歸心折大刀"，⑥用以表現音樂聲音淒清的"一曲絲桐奏未休，蕭蕭笳管禁宮秋"⑦……無論表現哪種情境，都可憑藉疊字回環往復、節奏鮮明的特點營造出一種蕭索淒清的意境，對詩人抒發國家憂慮、望鄉懷人、壯志難酬等惆悵心情有重要作用。

同時疊字也可以營造清幽明淨的意境，便於詩人抒發恬淡閒適

---

① ［清］李重華：《貞一齋詩説・詩談雜録》，《清詩話》本。
② ［元］廼賢：《羅稚川山水十韻爲甬東應可立題》，《金臺集》（二卷）卷一，文淵閣四庫全書本。
③ ［元］廼賢：《登崆峒山》，《金臺集》（二卷）卷一，文淵閣四庫全書本。
④ ［元］廼賢：《毛學士畫牛》，《金臺集》（二卷）卷一，文淵閣四庫全書本。
⑤ ［元］金哈剌：《呈仲蕭先生師席》，《南遊寓興集》，日本江户寫本。
⑥ ［元］廼賢：《送葛子熙之湖廣校書》，《金臺集》（二卷）卷一，文淵閣四庫全書本。
⑦ ［元］廼賢：《讀江水雲集》，《金臺集》（二卷）卷二，文淵閣四庫全書本。

之心情。如廼賢"渺渺溪雲淨,涓涓石溜縣",①"渺渺"是狀貌詞,形容溪水上雲彩的輕盈姿態,"涓涓"是擬聲詞,形容潺潺的流水聲,使讀者有身臨其境之感,不僅對仗工整,更是塑造了清幽雅致的環境。類似的詩句還有"岩溜涓涓鳴石竇,松花細細落琴窗",②"晴雲冉冉浮宮樹,春水淋淋出御溝",③葉夢得曾云:"詩下雙字(即疊字)極難,須使五言七言之間除去五字三字外,精神性質全見於兩言,方爲工妙。"④施補華《峴傭說詩》說:"五絶七絶,作法略同。而七絶言情,出韻較五絶爲易,蓋每句多兩字,則轉折不迫促。"可見疊字運用的妙處與難得,也體現了金哈剌、廼賢等文人高超的語言藝術。

此外,還有金哈剌"清清首陽節,楚楚湘江魂",⑤泰不華"皇皇星斗潤,落落股肱良",⑥廼賢"聒天絲竹夜酣飲,陽陽不問民啼饑"⑦、"芝草繡衣金簒簒,芙蓉紉佩玉瑲瑲"⑧等等。這些疊字的使用,使得詩歌在節奏上整體呈現出鏗鏘回環、綽約生姿的感覺,具有極强的表現力和音律美,增加了詩歌的可讀性。

哈薩克部族文人不僅僅滿足於詩歌最基本的敘事抒情功能,還積極地學習詩歌技巧,無論是在風格特色還是語言技巧上,都孜孜不倦、精益求精,豐富和完善了元代詩歌的發展,爲"多規往局,少創新規"的元代詩壇注入了新的血液和活力。

---

① [元]廼賢:《羅稚川山水十韻爲甬東應可立題》,《金臺集》(二卷)卷二,文淵閣四庫全書本。
② [元]廼賢:《玄圃爲上清周道士賦》,《金臺集》(二卷)卷二,文淵閣四庫全書本。
③ [元]廼賢:《送蔡樞密仲謙河南開屯田兼呈偰工部世南》,《金臺集》(二卷)卷二,文淵閣四庫全書本。
④ [宋]葉夢得:《石林詩話》,《歷代詩話》本,北京:中華書局,1981 年版,第 411 頁。
⑤ [元]金哈剌:《蘭竹圖》,《南遊寓興集》,日本江户寫本。
⑥ [清]顧嗣立:《元詩·選初集》之《陪幸四湖》,北京:中華書局,1987 年版,第 1730 頁。
⑦ [元]廼賢:《潁州老翁歌》,《金臺集》(二卷)卷二,文淵閣四庫全書本。
⑧ [元]廼賢:《送道士張宗岳奉賀正旦表朝京竣事還龍虎山》,《金臺集》(二卷)卷二,文淵閣四庫全書本。

第三節　民族風情的傳達

馬克思指出:"古往今來每個民族都在某些方面優越於其他民族……"①這種民族特有的自豪感就會自然生發出該民族獨特的習俗和價值觀,並將之應用於文學創作上,就會呈現出屬於本民族的文化特色。進入中原的哈薩克部族文人,雖然捨弓馬而事詩書,但是骨子裡流淌的遊牧民族血液仍然讓他們對西域物象有著天然的熱愛與崇拜。

一、西域意象的擷取

"語象是詩歌本文中提示和喚起具體心理表像的文學符號,是構成本文的基本素材。物象是語象的一種,特指由具體名物構成的語象。"②哈薩克部族文士在詩歌中選取了許多具有西域意象的物象,分析這些物象,可以探析作者的情感傾向,體會詩歌表達的意境。

苜蓿,是古代西域地區常見的一種牧草,在漢代傳入中原地區。《漢書・西域傳上・大宛國》記載:"漢使采蒲陶(葡萄)、苜蓿種歸。"③元代許多少數民族詩人,經常用這種西域意象以表達對故土的思念之情,同時也表明不忘自己民族身份的用意。例如,買閭《和年弟聞人榧京城雜詩四首》其一:"櫻桃臣舊賜,苜蓿馬新肥。"④薩都剌其三:"何事虛齋裡,猶分苜蓿盤。"⑤迺賢《送葛子熙之湖廣校官》:"盤堆

---

① 馬克思:《馬克思恩格斯全集》第二卷,人民出版社,1957 年版,第 194 頁。
② 蔣寅:《語象・物象・意象・意境》,《文學評論》2000 年第 3 期。
③ [東漢] 班固:《漢書》卷九六《西域傳上・大宛國》。
④ [清] 顧嗣立、席世臣:《元詩選・補遺》,北京:中華書局,1987 年版,第 494 頁。
⑤ [元] 薩都剌:《山中懷友》,《雁門集》(四卷)卷四,文淵閣四庫全書本。

苜蓿青氈冷,衣染檀花束帶長。"①這些詩句選取的意象,具有濃郁的西域特色。

另外,像廼賢《送楊復吉之遼陽學正》:"穹廬宿頓供羊胛,部落晨炊爨馬通。"②"羊胛"的物象曾見於《新唐書·回鶻傳下》:"骨利幹處瀚海北……其地北距海,去京師最遠,又北度海則晝長夜短,日入烹羊胛熟,東方已明,蓋近日出處也。"③用以比喻時間很短,此處廼賢直接使用本意,不落窠臼。"馬通"即馬糞,中原古典詩歌認為其不雅,很少使用,而西域人並無忌諱,使用自然,反而自有一種民族特色蘊含其中,雍古部馬祖常在《都門一百韻用韓文公會合聯句詩韻》也用過此意象:"鄰饑馬通囊,市醉羊屠釀。"④同時在他們詩歌選取的物象中,還有龜茲樂器篳篥、蒲陶(葡萄)、貂裘、氈帳等,不僅具有典型性,而且都契合音律,與詩句構成特有的遼闊蒼勁的西域意境。

二、民族身份的轉化

"少數民族作家在自己的祖宗之地是主人,客人的身份變成主人的身份,文學的形態就完全變了。民族身份使他們與漢族詩人發生了換位思維,從而給中國文學注入新的發展動力,產生新的精彩。"⑤最能體現這段話的含義的便是廼賢的詩歌,特別是他的紀行詩歌,可以明顯看出在進入西域的時候,他並沒有把自己作為外人來看待,而是自然地認為他就是這裡的主人。比如前文提及的《居庸關》。漢族人寫居庸關,只是單純地將它看做邊境上武裝防禦的建築;在環境描

---

① [元]廼賢:《送楊復吉之遼陽學正》,《金臺集》(二卷),卷一,文淵閣四庫全書本。
② [元]廼賢:《送葛子熙之湖廣校官》,《金臺集》(二卷),卷一,文淵閣四庫全書本。
③ [北宋]歐陽修等:《新唐書》志二八《回鶻傳》。
④ [元]馬祖常:《都門一百韻用韓文公會合聯句詩韻》,《石田集》(十五卷)卷一,文淵閣四庫全書本。
⑤ 楊義:《重繪中國文學地圖——創造大國文化氣象》,《中國社會科學文摘》2007 年第 5 期。

寫上,都是寫它的地勢險要、戰略位置突出;在感情叙述上,都是寫生死離別、雄渾悲壯之感。但是居庸關對於迺賢這樣的哈薩克部族人來説則是情結所在,之所以這樣説,是因爲爲元効力的哈剌魯將領塔不臺"從太祖攻居庸關有功,遂以所統哈兒魯(哈剌魯)軍,世守居庸關北口"。[①] 居庸關是哈薩克部族東遷的第一個聚居之地,是包含著民族情感的。迺賢筆下的《居庸關》並沒有像中原文士那樣寫,而是著重寫到了居庸關居民的熱情淳樸,以及居庸關周圍的秀美景色,可見詩人對這裡是喜歡的,因此他的筆下的居庸關也透露著特別的人文關懷。

貢師泰曾説:"予聞葛邏禄氏在西北金山之西,與回紇壤相接,俗相類,其人便捷善射,又能相識居貨,媒取富貴。易之世出其族,而心之所好獨異焉,宜乎見於詩者,亦卓乎有以異於人也。"[②]他强調以迺賢爲例的西域詩人所表現出的獨特性,而這些特性,是其種族記憶的顯現,也是其種族性格的反映。最能體現迺賢對西域的親切感和歸屬感的是他的《塞上曲五首》:

> 秋高沙磧地椒稀,貂帽狐裘晚出圍。
> 射得白狼縣馬上,吹笳夜半月中歸。
> 雜遝氊車百輛多,五更衝雪渡灤河。
> 當轅老嫗行程慣,倚岸敲冰飲驏駝。
> 雙鬟小女玉娟娟,自捲氊簾出帳前。
> 忽見一枝長十八,折來簪在帽簷邊。
> 馬乳新挏玉滿缾,沙羊黄鼠割來腥。
> 踏歌盡醉營盤晚,鞭鼓聲中按海青。

---

① 《太傅文安忠憲王家傳》,李修生《全元文》,南京:鳳凰出版社,2004年版,第30册,第26頁。
② [元] 貢師泰:《葛邏禄易之詩序》,迺賢《金臺集》卷首,摘藻堂四庫全書薈要本。

烏桓城下雨初晴,紫菊金蓮漫地生。

最愛多情白翎雀,一雙飛近馬邊鳴。①

　　這幾首詩讀起來讓人頓覺清朗自然,能夠真切地感受到少數民族風俗自然之美。特有的西域物象,像"胡笳"、"氈車"、"驍駝"、"沙羊"、"海青"、"長十八"等,廼賢以民族詩人的審美視角細緻地描繪了草原美景,構成了極具畫面感的《塞上曲五首》。

三、民族觀念的闡發

　　西域少數民族"多質直端重,才豐氣昌",②並形成了一種熱情大方、質樸端重的民風。這種民風使得哈薩克部族文人擺脫了當時較爲森嚴的等級觀念的束縛,按照自己的意願去平等地待人接物。哈薩克部族文人的詩歌中懷遠送別、唱酬歡宴等詩篇佔了很大的比重,這和哈薩克部族熱愛自然、喜交朋友的民族天性有關。他們交往的對象有親友、師長、官吏、僧道,不一而足,卻都能以平等的態度去與之交往,不受宗教、民族、年齡等方面限制,還能給予對方深刻的理解,在等級森嚴的封建社會是難能可貴的。

　　例如金哈剌《讀葛邏禄氏馬易之詩》:"鳳咮銜梭織錦雲,世間組繡漫紛紛。憑誰函致青霄上,五色文章達聖君。"③金哈剌讀了廼賢的詩歌後給予高度評價,爲同一種族的人所取得的成績而感到驕傲自豪。廼賢則有《送危助教分監上京》《送林庭立歸四明兼簡張子端兄弟》《秋夜有懷明州張子淵》等詩篇,珍視友情,知恩圖報,熔鑄了遊牧民族純真質樸的文化精神。

---

① 〔元〕廼賢:《塞上曲五首》,《金臺集》(二卷)卷二,文淵閣四庫全書本。
② 〔元〕幹文傳:《雁門集序》,薩都剌《雁門集》卷首,文淵閣四庫全書本。
③ 〔元〕金哈剌:《讀葛邏禄氏馬易之詩》,《南遊寓興集》,日本江户寫本。

　　作爲遊牧民族，哈薩克部族文人也繼承了民族的簡單質樸與忠勇品格，以詩歌爲載體，表達出本民族的熱情大方、團結友愛、忠貞勇敢的民族觀念，帶給中原大地一抹新鮮的色彩。

第四章　哈薩克部族文化傾向研究

第一節　文化傾向探析

由於文化具有動態的漸進性,"漢化"或"蒙古化",不僅是一個結果,更是一個過程。這裡採用的"文化傾向"概念是遵從張沛之先生的學術理念。[①] 色目人的文化變動不是用單純的"漢化"或者"蒙古化"就能完全表達清楚的,筆者除了考察哈薩克部族文人的漢化,還兼論其蒙古化的問題。而且各部族基本都是蒙、漢文化兼容並蓄,且深淺程度各異,[②]使用"文化傾向"這個概念可以避免單用"漢化"或者"蒙古化"造成的絕對性和局限性,可以更準確、客觀地説明其文化發展的過程。

在蒙古化方面,其文化傾向並不明顯,因爲蒙古族亦爲遊牧民族,文化方面遠不如漢族文化,所以蒙古族的文化並沒給哈薩克部族帶來太多影響。又因蒙古族是國族,所以爲了擠入統治階級,哈薩克部族在軍事、語言、姓名以及姻婭上,努力迎合蒙古國族的需要,主動

---

① 張沛之:《元代色目人家族及其文化傾向研究》,天津:天津古籍出版社,2009 年版,第294—295 頁。

② 參考張沛之《元代色目人家族及其文化傾向研究》,天津:天津古籍出版社,2009 年版,第5 頁。

地在文化靠近。清人趙翼曾云：元代“自有賜名之例，漢人皆以蒙古名爲榮，故雖非賜名，亦多仿之。……故漢人多以蒙古語爲名，一時風會使然也”。[①] 其實這種現象不僅爲漢人所有，哈薩克部人中也十分普遍。以欽察部爲例，欽察部投降蒙古窩闊臺汗後，在至元二十三年(1286)設置欽察衛，且一直混編於蒙古千户中，從而有大量接觸蒙古人的機會。再如阿速人杭忽思的兒子阿塔赤有個地道的蒙古名字。阿塔赤不是他本名，而是他擔任的職位，被用來稱呼他，時間久了，就成爲他的名字。雖然在語言方面並没有直接記載他們能説蒙古語，但是充任怯薛執事的部族成員應該是會説蒙古語的，而且爲了更加接近蒙古國族，最大限度地弱化本民族與蒙古國族的差異性，使用蒙古化的名字也是其手段之一。

而在漢化方面，哈薩克部族的主動性便可以明顯看出。因爲哈薩克部族作爲從西域遷往內地的色目階層，本身文化同漢文化之間差距較大，且出於仕宦從政的需要，他們開始逐步吸納漢文化。後來，隨著時間的推移，科舉制度的施行以及家族文化教育的影響，漢化程度日益加深，主要體現在以下三個方面：

一、儒學方面

儒學作爲中國傳統文化及意識形態的核心在中原地區一直居於主導支配地位，上起統治者的治國思想，下至民間的婚喪儀禮，無一不在儒家理論的制約之中。而哈薩克部族文人作爲遷入中原的外來者，他們意識到要想在儒學佔絶對優勢地位的中原地區儘快站穩脚跟，穩固部族政治文化地位，研習儒家文化才是最有效的選擇。

至元十三年(1276)，康里部不忽木連同國子學同舍生堅童、太答、禿魯向元世祖忽必烈上疏稱：“《學記》曰：‘君子如欲華民成俗，必

① ［清］趙翼：《廿二史劄記》卷三〇，南京：鳳凰出版社，2008 年版。

其由學乎！'故古之王者，建國君民，教學爲先。"①在他們的建議下，忽
必烈逐漸重視儒學與文治。不忽木漢學素養深厚，"研精聖道，得先
儒淵秘之傳"，②連南宋宗室後裔趙孟頫也説他："薦學力行，聖賢爲
師"，"動與道俱，雖古名臣，何以加諸"，③極言其儒學修養和治國能力
之强。不忽木還有詩歌、文章和散曲作品傳世。④ 不忽木之子回回和
巎巎也繼承衣鉢，並發揚光大。二人皆有詩歌作品傳世，且巎巎的書
法也造詣頗深。蔑兒乞惕部人脱脱，儒學造詣也頗爲深厚。至正三
年（1343），脱脱爲都總裁官，負責編修遼、金、宋三史，他憑藉自己獨
特的史學觀點，報請順帝下令遼、金、宋三史"各自爲史"，⑤最終完成
了三史的編修。與此同時，脱脱還在執政期間提倡儒學，通過科舉選
拔人才，宣導王公大臣修習儒學。像答失蠻、柏鐵木爾⑥等人，他們的
言行都體現出儒家思想的深刻影響。如答失蠻臨終時告誡諸子"恒
以忠君、報國、尊祖、睦族爲念"。⑦ 答失蠻的長子買奴以監察御史的
身份"分巡嶺北"，"撤酒肆以變淫風，興儒學以崇德教"，⑧在當地宣傳
儒教。至大三年（1310），柏鐵木爾從陝西回到京城，向武宗推薦了儒

---

① ［元］不忽木：《興舉學校疏》，陳得芝、邱樹森、何兆吉輯點《元代奏議集録》（上册），杭
　州：浙江古籍出版社，1998 年版，第 122 頁。
② 《平章不忽木贈謚制》，［元］蘇天爵編《元文類》卷一二，北京：商務印書館，1936 年版。
③ ［元］趙孟頫：《故昭文館大學士榮禄大夫平章軍國重事行御史中丞領侍儀司事贈純誠
　佐理功臣太傅開府儀同三司上柱國追封魯國公謚文貞康里公碑》，《松雪齋集》卷七，文
　淵閣四庫全書本。
④ 詩歌有《過贊皇五馬山泉》，見［清］顧嗣立編《元詩選·癸集》，中華書局，1987 年版。文
　章有《興學疏》，見《元史》卷一三○《不忽木傳》；《安南疏》、《克謹疏》，見李修生主編《全
　元文》第 19 册，江蘇古籍出版社，1999 年版，第 693 頁。散曲有《仙吕·點絳唇》，見隋
　樹森編《全元散曲》，中華書局，1981 年版。
⑤ ［清］邵遠平撰：《元史類編》卷一○《順帝本紀》，掃葉山房本。
⑥ 柏鐵木爾，哈剌魯人，曲樞之子，先後任大都留守、武衛親軍都指揮使等職，階榮禄大夫，
　具體生平詳見《太傅文安忠憲王家傳》。
⑦ ［元］黄溍著、王頲點校：《定國忠亮公神道碑》，《黄溍全集》下册，天津：天津古籍出版
　社，2008 年版，第 648 頁。
⑧ 同上，第 651 頁。

士郭松年、寬甫、賈文器等,這些人後來都被武宗委以重任。

由此看出,自哈薩克部族入居中原以來,儒學便漸漸地被其接受,哈薩克部族文人不僅將儒學看作修身養性的一門學問,同時也將其當作進入仕途的一個工具,因此儒學得以不斷地興盛壯大。

二、禮俗方面

哈薩克部族内遷日久,大部分人的文化、生活習俗都逐漸與中原地區的文化習俗接近,這一點可以從姓氏、婚俗、喪葬等方面來加以論述。

姓氏方面。作爲遊牧民族,哈薩克部族只有氏族之别,而没有姓,正如宋使徐霆所云:"霆見其自上至下,只稱小名,即不曾有姓。"[1] 命名取字充分體現著中國傳統社會的禮制特征,是漢人所獨有的。陳垣先生説:"其人慕效華風,出於自願,並非有政府之獎勵及强迫,而皆以漢名爲榮。"[2] 可以看出元朝時内遷入中原的色目人當中,起漢名的現象是一種文化誘因,與漢人採用蒙名的政治誘因不同。例如元代居留大都的哈剌魯人答失蠻,繼承父職在宫廷任"寶兒赤"(廚師),官至榮禄大夫、宣徽使,死後被追封爲定國公。詳細介紹其家族歷史的《定國忠亮公神道碑》中提到答失蠻長子買奴:"公字德卿,定國長子也。"[3] 買奴這個名稱應當還是沿襲哈剌魯人的取名習俗,但取字則明顯是受漢文化的影響,相當文雅。再如不忽木,名時用,字用臣。其子回回,字子淵,號時齋。次子巎巎,字子山,號正齋,又號恕叟、蓬累叟。廼賢,取名馬易之;其子取名馬鼎。泰不華,字兼善,號白野。金哈剌,取名金元素;其子爲金文石、金武石。康里百花,字普

---

① [清] 彭大雅撰:《黑韃事略》,叢書集成初編本。

② 陳垣:《元西域人華化考》卷六,上海:上海古籍出版社,2010 年版,第 95 頁。

③ 《定國忠亮公神道碑》,[元] 黄溍著、王頲點校《黄溍全集》下册,天津:天津古籍出版社,2008 年版,第 651 頁。

修。慶童,字明德。伯顏,字宗道等。他們採用漢式名字的目的是表示風雅,傾慕漢學,並方便與漢族士人相唱和。陳垣評價説:"豈獨中國士夫,西域士夫高致不讓華人也。"①

婚姻習俗方面。禮俗不僅反映一個民族的基本倫理道德,亦受其居住環境之制約②在民族融合與文化變遷過程中,受中原文化的影響,哈薩克部族的婚俗也發生變化。北方遊牧民族向來有收繼婚的習俗,同輩與異輩收繼皆視爲當然。但是在程朱理學的思想影響下,漢人則將收繼婚視爲有違倫理道德的禽獸之舉,是爲人所不齒的,寡婦守節不嫁乃是天經地義。雖然元廷法律並不禁止蒙古、色目人收繼婚,但是不少衛道之士仍堅決反對這種行爲。仁宗時,柏鐵木爾曾上奏道:"回回不速兒麻氏,僻在西陬,未沾聖化。其俗兄弟自爲婚姻,敗常亂倫,莫此爲甚。乞嚴禁,以正人倫,厚風俗。"③"兄弟自爲婚姻",指伯叔兄妹之間的通婚習慣,這一習俗似乎在元代色目人當中並不少見。柏鐵木爾也是色目人,但此時他卻指責這種行爲"敗常亂倫",並"乞嚴禁",可見柏鐵木爾在内心已接受儒家禮教思想。克烈部凱烈拔實根據儒家觀點直言正諫,他在順帝初任燕南河北廉訪僉事,便曾建議"革蒙古婚姻之俗"。④ 雖然他們的建議最終沒有被元帝採納,可是從中也可以看出哈薩克部族深受漢人貞節觀念之影響,反映了他們漢化程度頗深。

喪葬習俗方面。陳垣先生説過:"封建社會最大之禮制,莫過於喪葬。"⑤哈剌魯人在西域時,大部分人已經信仰伊斯蘭教,可能還有

---

① 陳垣:《元西域人華化考》卷六《禮俗篇》,上海:上海古籍出版社,2010 年版,第 102 頁。
② 黃時鑒:《元代的禮俗》(《元史及北方民族史研究集刊》,1987 年,第 19—28 頁)一文對元代禮俗作出概述性考述。
③ 《太傅文安忠憲王家傳》,[元] 黃溍著、王頲點校《黃溍全集》下册,天津:天津古籍出版社,2008 年版,第 427—429 頁。
④ [元] 黃溍:《凱烈公神道碑》,《金華黃先生文集》卷二五,四部叢刊本。
⑤ 陳垣:《元西域人華化考》卷六《禮俗篇》,上海:上海古籍出版社,2010 年版,第 110 頁。

少數人信仰景教。穆斯林的喪葬風俗與中原迥異，首先是不占棺木，佔地不大。但碑文記載買奴"既告老，賜鈔萬五千緡，悉用增葺其先塋"，①一次動用一萬五千緡來修葺家族墓地，可見其家族墓地占地之大，顯然是效仿中原厚葬習俗，並不是穆斯林從儉而葬的習俗。還有丁憂守制的習俗，這是儒家文化圈内的一種特定習俗，西域民族則無此習俗，且元政府未要求蒙古、色目官員丁憂。《元典章·吏部五·丁憂並許終制》載："至大四年三月二十八日欽奉詔書内一款：官吏丁憂已嘗著令，今後並許終制（原注：實二十七個月），以厚風俗。朝廷奪情起復，並蒙古、色目、管軍官員，不拘此例。欽此。"②從中可見元朝政府並未要求蒙古、色目官員丁憂守制。但買奴仍然在父親答失蠻去世後爲父丁憂守制，期間"詔起還復舊任。固辭，從之。服除，入中書爲右司郎中"，③可見買奴已接受此習俗。又如凱烈拔實於至正年間被授予集賢侍讀學士，因丁憂而不拜，於是改授中書參議，朝廷令其免喪就職，但他堅辭不受，最終服喪完畢才復拜集賢侍讀學士。還有婦女守節，原是漢人的倫理觀念，後來哈薩克部族也深受影響，婦女爲夫守節的事跡屢見詩書。如西夏後裔唐兀崇喜（即楊崇喜）《述善集》記載：有濟陰郡太君"系色目，欽察氏"，二十四歲時，其夫不幸而亡，因此孀居五十餘年，"甘守夫亡，恪執婦道，遵奉姑命，宜其家人……志節彌堅，脂松不禦。於是耆舊張成保呈所屬，轉達朝廷，降花誥，表宅里，建雄門之壯觀，清聖代之芳風，罔俾叔姬共姜專美於前所，汗簡遺編永垂訓於後云"。④ 伯顏宗道此文對欽察氏節婦

---

① 《定國公神道碑》，［元］黃溍著、王頲點校《黃溍全集》下册，天津：天津古籍出版社，2008年版，第651頁。
② 陳高華等點校：《元典章》第一册，天津：天津古籍出版社，2011年版，第392—393頁。
③ 《定國公神道碑》，［元］黃溍著、王頲點校《黃溍全集》下册，天津：天津古籍出版社，2008年版，第653頁。
④ 伯顏宗道：《龍祠鄉社義約贊》，［元］楊崇喜撰、楊富學校注《述善集》卷一《善俗卷》，蘭州：甘肅人民出版社，2001年版，第27頁。

的記載頗爲詳細,她出身名門,是欽察國“亦納思國王之玄孫”。對她爲夫守節、侍奉雙親等事跡加以讚賞,不僅體現出漢人的倫理道德觀念對哈薩克部族人的影響,同時也反映了伯顏宗道等哈薩克部族文人已接受宋代理學思想,並將此作爲行爲準則。

　　另外從其他方面也可以看出哈薩克部族接受漢文化教育,逐漸習染華風,使自己的行爲準則、立身處世等方面儘量貼合漢族倫理和傳統習俗。《元史・忠義傳》載:“有拜住者,康里人也,字聞善,以材累官至翰林國史院都事,爲太子司經。”大明兵至,拜住謂家人曰:“吾生長中原,讀書國學,而可不知大義乎? 況吾上世受國厚恩,至吾又食禄,今其國破,尚忍見之! 與其苟生,不如死。”遂投井而死。其家人瘞之舍東,悉以其書籍焚之爲殉。[1] 忠於元朝、以死表節的漢族倫理觀念已經滲入康里人的思想深處。《元史・忠義傳》又記載:明兵破城之時迭里彌實“仰天歎曰:‘吾不材,位三品,國恩厚矣,其何以報乎? 報國恩者,有死而已!’……乃詣廳事,具公服,北面再拜畢,引斧斫其印文,又大書手版曰‘大元臣子’。即入位端坐,拔所佩刀,刎喉中以死。”[2]拜住、迭里彌實能够慷慨赴義,顯然是受了漢族倫理觀念影響,才有此壯舉。還有蔑兒乞惕部的脱脱,自幼生活在伯父伯顏家中,按説對伯父應該有深厚的感情,可是在順帝時期,他卻是扳倒伯顏一黨的重要力量。他曾經對自己的父親這樣評價伯父:“伯父驕縱已甚,萬一天子震怒,則吾族赤矣。易若於未敗圖之。”他的父親未敢作出決斷,即詢問其師直方,直方説:“傳有之,‘大義滅親’。大夫但知忠於國家耳,余復何顧焉?”[3]可見脱脱不僅具有憂患意識,還受到其師影響,做出了符合儒家道義的決策。忠君捨家,廢除伯顏推行的反漢、排漢的舊政,恢復科舉制度,任用漢官,提倡學習儒學等措施。

---

① [明]宋濂:《元史》卷一九六《忠義四》拜住傳。
② [明]宋濂:《元史》卷一九六《忠義四》迭里彌實傳。
③ [明]宋濂:《元史・脱脱傳》。

從這些人的行爲舉止可以看出他們深受儒家影響，努力貼合禮教，尊崇漢法的心態。

三、書法藝術方面

書法是中國傳統藝術，對儒學造詣不深的人是無法領略其中奧妙的，更談不上在書法藝術上取得一定成就。康里人巎巎爲名臣康里不忽木次子，官至翰林學士承旨。《書史會要》言其書法："正書師虞永興，行草師種太傅、王右軍。筆劃遒媚，轉折圓勁，名重一時。評者謂國朝以書名世者，自趙魏公後，便及公也。"①巎巎書法，兼長真行草書，而以章草最爲擅長。時人將其與元代另一大書法家趙孟頫相提並論，故有"北巎南趙"之稱，且有"元朝翰墨誰擅場，北巎南趙高頡頏"②之贊，可見書法成就之高。康里部泰不華也是著名書法家。《元史·本傳》説他"善篆隸，溫潤遒勁"。而《書史會要》則説："篆書師徐鉉、張有，稍變其法，自成一家。行筆亦圓熟，特乏風采耳。嘗以漢刻題額字法題今代碑額，極高古可尚，非他人所能及。正書學歐陽率更，亦有體格。"③可見泰不華在書法界也頗有聲望。據筆者檢索，泰不華有書體真跡傳世，篆書《〈陋室銘〉卷》今藏於故宫博物院，紙本，縱 36.9 厘米，橫 113.5 厘米。另外康里部還有哈剌、達識帖睦邇、慶童、康里百花等，惜未有真跡傳世，只在史料中有所記載。④

---

① [元] 陶宗儀：《書史會要》卷七，上海：上海古籍出版社，1984 年版，第 336 頁。

② [清] 卞永譽：《趙巎二公翰墨歌》，《式古堂書畫彙考》卷二〇。

③ [明] 陶宗儀：《書史會要》卷七，上海：上海古籍出版社，1984 年版，第 337 頁。

④ 哈剌，康里巎巎學生，官至中政院使，陶宗儀《書史會要》説他"書宗巎正齋"。達識帖睦邇，陶宗儀《書史會要》稱"能書，大字學釋溥光，小字亦有格力"。釋溥光，佛教徒，姓李，號雪庵，元初著名書法家和書法理論家，有《永字八法》傳世。慶童，字正臣，官至中書右丞，陶宗儀《書史會要》稱"器量宏重，善大字"。康里百花，字善修，官至海北户廉訪使，陶宗儀《書史會要》稱"篤志慎藉，至於百氏數術，無不研覽"。

第二節　文化傾向形成原因

一、元朝科舉制度的助推作用

　　在哈薩克部族文士接受漢文化的進程中,元代的科舉制度起到了助推作用。中統元年(1260)忽必烈建國中原,採用漢法治理漢地,許多有漢文化素養的哈薩克部族文士受到重用,這無疑會激發哈薩克部族人研習漢文化、爭相仕進的熱情。而遷居内地的哈薩克部族文士,爲了鞏固本民族的政治地位,擴大本民族的政治文化影響力,同時爲自己謀取升遷的資本,都自覺地走上了接受漢文化的道路。對此,陳垣先生曾這樣論述:"色目人之讀書,大抵在入中國一二世以後。其初皆軍人,宇内既平,武力無所用,而炫於中國之文物,視爲樂土,不肯思歸,則惟有讀書入仕之一途而已。"[1]論述精當。因爲隨著元朝政權的日益穩定,文治作用漸漸大於武功,具備深厚的文化素養漸漸成爲從政的必要條件。科舉是以漢文、漢學爲考試内容,要想借科舉躋身官場的色目人必須精研漢學。清顧嗣立也説:"自科舉之興,諸部子弟,類多感勵奮發,以讀書稽古爲事。"[2]可見元代的科舉制度重視蒙古、色目人入仕,促使哈薩克部族文士更加熱衷於研習漢文化。元代科舉前後十六科,共録進士一千二百人,[3]其中色目進士可考者共 61 人,哈薩克部族進士有 7 人,哈剌魯部進士共計 5 人,分别是塔海、鐵閭、完澤溥化、捏古伯、哈剌臺;康里部進士共計 2 人,分别

---

① 陳垣:《元西域人華化考》卷二《儒學篇》,上海:上海古籍出版社,2000 年版,第 17 頁。
② [清] 顧嗣立:《元詩選初集・顧北集序》,北京:中華書局,1987 年版,第 1 頁。
③ 姚大力:《元朝科舉制度的行廢及其社會背景》,南京大學元史研究室編《元史及北方民族史研究集刊》第 6 輯,1982 年版,第 26—59 頁。

是金哈剌、太禧奴。①

二、哈薩克部族民族文化及家風、家學爲基礎

色目人自覺地接受漢文化並不意味著被漢人同化,而喪失自身獨特的民族屬性。他們從未忘記自己民族的文化屬性。哈薩克部族自元朝建立便享有崇高地位,前後維持百餘年之久,這不僅得益於元朝的封蔭制度,究其内部原因更有賴於家風的保持和家學的培養。

哈薩克部族的顯貴,爲了保持本民族在統治階層的地位,就必須增強自己的競爭力,他們一方面防阻本族弟子驕奢淫逸,另一方面則注重競爭力的保有。哈薩克部族作爲封建遊牧民族,將"忠"和"勇"看作是恪遵不替的家訓。成吉思汗生前最看重的就是臣僕對自己的忠誠。元代初期重武輕文,因此馬上戰功遠比案牘之勞更爲重要,對於遊牧出身的哈薩克部族的騎士來説也更容易獲得。但是,隨著元朝疆域的穩定,政治經濟文化發展的需要,學識素養漸漸成爲仕進的重要條件。熟諳漢人的經術文學便可爲自己的政治生涯增加砝碼,於是家學的重要性日益凸顯。

胡行簡《樗隱集》卷五《方壺詩序》曰:"西北貴族聯英挺華,咸誦詩讀書,佩服仁義。入則謀謨帷幄,出則與韋布周旋,交相磨礱,以刻屬問學,蔚爲邦家之光。至元、大德間,碩儒巨卿前後相望。自近世言之:書法之美,如康里氏子山、劄剌爾氏惟中;詩文雄渾清麗,如馬公伯庸、泰公兼善、余公廷心,皆卓然自成一家。其餘卿大夫士以才諝擅名於時,不可屢數。"作爲内遷而來的色目人,他們在保存自己民族文化的同時,也深刻意識到與中原先進文化的差距,所以一直以來,哈薩克部族文人養成了勤學苦讀、詩書傳家的習慣。康里不忽木對嶢嶢、回回二子的悉心教導與影響,最終父子三人皆成名儒,詩文

---

① 桂棲鵬、尚衍斌:《元代色目人進士考》,《新疆大學學報》1994 年第 4 期。

書法造詣頗深,尤以嶧嶧爲甚。康里阿沙不花家族也是沐浴皇恩,秉著忠君爲國的家風,潛心向學,出現了阿沙不花、康里脱脱、伯撒里、鐵木兒塔識、達識帖睦邇五位丞相。

　　羅時進説:"家風是文化家族的精神旗幟,標誌著高貴的血統和風雅的遺傳,成爲他們傳承和守護的根本,也是激勵他們慎終追遠、振奮高華精神、以文傳家,使門風不墜、宗脈興隆的動力源泉。"①每個家族都在家風的建設與傳承上煞費苦心,也正是這種苦心經營才培養出了傑出的哈薩克部族文人,豐富和發展了哈薩克家族文學。

三、遷居中原後的生活環境是必要條件

　　色目人原居西域,過著逐水草而居的遊牧生活,後因軍功入朝做官,遂定居中原。因爲生活環境改變,爲了適應新環境,他們及其後世子孫日益背離原有文化土壤,在語言、生活習俗、文化觀念等方面,更多地接納和吸收中原漢文化。如康里脱脱家族,其祖曲律、牙牙是康里王族,投降忽必烈後,以怯薛身份任職於元朝,並居於江浙一帶,後輩康里脱脱父子更是諳習漢文學,並以之作爲仕進途徑。武宗時期,脱脱爲右丞相,時尚書省賜予無節,遷叙無法,脱脱勸誡武宗"恪遵舊制",以使"僥倖之路既塞,奔競之風頓衰",②顯然脱脱的這一做法符合儒家的禮制規範。其子鐵木兒塔識和達識帖睦邇也受脱脱影響,十分注重儒家政治觀念和倫理道德。二子皆爲國子生,鐵木兒塔識"於書無不讀,尤喜聞儒先性理之説",③當皇帝問他治國方法時,他常常引經據典,著力宣揚儒家政治觀。達識帖睦邇"讀經史,悉能通

① 羅時進:《在地域和家族視野中展開清代江南文學研究》,《蘇州教育學院學報》2010 年第 3 期。
② 《敕賜康里氏先塋碑》,[元] 黃溍著、王頲點校《黃溍全集》下册,天津:天津古籍出版社,2008 年版,第 704 頁。
③ 同上,第 705 頁。

大義,尤好學書",①可見達識帖睦邇不僅熟讀儒學經典,而且愛好書法。正因深厚的漢文學修養,達識帖睦邇先後任奎章閣大學士、翰林學士等職。至正四年(1344),元廷"命御史大夫也先帖木兒、平章政事鐵木兒塔識知經筵事,右丞達識帖睦邇提調宣文閣、知經筵事",②不僅是對他們的儒學修養和漢學功底的肯定,同時也給了他們更多地向帝王宣揚儒學的機會。

從康里脱脱家族便可看出,遷居中原的哈薩克部族文人,由於生活環境的改變,逐漸傾慕先進的漢文化及儒學,他們折服於博大精深、絢爛多彩的漢文化,並且努力研習,這不僅是適應新環境的必要前提,也是其維護家族政治地位的手段。

四、姻婭交遊是補充條件

元人徐元瑞有言:"婚爲禮俗之本","人倫之道,始於夫婦,夫婦之本,正自婚姻"。③ 徐元瑞表達了對婚姻的看法,他認爲構成社會的基本細胞是家庭,組建家庭的主要標志則是婚姻,而家庭的主體和基礎則是夫妻。

哈剌魯人虎都鐵木禄的母親劉氏,是個漢人,所以他又名漢卿。元統元年四名哈剌魯進士中,大吉心的家世情況殘缺甚多,其餘三人中,烏馬兒的母親李氏,忱本的妻子王氏,顯然都是漢人。丑閭的母親是康里氏,妻子是欽察氏。哈剌魯人與蒙古人通婚最典型的例子,就是元朝末代皇帝順帝妥歡帖睦爾之母是哈剌魯氏。順帝之父何世球因宮廷内部鬥爭出走,經哈剌魯地區,娶了阿兒思蘭汗的後裔邁來迪做妻子,生下了妥歡帖睦爾。

---

① [明]宋濂:《元史》卷一四〇《達識帖睦邇傳》,北京:中華書局,1976 年版。
② [明]宋濂:《元史》卷四一《順帝紀四》,北京:中華書局,1976 年版。
③ [元]徐元瑞撰,楊訥點校:《史學指南》,杭州:浙江古籍出版社,1988 年版,第 53、357 頁。

　　康里人不忽木,是世祖末年、成宗初年的朝廷重臣,其原配寇氏卒後,續娶雄州王壽女。王壽,雄州新城人,官至集賢大學士,曾與不忽木同侍裕宗真金東宫。吳澄《魯國太夫人王氏神道碑》叙述王氏(1275—1310)歸不忽木的經過説:"會康里公喪初配,議者咸曰貴族重臣有學行可妻,宜莫如公,遂以夫人歸焉。"①王壽將其女嫁與不忽木,看重的不僅是不忽木的政治地位,更看重他的文學素養,而作爲士族之女的王氏,也將自己的文學素養帶到了康里氏家族,王氏精心教育不忽木的兩個兒子——回回和巎巎,而巎巎更是爲王氏所生,二子均取得傑出的文化成就。

　　可見,聯姻不僅是家族政治地位和文化取向的反映,也對家族文化傾向的形成具有重要的意義。色目家族娶了漢人或者漢化程度較高的其他民族的女子後,她們在日程行爲生活中,較多地引入漢家禮俗和觀念,督促自己的子女讀書學文,研習漢文化,以利仕進,故其子女在漢學上往往有突出成就。

　　在元朝中後期,熟諳漢族文化的色目士大夫越來越多,形成一個士人階層,而這些人並没有割裂同蒙古國族、漢族文人的往來,反而有千絲萬縷的關係,其目的便是採用交遊的手段,不僅促進本民族文化的發展與交流,而且更是通過文學的影響來維繫本民族的政治文化影響力,以求獲得更牢固更穩定的地位。其交遊主要對象不僅有師生同僚,還有方外人士,甚至還有布衣之士。

　　師生關係在儒家的倫理道德中與君臣、父子並列,甚爲重要。②色目人之所以能夠在文學上取得如此成就,是同其師有密切關係。如迺賢師事鄞人鄭覺民(字以道),並向遺民詩人高岳學習詩法。鄭覺民,字以道,著有《求我齋文集》。鄭覺民和迺賢有較爲密切的關

---

① ［元］吳澄:《吳文正集》卷七三,文淵閣四庫全書本。
② 蕭啟慶:《蒙元史研究・内北國而外中國》,北京:中華書局,2007年版,第489頁。

係，廼賢在大都時，有詩《病中送楊仲如廣文歸四明兼簡鄭以道先生》："鄭公鄉里還經過，爲道相思夜雨前"。[1] 可見師徒之間深厚情誼。巎巎作爲翰苑名臣，且又擅長書法，所以他與同僚之間常有翰墨題跋之往來。現存元人文集中尚有虞集《題李重山所藏巎子山墨蹟》、貢師泰《跋巎子山書陸喜五論》、劉仁本《跋康里子山平章公瑞果卷》等，這些人都是漢族大儒，漢文學涵養深厚，從而也可以佐證巎巎的漢文學修養十分深厚。還有前文提及的金哈剌、答祿與權等人，不僅同方外人士密切往來，鑽研教理，同時也因爲自身守節隱居的原因，居於鄉村，樂於同布衣之士交往。哈薩克部族文人並沒有在文化上顯示出强烈的等級觀念和雅俗之別，因此他們才能有更爲廣泛的交往對象，使得其文學修養多元化，文學視野擴大化。

---

① 〔元〕廼賢：《病中送楊仲如廣文歸四明兼簡鄭以道先生》，《金臺集》卷二，文淵閣四庫全書本。

結　語

　　"要而論之,有元之興,西北子弟盡爲橫經,涵養既深,異才並出。雲石海涯、馬伯庸以綺麗清新之派振起於前,而天錫繼之,清而不佻,麗而不縟,真能於袁趙虞楊之外,別開生面者也。於是,雅正卿、達兼善、乃易之、余廷心諸人各逞才華、標奇競秀,亦可謂極一時之盛者歟。"①

　　清人顧嗣立的這番話,概括了元朝時期少數民族詩人在詩壇上所取得的成就,其中提到的達兼善即是泰不華,乃易之即是廼賢。由此可見,哈薩克文士在元朝文壇也佔據一席之地。通過對哈薩克部族的族源歷史、歷史分佈的探討,從族源上釐清哈薩克部族的歷史變遷,然後再對各部文士的生平事跡及著述、版本的考辨,讓讀者對哈薩克文士及作品有初步認知,再進一步對其作品內容和創作特色的分析,使讀者能夠更加清晰直觀地認識到哈薩克文士直率自然、清雅勁健的詩風、特有的西域民族風情。最後再從其文化傾向上進行歷史、思想、文化的尋根,分析產生這種文化傾向的緣由。通過層層深入的分析,最終將哈薩克部族在元朝時期的文化成就及影響系統完整地呈現出來,展現出哈薩克部族文學史上重要的地位與價值。

---

① 《薩經歷都剌》,[清] 顧嗣立《元詩選・初集》,北京:中華書局,1987 年版,第 1185 頁。

下　編

元朝哈薩克諸部族漢語
作品搜集整理

點校者：多洛肯　孫　坤　孟　靜　候　彪

凡　　例

一、本編收錄元朝哈薩克諸部族文人 15 人，詩共計 771 首，曲共計 9 首，文共計 29 篇。

二、本編基本按照詩人行年先後順序排列，僅知大概時期的詩人歸入元初期、元中期、元後期三個時段。行年不明，或有異説者，基本按照文獻出處，列在本編末尾。對身處兩朝的詩人，主要根據其身份和文學創作予以歸納。

三、本編不僅編錄各體詩，同時也將曲、文納入編錄範圍。其中斷句、殘句、殘小令等亦編入此編，放在每位詩人作品之後。

四、曾收在參與者各自別集的聯句，僅據原始文獻（元詩別集、總集）出處分別予以保留。並見同一文獻的聯句，暫編在首倡者名下。

五、同一詩題之下有多首詩，有二級標題的予以保留。原以"其一"、"其二"、"又"的排序，除有題注者，全部略去"其一"、"其二"、"又"等文字，按原順序編排。

六、元詩文別集，一般不止有一個版本傳世。對版本的選擇，擇善而從之。有些版本雖然刊刻較早，但是在傳世過程中有殘缺、漫漶、倒錯等不足，則選擇内容完整者爲底本。

七、元詩文別集中所錄出的他人唱和等有關詩篇，凡是在序跋中有所作的引據，一般予以保留。僅在詩篇之後附録的他人篇章，則予以删除，另編在本人名下。

　　八、文人小傳，不僅編入其生平、著述及資料來源，還對作品、版本等狀況作了考證，並引入其他文人對其褒獎讚美之言，以求全面詳盡。

　　九、有作品傳世者，在文人小傳後面附有點校説明。按照詩、曲、文分開説明編録其作品時依據的底本與校正的版本，以及所參考的作品情況。

　　十、原始文獻中重出、誤收的作品，作了取捨判斷，均在相應的位置上作了説明。詩歌作品的輯補主要依靠《詩淵》、《永樂大典》、《文翰類選大成》等總集，以及類書和地方史志等文獻。凡是流傳有序的總集、別集對詩歌所屬有不同著録或重出者，據有關文獻採取刪除一方或兩存待考的處置方式。對於判斷取捨較複雜者，兩存待考，並分別注明互見所在。

　　十一、編撰過程中，按照古籍整理通例對録入詩歌作品作了標點與校勘，編録的詩歌作品儘量選擇善本或者通行本作底本，底本中的自注、原注，均予以保留。

　　十二、整理者所作的校記或按語，均附録在文學作品之後。校記針對異文、正誤、補缺、拾遺等。對校本的選擇，擇要而從。按語則針對文獻歸屬，提供整理路徑。

不 忽 木

　　不忽木(1255—1300)，亦作葡忽木、不灰木、不忽麻、康里不忽。
一名時用，字用臣，號靜得。先世爲康里部人，後入蒙古籍。(《元
史·不忽木傳》："不忽木，一名時用，字用臣，世爲康里部人。")早年
入國子監，從許衡學。至元十四年(1277)授利用少監，出爲燕南河北
道提刑按察副使，進正使。至元二十二年(1285)，入爲吏部尚書，歷
工部、刑部尚書，拜翰林學士承旨，授中書平章政事。元成宗即位，拜
昭文館大學士，平章軍國事。卒，謚文貞。

　　生平事跡見(元)趙孟頫《松雪齋集》卷七，(明)宋濂《元史》卷二
四、一三〇，(明)陳邦瞻《元史紀事本末》卷八，(乾隆)《正定府志》卷
四，(清)汪輝祖《元史本證·不忽木傳》，(清)屠寄《蒙兀兒史記》卷
一一四，柯劭忞《新元史》，陳垣《元西域人華化考》卷二、四，李修生
《全元文》(第 19 册，第 692 頁)。

　　不忽木能詩善文，尤長於散曲創作，惜其散曲多散佚，今僅存套
數一組，包括十四隻曲。隋樹森《全元散曲》收其套數［仙吕·點絳
唇·辭朝］一首。另存七言絶句《過贊皇五馬山泉》。鍾嗣成等著《録
鬼簿》卷上"前輩名公樂章傳於世者"，録有不忽木《平章存目》。(乾
隆)《正定府志》卷四收其詩《過贊皇五馬山泉》、《登蓬山》兩首。清道
光十二年(1832)《内邱縣志》卷四收其《登蓬山》一首。

　　此次點校，詩《過贊皇五馬山泉》以(清)顧嗣立、席世臣編《元詩
選·癸集》爲底本，以(道光)《内邱縣志》爲校本；《登蓬山》以清道光

十二年鈔本《内邱縣志》卷四爲底本,詩共計 2 首。曲以(元)楊朝英《樂府新編陽春白雪前集五卷後集五卷》(元刊本,以下簡稱"《陽春白雪》")爲底本,以(明)郭勛輯《雍熙樂府二十卷》(四部叢刊影印明嘉靖本,以下簡稱"《雍熙樂府》")、(明)朱權撰《太和正音譜二卷》(民國影印明鈔本,以下簡稱"《太和正音譜》")爲校本,套數共計 1 套。文共計 3 篇,均以(明)宋濂等修《元史·不忽木傳》爲底本。

詩
七言絶句

過贊皇五馬山泉[1]

相彼山泉源本清,太平君子濯塵纓。泠泠似與遊人説,説盡今來往古情。

校記:

[1]**過贊皇五馬山泉**:清道光十二年鈔本《内邱縣志》卷四題作"**題九龍橋**"。

輯補
七言絶句

登 蓬 山[1]

蓬山山上立多時,太子岩前吟舊詩。借問鵲王如有藥,世間白髮也能醫。

校記:

[1]此詩輯自清道光十二年鈔本《内邱縣志》卷四。

曲

仙呂·點絳唇·辭朝

寧可身臥糟丘，**賽彊**[1]如命懸君手。尋幾個知心友，樂以忘憂，願作林泉叟。

[**混江龍**]布袍寬袖，樂然何處謁王侯？但樽中有酒，身外**無愁**[2]。數着殘棋江月曉，一聲長嘯海門秋。山間深住，林下**隱居**[3]，清泉濯足，強如閑事縈心，淡生涯一味**誰參透**[4]？草衣木食，勝如肥馬輕裘。

[**油葫蘆**]雖住在洗耳溪邊不飲牛，貧自守，樂閑身翻作**抱官**[5]囚。布袍寬褪拿雲手，玉簫占斷談天口。吹簫仿伍員，棄瓢學許由。野雲不斷深山岫。誰肯官路裏半途休？

[**天下樂**]明放着**伏事**[6]君王不到頭，休休，難措手，遊魚兒見食不見鈎。都只爲半紙功名一筆勾，急回頭兩鬢秋。

[**那吒令**]誰待似落花般鶯朋燕友，誰待似傳燈般龍爭虎鬥？你看**這**[7]迅指間烏飛兔走。假若名利成，**至如**[8]田園就，都是些去馬來牛。

[**鵲踏枝**]臣則待醉江樓，臥山丘，一任教談笑虛名，**小子**[9]封侯。臣向這仕路上爲官**倦首**[10]，枉**塵埋**[11]了錦帶吳鈎。

[**寄生草**]但得黃雞嫩，白酒熟，一任教疎籬牆缺茅庵漏。則要窗明炕暖蒲團厚。**問甚**[12]身寒**腹飽**[13]麻衣舊！飲仙家水酒兩三甌，強如看翰林風月三千首。

[**村裏迓鼓**]臣離了九重宮闕，來到這八方宇宙。尋幾個詩朋酒友，向塵世外消磨白晝。臣則**待領着**[14]紫猿，攜白鹿，跨蒼虬。觀着山色，聽著水聲，飲着**玉甌**[15]。倒大來省氣力如誠惶頓首。

[**元和令**]臣向山林得自由，**比朝市內**[16]不生受。玉堂金馬間瓔樓，控珠簾十二鈎。臣向草庵門外見瀛洲，看白雲**天盡**[17]頭。

[**上馬嬌**]但得個月滿舟，酒滿甌。則待雄飲醉時休，紫簫**吹斷**[18]三更後。暢好是休，孤鶴唳一聲秋。

[**遊四門**]世間閑事掛心頭，唯酒可忘憂。非是微臣常戀酒，歎古今榮辱，看興亡成敗，則待一醉解千愁。

[**後庭花**]揀溪山好處遊，向仙家酒旋篘。會三島十洲客，强如宴**公卿**[19]萬户侯。不索你問緣由，把**玄關**[20]泄漏。這簫聲世間無，天上有，非微臣説强口。酒葫蘆掛樹頭，打魚船纜渡口。

[**柳葉兒**]則待看山明水秀，不戀您**市曹**[21]中物穰人稠。想高官重職難消受。學耕耨，種田疇。倒大來無慮無憂。

[**賺尾**]既把世情疎，感謝君恩厚，臣怕飲的是黃封御酒。竹杖芒鞋任意留，揀溪山好處追遊。**就着這曉雲收**[22]，冷落了深秋，飲遍金山月滿舟。那其間潮來的正悠。船開在當溜，臥吹簫管到揚州。

校記：

　　[1] **賽强**：《雍熙樂府》二十卷本作"**索强**"。

　　[2] **無愁**：《雍熙樂府》二十卷本作"**無憂**"。

　　[3] **隱居**：《雍熙樂府》二十卷本作"**幽居**"。

　　[4] **誰參透**：《雍熙樂府》二十卷本作"**都參透**"。

　　[5] **抱官**：《雍熙樂府》二十卷本作"**抱關**"。

　　[6] **伏事**：《雍熙樂府》二十卷本作"**扶侍**"。

　　[7] **這**：《雍熙樂府》二十卷本無此字。

　　[8] **至如**：《雍熙樂府》二十卷本作"**至如俺**"。

　　[9] **小子**：《雍熙樂府》二十卷本作"**拜相**"。

　　[10] **倦首**：《太和正音譜》二卷本作"**倦守**"。

　　[11] **塵埋**：《太和正音譜》二卷本作"**沈埋**"，《雍熙樂府》二十卷本作"**沉埋**"。

　　[12] **問甚**：《雍熙樂府》二十卷本作"**問甚麼**"。

　　[13] **腹飽**：《雍熙樂府》二十卷本作"**腹暖**"。

　　[14] **帶領着**：《雍熙樂府》二十卷本作"**要引着**"。

[15] **玉甌**：《雍熙樂府》二十卷本作“**巨甌**”。

[16] **比朝市内**：《雍熙樂府》二十卷本作“**市朝中**”。

[17] **天盡**：《雍熙樂府》二十卷本作“**天際**”。

[18] **吹斷**：《雍熙樂府》二十卷本作“**吹徹**”。

[19] **公卿**：《雍熙樂府》二十卷本作“**公臣**”。

[20] **玄關**：《雍熙樂府》二十卷本作“**機關**”。

[21] **市曹**：《雍熙樂府》二十卷本作“**市塵**”。

[22] **就着這曉雲收**：《雍熙樂府》二十卷本作“**趁着這晚霞收**”。

文

請興學校疏[1]　至元十三年

臣等聞之，《學記》曰：“君子如欲化民成俗，其必由學乎！”“玉不琢，不成器；人不學，不知道。”故古之王者，建國君民，教學爲先。蓋自堯、舜、禹、湯、文、武之世，莫不有學，故其治隆於上，俗美於下，而爲後世所法。降至漢朝，亦建學校，詔諸生課試補官。魏道武帝起自北方，既定中原，增置生員三千，儒學以興。此歷代皆有學校之證也。臣等今復取平南之君建置學校者，爲陛下陳之：晉武帝嘗平吳矣，始起國子學；隋文帝嘗滅陳矣，俾國子寺不隸太常；唐高祖嘗滅梁矣，詔諸州縣及鄉並令置學。及至太宗，數幸國學，增築學舍至千二百間，國學、太學、四門學亦增生員，其書、算各置博士，乃至高麗、百濟、新羅、高昌、吐蕃諸國酋長亦遣子弟入學，國學之内至八千餘人。高宗因之，遂令國子監領六學；一曰國子學，二曰太學，三曰四門學，四曰律學，五曰書學，六曰算學，各置生徒有差，皆承高祖之意也。然晉之平吳得户五十二萬而已，隋之滅陳得郡縣五百而已，唐之滅梁得户六十餘萬而已，而其崇重學校已如此。況我堂堂大國，奄有江、嶺之地，計亡宋之户不下千萬，此陛下神功，自古未有，而非晉、隋、唐之所敢比也。然學校之政，尚未全舉，臣竊惜之。臣等嚮被聖恩，俾習儒學。欽惟聖意，豈不以諸色人仕宦者常多，蒙古人仕宦者尚少，而欲臣等曉識世務，以任陛下之使令乎？然以學制未定，朋從數少[2]。譬猶責嘉禾於數苗，求良驥於數馬，臣等恐其不易得也。爲今之計，如欲人材衆多，通習漢法，必如古昔遍立學校然後可。若曰未暇，宜且於大都弘闡國學。擇蒙古人年十五以下、十歲以上質美者百人，百官子弟與凡民俊秀者百人，俾廩給各有定制；選德業充備足爲師表者，充司業、博士、助教而教育之。使其教必本於人倫，明乎物理，爲之講解經傳，授以修身、齊家、治國、平天下之道。其下復立數科，如小學、律、書、算之類。每科設置教授，各令以本業訓導。小學科則令讀誦經書，教以應對進退事長之節；律科則專令通曉吏事；書科則專令曉習字畫；算科則專令熟閑算數。或一藝通然後改授，或一日之間更次爲之。俾國子學官總領其事，常加點勘，務要俱通，仍以義理爲主。有餘力者聽令學作文字。日月歲時，隨其利鈍，各責所就功課，程其勤惰而賞罰之。勤者則升之上舍，惰者則降之下舍，待其改過則復升之。假日則聽令學射，自非假日，無故不令出學。數年以後，上舍生學業有成就者，乃聽學官保舉，蒙古人若何品級，諸色人若何仕進。其未成就者，且令依舊學習，俟其可以從政，然後歲聽學官舉其賢者、能者，使之依例入仕。其終不可教者，三年聽令出學。凡學政因革、生員增減，若得不時奏聞，則學無弊政，而天下之材亦皆觀感而興起矣。然後續立郡縣之學，求以化民成俗，無不可者。臣等愚幼，見於書、聞於師者如此。未敢必其可行，伏望聖慈下臣此章，令諸老先生與左丞王贊善等，商議條奏施行，臣等不勝至願。

校記：

[1] 此文輯自《元史·不忽木傳》，題目係《全元文》代擬。原文前有："至元十三年，與同舍生堅童、太荅、禿魯等上疏曰。"即非不忽木一人之作。

[2] 由此至文末，明崇禎本《廿一史文選》卷六四所載與本文不同，特錄於

下:"譬其可行無疑也。如合聖意,便乞直降詔旨云。恭惟大上皇帝寧德皇后:誕育眇躬,大恩難報,欲酬罔極,百未一伸。鑾輿遠征,遂至大故,訃音所至,痛貫五情。想慕慈顏,杳不復見,怨讎有在,朕敢忘之。雖軍國多虞,難以諒闇,然衰麻枕戈,非異人任。以日易月,情所不安,興自朕躬,致喪三年,即戎衣墨,況有權制,佈告中外,昭示至懷。其合行典禮,令有司集議來上,如敢沮格,是使朕爲人子而忘孝之道,當以大不恭論其罪。陛下親御翰墨自中降出,一新四方耳目,以化天下。天地神明,亦必有以佑助,臣不勝大願。"

請遣使勸諭陳日燇自新疏[1]

島夷詭詐,天威臨之,寧不震懼,獸窮則噬,勢使之然。今其子日燇襲位,若遣一介之使,諭以禍福,彼能悔過自新,則不煩兵而下矣。如或不悛,加兵未晚。

校記:

[1] 此文輯自《元史·不忽木傳》,題目係《全元文》代擬。

請效法漢文帝克謹天戒疏[1]　　至元三十年

風雨自天而至,人則棟宇以待之;江河爲地之限,人則舟楫以通之。天地有所不能者,人則爲之,此人所以與天地參也。且父母怒,人子不敢疾怨,惟起敬起孝。故《易·震》之象曰"君子以恐懼修省",《詩》曰"敬天之怒",又曰"遇災而懼"。三代聖王,克謹天戒,鮮不有終。漢文之世,同日山崩者二十有九,日食地震頻歲有之,善用此道,天亦悔禍,海內乂安。此前代之龜鑑也,臣願陛下法之。

校記:

[1] 此文輯自《元史·不忽木傳》,題目係《全元文》代擬。

回　　回

　　回回（1291—1341），又譯和和，字子淵，號時齋，康里人，故又
稱康里回回。不忽木之子，係寇氏所生。爲著名書法家康里巎巎
之兄，兩兄弟俱有文采，時人稱之爲“雙璧”。博學能文，在成宗朝
宿衛，擢太常院使。至大間，調大司農卿，除山南廉訪使，再改河
南。英宗即位，丞相拜住首薦回回爲户部尚書，後又拜南臺侍御
史，改參議中書。泰定初，授太子詹事丞，升翰林侍講學士，遷江浙
行省右丞。文宗立，除宣政院使，擢中書右丞，力辭還第。數年卒，
謚號忠定。

　　生平事跡在（元）陶宗儀《書史會要》，（明）宋濂《元史》卷一四
三，（清）顧嗣立、席世臣編《元詩選·癸集上》，陳垣《元西域人華化
考》卷二、五，高人雄《古代少數民族詩詞曲家研究》，謝啟晃、胡起望、
莫俊卿《中國少數民族歷史人物志》，上海書畫出版社編《考識辨異
篇》，耿相新、康華點校《二十五史·遼史、金史、元史》，梁披雲《中國
書法大辭典》中均有記述。

　　此次點校以（清）顧嗣立、席世臣編《元詩選·癸集》爲底本，以
摛藻堂《四庫全書薈要》本所收的《御選四朝詩·御選元詩》爲校本，
詩共計 2 首。

七言絶句

賈　公　祠

烈日當空存大節，嚴霜卷地揭孤忠。至今凛凛有生氣，銷[1]得聲光吐白虹。

校記：

[1] 銷：《御選元詩》卷七〇作"消"。

騷

賈　公　祠

文蕭有祠，誰所構兮？元祐爲黨，省無疚兮。何人不没，名則封兮。邦人思公[1]，食必祝兮。好是正直，神汝祐兮。繼其時享，公宜有後兮。

校記：

[1] 邦人思公：《御選元詩》卷二作"邦有公思"。

伯 颜 宗 道

　　伯顏宗道(1292—1358)，一名師聖，字宗道，號愚庵，哈剌魯（葛邏禄）氏，入中原居開州（河南濮陽）。早年通諸經，至正四年(1344)以隱士徵至京師，授翰林待制，與修《金史》。書成辭歸。居家講學，從學者甚衆。至正十七年，劉福通部紅巾軍攻佔大名等地，伯顏與族人相鄰等衆家渡漳河北上，於彰德築壘堅守，被俘而死。諡文節。一生著述頗多，死後多散失。生平見潘迪撰《伯顏宗道傳》(《正德大名府志》卷一〇、《述善集》附録)、《元史》卷一九〇。陳垣《元西域人華化考》卷二有論列。

　　此次點校詩以清鈔本《述善集》卷一爲底本，詩 1 首。文《節婦序》以清鈔本《述善集》卷二爲底本，《濮陽縣尹劉公德政碑》以《東昌府志》卷二〇爲底本，文 2 篇。

詩

龍祠鄉社義約贊

　　吾友象賢，哀友朋，結鄉社，惟講信修睦爲事。躡藍田之芳蹤，遵許公之垂訓，與醵飲無儀者，大有徑庭。予竊聞而是之，敢續朝列潘公輩衆作之貂，爲之贊云。

　　善俗有方，鄉約爲美；翹楚士林，藍田呂氏；文正許公，十書中紀；
　　鋟梓壽傳，仲謙張子；户庀家藏，化宏遐邇。猗歟象賢，祖居

126

仁裏；

　　鳩集朋友，前修遵履。至禱神龍，克誠禋祀；有感必通，疇繁離祉；

　　宴集有時，農隙是俟；朋酒斯享，序賓以齒。冗費裁省，奢華禁止；

　　好樂無荒，禮勤而已。善惡懲勸，立監垂史；鄰保相助，或耕或耔；

　　吉凶所需，賙生賵死；救患分災，纚覼條理。禮讓風淳，敬恭桑梓；

　　邁跡於今，古風是似。化洽鄉邦，濟蹌良士；一揆藍田，端無彼此。

　　爰贊茲垂，後昆昭示。

校記：

　　[1] 此詩輯自清鈔本《述善集》卷一。

文

節婦序　至正八年四月一日

　　淳澆樸散，俗靡風流，人道於是乎泯絶。節義於人，絶無而僅有，奚音頹波而砥柱哉？是以聖人於《春秋》書紀叔姬，《國風》録衛共姜，俾輝映簡編，書於無窮。聞風而興起者，俱足以繼高風而踏遐躅，固王化欲危之基，培世教將拔之本，豈曰小補之哉？

　　寄齋輔臣，**世席**山東河北蒙古軍都萬户府鎮府之職。[1]其母濟陰郡太君，係色目欽察氏亦納思國王之玄孫。神清朗澈，有林下之風。出於右族，來配名門，宣昭壼範，宜其家人。生子女而夫早世，甫二十四而孤在髫齒。甘守夫亡，恪執婦道，遵奉姑命，撫孤益篤。家係扈從之役，番上行戍，雖甫成童亦所不免。於是子不能釋膝下弄雛之情，母不能割出入雇復之恩，偕其子以行。自孀居迄今，積五十餘禩，志節彌堅，脂松不禦。於是，耆舊張成保呈所屬轉達朝廷，降花誥，表宅里，建雄門之壯觀，清聖代之芳風，罔俾叔姬、共姜專美於前所，汗簡遺編永垂訓於後云。

至正戊子夏四月朔旦，處士愚庵伯顏序。

校記：

[1] "**世席**"句：席，疑爲"**襲**"之誤。

濮陽縣尹劉公德政碑

夫王者，建邦設都，張官治吏，位無崇卑，不惟逸欲，惟以治民。而治民之至要者，莫守令若，而令爲尤急，故民之休戚繫令之賢否。

雖赤畿望縣之或異，大抵皆方古之子男之國，必碩德宏才爲可稱也。欽惟聖元開国，作述雖或少異，罔不以視民如傷爲軫念，茲守令甚慎其選，故綸音之誕頒，每以哀憫元元注意焉。天威劉公時敏以經濟幹敏之才，特膺甄錄，以實歷資考，授奉政大夫，來尹是邑。公之恩威素著，未下車，人慕之；既下車，人愛之。登堂視事，閒境之民莫不以手加額，而拭目快睹德化之行也。適值國家多難，省院分司鼎峙而立，縣當南北要衝，創館傳，給供億，送使餉客，急於百需，書牒軿輳，而公應接如流，略無疑滯，蓋目無全牛而恢恢乎遊刃於骹骹之所也。其於蒞政，早作而夜思，勠力而苦心，宿弊時革，惟新是圖。先之以德教，濟之以寬猛，扶良抑獷，剚劇治繁，昭□幽隱。吏無乾没之幸，民無闟茸之私。凡蠹政漁民、奸利爲市者，一皆屏息。甫及期年，政績藹然可紀。如農桑勸而民樂於畎畝，學校興而士安於作養。勘丁力高下而賦役有均，分立保社而勸率得人，申辨鄰縣而均其供需。汰胥吏之冗，除疲民之患，止倡優媟戲，以厚宣化之風。均償倒死官馬，俾民免於偏負。禁公使下鄉，民無罹橫擾。因旱暵以致禱，至誠感而嘉澍時應。政既成而恩洽，致户口日以繁息，茲實新政之美。它不及筆舌齄縷者尚多。□□凋瘵之民，若出寒穀，登春臺，易呻吟爲謳誦，□□□□□□□民若夫□□□□□□□□□□閱月，群集諸分司，赴闕者數矣。迨役車旋轅，室家相慶，蓋民罷擾攘，酷思治化，被公之仁，猶解倒懸，其瞻戀之心有不期然而然者。況公之德之才諳歷老成，剛不吐而柔不茹，俾善惡俱入陶甄之所，故歸美萬口無異詞，休聲籍甚，洋溢遐邇，致御史交章薦辟。如公者，上足稱廟堂精擇之意，下不負黎庶渴仰之情。治內王時鐸等，以口碑誦傳恐不能不朽，且柘城、定襄累有德政、去思之碑，願勒貞珉，垂嘉績於永久，於是請銘於愚。愚沐淳風已久，其善政之蹟皆得於親炙，敢不勉頌其實，而爲之銘曰：

　道得於心，是謂之德。施於有政，條貫萬億。時敏老成，世故諳歷。公不言私，柔惠且直。躬膺精選，來宰茲邑。以德爲政，复竭心力，學優德劭，生庸教益。戶分高下，均平賦役。用刑明允，奸貪屏跡。濟猛以寬，民無冤抑。紀綱傾踣，公封公植。民凍民餒，公衣公食。旋返流亡，公存公息。田畔湮晦，公疆公場。存心不苟，始終畫一。德惟善政，以廉以公。政在養民，物阜年豐。民歌民舞，百里攸同。寫之琬琰，茂績無窮。百城之表，萬古清風。

巎　　巎

巎巎（1295—1345），又譯庫庫，字子山，號正齋，又號恕叟、蓬累叟，又稱康里巎巎。不忽木次子，回回之弟，系夫人王氏所生。詩文均有時名，並且是元代最著名的書法家之一。幼年入國子學，後宿衛宮廷，授承直郎、集賢待制，遷兵部郎中，轉秘書監丞，拜監察御史，轉江南行臺治書侍御史，拜禮部尚書，進奎章閣大學士，又拜翰林學士承旨、知制誥兼修國史。順帝至正四年，出爲江浙行省平章政事。明年，復以翰林學士承旨召還，至京去世，諡“文忠”。

生平事跡見（明）宋濂撰《元史》卷一四三，（清）顧嗣立、席世臣編《元詩選·癸集》，李修生主編《全元文》，隋樹森《全元散曲》等。

（清）顧嗣立、席世臣編《元詩選·癸集》録其《清風篇》《送高中丞南臺》《李景山歸自南談點蒼之勝寄題一首》三首。《元風雅》（《文淵閣四庫全書》本）後集卷五録其七言絕句《題釣臺》一首、《送高中丞南臺》二首。《式古堂書畫彙考》卷一七，録其《十二月十二日帖》。《文淵閣書目》卷三著録有《巎巎子山書》一部一册。

李修生主編的《全元文》，收其文《康里巎草書柳子厚謫龍説》《閻立德王會圖跋》《題唐歐陽詢化度寺邕禪師塔銘》《顏真卿述張旭筆法一卷》《周朗畫〈杜秋圖〉》《十二月十二日帖》《臨懷素自敍卷》《跋靜心本蘭亭》《奉記帖》《跋趙孟頫常清靜經帖》《跋任仁發張果見明皇圖》《題丞相義門詩後》，共計十二篇。輯録於《元史》《大元聖政國朝典章》《元朝典故編年考》《永樂大典》等。

　　（元）劉師邵嘗題其書後曰：“松雪書法，獨步當代，康里繼起，遂有北巎南趙之譽。余謂趙書如士大夫按樂，縱爽節奏而意態閒雅。巎書如生駒出獵，未閑鞿鞚，安事驅馳。”評論極爲精當。

　　此次點校，詩《送高中丞南臺》《清風篇》《李景山歸自南談點蒼之勝寄題一首》以（清）顧嗣立、席世臣編《元詩選·癸集》爲底本，以《元風雅》（《文淵閣四庫全書》本）爲校本；《題釣臺》以《文淵閣四庫全書》本《元風雅》後集卷五爲校本；《聖安寺詩》以《徐邦達集》五册爲底本；《秋夜感懷》以《中國書法全集》四十六册爲底本。詩共計 6 首。文共計 12 篇，其中《康里巎草書柳子厚謫龍説》以（明）郁逢慶編《書畫題跋記》（《文淵閣四庫全書》本）爲底本，以清乾、嘉年間編《石渠寶笈》爲校本；《閻立德王會圖跋》以（明）張丑撰《真蹟日録》（《文淵閣四庫全書》本）爲底本；《題唐歐陽詢化度寺邕禪師塔銘》以（清）孫岳頒編纂《御定佩文齋書画譜》爲底本，以（清）倪濤撰《六藝之一録》爲校本；《顔真卿述張旭筆法一卷》《周朗畫杜秋圖》均以清乾、嘉年間編《石渠寶笈》爲底本；《十二月十二日帖》以（清）卞永譽撰《書畫彙考》爲底本，以（清）倪濤撰《六藝之一録》爲校本；《臨懷素自叙卷》以（清）卞永譽撰《書畫彙考》爲底本；《跋静心本蘭亭》以（清）倪濤撰《六藝之一録》爲底本；《奉記帖》《跋趙孟頫常清静經帖》《跋任仁發張果見明皇圖》均以劉正成主編《中国書法全集》爲底本。《題丞相義門詩後》以明成化十一年刻本《麟溪集》爲底本。

詩
六言古詩

送高中丞南臺

鸚鵡洲邊月明，鳳凰臺下清風。人物江山兩絶，才高不爲時容。

七言律詩

清 風 篇

清風嶺頭清風起，佳人昔日沉江水。一身義重鴻毛輕，芳名千載清風裏。會稽太守士林英，金榜當年第一名。一郡疲民應有望，定將實惠及蒼生。

李景山歸自南談點蒼之勝寄題一首

有客新從鶴柘回，自言曾上五華臺。蒼顏暑雪當窗見，玉脚晴雲對檻開。桂樹小山招隱士，桃花流水屬仙才。王孫芳草年年綠，爲問西遊幾日陪。

輯補
七言絕句

題 釣 臺[1]

子陵才業高千古，當使君王入夢思。漢祖規模只如此，惜哉堯舜不同時。

校記：

[1] 此詩輯自《文淵閣四庫全書》本《元風雅》後集卷五。

五言律詩

聖 安 寺 詩[1]

去冬十二月，聖安寺提調水陸會。本部伯庸尚書及咬住尚書、梁誠甫侍郎等相訪畢。咬住尚書邀往其伯父禿堅帖木兒丞相葫蘆套，盡日至醉而還。馬尚書作序詩，及諸公各賦數首。見徵荒惡，遂僶俛應之，寄呈彦中判州賢友一笑。巎再拜。

梁國幽亭上，群賢會集時。翠濤傅美醞，白雪制新詞。愛日回春色，陽和遍柳枝。袛緣僧舍裏，不得共清期。

欲具狀，冗中不及，願勿誚也。巎又拜。後七月十六日。

校記：

[1] 此詩輯自《徐邦達集》五册。

七言排律

秋 夜 感 懷

元統三年乙亥歲，孟秋十七辰丁酉。初夜才聞蟋蟀聲，秋蟬單啼亦良久。次夜蟬啼聲更多，中霄酷熱如之何。三更欲盡蟬聲止，蛩聲切切鳴相合。輙願蓐收肅金氣，爲運涼飆示秋義。一掃沉陰秋月明，鬱蒸既盡清風至。

余作此詩今十年矣。適欲書，偶記而録之，子山識。時至正四年歲甲申八月十一日，在杭州之河南王之西樓。

校記：

[1] 此詩輯自《中國書法全集》四十六册。

文

康里巎草書柳子厚謫龍説[1]

彦中判府賢友，久不睹僕惡劄，因草書《謫龍説》往，想展覽之際如相見焉。康里巎再拜。

校記：

[1] 此文輯自（明）郁逢慶編《書畫題跋記》（《文淵閣四庫全書》本）卷八。

閻立德王會圖跋[1]

余觀閻立德所畫《王會圖》，本諸唐貞觀間太宗事。可見古之賢君以德歸萬國。蓋昔三代盛時，化格昆蟲鳥獸，民俗敦美，周之民從之如歸市。夫帝王之治，順之則歸，逆之則去。後至戰國、暴秦以下，無可觀者。太宗平定之後，以詩書賜外邦，文化所至，率賓遐荒，其庶幾乎！有國家者觀此，孰無感焉！是圖誠爲後世珍□，又非庸常繪畫所能以擬也耶！是宜寶也。子山記。

校記：

[1] 此文輯自（明）张丑撰《真蹟日録》（《文淵閣四庫全書》本）卷三。

題唐歐陽詢化度寺邕禪師塔銘[1]　　至元六年三月

歐陽率更，姜白石以爲追蹤鍾、王。今觀此石刻，尚使人驚絶，矧真跡哉！因知白石之論爲信然。此化度寺碑蓋舊本，收著宜寶藏之。至元六年歲庚辰三月十六日，康里巎書。

校記：

[1] 此文輯自（清）孫岳頒編纂《御定佩文齋书画谱》（《文淵閣四庫全書》本）卷七二。

顏真卿述張旭筆法一卷[1]　　至順四年三月

魯公此文，議論精絶，形容書法要妙無餘蘊矣。今之曉書意者，蓋莫如公，所以及此。至順四年三月五日，康里巎爲麓庵大學士書。

校記：

[1] 此文辑自清乾、嘉年間編《石渠寶笈》卷三〇。

周朗畫杜秋圖[1]　　至元二年二月

至元二年歲丙子正月廿四日，冰壺爲余畫杜秋娘，遂書杜牧之之詩於其後。二月十七日子山識。

校記：

[1] 此文輯自清乾、嘉年間編《石渠寶笈》卷三六。

十二月十二日帖[1]

喀爾[2]庫庫頓首再拜彥中管鉤賢友足下：十二月十二日，金子振宣使至，得教字，深荷遠懷之至。中間見誨，實是下心，然亦自有公論也。於此足見足下篤於吾昆弟至深，不肖[3]惟多馳感耳。不知來春可果至都不？付下棋枰帽等皆已領。此時請家兄使想已達，度賢友亦必喜也。此間公私皆望家兄早來，閑報吾兄知之。文書一節，克明甚是用心。緣不肖小女病（旁添：四五十日竟至逝去，不勝悲塞。奈何！奈何！），及身常有微恙，不曾與克明相見。近月半日來方出，當與彼論之，後便奉報。未由奉見，願盡珍重理。今因人便，草草，不宣。喀爾庫庫頓首拜。十二月十四日書。諸般雜色素箋及建連付來些小爲禱，銀朱亦望惠數兩，欲爲印色，此中者不可故也。彥中管勾賢友足下，喀爾庫庫謹封。

校注：

[1] 此文輯自（清）卞永譽撰《書畫彙考》卷一七書十七。

[2] 爾，（清）倪濤撰《六藝之一録》卷三九七历朝书谱八十七元贤墨跡作“喇”。

[3] 肖，（清）倪濤撰《六藝之一録》卷三九七历朝书谱八十七作“省”。作“省”误。

臨懷素自叙卷[1]

草書不可識，卿字少於即。草書不可知，叔字少於其。草書不可道,於字何曾草? 所貴者筆圓,所上者筆老。獻之答謝安云,世人那得知耳!

校記:

　　[1] 此文輯自(清)卞永譽撰《書畫彙考》卷一七書十七。

跋靜心本蘭亭[1]

　　右定武蘭亭,乃神妙之本。其寶藏之,不可輕易與人也。康里巙題。

校記:

　　[1] 此文輯自(清)倪濤撰《六艺之一録》卷一六〇。

奉　記　帖[1]

　　巙再拜奉記彦中州判賢友執事者,范漁卿所寄來絨大二帖已領,前所託者望付便人來,甚幸。更望二香卓,其一小者(高尺餘),欲几榻間放;其一大者,高博尺四尺可也。得堅實素木爲之妙。復望惠及諸樣海味,有便寄下。輒恃知愛,故爾叨喋,仍恕干煩也。巙再拜。

校記:

　　[1] 此文輯自劉正成主編《中國書法全集》册四六。

跋趙孟頫常清靜經帖[1]　　至正四年五月十六日

　　趙文敏公好書道經,散在名山甚衆,此其一焉。而王右軍法書流傳於世,唯《黃庭》爲稱首。今觀趙公所書清靜經,飄飄然若蜕骨爲仙,淩厲霞表。前輩所稱右軍灑素寫爲道經,筆精妙入神,同歸此意,宜矣。至正四年五月十六日,題於杭州河南王第之西樓。康里巙識。

校記:

　　[1] 此文輯自劉正成主編《中國書法全集》册四六。

跋任仁發張果見明皇圖[1]

月山宣慰所畫《張果見明皇圖》，筆法精妙，人物生動，求之同時蓋不多見。且月山之爲人多才，而智有益於世。至於水利錢法，皆深造極致，惜乎不遇於時。世之士大夫皆言其精於畫馬，是矣。然因其不遇，但知此而不知彼，宜其爾也。余之三姪大年，月山之婿也，故頗詳其一二云。康里嶘。

校記：

[1] 此文辑自劉正成主編《中国書法全集》册四六。

題丞相義門詩後[1]

記禮者云："温柔敦厚，詩教也。"夫詩，吟詠之辭爾，何以能教民如是哉？蓋其爲道，本諸性情，不能無感於物。因其有感而導之，故入民也爲深。此古人成孝敬、厚風俗之道也。詩之教今雖若久廢，世之秉國鈞者有能行之以爲世勸，不亦古之遺意哉？燕只吉歹公爲江浙行中書左丞相，時欲辟浦陽鄭深爲之屬，故深日得給事左右。公聞深家同爨至九世，乃延深問狀。深以從祖大和所著《家範》進，公讀之至再，喟然歎曰："是不爲風俗之冠冕耶？"因顧高句麗金賢明以□翰至，親賦詩一篇，以授深，且屬之曰："吾自去離胄監，不事□者凡一十餘年。今特爲而家發者，非他，將欲爲世勸也。"深再拜，受而藏之。未幾，有詔起公爲翰林承旨。越三月，即大拜中書左丞相，予亦被旨趣還京。深以不見公者頗久，附予舟以北行。次大河之濱，深升舟謁予，具道公所以賜詩之意，復出以相示，請題其後。予然後知公深得教民之本矣。蓋公以元勛碩德出司方面之寄，治署所統幾□千里。山川之奇峭，城邑之阜蕃，樓觀之岧嶤，非不可以明心駭目，放辭於吟詠之間，而公皆欲去不顧。今乃以深家孝義之故，特發爲聲詩以寵褒之，非直寵褒之，復曰將爲世勸焉。若公者，可不謂以"温柔敦厚"爲

137

教者哉？四方之士，有得公詩而讀之，優柔諷繹，孰不感激□□成孝敬、厚風俗之道，又將於是乎在。凡世同煬，豈特於深家見之，詩之爲教，不既深矣乎。公名別兒怯不花，字大用，燕只吉歹，其氏也。以開府儀同三司自御史大夫、中書平章政事來鎮南服，其功澤之在人心者甚博。他日當有太史執筆書之者，茲不復云。榮禄大夫、江浙等處行中書省平章政事康里巎巎跋。

校記：

　　[1] 此文輯自明成化十一年刻本《麟溪集》巳卷。

康 里 百 花

　　康里百花，即康里不花，字普修。西域康里人，也里可温。平生篤志墳典，至於百氏數術，無不研覽。以書法知名，書宗二王。官至海北廉訪使。擅詩，今僅存一首，載於（清）顧嗣立《元詩選·癸集》。

　　生平事跡見（元）陶宗儀《書史會要》卷七；（清）顧嗣立、席世臣編《元詩選·癸集》；周紹祖主編《西域文化名人志》；王叔磐主編《元代少數民族詩選》等。

　　此次點校以（清）顧嗣立、席世臣編《元詩選·癸集》爲底本，以王叔磐《元代少數民族詩選》爲校本，詩1首。

七言排律

題夏禹玉《煙江疊嶂圖》[1]

　　大江來自岷山遠，萬里東流幾深淺。洪濤巨浪日舂撞，一派西隨萬山轉。萬山峨峨翠黛浮，大孤小孤當中流。高城遠出武昌樹，衰草微連鸚鵡洲。茅屋人家住深島，雞犬不聞人跡少。幾行歸雁日邊來，一幅征帆天際小。湘南雨歇秋風清，落木黯慘哀猿聲。荆門月出夜潮長，九疑山碧秋雲橫。我生自是優遊者，足跡何曾半天下。長江萬里欲神遊，卻喜今朝見圖畫。圖畫再展未能休，似有模糊寒具浮。只恐通仙忽飛去，驚絕當年癡虎頭。

校記：

　　[1] 題夏禹玉《煙江疊嶂圖》：王叔磐《元代少數民族詩選》作《題夏禹玉〈煙江疊嶂圖卷〉》。

鐵　　閭

　　鐵閭,字充之,鄞縣(今浙江寧波)人,與廼賢是同鄉。至治元年
(1321)辛酉科進士,授余姚州同知,後履仕不詳。存詩二首。生平見
(元)王元恭《至正四明續志》卷二《進士》;(明)蕭良幹《萬曆紹興府
志》卷二八《職官志》;(明)張元忭、孫鑛纂,李能成點較(萬曆)《紹興
府志》等。
　　此次點校,詩《寒草巖》以(清)顧嗣立、席世臣編《元詩選·癸集》
爲底本,以《文淵閣四庫全書》本《御選元詩》卷七二爲校本,《升仙木》以
四明张氏约园刊本(清)黃宗羲《四明山志》卷五爲底本。詩 2 首。

七言絕句

寒　草　巖[1]

　　寒草巖前春色稀,桃花無數映清溪。我行已到仙家窟,不比漁人
此路迷。

校記:

　　[1]《文淵閣四庫全書》本《御選元詩》卷七二作《寒巖草》。

升　仙　木[1]

　　辟穀升仙世所奇,幾人到此亦成迷。齊眉化羽歸何處,樹老山空

鳥自啼。

校記:

[1] 本詩輯自四明张氏约园刊本(清)黄宗羲《四明山志》卷五。

泰 不 華

　　泰不華(1304—1352)，或譯作泰(台)哈布哈、泰布哈、台哈巴哈
等，初名泰普化(或譯作達普化、達溥化、塔斯布哈)，文宗賜以今名。
字兼善，世居白野山，遂自號白野。其父塔不台始家居台州(今浙江
台州)。至治元年(1321)，賜右榜進士第一，授集賢修撰，累轉監察御
史。順帝初，與修宋、遼、金三史，擢禮部尚書。至正八年，方國珍兵
起江浙，行省參政朵兒只班被執，上招降狀，詔泰不華察實以聞。具
上招捕之策，不報。十一年(1351)，遷浙東道宣慰使都元帥，與左丞
孛羅帖木兒夾攻國珍。孛羅先期至，爲所執。尋遣大司農達識帖睦
邇招之，國珍僞降。泰不華請攻之，不聽。改台州路達魯花赤。十二
年三月，國珍襲之澄江，九戰死之，年四十九。贈行省平章政事、魏國
公，謚"忠介"。兼善好讀書，以文章名。善篆隸，溫潤遒勁，盛稱
於時。

　　生平事跡見《書史會要》卷七；(元)虞集《送達溥化兼善赴南臺
御史詩序》(《道園類稿》卷二)；(元)蘇天爵《答達兼善郎中書》(《滋
溪文稿》卷二四)；(元)吳師道《辛酉進士題名後題》(《禮部集》卷一
八)；(元)黃溍《沿海上副萬户石抹公神道碑》(《金華黃先生文集》卷
二七)；(元)陶宗儀《南村輟耕錄》；(元)王士點、商企翁《秘書監志》；
(明)宋濂《元史》卷一四三；(明)馮從吾《元儒考略》卷四；(明)黃宗
羲《宋元學案》卷八二；(清)顧嗣立、席世臣編《元詩選·初集》；李修
生主編《全元文》；雲峰《元代蒙漢關係研究》；張家林主編《二十五史

精編・元史明史》；陳垣《元西域人華化考》；榮蘇赫等編著《蒙古族文學史》；高文德編著《中國少數民族史大辭典》；吳海林、李延沛編《中國歷史人物辭典》；王叔磐《泰不華傳略與族籍考正》（《内蒙古社會科學》1991 年第 3 期）；白乙拉《元代蒙古族詩人泰不華》（《内蒙古師範大學學報》［社會科學漢文版］1988 年第 3 期）；劉嘉偉《泰不華在元大都多族士人圈中的文學活動考論》（《内蒙古大學學報》2012 年第 4 期）。

著有《顧北集》。其詩見於顧瑛編《草堂雅集》卷六者，計有七律、七絕各一首：《題柯敬仲竹》，《梅竹雙清圖》。見於孫元理編《唐音》卷九者，計七律一首：《上尊號聽詔李供奉以病不出奉寄》。見於錢谷編《吳都文粹》卷續二六者，計七絕一首：《題玉山所藏水仙畫》。見於李時漸編《三台文獻錄》卷二三者，計七律六首：《雪》，《宿龍潭》，《和年弟聞人樞京城雜詩》其一、其二、其三、其四。《元西域人華化考》卷五《美術篇》稱："近年海上有珂羅版印《元八家法書》，有泰不華行書《贈堅上人重往江西謁虞閣老》七言律一首，爲《元詩選》、《顧北集》所未載。"（清）顧嗣立、席世臣編《元詩選・初集》錄其詩《衡門有餘樂》《春日宣則門書事簡虞邵庵》《賦得上林駕送張兵曹二首》《送劉提舉還江南》《寄同年宋吏部》《上尊號聽記李供奉以病不出》《衛將軍玉印耿》《題柯敬仲竹二首》《送趙伯常淮西憲副》《與蕭存道元帥作秋千詞分韻得香字》《絕句二首》《送王奏差調福州》《送新進士還蜀》《題〈梅竹雙清圖〉》《寄姚子中》《題祁賓人異香卷》《春日次宋顯夫韻》《送瓊州萬户入京》《送友還家》《桐花煙爲吳國良賦》《陪幸西湖》二十四首。

散文有（明）趙琦美《趙氏鐵網珊瑚》卷一三著錄之《題睢陽五老圖卷》；（明）程敏政編撰《新安文獻志》卷一百上《書李孝光漢洛陽令方聖公儲傳後》；（清）張照等編《石渠寶笈》卷二九之《題宋韓琦尺牘》；（清）倪濤等撰《六藝之一録》卷四四之《題宋范文正公書伯夷

頌》、卷四五之《題范文正公與尹師魯二帖》。

尚有散見於雜著、金石、方志的表、記，（元）王士點《秘書監志》卷八錄其《正旦賀表》；李修生主編的《全元文》卷一五九一錄《台州金石錄》卷一二之《重建靈溥廟記》、（康熙）《上虞縣志》卷五之《上虞縣學明倫堂記》；（康熙）《紹興府志》卷一三之《禱雨歌》。李修生主編的《全元文》，收其文《禱雨歌序》《題范文正公書伯夷頌卷後》《題范文正公與尹師魯二劄卷後》《書李孝光漢洛陽令方聖公儲傳後》《重建靈溥廟記》《明倫堂記略》，共計六篇。輯錄於《元史》《大元聖政國朝典章》《元朝典故編年考》《永樂大典》等。

（清）顧嗣立撰《寒廳詩話》稱其："與雅正卿（琥）、馬易之、余廷心、並逞才華，新聲艷體，竟傳才子，爲異代所無。"

（元）蘇天爵《題兼善尚書自書所作詩》中說："白野尚書向居會稽山，登送山，泛曲水，日與高人羽客遊。間偶遇佳紙妙筆，輒書所作歌詩以自適，清標雅韻，蔚有晉唐風度。"

（明）胡應麟《詩藪》："達兼善絕句，溫靚和平，殊得唐調。二人（另指余闕）皆才藻氣節兼者。"程敏政《篁墩集》卷一九《陳塘寺彌陀殿重修記》："仇公本名大都，朔庭貴族，而自署曰仇鉉。亦猶狀元忠介公本名台哈布哈（泰不華），而自署曰達兼善；酸齋學士本名哈雅（海牙），而自署曰貫裕；實勝國之中世彌文也。"《淵鑒類函》卷一八二楊維楨《挽達兼善御史》："黑風吹雨海冥冥，被甲船頭夜點兵。報國豈知身有死？誓天不與賊俱生。神遊碧落青騾遠，氣挾洪濤白馬迎。金匱正修仁義傳，史官執筆淚先傾。"危素《危太樸集》卷詩補《挽達兼善》詩曰："大將忠精貫白日，諸生攬涕讀哀詞。天胡不隕楊行密？公恨不爲張伯儀。滿眼陸梁皆小丑，甘心一死是男兒。要知汗竹留芳日，只在孤舟淺水時。"岑安卿《栲栳山人集》卷上《懷古》："嗟嗟白野公，肝腦污泥塗。見道固明白，殺身似模糊。"《僑吳集》卷七《追薦故元帥達公亡疏》曰："斷賊拼死，人臣之大節凛然；請佛證明，朋友之交

145

情痛甚。竊念物故,中奉大夫、浙東道都元帥白野達兼善先生,以科名甲天下,以行義著朝端。潔白之操,寒於冰霜;清明之躬,炳乎日月。切磋斯至,殊有得乎聖心;敭曆雖多,不少罹於官謗。使久居廊廟,必有益寰區。奈東觀未築之鯨鯢,鍛魏闕孤騫之鸞鳳。身後才一息,能續蔡中郎之傳;眼前方百罹,誰念顏杲卿之死?"胡行簡《樗隱集》卷五《方壺詩序》曰:"西北貴族聯英挺華,咸誦詩讀書,佩服仁義。入則謀謨帷幄,出則與韋布周旋,交相磨礱,以刻厲問學,蔚爲邦家之光。至元、大德間,碩儒巨卿前後相望。自近世言之:書法之美,如康里氏子山、朵刺爾氏惟中;詩文雄混清麗,如馬公伯庸、泰公兼善、余公廷心,皆卓然自成一家。其餘卿大夫士以才諝擅名於時,不可屢數。"

此次點校,詩以(清)顧嗣立編《元詩選·初集》爲底本,以(元)傅習、孫存吾輯《皇元風雅》(《四部叢刊》影印本)、(元)傅習、孫存吾輯《元風雅》(《文淵閣四庫全書》影印本)爲校本,並參考(元)顧瑛的《草堂雅集》(十八卷本)、釋可觀《岳忠武王廟明賢詩》、(明)鄭太和《麟溪集》、《台州金石錄》卷一三《元八家書法》、(清)孫承澤《天府廣記》卷四二等。其中《題岳忠武王廟》以釋可觀《岳忠武王廟明賢詩》爲底本,《蘭雪齋》以《永樂大典》卷二五三八引《龍虎山志》爲底本,《鄔處士挽詩》以《台州金石錄》卷一三《元八家書法》爲底本,《贈堅上人重返江西謁虞閣老》以《元八家書法》爲底本,《京師上元夜》以(清)孫承澤《天府廣記》卷四二爲底本,《題玉山所藏水仙畫卷》以《草堂雅集》卷一〇爲底本,《詠鄭氏義門》以(明)鄭太和《麟溪集》癸卷爲底本,《送趙季文之湖州參軍》以《草堂雅集》卷一附爲底本。詩共計 32 首。文《禱雨歌序》以清康熙十二年《紹興府志》爲底本,《題范文正公書伯夷頌卷後》《題范文正公與尹師魯二札卷後》以民國九年武進李氏鉛印《大觀錄》爲底本,《書李孝光漢洛陽令方聖公儲傳後》以《文淵閣四庫全書》本《新安文獻志》爲底本,《重建靈溥廟記》以民國五年嘉業堂刊本《台州金石録》爲底本,《明倫堂記略》以清康熙十年《上虞縣志》爲底本。文共計 6 篇。

詩

五言古詩

衡 門 有 餘 樂

衡門有餘樂,初日照屋梁。晨起冠我幘,亦復理我裳。雖無車馬喧,草木日夜長。朝食園中葵,暮擷澗底芳。所願不在飽,頷顲亦何傷。

五言律詩

賦得上林鶯送張兵曹二首

春陰苑樹合,日出見黃鸝。圓聲度繁葉,流羽拂高枝。時節苦易換,況經多別離。君子貴求友,勿懷幽谷悲。

春日陽關道,鶯聲滿上林。來從金谷曉,飛度玉樓陰。柳嫩難分色,歌停稍辨音。明朝空解語,人去落花深[1]。

校記:

[1] 第二首詩《元風雅》卷一三題作“**再賦**”。

送 友 還 家

君向天台去,煩君過我廬。可於山下問,只在水邊居。門外梅應老,窗前竹已疏。寄聲諸弟姪,老健莫愁予。

七言律詩

春日次宋顯父韻

帝城三月多春色，南陌風光畫不如。躑躅花深啼杜宇，鸊鷉灘漲
一作暖。聚王餘。玉樓似是秦宮宅，金水元非鄭國渠。處處笙歌移白
日，揚雄空讀五車書。

上尊號聽詔李供奉以病不出奉寄

丹鳳銜書出内庭，羽林環衛擁霓旌。千官拜舞開[1]仙仗，四海謳
歌荷聖情。香霧細添宮柳碧，日華遙射錦袍明。侍臣亦有文園病，卧
聽龍墀鼓吹聲。

校記：

[1] 開：《元風雅》卷一三此字爲“□”。

送趙伯常淮西憲副

東華晨霧正霏霏，使者分符向合淝。封事尚留青瑣闥，蒙恩進出
紫宸闈。江涵曉日明樓艓，風引春雲上繡衣。珍重故人千里別，緑尊
須盡莫相違。

寄 姚 子 中

懶趨青瑣備朝班，焚卻銀魚挂鐵冠。琪樹有枝空集燕，竹花無實
謾棲鸞。漢廷將相思王允，晉代衣冠託謝安。聖世只今多雨露，上林
芳草似琅玕。

春日宣則門書事簡虞邵庵

三月龍池柳色深，碧梧煙暖日愔愔。蜂黏落絮縈青幔，燕逐飛花

避緑沈。仙仗曉開班玉筍,雲韶春奏錫瓊林。從臣盡獻河東賦,獨有相如得賜金。

寄同年宋吏部

金鏡承恩對紫微,錦韉白馬耀春暉。謾隨仙仗朝天去,不記宮花壓帽歸。海國風高秋氣早,關河雲冷雁聲稀。嗟予已屬明時棄,自整絲綸一作"綸竿"。覓釣磯。

與蕭存道元帥作秋千詞分韻得香字

芙蓉宮額半塗黄,雙送秋千出畫牆。簾底燕驚花雨亂,樹頭蜂繞襪塵香。巧將新月添眉黛,閒倩東風響佩璫。歸去緑窗和困睡,暫憑春夢到遼陽。

送瓊州萬户入京

海氣昏昏接蜃樓,颶風吹浪蹴天浮。旌旗晝卷蕉花落,弓劍朝懸瘴雨收。曾把烏號悲絶域,卻乘赤撥上神州。男兒墜地四方志,須及生封萬户侯。

五言排律

陪 幸 西 湖

北都冠蓋地,西郭水雲鄉。珠樹三花放,鸞旗五色翔。雞翹輝[1]鳳渚,豹尾殿龍驤。駕擁千官仗,帆開百尺檣。屬車陪後乘,清道肅前行。河漢元通海,湖山遠勝杭。經綸屬姚宋,制作從班揚。瑞繞金根動,聲搖玉珮鏘。春陰飛土雨,曉露挹天漿。御柳枝枝緑,仙葩處處香。葵傾惟日向,荷偃借風張。寶馬鳴沙路,華舟迴石塘。金吾分禁籞,武衛四屯箱。小大濡深澤,仁明發正陽。皇皇星斗潤,落落股肱良。朝野崇無逸，邦家重有光。賜租寬下國，傳詔出中堂。布政親巡省，觀民或怠荒。麥禾連野迥，桑柘出林長。樂歲天顏喜，回鑾月下廊。

校記：

[1] 輝：《草堂雅集》（十八卷本）卷一作"翬"。

七言排律

桐花煙爲吳國良賦

吳郎骨相非食肉，朝食桐花洞庭曲。洞庭三月桐始花，千枝萬朵搖江綠。吳郎采采盈頃筐，寶之不啻瓊膏粟。真珠龍腦吹香霧，夜夜山房擣[1]玄玉。墨成誰共進蓬萊，天顏一笑金門開。**河伯香飛噴木葉**[2]，太守噓氣成樓臺。龍賓十二吾何有，不意龍文入吾手。芙蓉粉暖玻璃匣，雲藍色映彤墀柳。玉堂退食春晝長，桃花紙透冰油光。筠管時時濡秀石，銀鉤歷歷凝玄霜。君不聞易水仙人號奇絶，落紙二年光不滅。**又不聞□□□□烏玉玦**[3]，坡老當年書栜葉。惜哉唐李不復見，吳郎善保千金訣。**烏乎**[4]！吳郎善保千金訣。

校記：

[1] **擣**：《乾坤清氣集》卷一二作"搗"。

[2] **河伯香飛噴木葉**：《乾坤清氣集》卷一二作"**河伯噴香飛木葉**"。

[3] **又不聞□□□□烏玉玦**：《乾坤清氣集》卷一二作"**又不聞唐生烏玉玦**"。

[4] **烏乎**：《乾坤清氣集》卷一二作"**嗚呼**"。

衛將軍玉印歌

武皇雄略吞八荒，將軍分道出朔方。甘泉論功誰第一，將軍金印照白日。尚方寶玉將作匠，別刻姓名示殊賞。蟠螭交紐古篆文，太常鐘鼎旌奇勛。君不見祁連山下戰骨深，中原父老淚滿襟。衛后廢殂太子死，茂陵落日秋風起。天荒地老故物存，摩挲斷文弔英魂。

七言絶句

題梅竹雙清圖

冰魂無夢到瑤階，翠袖雲鬟並玉釵。青鳥暮銜紅綬帶，夜深重認合歡鞋。

題柯敬仲竹二首

堤柳拂煙疏翠葉，池蓮過雨落紅衣。娟娟唯有窗前竹，長是清陰伴夕暉。

梁王宅裏參差見，山簡池邊爛熳栽。記得九霄秋月上，滿庭清影覆蒼苔。

送王奏差調福州

春水溶溶滿鑑湖，蘭舟長護錦屠蘇。可憐走馬閩山道，榕葉陰中聽鷓鴣。

絶句二首

繡簾鉤月夜生涼，花霧霏霏一作"陰陰"。入畫堂。吹徹玉簫人未寢，更添新火試沉香。

金吾列侍擁旌旄，五色雲深雉尾高。視草詞臣方退食，內宮傳敕賜櫻桃。一作"蒲萄"。

題祁真人異香卷

帝閣芙蓉罨畫山，天香飄緲碧雲間。夜深放鶴三花樹，自把《黄庭》月下看。

送劉提舉還江南

帝城三月花亂開，落紅流水如天台。人間風日不可住，劉郎去後應重來。

送新進士還蜀

金絡絲韁白鼻騧，錦衣烏帽小宮花。臨卭市上人爭看，不是當年賣酒家。

輯補

五言律詩

送趙季文之湖州參軍[1]

聞説吳興郡，清溪繞翠微。不妨遊宦樂，毋取曠官譏。曉鼓緣雲起，春帆帶雨飛。公餘無俗事，札翰莫相違。

校記：

[1] 此詩輯自《草堂雅集》（十八卷本）卷一附。

蘭　雪　齋[1]

清都朝絳闕，玉簡秘丹書。飢憶青精飯，行隨白鹿車。雲迷方丈闊，秋入閬風虛。欲訪神仙路，無因跨鯉魚。

校記：

[1] 此詩輯自《永樂大典》卷二五三八引《龍虎山志》。

七言律詩

題岳忠武王廟[1]

將軍有意拔天旄，直取黃龍復漢京。誰謂君王輕屈膝，久知戎虜定渝盟。屬車不返三關路，堠火長連五國城。獨使英雄含恨血，中原何以望澄清。

校記：

[1] 此詩輯自（元）釋可觀《岳忠武王廟明賢詩》。

按：本詩作者，《岳忠武王廟明賢詩》與（明）熊大木《大宋中兴通俗演义》作達兼善。達兼善即泰不華。

鄔處士挽詩[1]

共祝脩齡等漆園，豈期流水失桃源。安仁宅廣居城市，種德田多遺子孫。河上仙翁書卷在，洛中耆老姓名存。翠微峰下城南月，獨照梅花萬古魂。

校記：

[1] 此詩輯自《台州金石録》卷一三《元八家書法》。

贈堅上人重返江西謁虞閣老[1]

昔年曾到楚江干，探得驪珠振錫還。憶著匡廬成獨往，眼中秦望共誰攀。聲華牢落金閨彦，煙雨淒迷玉笥山。絕代佳人憐庾信，早年詞賦動天顏。

校記：

[1] 此詩輯自《元八家書法》（據陳垣《元西域人華化考》卷五轉引）。

京 師 上 元 夜[1]

華月澄澄宿霧收,萬家燈火見皇州。天閣虎豹依霄漢,人海魚龍混斗牛。公子錦韀鳴玉勒,内家珠箔控銀鈎。道旁亦有揚雄宅,寂寞芸窗冷似秋。

校記:

[1] 此詩輯自(清) 孫承澤《天府廣記》卷四二。

按: 本詩,《元詩選·二集》作《雅琥詩》,暫兩存。

七言絕句

題玉山所藏水仙畫卷[1]

翠羽靈旗候洛津,凌波微步襪生塵。可憐金屋重門掩,只有陳王夢阿甄。

校記:

[1] 此詩輯自《草堂雅集》(十八卷本)卷一〇。

詠 鄭 氏 義 門[1]

春秋家學傳來元,九世於今更一門。聞道階庭有餘地,年來偏藝好蘭孫。

校記:

[1] 此詩輯自(明) 鄭太和《麟溪集》癸卷。

文

禱雨歌序[1]　　至正三年

至正三年,余守越。夏六月,不雨。率僚遍禱群望,又不雨。河流

154

且竭，歲將不登，心甚憂之。父老或進曰："郡有楊道士者，能以其術致雲雨，盍請試之？"余信道不篤，又以百姓故，遂設壇長春宮，禮致道士如父老言。既而天果雨，獲免於饑。因作歌以紀其實，復以報道士。

校記：

[1] 此文輯自清康熙十二年《紹興府志》卷一三。

題范文正公書伯夷頌卷後[1] 　後至元三年九月十五日

魏國文正范公在宋朝爲名臣，稱首當時，論者或直以爲聖人，或方之以夔、卨，是豈泛然而爲之言哉？觀魏公出處，始終大節，一合乎道，其豐功盛德，焕乎簡册，若日星之不可掩、山嶽之不可齊，與天地相爲悠久，其窮理盡性以至於命者歟？今觀魏國所書《伯夷頌》，筆法森嚴，真可與《黃庭》、《樂毅》等書相頡頏。是則魏公非特于德行功業超然傑出，其於書法亦造乎其極者也。然公不他書，而書韓子《伯夷頌》者，尤見公切切於綱常世教，未嘗一日而忘也。披玩再三，令人斂衽起敬。至元年三年後丁丑歲秋九月望，後學泰不華謹書。

校記：

[1] 此文輯自民國九年武進李氏鉛印《大觀錄》卷三。

題范文正公與尹師魯二札卷後[1] 　後至元三年九月十五日

范文正公以論事忤執政，遂落職知饒州。於時直范公者相屬於朝，尹師魯亦自請同黜，可以見一時賢才之盛矣。師魯既貶監郢州稅，觀范公二書中語，略不及當時事，亦不以師魯因己被黜而加存問。蓋范公所論爲國也，而師魯之請以義也，是豈有一毫私意於其間哉？書末云"惟君子爲能樂道"，前賢之用心於此可見矣。二帖筆力遒勁，有晉人遺意，尤非泛泛於書者，范氏其世寶之！至元三年丁丑歲秋九月望，後學泰不華書。

校記:

    [1] 此文輯自民國九年武進李氏鉛印《大觀録》卷四。

書李孝光漢洛陽令方聖公儲傳後[1]　至正四年正月十五日

    按,劉昭引儲策傳《五行志》,儲則董子、夏侯勝、翼奉之徒,明於災異、五行之説者也。史臣乃不爲儲作傳,宜乎世祠之而稱其爲神仙焉。鄉非張鷟撰《黟侯碑》,少見儲事,安知其爲賢哉?予讀李季和所著傳,頗推鷟言,爲之足備闕遺。先師所謂語人而不語神,庶幾近之。時至正四年歲戊寅正月望日,白野泰不華書。

校記:

    [1] 此文輯自《文淵閣四庫全書》本《新安文獻志》卷一〇〇上,題目係《全元文》卷一五九一代擬。

重建靈溥廟記[1]　乙亥 元統三年

    相古明王建祭法,秩百神而祀之,山川能出雲,爲風雨,見怪物,皆所秩也。赤頰潭在臨海縣南絶壑,神龍居之,欝欝常有雲氣。宋元祐中,禱雨,有金龜之應,錫封其神曰"豐澤靈濩顯應侯"。揆古祭法,爲有合焉。有廟在法海寺右偏西,上賜額"靈溥"。故事:旱乾禱於廟,始克登潭求靈應,若龜魚蛇能蛙蜴之屬,祠之則雨速降。歲久廟圮,神棲于寺。寺距潭復一舍遠,厓傾谷黝,登者率憚之。元統改元癸酉夏六月,不雨。縣典史澄江朱君圭齊被宿寺下,將入山,衆以險阻白。朱君曰:"民以穀爲命。穀就槁,民命懸旦暮,吾獨能自愛乎?"即披荆棘、冒百險至潭所,再拜稽首,請命。少焉,嵐霧晝冥,水忽湧溢没踵,陰氣肅肅砭肌骨。衆僵立迷愕,求引退。朱君哀籲益虔,曰:"吾不得靈應,不返也。"俄有青虵躍入器中,蜿蜿蜒蜒,若顧若答。出山,雷驅電繞,甘澤周溥,歲以大有。越明年,夏復旱,往禱如初,厥應惟不爽。朱君曰:"是不可以無報靈德也。"乃輟既稟,闢舊址,作新廟十二楹。内爲神寢,視昔制加壯。刻木象神,以資憑附。是年秋九月,廟成,集里中聞姓行寧侑禮,大合樂薦祼,降登有數,神不吐于享。耆老聚觀歎息,不圖復見雩宗之舊。蓋將永賴以弗暵潦,獲豐年焉。廟之陽爲紫岩山,余同舍周君潤祖隱居山中。余嘗過周君,爲道神跡,余聞而韙之。既叙厥攸作,復繹之曰:龍於天壤間爲用最大,雨土殖穀,化滲爲穰,俾民用粒食。其變化離合,與元氣相降升,茫洋旁魄,邈乎其無方也。然假之必有其道,在《易・渙》之貞,風其悔水,風行水上,其象爲享帝立廟。蓋渙者,散也。廟所以拯渙也,齊於斯,禜於斯,聚神氣於斯。君子謂朱君之作是廟也,其知所以交於神明之道已夫,固宜人神允孚、顯貺屢答也。用勒之貞石,以訊夫後之禜禱者。元統三年龍集乙亥夏五記。

校記:

[1] 此文輯自民國五年嘉業堂刊本《台州金石録》卷一二。

明倫堂記略[1]

國家慎選守令,輒侍從論思之臣出理郡邑。翰林應奉林君希元任上虞尹,至官,一切期與民休息,朔望謁先師廟,與文學師生講求治要。顧瞻明倫堂棟宇摧撓,慨然曰:“學校未興,德化弗流,若何稱塞?”屬歲少祲,無以給費。乃與達魯花赤佛家兒議捐俸金以倡之,參佐僚吏莫不樂從,邑人占藉於學及家饒而好義者各出私錢來助,合所得緡錢五千有奇。諏日庀工,撤而新之。度材必良,陶埴必堅。基構樸斲,杇墁塗墍,靡不完好。凡爲堂三間,高壯深廣,度越舊制,用可經久。興工於至正十一年十有二月丙子,明年五月丁亥落成。教諭朱榘疏其事,屬余識之於石。按,上虞有學,始於宋之慶曆,重建於淳熙。堂則嘉定甲申所創也。國朝大德十一年,令阮惟貞以庫隘,得民故材,改作焉。逮兹五十年,漸致圮壞。玩歲愒日,補葺相承。縣令以興學爲事,率之以義,人用趨勸,不數月,而堂構一新,俾師弟子得以安居講肄，宜矣。今夫環千里而郡，百里而邑，莫不建學立師。學之所以明人倫者，豈惟（下闕）。

校記：

　　[1] 此文輯自清康熙十年《上虞縣志》卷五。

凱烈（克烈）拔實

　　凱烈拔實（1308—1350），字彥卿，凱烈（克烈）氏，故又名克烈拔實。定居大都（今北京）。年僅十一歲，以近臣之子身份入侍仁宗。元統元年（1333）僅二十餘歲，就出任燕南憲僉，遷翰林直學士，出爲燕南廉訪使。至正十年，死在河西廉訪使任上。安葬於大都宛平縣池水里雙堤之原。

　　生平事跡見（元）黃溍撰《神道碑》（《金華黃先生文集》卷二五）；（元）陶宗儀《書史會要》卷七；（清）顧嗣立、席世臣編《元詩選‧癸集》（戊集）；王叔磐編《元代少數民族詩選》；楊鐮撰《元西域詩人群體研究》；周紹祖主編《西域文化名人志》等。

　　今存（清）嘉慶三年（1798）南沙席氏《凱烈拔實詩》刻本；（清）光緒十四年（1888）重修刻本，一冊（42 頁）。家有四詠軒，並將與許有壬、周伯琦、成廷珪、王羲等人的唱和酬答之作輯成《四詠軒詩》，許有壬作序，傳頌詞林。

　　此次點校以（清）顧嗣立、席世臣編《元詩選‧癸集》爲底本，詩共計 5 首。

五言古詩

元　符　山　房

坐對千岩翠，森森萬木攢。石函留古劍，藥鼎煉還丹。雲逼山窗濕，嵐開澗樹寒。春禽知客意，啼我暫盤桓。

七言絶句

全 清 亭

石抱幽亭深復深，當軒翠竹弄清音。華陽山酒盈樽緑，對坐春泉澆醉心。

七言古詩

遊 茅 峰

筍輿高士碧巑岏，爲訪仙人白石壇。羽服常來千歲鶴，霞衣曾駐九霄鸞。洞生芝草山藏玉，人道琳宮井有丹。松下空餘處士宅，幾爲梁帝決時難。

喜 客 泉

春水澄澄緑滿池，團漚顆顆涌琉璃。江妃解珮珠凌亂，淵客當盤淚漫垂。坤母由來承博厚，馮夷何事現新奇。倚欄莫謂曾無喜，且玩清泠潤惡詩。

贈 集 虛 宗 師

路入華陽溪水流，仙人瓊珮彩雲裘。松陰石竈丹煙煖，洞裏桃花碧樹幽。嗟我塵中回俗駕，無心方外訪瀛洲。何當一假茅君鶴，復向三山深處遊。

雜詩

追詠茅山詩 並序[1]

往遊茅山，山中佳致非一，但詩思遲遲，未能道其萬一。既還，因嘗遊之地，追詠敬呈集虛宗師。

校記：

[1]詩題原缺，據《元詩選·癸集》補。劉大彬《茅山志》卷一五以詩序爲詩題。

廼 賢

廼賢(1309—1368)，字易之，本爲葛邏禄氏。譯言馬也。世居金山之西。元興西北，諸部仕中朝者多散處内地，故易之稱南陽(今河南)人。後遷居慶元(今浙江寧波)。隨其兄宦遊江浙，再至京師。以能文名，尤長歌詩，每一篇出，士大夫輒傳誦之。時浙人韓與玉能書，王子充善古文，易之與二人偕來，人目爲“江南三絶”。久之歸浙東，辟爲東湖書院山長。以薦授翰林編修官，出參桑哥失裡軍事，卒。

其生平事跡見《元詩選》初集、《元詩紀事》卷一八以及《元西域人華化考》卷三、四；朱昌平、吳建偉主編《中國回族文學史》；劉正民等選注《西域少數民族詩選漢文古典詩詞》；王叔磐《元代少數民族詩選》；鮮于煌編《中國歷代少數民族漢文詩選》；丁文慶、吳建偉注評《回回古詩三百首》；陳書龍主編《中國古代少數民族詩詞曲評注》；星漢《廼賢生平考略》(《新疆師範大學學報》哲學人文科學版 1998 年第 4 期)，劉嘉偉《論色目詩人廼賢的民族特色》(《黑龍江民族叢刊》2009 年第 2 期)，劉嘉偉《元大都多族士人圈的互動與元代清和詩風》(《文學評論》2011 年第 4 期)，劉嘉偉《元代詩人廼賢上京紀行詩中的尋根情結》(《河北北方學院學報》社會科學版 2010 年第 1 期)，齊沖天《論元代民族詩人廼賢》(《内蒙古社會科學》漢文版 1980 年第 3 期)。

廼賢著有《金臺集》，後人又編有《廼前岡詩集》三卷(明萬曆潘是仁刊宋元四十三家集本)。詩集有《金臺集》(三卷)、《海雲清嘯集》、

《金臺後集》《鐃歌集》。今存《金臺集》(二卷)，詩 280 首，另有《母音》錄其詩四首。《金臺集》(二卷)是他的代表作，收錄了他的大部分詩歌作品。《金臺集》正文前有歐陽玄、李好文、貢師泰三人撰於元至正壬辰年的序文各一篇，又有黃溍元至正庚寅年撰寫的題詞。《河朔訪古記》撰於元至正二十三年(1363)，曾收入明《永樂大典》。此外還有《廼前岡詩集》，該詩集分爲三卷，收錄廼賢詩 11 首，其中卷一有五言古詩《次韻元復初春思三首》和《送邵元道四首》，卷二收有七言古詩《賣鹽婦》和《仙居縣杜氏二真廟詩》，卷三收有七言律詩《錢塘留別喀爾丞相之會稽代祀》和《使歸》。

廼賢《金臺集》，以其遊大都時居於京師金臺坊而得名，更深層的含義是借用燕昭王築金臺以納士的典故。公私書目著錄及現存《金臺集》的多種版本多爲兩卷。《書舶庸譚》卷三著錄"《金臺集》一卷"。又云："按是書首尾俱題《金臺集》卷一，詩僅一卷，仍標次第。"可能是個殘本。

刻本概況：據楊彝的後序，早在至正十五年(1355)，廼賢從京師返回鄞縣後，《金臺集》"其友已傳刻之"，這應當是該書最早的刻本。明人葉盛《水東日記》卷八："《金臺集》前後序題跋出虞伯生、歐陽元功、黃晉卿、張起岩、余廷心、曾子固、危太樸等，篆隸真行小楷皆出諸公親筆，入刻極其精妙。嘗從錢元溥檢討借觀，留余所者數月。後再從借觀，則託辭卻去矣。"此本清代尚存，《天禄琳琅書目》卷六著錄云："今書有兩卷，當是前後稿並列，而無危素前序，蓋偶佚之。書中諸賢序、詩、識語，皆至正間所作，當時心折易之，匪特文章各盡所長，書法亦兼其妙，真行篆隸無體不具，則無體不精。而摹刻者又能得其精神，不失銖黍。選紙選墨，印而傳之。豈獨爲元刻之冠，即置之宋槧佳本中，又何多讓焉！"這則材料表明元刊《金臺集》刻印精美，與《水東日記》相吻合，則其所見應爲初刻本。這個版本《藏園訂補郘亭知見傳本書目》卷一四描述得更爲詳細，指出其版式爲"十一行二十二字，細黑口,左右雙闌。"並盛讚其"精雅異常"。元刊本今已不可見。

明崇禎十一年(1638),毛氏汲古閣將景元本《金臺集》刊入《元人十種集》,並增加了目錄。毛晉在跋文中介紹了廼賢的族籍、交遊情況,並稱:"前後諸序跋,不但評論詳核,書法亦極精妙,因倩友人王與公摹而付諸棗,若初本,余亦不能辨。"國家圖書館、北京大學圖書館藏有該本。此外,1922年武進董氏誦芬室有景元至正本。收錄《金臺集》的《元人十種集》有上海商務印書館1926年影印本、中國書店1990年《海王邨古籍叢刊》影印本。清人顧嗣立編《元詩選·初集》收廼賢詩158首,亦名《金臺集》,有4首不見於兩卷本。現存長洲顧氏秀野草堂本,中華書局1985年出版了排印點校本。

鈔本概況:《金臺集》有清人金侃鈔本,鈔於清康熙二十四年(1685),《鐵琴銅劍樓藏書目錄》卷二二著錄,今藏於國家圖書館。金侃(? —1703),字亦陶,號立庵,吳縣(今江蘇蘇州)人。能詩,善書畫。該鈔本卷一鈐有"金侃和印"、"亦陶"兩枚印簽,還有一枚不很清楚,大約是"鐵琴銅劍樓"藏書印。補入了佚詩五古7首,七古2首,七律6首,有的是袁桷詩的誤入,下文還將論說。金侃的跋文書法精美,見解不凡。他從《詩經》《離騷》追溯詩史,感慨時人囿於唐詩的藝術成就,對於宋元詩家有所偏見,並稱"偶錄廼易之之詩,漫識此。易之爲葛邏禄人,其國去中華數千萬里,西夷之最遠者。而其詩工麗秀逸,極得唐人之風致,而又確然自成其爲元人,亦豪傑之士矣"。

法式善存素堂本,藏於國家圖書館善本室。該本存於清人法式善編輯的《宋元人詩集八十二種》中。法式善(1752—1813),文學家。姓烏爾濟氏,字開文,號時帆,蒙古正黃旗人。乾隆進士,官至侍講學士。他有感於宋元詩遭遇"兵滅摧殘之阨",以十年的時間編成此書,其中選了元代作家41家,共328卷177冊。《金臺集》入選時沒有分卷,祖本也應當是至正本,卷前後沒有序跋,和廼賢好友張子淵的《元張伸聲子淵詩集》合爲一冊。筆者所見,該冊封面上鈐有"陶廬藏書”、“王孟韋柳”、“詩龕居士存素堂圖書印”等印鑒。

　　《四庫全書》別集類收録了《金臺集》,編校於清乾隆四十六年(1707)十月,將迺賢改譯爲納新。據《提要》對序跋的介紹,可知祖本也應該是元本。文淵閣本已經由臺灣商務印書館出版發行。另外,《四庫全書薈要》別集類也收録了《金臺集》。摛藻堂本由世界書局影印發行。此外,《木樨軒藏書書録》著録:“《金臺集》兩卷,《補遺》一卷(元迺賢撰)。舊鈔本(清傳鈔林雲鳳鈔本)。”該本現藏於北京大學。今所存《河朔訪古記》已非完帙,四庫館臣輯録重編,按照所遊地區分爲三卷。《四庫全書》總目稱兩卷;王禕《王忠文集》尚保存該書的王序,王序稱此書爲兩卷。劉序稱此書十六卷,清人魏源《元史新編》、曾廉《元書》從此説。明人焦竑《國史經籍志》著録爲十二卷,黃虞稷《千頃堂書目》卷八、錢維喬(乾隆)《鄞縣志》亦著録爲十二卷。《河朔訪古記》還有武英殿聚珍本、真意堂本、守山閣本、粤雅堂本,都是根據四庫本校對刊印。

　　至正十年(1350),迺賢出遊燕城,賦五言律詩 16 首,後同遊的新進士朱夢炎向他索書前詠,遂書之,爲《南城詠古詩帖》傳世至今。《南城詠古詩帖》在明代爲私家第藏,清代歸於内府。《石渠寶笈》有著録,列爲上等。《三希堂法帖》將其編入卷二六。民國時期書法鑒定家吳江、蘇宙忱編選的《三希堂法帖精華本》,此帖列入其中。

　　迺賢詩歌收録見(清)顧嗣立《元詩選》。《元詩選·初集》選迺賢詩歌 158 首,其中有《登崆峒山》《賦環波亭送楊校勘歸豫章》《京城燕》《題羅小川青山白雲圖爲四明倪仲權賦》《京城春日二首》《送王季境還淮東幕》《送太尉掾潘奉先之和林》《送葛子熙之湖廣校書二首》《送道士袁九霄歸金坡道院》《桃花山水圖爲桃花源屠啟明題》《春日次王元章韻》《益清堂》(并序)《送王公子歸揚州》《玄圃爲上清周道士賦》等。《元詩別裁集》存其詩《賦環池亭送楊校勘歸豫章》《答禄將軍射虎行並序》《秋夜有懷明州張子淵》三首。

　　《元詩選》載："所著《金臺集》，歐陽元功序之，謂其清新俊逸，而有溫潤縝栗之容。宣城貢師泰稱其詞清潤織華，五言類謝朓、柳惲、江淹，七言類張籍、王建、劉禹錫，而樂府尤流麗可喜，有謝康樂、鮑明遠之遺風。魏郡李好文曰：易之，西北方人，而粹然獨有中和之氣。不喜禄仕，惟以詩文自娛。其來京師，特廣其聞見，以助其詩也。其兄塔海仲良以進士起家，而易之晚乃得一官，未竟其用。虞文靖題其集云：因君懷郭隗，千古意如何。張承旨起巖云：愛君談辨似懸河，最喜交情古意多。長使馬周貧作客，令人千古愧常何。其所期望者深矣。"《金臺集》卷末有跋及題字、題詩多篇。《四庫全書總目》稱其"天才宏秀，去元好問爲近……其名爲亞薩都剌（即薩都剌）。核其所作，視薩都剌無不及也。"其友朱右在《白雲稿》卷五之《送葛邏禄易之赴國史編修官序》評價："壯則遊京師，歷燕薊，上雲代。所至擇天下善士爲之交際，求天下碩儒爲之師友，日以詩歌自娛，遇可喜可愕，必昌於辭，則有《金臺集》。歷涉南北，覽古今靈文秘蹟，必志於篇，則有《河朔訪古記》。"

　　此次點校，詩以《摛藻堂四庫全書薈要》收録的《金臺集》二卷爲底本（臺灣世界書局影印，簡稱"薈要本"），以收録《金臺集》二卷的《元人十種集》（中國書店 1990 年《海王邨古籍叢刊》影印本，簡稱"海王邨本"），及《文淵閣四庫全書》中收録的《金臺集》二卷（臺灣商務印書館影印，簡稱"文淵閣本"）爲校本。並參考（明）朱存理《珊瑚木難》、《元音》卷一二（《文淵閣四庫全書》本）、（元）釋來復《澹遊集》卷上（《續修四庫全書》第一六二二冊）、《秘殿珠林石渠寶笈合編》、（清）孫承澤《庚子銷夏記》卷八《寓目記》（《文淵閣四庫全書》本）、《四明洞天丹山圖詠集》等。其中《伏承員外先生奉楊公之命函香補陀洛伽山瑞相示現使節今還輒成長律四章少寓餞忱南陽酒賢上》以（元）張昱《可閒老人集》附録（《文淵閣四庫全書》本）爲底本，《錢塘留別喀爾丞相之會稽代祀》《使歸》《賣鹽婦》以《文淵閣四庫全書》本《元音》卷一二爲底本,《奉題定水見心禪師天香室》《和芝軒中丞答蒲庵禪師四首》《奉和中丞相國先生高韻兼簡蒲庵禪師》以(元)釋來復《澹遊集》卷上(《續修四庫全書》第一六二二册)爲底本,《題丹山》以《四明洞天丹山圖詠集》爲底本,《題趙雍挾弹遊騎圖》以《秘殿珠林石渠寶笈合編》第十册一五八二頁爲底本,《題瀟湘八景圖》以(清)孫承澤《庚子銷夏記》卷八《寓目記》(《文淵閣四庫全書》本)爲底本,《看雲圖》以(明)朱存理《珊瑚木難》卷三《文淵閣四庫全書》本爲底本,《太山高一首上王尚書》以(明)宋公傳《元詩體要》(宣德八年刻本)卷三爲底本。詩共計 280 首。文共計 5 篇,其中《徐伯敬哀詩序》《寄題壽張堂詩序》以(明)汲古閣刻《元人十種集》本《金臺集》爲底本;《南城詠古詩序》以(明)汲古閣刻《元人十種集》本《金臺集》爲底本,以《御選元詩》爲校本;《讀汪水雲詩集》以(明)汲古閣刻《元人十種集》本《金臺集》爲底本,以清乾隆間刻本《水雲集》爲校本;《仙居縣杜氏二真仙廟詩序》以《文淵閣四庫全書》本《元音》爲底本,《宋元詩會》爲校本。

五言律詩

酓朱景明惠墨兼次韻

　　春去思家遠,愁來似酒醲。故人多古意,賤子豈能文。搦管含春黛,臨池漲濕雲。欲窮山水興,分贈李將軍。

送王公子歸揚州

　　玉雪王公子,歸鞚向竹西。水清淮白上,天闊海青低。瓊樹春前發,烏絲醉後題。何須問勛業,名與爾翁齊。

題吳照磨墨梅

天台吳架閣，京下憶尋梅。倚杖月中立，思君江上來。夜深憐雪落，香動覺春回。獨坐溪邊石，晴雲滿綠苔。

題馬遠信州圖

昔解靈溪纜，相將下信州。人家臨水岸，鼓角起城頭。雲積龜峰雨，江分蠡澤秋。開圖見山郭，千里思悠悠。

賦甘露門送李（惟中）侍御之西臺

雉觀銀河近，天清鼓角空。女牆秋色外，仙掌月華中。雙闕當關樹，高城繞漢宮。使君驄馬入，按轡立西風。

耕樂爲張處士賦

江東有一士，耕穫在南山。天明荷鋤出，日暮[1]唱歌還。酌酒麥隴上，掛巾桑樹間。卒歲有餘樂，豈知行路難。

校記：

[1] 暮：海王邨本作"莫"。

江東魏元德進所製齊峰墨於[1]上都慈仁殿賜
文縑馬湩以寵之既南歸作詩以贈云

錦襲玄圭瑩，龍香秘閣浮。漬毫春黛濕，拂渚翠雲流。繡綺頒宮掖，瓊漿出殿頭。小臣霑雨露，千載荷恩休。

校記：

[1] 於：海王邨本作"于"。

題會稽韓與玉秋山樓觀

樓觀依青崦，峰巒似越州。樹根流水過，山頂白雲浮。露下琴絲潤,溪寒釣石幽。相看圖畫裏,歷歷記曾遊。

賦南湖送歐陽遜學歸廬陵

瀟灑廬陵郡,南湖水鏡開。亂雲堤上起,一棹雨中來。浦樹棲鴉集,城樓疊鼓催。君還秋色裏,載酒重徘徊。

題墨梅贈徐用吉南歸

蘇公隄上路,千樹雪紛紛。載酒曾邀我,看花每憶君。翠茵松下臥,鐵笛月中聞。獨有思歸者,長歌望白雲。

汝州園亭宴集奉答太守胡敬先進士摩哩齊^[1]德明

入郭會親友,園亭喜暫開。斷冰簾外落,殘雪樹邊來。秉燭聽瑶瑟,停歌引玉杯。平生鄉井意,盡醉共徘徊。

校記:

[1] **摩哩齊:**海王邨本作"莫倫赤"。

題應中立所藏陳元昭山水

遠騎出郊坰,裴徊立清曉。風雨江上來,雲山望中小。松瀑瀉巖阿,僧鐘度林杪。茲焉倘可棲,長歌拾瑶草。

松巢爲錢塘謝堯章先生賦

結廬東山下,門外萬松立。月明樹根坐,露華衣上濕。鶴歸洞雲瞑,風生海濤急。茯苓倘可餐,永矢謝城邑。

送進士王克敏赴成都録事

黃牓天門外,臚傳玉殿頭。敕緘朱篆濕,袍剪翠雲流。喜協三槐瑞,真成駟馬遊。草堂今寂寞,還許俸錢修。

169

宋顯夫内翰挽詩

巍科聯伯仲，冠蓋耀鄉邦。援蟻浮春漲，聽雞坐夜窗。諫臺書第一，藝苑筆無雙。千古生芻意，悲歌淚滿腔。

送胥有儀南歸

立馬望華盖，君家碧嶂東。樹圍茆屋外，花落雨聲中。捲幔香雲入，開編燭燼紅。林梢新月上，留客醉絲桐。

京城雜言六首

神京極高峻，風露恒泠然。憧憧十一門，車馬如雲烟。紫霞擁宮闕，王氣浮山川。峨峨龍虎臺，日月開中天。聖祖肇洪業，永保億萬年。

世皇事開拓，攬策群霧清。完顏據中原，一鼓削蔡城。趙氏守南壤，再鼓宗祚傾。車書既混一，田埜安農耕。嚮非聖人出，何能遂吾生。

丘公神仙流，學道青海東。維時儒教師，矯矯真天龍。乾坤始開廓，魚水欣相從。扣馬諫不殺，嘉辭動天容。保此一言善，元祚垂無窮。世祖嘗因金儒元好問之請，為儒教大宗師；復納全真丘處機之一言，國家始終好生不殺。

居庸土高厚，民物何雄強。老稚尚弓獵，不復知耕桑。射鵰陰山北，飲馬長城旁。駝羊足甘旨，貂鼠充衣裳。酒酣拔劍舞，四顧天茫茫。

高槐拱朱垣，樓閣倚空起。劍珮何陸離，車馬若流水。昔有社稷臣，艱難闢荆杞。歃血飲黑河，剖券著青史。國家感勛勞，報施及孫子。

千金築高臺，遠致天下士。郭生去千載，聞者尚興起。我亦慷慨人，投筆棄田里。平生十萬言，抱之獻天子。九關虎豹嚴，撫卷發長喟。

郊城冬夜讀書有感

幽窗悄無寐，稍覺塵慮清。月色下床頭，映我書册明。微燈照孤影，慨彼華髮生。永懷古先哲，勞心但營營。

病中答張元傑宗師惠藥

臥病臨高館，丹芝幸見分。銅瓶朝挹水，石鼎夜生雲。坐久燈華落，秋清木葉聞。明朝得強健，長禮紫虛君。

崇真宮夜望司天臺

珠宮瀿水上，軒窗白雲開。中宵聽落葉，似是風雨來。褰衣視星象，歷歷環天臺。我將攬河漢，乘槎共裴徊[1]。

校記：

[1] 徊：海王邨本作"回"。

陽明洞丁元善尊師攜酒招省郎穆蘸君過余夜飲

仙人釀松華，留客中夜酌。微風樹間來，細雨燈前落。清詩憶彌明，高興懷康樂。移尊過西軒，匡坐聽笙鶴。

讀唐媯川劉太守遺愛碣

秣馬懷來縣，摩挲古碣陰。龜趺苔色暗，篆畫雨痕深。治跡推天寶，家聲紀卯金。最憐名漫漶，獨立久沉吟。碑文皆完，惟劉公之名剥落不可讀。

南城詠古十六首　有序

至正十一年秋八月既望，太史宇文公、太常危公偕燕人梁處士九思、臨川黃

171

君殷士、四明道士王虛齋、新進士朱夢炎與余凡七人，聯轡出遊燕城，覽故宮之遺蹟。凡其城中塔廟樓觀臺榭園亭，莫不裴徊瞻眺，拭其殘碑斷柱，爲之一讀，指其廢興而論之。予七人者，以爲人生出處，聚散不可常也。解後一日之樂有足惜者，豈獨感慨陳蹟而已哉。各賦詩十有六首，以紀其事，庶來者有所徵焉。**河朔外史序**。[1]

黃金臺　　大悲閣東南，隗臺坊内。

落日燕城下，高臺草樹秋。千金何足惜，一士固難求。滄海誰青眼，空山盡白頭。還憐易河水，今古只東流。

憫忠閣　　唐太宗憫征遼士卒陣亡而建。

高閣秋天迥，金仙寶珞齊。青山排闥見，紫氣隔城迷。朱栱浮雲濕，琱簷落照低。因懷百戰士，惆悵立層梯。

壽安殿　　殿基今爲酒家壽安樓。

夢斷朝元閣，來尋賣酒樓。野花迷輦路，落葉滿宮溝。風雨青城暮，河山紫塞愁。老人頭雪白，扶杖話幽州。

聖安寺　　寺有金世宗、章宗二朝象。

蘭若城幽處，聯鑣八月來。寶花幢蓋合，袞冕畫圖開。斷碣蒼苔暗，空庭落葉堆。饑鳶不避客，攫食下生臺。

大悲閣　　閣牓虞世南書。

閣道連天起，丹青飾井幹。如何千手眼，只著一衣冠。金榜交龍挾，琱甍吻獸攢。憑高天萬里，白紵不勝寒。

鐵　牛　廟

燕人重東作，鎔鐵象牛形。角斷苔華碧，蹄穿土繡腥。遺蹤傳野老，古廟托山靈。一酹壺中酒，穰穰黍麥青。

雲仙臺　<small>金之望月臺。</small>

臺殿青冥外，團團海月涼。隔簾聞鳳管，秉燭奏霓裳。銅爵晨霞眩，金盤夕露瀼。仙人不復返，愁殺海生桑。

長春宮　<small>全真丘神仙處機之居，太祖嘗召至西域之雪山講道，屢勸上以不殺。</small>

羸驂踏秋日，迢遞謁琳宮。松子花甄落，溪流板閣通。樓臺非下土，環珮憶高風。草昧艱難日，神仙第一功。

竹林寺　<small>金熙宗駙馬宮也，寺僧云：一塔無影。</small>

城南天尺五，祇樹給孤園。甲第王侯去，精藍帝釋尊。老僧誇塔影，稚子斸松根。何日天台路，相從一問源。

龍頭觀　<small>龍頭懸一牙籤，刻曰：建隆元年。</small>

仙館紅塵外，龍頭得借看。開函雲氣濕，近席雨聲寒。碧血凝螺黛，香涎逼麝壇。牙籤認題字，猶是建隆刊。

妝臺　<small>李妃所築，今在昭明觀後。妃嘗與章宗露坐，上曰：“二人土上坐。”妃應聲曰：“一月日邊明。”上大悅。</small>

廢苑鶯花盡，荒臺燕麥生。韶華如逝水，粉黛憶傾城。野菊金鈿小，秋潭玉鏡清。誰憐舊時月，曾向日邊明。

雙塔　<small>安祿山、史思明所建，在憫忠寺前。</small>

安史開元日，千金構塔基。世尊寧妄福，天道自無私。寶鐸遊絲冒，銅輪碧蘚滋。停驂指遺蹟，含憤立多時。

西華潭 <small>金之太液池。</small>

秋水清無底，涼風起綠波。錦帆非昨夢，玉樹憶清歌。帝子吹笙絕，漁郎把釣多。磯頭浣紗女，猶恐是宮娥。

白 馬 廟

祠宇當城角，霜蹄刻畫真。房星何日墜，駿骨自能神。曾蹴陰山雪，思清瀚海塵。長疑化龍去，騰踏上雲津。

萬壽寺 <small>寺有許道寧畫屏。</small>

皇唐開寶構，歷刧抵金時。絕妙青松障，清涼白玉池。長廊秋屧響，高閣夜鐘遲。獨有乘閒客，扶藜讀舊碑。

玉虛宮 <small>大道教以供薪水之勞爲其張本，官主張真人，其貌甚清古。</small>

樓觀回深巷，松枝夾路低。拾薪供早爨，抱甕灌春畦。經向琅函讀，詩從石鼎題。白鬚張道士，送客過桃溪。

校記：

　　[1] **河朔外史序**：海王邨本作"**河朔外史廼賢序**"。

陵 州

日落陵州路，沿流古岸傍。泊舟人自語，聽雨夜偏長。過客愁聞盜，荒村久絕糧。何人肯憂國，得似董賢良。<small>董仲舒，陵州人。</small>

寄上京圖卜章[1]

大駕清秋發，千官八月歸。風高沙雁起，霜落海鷹飛。朝士誰青眼，山人尚白衣。最憐東魯客，相望思依依。

校記：

　　[1] **圖卜章**：海王邨本作"**塗貞**"。

五言排律

登 崆 峒 山

緑蘿陟層巘,曠望浮雲馳。飄風西北來,颯颯吹裳衣。氣候儵遷變,中懷鬱歔欷。路逢一道士,高結冠巍巍。恐是廣成子,再拜欲問之。長歌入深林,棄我忽若遺。哀湍瀉石磴,日落松聲悲。雲蹤邈難及,千載生遐思。

賦環波亭送楊校勘歸豫章 季子。

積水敞華構,參差帶幽邃。微風動輕蘋,緑雲泛珠箔。天空夕陰斂,川迥游鱗躍。徘徊滄洲夢,露下翠衾薄。公子屬鳴珮,消[1]遥陟延閣。微吟省樹移,緩步庭花落。放舟返春渚,言恣林泉樂。揮觴靡可留,悵望青山郭。

校記:

[1] 消:海王邨本作"逍"。

贈韓印曹歸會稽 字元之,疏其長官奸狀至都堂,
大臣竟繳回,縣是得罪,今昭雪還鄉。

韓君奇男子,意氣凌秋旻。峨峨步搖冠,玉雪映長身。譚鋒勇無敵,籌策捷有神。讀書恥沿襲,投筆棄里鄰。翱翔黃金臺,慷慨傾縉紳。開口論利害,不避讐與親。爭欲出門下,薦剡相交陳。和林控大漠,天高地無垠。宗王錫茅土,蕃闐多重臣。帶甲四十萬,車廬日轔轔。詔設大宗正,撫綏播湛恩。長官挾權勢,淫刑虐邊民。椎剝盡膏血,遊畋徹昏晨。君時王印綬,裂眥忿且瞋。陳書上東閣,願言達楓宸。丞相驚吐舌,羣僚汗沾巾。小臣敢訕上,封章竟沉淪。攎摭舞文法,蒼蠅點貞珉。同列憤揮涕,將佐含悲辛。青

天日慘淡，愁雲夜氤氳。皇皇繡衣使，執法推忠循。颺言力辯雪，抑滯一朝伸。且夕受殊擢，言歸念鱸蓴。薔薇滿東山，芙蕖[1]映湖濱。白酒溢春甕，高堂盡嘉賓。剪燭悅情話，牽衣叙親嫺。丈夫負奇氣，終當追古人。張儀口有舌，范叔豈長貧。攬鏡歎勛業，天運無停輪。念我客京邑，漂零六徂春。高歌送君別，握手金河津。因之懷東越，扁舟理絲綸。

校記：

[1] 蕖：海王邨本作"渠"。

益 清 堂

閩海憲使哈喇和木公歸休嵩山之下，鑿池引流，列植卉木，扁其燕處之堂曰"愛蓮"。公没，堂池遂廢。其孫國子生張閭伯高，謙恭好學，思繼先志，迺復增緝而新之。國子先生陳伯敷易其名曰"益清"。伯高謂予曰："與君世寓南陽，且支裔聯屬，不可無作。"因賦律詩十有四韻，以復其命云。

嵩嶽雲峰近，高居水竹幽。築堂依別墅，甃石帶芳溝。翠荇含風弱，紅蕖著雨柔。菱歌花外發，蘭槳月中遊。卷幔紅雲亂，開尊碧露浮。使君曾曳節，持斧照南州。綠野池臺莫，平泉草樹秋。吾宗多秀發，公子獨清修。屢接何蕃武，長懷賈誼憂。拾螢供夜讀，走馬散春愁。朋友頻相過，琴觴每倡酬。籍通青瑣貴，文擅肯闈優。歸思勞清夢，高情憶故丘。卜鄰端有約，歲晚共綢繆。

送葉上舍晉歸四明

涼空夕陰霽，繁星烜明河。夜色浩如水，秋聲在庭柯。遊子千里情，歸心向江沱。亭亭太白巘，窅窅煙雲多。落月掛松檜，古屋依清波。結縭豈不早[1]，流光恐蹉跎。振衣出橋門，晨興理征舸。清淮集魴鯉，曠野飛駕鵝。顧我羈旅間，執別將如何。持觴易水上，慷慨[2]驪駒歌。遠眺東南山，鬱鬱雲嵯峨。

校記：

　　[1] 早：海王邨本作"蚤"。

　　[2] 慨：海王邨本作"忼"。

送道士袁九霄歸金坡道院

　　朔風吹黃沙，客子夢千里。青山久不歸，白日去如水。昨朝灤水上，仙人偶來過。自言遠紛壒，結廬在金坡。玉峽棲曾雲，翠閣縈危棧。鐘聲繞碧壇，桃花[1]出深澗。雙童掃白石，展席彈瑤琴。青松掛落月，海色浮空林。竟謝區中綠，騎龍忽歸去。只恐人民非，那愁歲年莫。君還鍊石髓，九轉成玄霜。他時肯分贈，碧落同翺翔。

校記：

　　[1] 花：海王邨本作"華"。

送太師掾陳德潤歸吳省親

　　列戟三槐第，王章九錫臣。鳴珂皆貴戚，彈鋏盡嘉賓。公府多甄錄，先生早[1]見親。下帷談[2]亹亹，開閣禮誾誾。春甕蒲萄熟，朝盤[3]苜蓿新。大夫忻契合，丞相屢諮詢。不厭瓶無粟，寧甘甑有塵。寸心縣噬指，千里動思蓴。解袂燕臺下，揚舲潞水濱。岸花迎客帽，雲樹暗江津。捧檄娛親舍，還家及暮春。豈須誇祿養，自可厚彝倫。賤子漂零久，經年旅食貧。詩成空感激，愧爾遠歸人。

校記：

　　[1] 早：海王邨本作"蚤"。

　　[2] 談：海王邨本作"譚"。

　　[3] 盤：海王邨本作"槃"。

賦鸚鵡送偰世南廉使之海南

　　朱崖擅珍鳥，鸚鵡獨專名。滿庭榕葉春晝晴，飛來卻向花間鳴。

三月蠻江春水緑，日斜還傍江頭浴。弱羽翻風濕翠流，爪痕蹴浪珊瑚束。間關更作斷腸聲，水流花落難爲情。烏臺使君午夢醒，隔簾細雨春冥冥。

送危助教分監上京

驅馬涉大河，堅冰若平地。雪霰在須髮，顔色漸憔悴。迢遞出恒趙，迤邐入燕薊。幸託君子交，情親不予棄。裹衾屢就宿，下榻辱延致。諄諄味道言，情匪骨肉異。振鐸趨雍宮，胄子夙尊畏。適從甘泉幸，晨理赤城轡。我獨增煩憂，中夜不能寐。崎嶇數千里，欲盡平生意。忽如參與商，令人發長喟。都門候回轅，淅淅秋風至。

送達爾[1]瑪實理正道監州歸江南三十韻分韻得朱字

世祖圖勛舊，先公立要途。聲華臺閣重，寵渥禁廷[2]殊。喜見傳家子，真成墮地駒。春雲浮玉樹，秋水出冰壺。世賞諸侯爵，平分刺史符。氣吞雲夢澤，思繞洞庭湖。憂國頭將白，移官綬尚朱。敬亭吳楚勝，別駕孝廉俱。吏懾神明政，民懷撫字劬。丹衷深感格，甘雨遂霑濡。栢府章交薦，薇垣禮獨逾。甘棠歌召伯，擊壤咏康衢。銓吏持籌策，年勞限絫銖。承恩遷五馬，戀闕起雙鳧。鼓枻辭吳會，揚舲入帝都。春風吟芍藥，夜雪擁氍毹。夙仰賢侯哲，深憐賤子愚。河魴新入饌，鄰釀屢分酤。剪燭陪談麈，臨風擊唾盂。襟期天日皎，信誼海潮孚。截竹魚頻寄，裁書雁已迂。倉忙辭易水，迢遞向姑蘇。雲盡羣峰出，秋高萬木枯。朝帆衝野樹，夜艇泊江蒲。入郭偕親舊，還家迓僕夫。高堂春草緑，華誥紫雲敷。采袖燈前舞，青驄柳外驅。溪山供嘯詠，菽水盡歡娛。佇聽鶯遷木，還看鳳集梧。東[3]山寧久臥，國政賴匡扶。

校記：

[1] **爾**：海王邨本作"**理**"。
[2] **廷**：海王邨本作"**庭**"。

［3］**東**：海王邨本作“**東**”。

徐伯敬哀詩

伯敬姓徐氏，諱仁則，世爲明之奉化大族。**早**[1]孤，奉母鞠弟，至行有聞**於**[2]時。家貧益自勵，嗜字學，有能名，王公碩儒皆慕重之。君與予同生年，月日先於余，爲莫逆者幾二十年。歲庚辰，君年三十有二，得疾卧於家。予歸自京師，聞之，馳往省焉。君伏枕已逾月，既莫而别，君曰："明日不復握手。"越宿，訃至，君果死矣。嗚呼！君之孝弟温慎，益自治問學，天假以年，惡知其不少槩見哉？而卒以死。如予之愚而求知之深，又惡得不深悲哉？予再至京師，徵銘於太史危先生，以志其行實，於是復作詩以哀之。詩曰：

蕭蕭城南路，白楊蔽江麓。下有長夜臺，陽景無繇燭。笳鼓日夜悲，往者不可復。嗚呼徐徵君，儀表冠梧竹。十三父**早**[3]喪，孑孑影**煢**[4]獨。我時已識君，青燈照書屋。十五學篆籒，鍾鼎飽撑腹。鐫模播詞林，論議動羣玉。生計日蕭條，名聲愈清淑。母也老而病，伯也苦盲目。君能謹温清，膝下供水菽。鬻衣聚詩書，呼弟對床讀。亹亹藥石言，朋類素欽服。嗟余苦参商，不得時相屬。昨從燕山歸，君已卧帷褥。握手情既多，剪韭薦醽醁。出門不忍舍，扶杖意凄蹙。凌晨訃書來，捐館已逾宿。哀君多艱虞，**何**[5]忍逝之速。日落旦復升，月虧望還足。君往不復返，使我淚盈掬。既無中饋嬪，又乏南山粟。何人爲脱驂，**慰**[6]此倚門哭。雲浮白日陰，慘慘風號木。九原多黄壤，宿草長新緑。平生布衣情，里雞酹寒渌。

校記：

［1］**早**：海王邨本作“**蚤**”。

［2］**於**：海王邨本作“**于**”。

［3］**早**：海王邨本作“**蚤**”。

［4］**煢**：海王邨本作“**惸**”。

［5］**何**：海王邨本作“**胡**”。

［6］慰：海王邨本作"尉"。

逍遥室爲鄒上舍賦

嘉樹翳學省，繁露夕零亂。琅琅讀書聲，歷歷在霄漢。君子慎齋居，編簡夙潛玩。秋蛩咽斷蛩，流螢襲虚幔。燈燭耿餘輝，沈沈夜將半。宴坐遂忘言，羣疑自冰涣。聖道日修明，玄談[1]乃虚誕。願君善其用，毋爲發深歎。

校記：

［1］談：海王邨本作"譚"。

春草軒爲毘陵華以愚賦

青靄浮江郭，庭階草色芳。晨暉窗自緑，春雨屐生香。弱蔓牽書帶，修莖蠹劍鋩。綿綿思道路，惻惻念衣裳。結構懷東野，安輿奉北堂。豈須三釜養，自可百憂忘。地近延陵邑，門旌孝子鄉。殷勤張太史，爲播五雲章。張仲舉先生作記。

鶴齋爲道士薛茂弘賦 奎章學士虞公自號青城樵者，嘗爲作銘。

仙人倦騎鶴，築室住空山。桃花落几上，白雲入窗間。昨從青城遊，路逢采樵者。遺以山君銘，刻之崖石下。開門望赤壁，明月滿中天。窅窅玉笙韻，袛在青松顛。茆君不可招，雙舄下京縣。借問幾時來，笑指壁間箭。我有碧玉軫，與君彈九臯。曲終忽長揖，飛珮翀烟霄。

賦漢關將軍印

昔遊玉泉寺，繫馬松樹林。獨坐大石上，浩歌梁父吟。老衲林下來，示我三古印。連環絡螭鈕，篆畫蝕蒼暈。將軍勇無敵，勁氣橫九州。志在復漢鼎，豈事身封侯。昭烈勢孤危，恃侯作堅壘。威振曹家兒，膽落中夜起。浮雲幾變滅，瑑刻良可摹。令人千載下，拂拭空嗟吁。

送余廷心待制之浙東僉憲

芳雨散繁綠，晨霏起層城。草樹欝蔥蒨，欣欣遂敷榮。聖皇秉元化，昕夕慮民情。彤廷授玉節，憲令藉名卿。蕭蕭曉銜命，攬轡東南征。屬茲春育眇，出餞傾朝縉。柳色映驄馬，歌聲雜鳴鶯。謬聯祖席侶，舉爵芳醑清。粵聞浙東郡，山窮海奔崩。征徭竭廬室，田疇輟耘耕。下車發仁政，藹藹春陽生。令德聿修舉，庶用慰休明。

羅稚川山水十韻爲甬東應可立題

平生丘壑趣，偶向畫中傳。雨氣千峰外，江流落日邊。蘼蕪青滿渚，芳樹綠參天。渺渺溪雲淨，涓涓石溜懸。崖巔何處閣，谷口小家烟。漁唱來秋浦，僧鐘落夜船。瞥驚飛鳥過，疑有蟄龍眠。竹徑能留客，桃源竟得仙。丹青誇絕代，賦詠藉名賢。千古滄洲意，含情憶稚川。

上 京 紀 行
發 大 都

南陽有布衣，杖策遊帝鄉。憂時氣激烈，撫事歌慨慷。天高多霜露，歲晏單衣裳。執手謝親友，驅馬出塞疆。雲低長城下，木落古道傍。憑高眺飛鴻，離離盡南翔。顧我遠遊子，沉思鬱中腸。更涉桑乾河，照影空仿偟。

劉 蕡 祠

唐劉蕡，幽州昌平人，謫死柳州。歷遼、金，無能發潛德。至本朝天曆間，昌平驛官宮祺始奏建劉諫議書院。

入郭日已暝，惨澹風葉赤。鞠躬荒祠下，低徊[1]想遺直。劉君素忠憤，伏闕論邦國。痛陳腹心禍，竟罹考功斥。餘子盡騫騰，鬱鬱負慚色。鄉人仰高誼，千載崇廟食。悲歌風蕭蕭，感慨情惻惻。出門無行人，涼月照東壁。

校記：

[1] 徊：海王邨本作"回"。

龍虎臺 大駕巡幸往返，皆駐蹕臺上。

晨登龍虎臺，停驂望居庸。絶壑閟雲氣，長林振悲風。翠華有時幸，北狩甘泉宮。千官候鳴蹕，萬騎如飛龍。帳殿駐山麓，羽葆羅雲中。我行避馳道，弗得窮幽蹤。衣裘儵涼冷[1]，積霧浮空濛。前山風雨來，驅鞭復匆匆。

校記：

[1] 冷：海王邨本作"泠"。

居庸關 關北五里，今敕建永明寶相寺，
宮殿甚壯麗，三塔跨於通衢，車騎皆過其下。

疊嶂緣青冥，峭絶兩厓束。盤盤龍虎踞，岑巇互回伏。重關設天險，王氣與坤軸。皇靈廣覆被，四海同軌躅。至今豪俠人，危眺屢驚躕。崎嶇棧閣峻，縈紆岡澗曲。環村列虛市，鑿翠構廬屋。溪春激岩溜，山田雜稈菽。絶頂得幽勝，人烟稍聯屬。浮圖壓廣路，臺殿出層麓。白雲隱疎鐘，落日帶喬木。豈須歎蜀道，政可誇函谷。居人遠念我，叩馬苦留宿。恐辜殷勤情，解鞍看山瀑。

榆　林

出關喜平曠，前林樹扶疎。微茫候烟火，參差見廛廬。美人秋水

上，娟娟映芙蕖。巷隘車騎塞，山寒日將晡。行人問旅舍，投鞭息馳驅。張燈秣駕馬，斷櫪餘青芻。夜涼衾裯薄，悒悒愁前途。雞鳴山窗曙，去矣毋躕躇。

槍竿嶺　山腰長城遺跡尚存。

飲馬長城下，水寒風蕭蕭。遊子在絕漠，仰望浮雲飄。前登槍竿嶺，岡岑鬱岹嶢。崩崖斷車轍，層梯入雲霄。幽龕構絕壁，微徑紆山椒。人行在木末，日落聞鳴蜩。履險力疲繭，憑高思飄颻。何當脫羈鞅，歸種南山苗。

李老谷　谷中多杜鵑。

高秋遠行邁，入谷雲氣暝。稍稍微雨來，漸怯衣裳冷[1]。縈紆青崦窄，杳窱煙林迥。峰回稍開豁，夕陽散微影。霜葉落清澗，寒花媚秋嶺。途窮見土屋，人烟雜虛井。平生愛山癖，愒此愜幽靜。月落聞子規，懷歸心耿耿。

校記：

[1] 冷：海王邨本作"泠"。

赤城　金閣山在赤城西郊，洞明真人修鍊之所，
山中盛產青李來禽諸果。

休駕赤城館，憑軒望前山。飛雨西北來，亂灑石壁間。風寒樹摵摵，水落沙斑斑。牛羊盡歸柵，微燈掩松關。野老頗留客，及此農事閒。傾筐出山果，濁酒聊慰[1]顏。移尊對金閣，靈宮鬱屏頑。安得吹簫人，乘鸞月中還。

校記：

[1] 慰：海王邨本作"尉"。

龍門 元統間知樞密院事**都喇特穆爾**[1]過峽中，見二羊鬪山椒，
頃刻大雨水溢，姬妾輜重皆爲漂溺。

峥嶸龍門峽，曠古稱險絕。疏鑿非禹功，開闢自天設。聯岡疑路
斷，峭壁忽中裂。雲蒸雨氣瞑，石觸水聲咽。羸驂涉溝澗，執轡屢愁蹶。
憶昔兩羝羊，忿鬪蛟龍穴。暴雨忽傾注，淫潦怒奔決。人馬多漂流，車
軸盡摧折。我行愁陰霾，慘慘情不悦。日落樵唱來，三歎腸內熱。

校記：

　　[1]**都喇特穆爾**：海王邨本作"都剌帖木兒"。

　　　　獨石 國朝諸后、太子陵皆在獨石北韡帽山。

停驂眺青林，獨石當廣路。峨峨龍君祠，殿屋**陰**[1]朝霧。前山過
微雨，瞑色起高樹。溪灣夕**溜**[2]清，岩竇寒雲聚。東園有陵寢，龍虎
蔚盤據。行人下馬過，斂袵夙驚懼。涼風吹華髮，感激歲年莫。悵望
南天雲，**徘**[2]徊不能去。

校記：

　　[1]**陰**：海王邨本作"隱"。

　　[2]**徘**：海王邨本作"裴"。

　　　檜子窪 昔多盜賊，今置巡檢司於山椒，其山無林木，皆蔓草。

朝發牛群頭，夕憩檜子窪。高秋得清曠，野蔓多幽花。黃雲翳日
脚，草色浮天涯。山荒樹寂寞，寒陂落昏鴉。頗喜盜賊清，塞田盡禾
麻。至今將軍壘，日落聞清笳。我生久羈旅，崎嶇涉風沙。天寒道路
遠，曛黑投山家。

　　　　　　　李　陵　臺

落日關塞黑，蒼茫路多歧。荒烟澹**漠**[1]色，高臺獨巍巍。嗚呼李

184

將軍，力戰陷敵圍。豈不念鄉國，奮身或來歸。漢家少恩信，竟使臣節虧。所愧在一死，永爲來者悲。千載撫遺蹟，憑高起遐思。褰裳覽八極，茫茫白雲飛。

校記：

[1] 漢：海王邨本作“莫”。

次上都崇真宫呈同遊諸君子

雞鳴涉灤水，慘澹望沙漠。穹廬在中野，草際大星落。風高馬驚嘶，露下黑貂薄。晨霞發海嶠，旭日照城郭。嵯峨五色雲，下覆丹鳳閣。琳宫多良彦，休駕得棲泊。清尊置美酒，展席共歡酌。彈琴發幽懷，擊筑詠新作。生時屬承平，幸此帝鄉樂。願言崇令德，相期保天爵。

還　京　道　中

客遊倦緇塵，夢寐想山水。停驂眺遠岑，悠然心自喜。晨霞發暝林，夕溜泂清沚。出峽涼風馳，入谷寒雲起。霜清卉木疎，日落峰巒紫。迢遞越河關，參差望宫雉。家僮指歸路，居人念遊子。久嗟行路難，深乖攝生理。終期返南山，高揖謝城市。

海上幽人錦繡腸，獨臨灤水惜年芳。千金不賣長門賦，閒寫新詩寄玉堂。（**危素題**[1]）

憶陪仙仗度關時，玉帳星聯紫翠圍。今日讀君天上曲，依然環珮月中歸。（**胡深題**[2]）

校記：

[1] **危素題**：海王邨本作“**臨川危素敬題**”。

[2] **胡深題**：海王邨本作“**括蒼胡深敬題**”。

185

贈張直言南歸

天子開明堂,股肱任夔卨。四方多章奏,俯伏陳陛闕。臣聞黄河流,洶洶怒衝齧。鉅野及青徐,千里盡魚鼈。載憂山東盜,馮陵據巢穴。腰弓入城市,白晝肆攘奪。嶺南失控御,猺獞恣猖獗。運饟山溪阻,野戰瘴雲熱。爨僰寇雲南,兵禍久聯結。誰憐酈生辯,竟墮韓侯譎。參政**舒嚕**[1]存道事與酈食其同。邊將多貪殘,駝羊盡膏血。南兵久孱懦,海上縱狂孽。租庸弊吴楚,鹺征困閩浙。文牘日冗繁,民力愈疲竭。詔下閶闔門,求言補遺缺。張君素忠憤,意氣古豪傑。裹糧涉江淮,徒步犯霜雪。伏謁中書堂,揚眉吐奇説。愚策十有六,歷歷甚詳切。儻蒙録一二,亦足解鉗掣。鯫生匪狂謬,閣下幸裁決。丞相屬春官,分曹校優劣。翩然不俟報,長揖與予别。言歸南山廬,白雲可怡悦。長溪釣魴鱮,春山採薇蕨。飵疏飲清泉,終焉養高潔。賤子託深誼,持觴候車轍。既攄平生藴,尚復鑒前哲。劉蕡竟下第,賈誼空嗚咽。讀君囊中書,捫君口中舌。歌君白馬篇,贈君蒼玉玦。相期爛柯山,笑濯澄潭月。

校記:

[1] **舒嚕**:海王邨本作"**朮律**"。

秋懷寄西蜀仲良宣慰家兄

驚颷襲虚幔,微鐙耿空齋。惻惻候蛩語,摵摵嬰中懷。寒饑念骨肉,漂泊愁顛厓。窮達委天運,深恐恩誼乖。衷情亮誰託,徘徊步庭階。

送王子充歸金華

東郊雨新已,蔚蔚春樹稠。驅馬郭門外,持觴送華輈。念子客京縣,意氣如雲浮。文章儗秦漢,雅頌窺商周。世無楚和氏,誰能識琳球。褰衣別親友，長揖謝王侯。天高落日遠，駸駸駐河洲。顧我在韋布，執袂情悠悠。願如大江水，與子俱東流。

五言絶句

寶林八詠爲別峰同禪師賦

飛　來　峰

千仞琅邪石，飛來鎮越州。江波欲浮動，還被白雲留。

應　天　塔

獨上峰巓塔，秋清曙色開。憑闌望東北，潮向海門來。

大　布　衣

大布僧伽衲，流傳六百年。攜來香滿袖，猶是御爐烟。

鐵　鉢　盂

鐵鉢溪頭洗，冰花六月寒。山僧偶彈舌，引得老龍蟠。

羅　漢　泉

錫杖虛空落，靈泉發地中。忽看流菜葉，始信石橋通。

靈　鰻　井

甃石潨山溜，蜿蜒竹色青。風來候涼冷，雨氣隔林腥。

深　竹　堂

一笒清涼地，森森萬玉齊。月明時倚杖，閒看鳳來棲。

187

盤 翠 軒

石磴藤花落，山窗嵐氣浮。晚來高樹暝，一榻似新秋。

七言絕句

京城春日二首

三日諸郎儤直閒，繞城騎馬借華看。晚來金水河邊路，柳絮紛紛撲繡鞍。

黃鶴樓東賣酒家，王孫清曉駐遊車。寶釵換得蒲萄去，今日城東看杏華。

月湖竹枝四首題四明俞及之竹嶼卷

絲絲楊柳染鵝黃，桃花亂開臨水傍。隔岸誰家好樓閣，燕子一雙飛過牆。

五月荷花紅滿湖，團團荷葉綠雲扶。女郎把釣水邊立，折得柳條穿白魚。

水仙廟前秋水清，芙蓉洲上新雨晴。畫船撐著莫近岸，一夜唱歌看月明。

梅花一樹大橋邊，白髮老翁來繫船。明朝捕魚愁雪落，半夜推篷起看天。

梨花白頭翁圖爲四明應成立題

澹月溶溶隔畫樓，一枝香雪近簾鉤。山禽似怨春歸早，獨立花間自白頭。

題畫扇送蘭石奉御遊上京

居庸烟樹綠扶疎，公子頻年從屬車。聞說千金求作賦，上林須薦馬相如。

京城春日二首

官閘冰消緑漫堤，落花流水五門西。黃鸝不管春深淺，飛入南城樹上啼。

新樣雙鬟束御羅，叠騎驕馬粉墻過。回頭笑指銀瓶内，官酒誰家索較多。

七言律詩

贈沈元方歸吳興兼簡韓與玉

春城飛絮曉紛紛，金水河邊更送君。闕下馬卿憐作客，江南沈約最能文。天圍斷岸歸颿遠，水落黃河野樹分。寄謝平生韓處士，別來應是賦停雲。

病中送楊仲如廣文歸四明兼簡鄭以道先生

海上相逢已十年，都門執別更淒然。一簪霜髮秋風外，萬里雲帆落木邊。揚子著書應自信，馬卿多病竟誰憐。鄭公鄉裏還經過，爲道相思夜雨前。

寄浙西廉訪托克托[1]使君　字清卿，寧[2]夏人。

銀床清夜憶高譚，寄食門墻每自慚。久望旌麾來闕下，忽聞驄馬度江南。宦情秋水人空老，世事浮雲總不堪。獨有蘇公隄上柳，春來依舊緑毿毿。

校記：

　　[1] **托克托**：海王邨本作"脱脱"。

［2］寧：海王邨本作"西"。

秋夜有懷明州張子淵

雲表銅盤挹露華，高城涼泠[1]咽清箛。弓刀夜月三千騎，燈火秋風十萬家。夢斷佳人彈錦瑟，酒醒童子汲冰花。起看歸路銀河近，願借張騫八月槎。

校記：

［1］泠：海王邨本作"泠"。

題王虛齋所藏鎮南王墨竹

帝子乘鸞謁紫清，滿天風露翠衣輕。閒將十二參差玉，吹向雲間作鳳鳴。

金盤夜泠[1]露流脂，玉管含雲寫竹枝。方士持歸東海上，月明應是作龍騎。

校記：

［1］泠：海王邨本作"泠"。

送經筵檢討鄒魯望之北流尹

金篆牙牌束帶縣，黃綾小冊進經筵。直廬半夜留宣室，載筆頻年幸醴泉。闕下久推人物論，嶺南今識孝廉船。橐馳郭老城西住，臨別須求種樹篇。

題羅小川青山白雲圖爲四明倪仲權賦

山上晴雲似白衣，溪頭竹樹綠陰圍。野橋日落行人倦，茆屋春深燕子飛。漉酒屢招鄰舍飲，放歌還趁釣船歸。客窗看畫空愁絕，便欲移家入翠微。

迺　　賢

送王季境還淮東幕

西京驕馬越羅衣，公子風流世絶稀。冠盖一門誇萬石，江山千古憶玄暉。新茶夜試中泠水，美酒春分采石磯。幕府羣公多勝賞，一枝芍藥待君歸。

送陳道士歸金華　　*復初*

明月樓前溪水深，溪邊樓觀隔松陰。何時化鶴歸華表，相對焚香坐竹林。夜雨燈前聞讀易，春風花底自彈琴。令人苦憶江南路，千里相思雪滿簪。

玄圃爲上清周道士賦

玄圃雲深路渺茫，神仙飛佩隔榑桑。碧桃開盡春溪漲，白鶴歸來海月涼。岩**溜**[1]涓涓鳴石竇，松華細細落琴床。明年我亦山中去，賸采瑶芝滿藥囊。

校記：

[1] **溜**：海王邨本作“**留**”。

題張萱美人織錦圖爲慈溪蔡元起賦

織錦秦川窈窕娘，新翻花樣學官坊。窗虛轉軸**鶯**[1]聲滑，腕倦停梭粉汗香。雙鳳回翔金縷細，五雲飛動綵絲長。明年夫婿封侯日，裁作宮袍遠寄將。

校記：

[1] **鶯**：海王邨本作“**鸎**”。

春日次王元章韻

翠幰金車錦駱駝，芙蓉繡褥載雙娥。雨晴輦路塵沙少，風起春塵

191

柳絮多。秉燭且留清夜飲,倚闌猶聽隔牆歌。山翁此日心如水,夢斷
江南雨一簑。

程叔大歸四明兼簡徐仲裕

銀臺門裏校書時,金匱親函拜衮衣。賜酒喜從天上至,乘槎還向
月中歸。滄江水落孤帆遠,野岸秋深亂葉飛。若到蓬萊見徐市,相思
千里政依依。

和危太樸檢討葉敬常太史東湖紀遊

柳外旌旗拂曙光,使星迢遞下江鄉。岸花送客烏篷遠,山雨催詩
翠閣涼。老衲自分茶竈火,小僮深炷石龕香。故人別去瀛洲遠,千里
披圖思儘長。

桃花山水圖爲桃源屠啟明題

天台山下雲無數,山南山北多桃樹。石洞春寒風雨深,落華半逐
溪流去。人間從此識仙家,短棹尋源到水涯。翠袖乘鸞下明月,玉槃
留客進胡麻。我昔捫蘿探幽谷,青精煮飯松邊宿。至今瞳子有神光,
細字猶能夜深讀。高人築屋石溪東,谿山卻與天台同。粉黛含情託
幽趣,碧桃流水春溶溶。六月黃塵汗如洗,獨騎瘦馬京城裏。忽見新
圖雙眼明,搴舟欲泛滄浪水。我家只在蒼崖巔,白雲繞屋清溪連。他
日君能遠相覓,看華酌酒春風前。

春暉堂爲武陟趙太守賦

使君未老竟投簪,新築華軒並故林。寸草不忘東野念,九泉猶慰
北堂心。窗浮海色晴雲薄,日轉花陰午漏深。展卷令人心獨苦,《蓼
莪》久廢淚霑襟。

送布延[1]子壽之廣西經歷　子壽從駕自海南歸。

天子龍飛海上歸，中郎執戟最光輝。雲間紫誥金書字，幕下仙僚繡作衣。萬里秋風榕葉暗，一林新雨荔枝肥。編氓政苦誅求急，早[2]望封章達禁闈。

校記：

[1] 布延：海王邨本作"普顔"。

[2] 早：海王邨本作"蚤"。

送喀爾[1]聞善之猲氏長　子山平章從子，名拜珠[2]。

青絲白馬出京華，乍舄宮袍眩海霞。作宰不須辭下邑，歷階從此擁高牙。小樓刻燭聽春雨，白晝垂簾看落花。見説三槐陰德厚，孝廉還在相君家。

校記：

[1] 喀爾：海王邨本作"康里"。

[2] 拜珠：海王邨本作"拜住"。

送阿勒坦布哈[1]萬户湖廣赴鎮

三品新除萬户侯，紅旗照海出皇州。腰間寶帶懸金虎，馬上春衫繡玉虹。水落張帆遊夢澤，月明撾鼓過南樓。書生最喜從軍樂，何日轅門借箸籌。

校記：

[1] 阿勒坦布哈：海王邨本作"按不華"。

送吳月舟之湖州教授

天涯作客少清歡，剪燭裁詩强自寬。江樹莫雲離思遠，杏花春雨客窗寒。烏程美酒臨池酌，罨畫青山拄笏看。博士從來官獨冷，團團明月照空盤。

送國子生郭鵬歸河東石室山省親

學省沈沈近九天，青藜曾得校韋編。諸生共惜何蕃去，聖主深知郭隗賢。石室人歸秋水落，滹沱馬渡曉冰堅。一尊春酒高堂上，願祝仙翁五百年。

送李士寧之河南太守

銅虎初分刺史符，翩翩皂蓋入東都。寒灘久伺占鸂鶒，斷碣誰憐載轆轤。鸂鶒灘、井椿碑皆在洛陽。雪裏行廚尋永叔，花邊繫馬問堯夫。漢庭擇相皆良吏，佇看黃麻出紫樞。

送楊復吉之遼陽學正

八月松亭萬木空，著鞭又向黑河東。穹廬宿頓供羊胛，部落晨炊爨馬通。行看築臺招郭隗，豈教執戟老揚雄。門生衣袂多狐貉，來聽譚經絳帳中。

送朱景明從王廉使之山東

繡衣玉節鎮青沂，佳士聯鑣出帝畿。天祿最憐劉向苦，會稽深望買臣歸。御溝水落魴魚上，官柳春回燕子飛。鈴閣日長文字簡，定將玉麈對君揮。

送劉將軍姑蘇之官

桃花駿馬綠羅襦，意氣如雲出帝都。暫解弓刀辭細柳，又懷印綬入姑蘇。當筵翠杓春醅蟻，列饌銀盤曉鱠鱸。五月垂虹橋下路，畫船吹笛臥冰壺。

雪霽紅門偶成　是日千秋。

雪擁紅門没馬韉，樓臺歷歷在藍田。風回闕角瑶華亂，冰溜觚稜玉筯縣。龍管忽聞天上曲，霓裳空憶月中仙。何當唤起王摩詰，乞與人間作畫傳。

寄揚州成元璋先生

先生白髮好樓居，抱膝長吟樂有餘。睡起茶烟浮几席，春深竹色上圖書。無因東閣論封事，有約南山共結廬。千里停雲勞夢想，人來應望致雙魚。

送李中父典簿高麗頒曆

候儀太史立金巒，寶曆新成錦作檠。天子垂衣朝萬國，中郎持節使三韓。鮫人夜織機聲近，龍女晨遊珮影寒。獨捧絲綸度遥海，遠人逾覺聖恩寬。

送劉碧溪之遼陽國王府文學

松亭嶺上雪霏霏，五月行人尚袂衣。日暮草根黄鼠立，雨晴沙際白翎飛。名王禮幣來青海，弟子絃歌近絳幃。太乙終憐劉向苦，高車駟馬遲君歸。

三月十日得小兒安童書

辭家海上忽三年[1]，念汝令人思惘然。萬里書來春欲暮，一庭花落夜無眠。賈生空抱憂時策，季子難求負郭田。但得南歸茆屋底，儘將書册教燈前。

校記：

[1] 年：海王邨本作“季”。

南城席上聞箏懷張子淵

春晴隨意出南城，尊酒花前得共傾。留客强陪今日醉，聽歌不似少年情。

海上張家玉雪郎，錦箏銀甲醉高堂。別來萬里風沙外，燈下聞箏忽斷腸。

題舜江樓爲葉敬常州判賦

岧嶢官閣帶城皋，雲霧軒窗擁六鼇。隔岸雨來山氣合，五更風起角聲高。春江把釣漁歌近，秋日開筵客思豪。獨凭闌干望滄海，百年難忘使君勞。葉君嘗於餘姚築石堤四十餘里以障海潮。

次段吉甫助教春日懷江南韻

華底開尊待月圓，羅衫半澣酒痕鮮。一年湖上春如夢，二月江南水似天。修禊每懷王逸少，聽歌卻憶李龜年。卜鄰擬住吳山下，楊柳橋邊艤畫船。

秋夜有懷姪元童

八月練衣已怯涼，伶俜絕似沈東陽。薄帷風動流螢入，斷砧霜寒促織忙。病裏思家憐稚子，燈前聽雨憶江鄉。墓田丙舍知何所，一夜令人白髮長。

送趙彥徵上舍歸吳興

春雨絲絲著杏花，曉寒如雪襲窗紗。東風客館還飛絮，三月王孫政憶家。張鷟文章多中選，陸機兄弟總才華。千金欲購長門賦，遲子來乘駟馬車。彥徵積分居首選，其兄彥林亦並以文學著稱。

196

迺　賢

送張維遠御史之南臺　　濟南張文忠公希孟中丞之子。

中丞名節著朝端，令子還峨豸角冠。驄馬出關官驛遠，樓船泛月
大江寒。近聞守令皆黃霸，尚恐人才有謝安。天子思賢勞夢想，封章
早[1]望達金鑾。

校記：

　　[1]早：海王邨本作“蚤”。

聞偰尚書除浙省參政因寄樂仲本

一春多病思紛紛，隔屋幽禽夢裏聞。夜雨來時愁作客，落花多處
政思君。尚書曳履登黃閣，處士彈冠臥白雲。賓主東南高會日，西湖
風月定平分。

送曾文暉之湖州推官　　吳興多蜀士寓居。

朝拜除書出紫宸，畫船撾鼓過西津。移居溪館紅蓮繞，繫馬庭階
綠樹新。刮目好看吳下士，故家須問蜀中人。漢庭治獄推忠厚，惠政
從今及遠民。

望　泰　山

芙蓉拔地白雲晴，七十二峰相對青。紫鳳中霄扶翠閣，金烏半夜
浴滄溟。懸崖芝草承甘露，溜[1]雨松根長茯苓。四海承平天子聖，會
看封禪動山靈。

校記：

　　[1]溜：海王邨本作“鎦”。

送慈上人歸雪竇追挽浙東旺札勒圖[1]元帥四首

秋水滄江日夜清，傷心名將殞東城。帳中星隕孤兒泣，塞上雲愁

197

別部驚。蜀國猶存諸葛廟，漢王空憶亞夫營。鄞人共説封侯事，夜雨殘燈淚欲傾。公嘗立營定海，鄞人思之，爲建廟營中。

日本狂奴擾浙東，將軍聞變氣如虹。沙頭列陣烽煙黑，夜半麾兵海水紅。觱篥按歌吹落月，髑髏盛酒醉西風。何時盡伐南山竹，細寫當年殺賊功。公嘗漆倭人首爲飲器。

東南天盡海茫茫，有盜曾稱靜海王。白刃懸腰腥血漬，絳綃纏額赤眉揚。將軍獨駕樓船出，賊砦俄隨礮石亡。千載豐碑照山墺，行人隕淚立斜陽。北界海山中建陳棄仲監丞所撰平賊碑。

野狐嶺上雪紛紛，馬鬣新封大將墳。千古交情見今日，一時豪傑盡慚君。攜瓶滿貯灤河水，飛錫還穿雪寶雲。歸去山窗須有約，半龕燈火夜論文。公薨於四明，上人送公柩至野狐嶺安葬。

校記：

　　[1] **旺紮勒圖**：海王邨本作**"完者都"**。

題中丞張文忠公_{希孟}諫罷鐙山奏稿後

至治間，御史觀音保諫五華山事，棄市。公時爲中書參議，翊日上諫鐙山疏，大蒙嘉納，賜子甚厚云。

纔聞御史戮中臺，又見鐙山奏疏來。自信茅焦無死罪，獨知蘇軾是英材。九門爭看捐軀諫，百辟驚傳拜賜回。千古救荒遺愛在，祠門猶向曲江開。公因救荒陝西而薨，今賜廟於長安。

題四明王元凱畫三姬弄釵圖

秦虢夫人夜不歸，太真留宿宴宮闈。席當瑤砌香茵薄，花落金罇碧露微。笑玩寶釵爭殢酒，醉憑玉几不勝衣。畫圖貌得嬋娟趣，藝苑流傳絕代稀。

寄南城梁九思先生

徵君奉詔出京時，訪古關河歲月遲。泗水中流尋漢刻，近歲濟州
得漢刻九通於泗水之中。泰山絶頂得秦碑。仙人久致青牛約，弟子能修
白鹿規。昨夜少微星象動，朝來只恐史官知。

先生名有，平章梁文節公之孫，世居幽州，不求聞達，教授生徒百餘人，奉母
至孝。天曆間奉敕河南北，録金石刻三萬餘通，上進其副，今類爲二百卷，曰《文
海英瀾》，又修《續列仙傳》二十卷。

送平章扎拉[1]爾公赴西臺御史大夫　多爾濟巴勒[2] 字惟中。

太師功德古無倫，相國材名冠薦紳。諤諤敢言天下事，堂堂能服
世間人。騎迎曉日旌旗動，衣繡春雲黼黻新。賤子平生蒙獎譽，棄繻
從此入西秦。

校記：

[1] 拉：海王邨本作“喇”。

[2] 多爾濟巴勒：海王邨本作“朶爾真斑”。

送蔣伯威下第南歸象山

黄牓天門曙色分，考功深媿失劉蕡。競誇蜀錦新機杼，誰識商盤
古篆文。小艇歸人衝夜雨，落花離思攪春雲。故廬鐵硯應無恙，載筆
重來勇策勛。

讀金太祖武元皇帝平遼碑　在南城豐宜門外，
金史臣韓昉譔，宇文虚中書。

十丈豐碑勢倚空，風雲猶憶下遼東。百年功業秦皇帝，一代文章
太史公。石斷龍鱗秋雨後，苔封龜背夕陽中。行人立馬空惆悵，禾黍
離離滿故宮。

梅花庄爲張式良賦

處士山庄浙水涯，一林寒玉映窗紗。詩成稚子能題竹，酒熟鄰翁約看花。雪夜扣門非俗客，月明吹笛是誰家。肯招白鶴山前住，石鼎春泉看煮茶。

送陳錬師奉香歸四明慶醮玉皇閣寄王致和真人

黄帕奩香出禁闈，東南草木盡光輝。真人擁節三天候，使者乘槎八月歸。碧海煙霞浮曉閣，瑤壇風露濕秋衣。山中芝草還分得，贈我能令白髮稀。

七月十六夜海上看月

樓船留客宴凉宵，坐看冰輪出海潮。卻憶去年灤水上，夜深孤館雪蕭蕭。去年客上京，是日大雪。

征人七月度榆關，貂鼠裁衣尚怯寒。不信江南今夜月，有人揮扇著冰紈。

郫 城 題 壁

高樓緑樹帶斜暉，十二街中過客稀。憶著湧金門外住，畫船湖上未曾歸。

賈客金多夢不成，窗前葉落自心驚。可憐遊子囊羞澀，夜半長歌看月明。

月彦明都水月石研屏蓋歐陽公故物也

小屏龕石實行窩，素月分明漾海波。玉瀣澄輝涵碧樹，青蘋流影入銀河。紫雲硯側文章潤，畫舫齋中歲月多。最喜能詩蒼水使，夜窗留客賦長歌。

寄程仲能校書

臺閣諸公百慮并，郎官獨數校書清。水分玉漏更籌正，天逼銅儀象緯明。帝座曉瞻雲縹緲，靈臺夜候月崢嶸。五星見説奎躔聚，急草封章奏太平。

題匡禪師看雲亭

禪房花竹晝冥冥，白髮匡公住草亭。禹穴南來秦樹碧，舜江東下蜀山青。猿啼石壁松陰暝，龍出溪潭雨氣腥。有約春山尋勝事，扶藜共讀柳州銘。

馬 德 良 下 第

三月都門鶯亂飛，東風客館思依依。樂生空受昭王聘，蘇子深慚李鷹歸。白璧人間須待賈，青藜天上更分輝。瓊林花發重來日，五色春雲照錦衣。

寄河南趙子期參政

中書重拜郭汾陽，特遣臺臣鎮大梁。汲黯匡君惟臥治，倪寬飾吏用文章。大隄日落黃河滿，晝省春深綠樹涼。梁棟全材今屬望，早歸帝室構明堂。

張仲舉危太樸二翰林同擢太常博士

南宮夜直擁青綾，二妙容臺喜共登。瑚璉久知清廟器，階銜聯署玉壺冰。後來博士如公少，今日先生自此升。見説圜丘將大饗，百年禮樂正當興。

雨夜同天台道士鄭蒙泉話舊並懷劉子彝　蒙泉時奉祠上京崇真官。
子彝嘗於四明東湖築天壇道院，以待蒙泉東歸。

履雪台州老鄭虔，相逢灤水話當年。草堂聽雨秋將半，石鼎聯詩夜不眠。遙憶東湖來夢裏,起看北斗落窗前。劉郎獨愛長生訣,日日天壇**待**[1]鶴還。

校記:

　　[1] **待**:《元詩選・戊集》作"**望**"。

歸途過金閣山懷虞侍講

　　羸驂八月過雲州,殿閣嵯峨疊嶂稠。空谷無人黃葉落,白雲如雪滿溪流。獨登金閣尋仙跡,還憶青城覓舊遊。日落長歌下山去,西風十里異香浮。虞公過山下,嘗聞異香十餘里。

病起書事呈兼善尚書二首

　　闇闇積雨浸城皋,四望平疇白浪高。太息人材無董賈,可憐經濟屬蕭曹。山東璧馬祠河伯,海上旌旗擁賊壕。燮理自知廊廟貴,腐儒憂國謾心勞。尚書時奉白馬玉璧祭決河回,復命議平海寇。

　　臥病茅簷雨色低,出門羸馬恨深泥。墻頭腐草飛丹鳥,屋角枯桑長樹雞。婺婦無衣中夜泣,寒螿催夢五更啼。連村黍麥漂流盡,客裏令人思轉迷。

七言排律

送蔡樞密仲謙河南開屯田兼呈偰工部世南

　　峨峨臺閣五朝臣,兩府承恩雨露新。百鍊丹心惟報國,一簪華髮爲憂民。山東豺虎無餘孽,雒下桑麻及暮春。解劍從今買黃犢,去思應與芍陂鄰。

　　上樞秉鉞慰中州,更喜尚書並轡遊。龍節引班辭玉陛,羽觴傳酒送華輈。晴雲冉冉浮宮樹,春水粼粼出御溝。**早**[1]晚歸朝奏勛績,君王須賜紫貂裘。

校記：

　　[1]　旱：海王邨本作"蚤"。

三 峰 山 歌

　　鈞州陽翟縣南有山曰三峰，昔我睿宗在邸，嘗統兵伐金，與其將鏖戰山下，敗其軍三十萬，而金亡矣。今百餘年，樵牧往往於沙礫中得斷矟、遺鏃、印章之類。至正五年嘉平第二日，予自郊城將上京師，道出陽翟，夜宿中書郎郭君彥通私館，感父老之言而作歌曰：

　　　落日慘澹黃雲低，懸厓古樹攢幽溪。三峰山頭獨長嘯，立馬四顧風淒淒。溪邊老翁行傴僂，勸我停驂爲君語。山前今日耕種場，誰識當年戰爭苦。金源昔在貞祐間，邊塵四起民凋殘。燕京即失汴京破，區區恃此爲河山。大元太子神且武，萬里長驅若風雨。鏖兵大雪三將死，流血成河骨成堵。朱鸞應瑞黃河清，金將亡，新鄉河清，鼓山鳳出，應國朝開基之兆。聖人啓運乾坤寧。當時流離別鄉井，歸來白髮歌承平。曠野天寒霜簌簌，夜靜愁聞山鬼哭。至今隴上牧羊兒，猶向草根尋斷鏃。論功衛霍名先收，黃金鑄印身封侯。英雄半死鋒鏑下，何人酹酒澆荒丘。

　　余比修國史，睹三峰之役，金師三十五萬來拒戰，我師不敵，軍於山之金溝，其軍數重圍三峰，而中夜大雪，金人戈戟弓矢凍縆莫能施，我師一鼓殲之。自是金人膽落，不復戰矣。易之作歌辭，豪健激昂，而奕奕有思致。殆與三峰長雄置諸樂府鐃歌間，揚厲無前之盛績，良無媿也。晉寧張翥題。

京 城 燕

京城燕子三月盡方至，甫立秋即去，有感而作。

　　三月京城寒悄悄，燕子初來怯清曉。河隄柳弱冰未消，墻角杏花紅蓓小。主家簾幙重重垂，銜芹卻傍檐間飛。託巢未穩井桐隆，翩翩又向天南歸。君不見舊時王謝多樓閣,青瑣無塵捲珠箔。海棠華外春雨晴,芙蓉葉上秋霜薄。

題崇真宮陳練師壁間竹梅邀倪仲愷同賦

空谷天寒雪如堵,短篷載酒滄江浦。繫船偶傍竹籬邊,一樹梅花纔半吐。別來京國久相思,夢斷愁聞畫角吹。忽見新圖寫幽趣,令人卻憶剡溪時。寄語南城倪博士,取琴對此彈秋水。中林月上不須歸,共倒清尊醉花底。

送葛子熙之湖廣校官

高槐疎雨作新涼,猶記讐書白玉堂。官燭夜分供細字,宮壺曉賜出明光。盤堆苜蓿青氈冷,衣染檀花束帶長。宣室若蒙天子問,定知賈誼在沅湘。

南山木落氣蕭蕭,千里歸心折大刀。雙鸕鷀鳴秋水闊,三關虎踞朔雲高。客窗久念衣裘薄,史館頻煩筆札勞。有約相逢明月夜,扁舟載酒楚江皋。

送太尉掾潘奉先之和林

御河冰消春欲暮,官船繫著河邊樹。河邊日日送行人,撾鼓開帆盡南去。潘郎作掾獨未還,腰弓卻度居庸關。馬上長歌一回首,關南樹色青雲間。七月金山已飛雪,牛羊散漫行人絕。夜深陡覺氈帳寒,酒醒只聞笳鼓咽。丈夫莫恨不封侯,食肉須當萬里遊。腰間拂拭黃金印,他日相逢尚黑頭。

雪霽晚歸偶成

公子腰弓下直歸,紅門晚出馬如飛。東街積雪無人掃,卻恨春泥濺繡衣。

東風悄悄著羅衫，秉燭歸時酒半酣。聽得隔簾人笑語，夜來春氣似江南。

予有山水圖留倪仲愷太史齋中，久未得題品。一日，危太樸應奉謂余曰：昔人皆以酒解酲，子能作歌求詩，亦此意也。遂成古詩一章以趣之。

野人築屋青山底，綠篠娟娟薩秋水。天涯作客想江南，乞君題詩畫圖裏。畫圖疊嶂雲鉤聯，汀花碧草春依然。對此令人動歸興，卻思把釣清溪邊。一束殘書掛牛角，大笑青天看日落。窗下孤燈夜雨深，人間萬事秋雲薄。明年我亦去山陰，君歸泛雪須相尋。草堂下榻看圖畫，共君酌酒聽君吟。

秋日有懷徐仲裕

前年七月去明州，卻向京華住兩秋。千里鄉心雙鬢改，朝來臨鏡不勝愁。

疊嶂青林雨氣昏，側身南望幾銷魂。何時得似村東叟，日晏牽牛繫樹根。

老兄多病更多愁，祇恐今年已白頭。燈下裁書心獨苦，更憐有妹在衢州。時聞二兄在病中。

佛桑一樹隔河西，壓架蒲萄日影低。記得長髯洪處士，醉眠木榻唱銅鞮。

新　月　行

江南小兒不識愁，新月指作白銀鉤。家人見月更歡喜，捲簾喚我登高樓。三年留滯京華裏，袞袞黃塵馬頭起。一番見月一番愁，歸心夜逐東流水。在家不厭賤與貧，出門滿眼多故人。誰念天涯遠遊客，只有新月能相親。

宮詞八首次偰公遠正字韻

廣寒宮殿近瑤池,千樹長楊綠影齊。報道夜來新雨過,御溝春水已平隄。

千官鵠立五雲間,玉斧參差擁畫闌。今日君王西內去,安排天仗趣儀鸞。

水晶簾外日遲遲,殿閣春深笑語稀。繡幕無端風捲起,一雙燕子傍人飛。

上苑含桃熟暮春,金盤滿貯進楓宸。醍醐漬透冰漿滑,分賜階前傿直人。

瓊島岧嶤內苑西,闌斑綺石甃清漪。御床不許紅塵到,黃幔長教窣地垂。

花影頻移玉砌平,美人攲枕聽流鶯。一春多病慵梳洗,怕説鸞輿幸上京。

繡床倦倚怯深春,窗外飛花落錦茵。抱得琵琶階下立,試彈一曲鬪清新。

太液池頭新月生,瑤階最喜晚來晴。貴人忽被西宮召,騎得驊騮款款行。

虛齋爲四明王鍊師賦

乘槎昔過榑桑東,黃雲慘淡浮青空。雙龍倒挾兩珠樹,六鼇戴出三神宮。絳闕瑤臺壓秋水,簫韶九奏鈞天裏。霓旌雜沓擁羣仙,霧織衣裳雲織履。緱山王子學長生,翩翩跨鶴遊蓬瀛。露下瓊林翠裾薄,風清碧落鸞笙鳴。白月團團夜深起,清光倒射滄溟底。丹崖石壁轉頭空,一色玻璃三萬里。百年變滅如春煙,海波坐見成桑田。銅爵華甄土痕蝕,玉魚金盌人間傳。昨日逢君灤水上,握手高歌成慨慷。山齋何日賦《歸來》,坐看孤雲起青嶂。

天壽節送倪仲愷翰林代祀龍虎山　仲愷，上清人，因過家省母。

聖人垂拱壽無疆，黃帕奩香出建章。夜奏玉函丹篆濕，曉投金簡石潭涼。山中雲氣成龍虎，月底簫聲下鳳凰。醮罷神遊還碧落，瓊漿分賜列仙嘗。

玉署聯趨供奉班，又持使節祀名山。求仙曼倩樓船遠，諭蜀相如駟馬還。夜雨燭消松閣冷，春風花落版輿閒。漢庭[1]通顯皆儒術，深望倪寬早[2]入關。

校記：

[1] 庭：海王邨本作"廷"。

[2] 早：海王邨本作"蚤"。

送方以愚編修之嘉興推官

夜直南宮碧樹涼，青藜獨賜校書郎。玉蟾水咽雲生硯，金鴨香銷月轉廊。萬古唐虞尊訓誥，一時燕許擅文章。書成未使人間讀，錦襲緘題進御床。以愚修玉堂視草爲成書。

除書侵曉出金鑾，太史銜恩拜理官。賀老平生知李白，張湯一日薦倪寬。春風鈴閣官梅早[1]，夜雨圜扉碧草寒。東海獄情無枉滯，歸朝還著惠文冠。以愚受知賀相。

校記：

[1] 早：海王邨本作"蚤"。

寄題壽張堂

曹之中陶城，韓伯常世所居也，南距黃河七十里。伯常驗井泉北洄，告諸鄉鄰曰："河殆將北，吾陶城必受之。"皆不信，伯常乃傾貲築臺五十尺，冠屋其上。不再歲，河果北敗，多爲蕩析，而韓氏之堂歸然，人始竦然異之。伯常今推長子恩封壽張尹，因以其封名其堂云。

黃河漫漫浸城郭，濁浪崩奔惡風作。桑麻千頃變滄溟，忽見中流出臺閣。臺上老人八十餘,北窗高臥夢華胥。當時汲井有深慮,一家幸免今爲魚。玉雪郎君盡清楚,堂上擧觴堂下舞。泥金紫誥日邊來[1],象笏朱衣照門户。大夫食邑開壽張,五雲作篆懸高堂。願得河清一千歲,朝朝望闕謝君王。

校記:

　　[1] 來:海王邨本作"徠"。

送道士張宗岳奉賀正旦表朝京竣事還龍虎山

　　大明初啟[1]日蒼涼,天子垂衣御萬方。華織錦茵雙鳳翥,雲浮玉座九龍翔。珠懸殿幄晨光動,燈轉紗籠刻漏長。大明殿幄懸大寶珠於上,中設郭太史所製燈漏。銀漢星沓來萬里,綠章雲篆賀三陽。烏趨青瑣煙霏繞,酒出黄封雨露香。芝草繡衣金纂纂,芙蓉紉佩玉瑲瑲。重瞳屢顧真希幸,寵渥頻承特異常。辭陛更瞻天日表,賜環應在水雲鄉。留侯印綬將歸璧,時議復天師印綬。使者旌麾已趣裝。河朔遊塵隨騎氣,江南清夢入詩囊。仙源路近桃花發,鬼谷山深檞葉芳。後夜相思京雒士,黄精還許寄來嘗。

校記:

　　[1] 啟:海王邨本作"起"。

挽清溪徐道士 　郯縣人。

　　先生家住紫雲山,海上尋仙得大丹。石洞步虚華簌簌,竹宫望拜珮珊珊。雲深弱水樓船遠,月落空壇寶[1]劍寒。清淚如鉛滿征袂,愁聞笙鶴下青鸞。

　　豫章湖上列仙居,曾借山人夜讀書。碧乳分茶烹雪水,青精煮飯薦冰蔬。攜尊屢醉雲卿圃,著屐同過孺子廬。夢斷人間如轉燭,悲歌千里送靈車。清溪嘗創凝真觀於豫章,在徐孺子、蘇雲卿二祠之右。

二月官河春水生，仙翁冠劍出南城。尚書篆畫星辰動，太史文章玉雪清。江上東風吹畫翼，船頭微雨濕丹旌。當時琳館同遊者，應在滕王閣上迎。危翰林爲撰墓銘，兼善尚書題額。

校記：

[1] 寶：海王邨本作“珤”。

新　鄉　媼

蓬頭赤脚新鄉媼，青裙百結村中老。日間炊黍餉夫耕，夜紡棉[1]花到天曉。棉[2]花織布供軍錢，倩人輾穀輸公田。縣裏公人要供給，布衫剥去遭笞鞭。兩兒不歸又三月，祇愁凍餓衣裳裂。大兒運木起官府，小兒擔土填河決。茆櫩雨雪燈半昏，豪家索債頻敲門。囊中無錢甕無粟，眼前只有扶床孫。明朝領孫入城賣，可憐索價旁人怪。骨肉生離豈足論，且圖償卻門前債。數來三日當大季，阿婆墳上無紙錢。涼漿澆濕墓前草，低頭痛哭聲連天。恨身不作三韓女，車載金珠爭奪取。銀鐺燒酒玉杯飲，絲竹高堂夜歌舞。黄金絡臂珠滿頭，翠雲繡出鴛鴦襦。醉呼閣奴解羅幔，床前爇火添香篝。

右《新鄉媼》一首，余同年諸海仲良宣慰君之仲氏納新易之之所作也。其詞質而婉，豐而不浮，其旨蓋將歸於諷諫云爾。昔唐白居易爲樂府百餘篇，以規諷時政，流聞禁中，即日擢爲翰林學士。易之他詩若《西曹郎》、《潁州老翁》等篇，其關於政治，視居易可以無愧，而藻繪之功殆過之矣。況今天子聖明，求言之詔播告天下，當此之時，易之之詩或經乙夜之覽，則其眷遇又豈下於居易哉。故予三復之餘，謹識其後，以俟南臺。中執法濮陽蓋苗耘夫書於京師寓舍[3]。

校記：

[1][2] 棉：海王邨本作“綿”。

[3] 薈要本無。

巢湖述懷寄四明張子益

憶昔移家東海上，萬斛龍驤跨鯨浪。三神宮闕渺何許，弱水茫茫空悵望。前年去作燕山遊，羸驂短褐風颼颼。昭王臺前月似水，荊卿驛畔天如秋。病骨苦寒情苦倦，南下黃河疾於箭。清晨雙艫發呂梁，黃昏已泊桃源縣。生來每歎蜀道難，去年我亦登蒼山。馮公嶺頭日不到，肩輿履雪梯屝顔。僕夫綠崖如凍螘，下頫鐔山深澗底。人家半出松樹頂，白雲卻在山腰起。今年四月江西歸，小姑正對彭郎磯。三更掛颿海門過，一川草樹浮晴暉。我生胡爲自役役，孟浪江湖竟何益。清霜鏡底縈鬢絲，坐對篝燈空歎息。愁來鬱鬱不可當，結交頼有張家郎。臨風同歌紫芝曲，掃石大醉黃金觴。我家南陽天萬里，十年不歸似江水。秋來忽作故鄉思，裹劍囊衣度揚子。玩鞭亭下江縈紆，淮山楚樹青扶疎。一帆西風出巢縣，眼明墮此清冰壺。湖水漫漫接天杪，天低更覺青山小。倦飛沙鳥戛漁艇，倒景芙蓉涵碧藻。涼波不動舟如飛，棹歌宮宮聲相隨。江東雲樹轉頭失，淮西山水尤清奇。故人江南不可見，千里相思情眷戀。門外梅花知未發，屋頭柿葉題應遍。期君不來爭奈何，青天落日搖滄波。明年歸來賀山下，與君共讀巢湖歌。

易之詩中所歷之景，予皆嘗過之，所未至者，巢湖耳。易之有此清雄峻拔之句，余無一語者，人各有能有不能也。太常博士危素書[1]。

校記：
[1] 薈要本無。

送都水大監托克托[1]清卿使君奉命塞白茅決河

黃河洶洶決中州，三策深煩賈讓謀。時用工部尚書賈魯之議。聖主憂勤過舜禹，相君勛德並伊周。渠通故道魚龍避，水斬空山虎豹愁。十七萬人齊舉鍤，一千餘里總安流。皇天早[2]出圖書瑞，赤子行歌黍麥秋。白璧遣官祠嶽瀆，黃金當殿賜公侯。使君世重無雙論，太史功書第一籌。繡衮從今登兩府,更將忠孝輔皇猷。

校記:

[1] **托克托**: 海王邨本作"**脱脱**"。

[2] **早**: 海王邨本作"**蚤**"。

汝　　水

天兵與宋合攻蔡州,城既破,金右丞完顏仲德率將士六百人突圍。遁至汝水,回顧城中,煙焰漲天。仲德下馬謂將士曰:"國已亡,余居宗室,且備位宰相,義固當死,諸公宜早降。"諸將大譟曰:"相公能死,我輩獨不能死耶?"六百人皆奮然赴水死。

騎馬涉秋水,泠泠戰骨聲。寒沙沈斷戟,殺氣暗殘營。自欲全忠義,誰能顧死生。千年董狐筆,端不媿田橫。

潁州老翁歌

潁州老翁病且羸,蕭蕭短髮秋霜垂。手扶枯筇行復卻,操瓢丐食河之湄。我哀其貧爲顧問,欲語哽咽吞聲悲。自言城東昔大戶,腴田十頃桑陰圍。闔門老稚三百指,衣食盡足常熙熙。河南年來數亢旱,赤地千里黃塵飛。麥禾槁死粟不熟,長鑱掛壁犂生衣。黃堂太守足宴寢,鞭扑百姓窮膏脂。聒天絲竹夜酣飲,陽陽不問民啼饑。市中斗粟價十千,饑人煮蕨供晨炊。木皮剝盡草根死,妻子相對愁雙眉。鵠形累累口生骴,臠割餓莩無完肌。姦民乘隙作大盜,腰弓跨馬紛驅馳。嘯呼深林聚兇惡,狎弄劍槊搖旌旗。去年三月入州治,踞坐堂上如熊羆。長官邀迎吏再拜,饋進牛酒羅階墀。城中豪家盡剽掠,況在村落人烟稀。裂囊剖筐取金帛,煮殺雞狗施鞭笞。今年災虐及陳潁,疫毒四起民流離。連村比屋相枕籍,縱有藥石難扶**持**[1]。一家十口不三日,薪束席卷埋荒陂。死生誰復顧骨肉,性命喘息懸毫釐。大孫十歲賣五千,小孫三歲投清漪。至今平政橋下水,髑髏白骨如山崖。

繡衣使者肅風紀,下車訪察民瘡痍。綠章陳辭達九陛,撤[2]樂減膳心憂危。朝堂雜議會元老,恤荒討賊勞深機。山東建節開大府,便宜斬磻揚天威。親軍四出賊奔潰,渠魁梟首乾坤夷。拜官納粟循舊典,義士踴躍皆歡怡。淮南私廩久紅腐,轉輸豈惜千金資。遣官巡行勤撫慰[3],賑粟給幣蘇民疲。獲存衰朽見今日,病骨尚爾難撐持。鄉非聖人念赤子,填委溝壑應無疑。老翁仰天淚如雨,我亦感激愁歔欷。安得四海康且阜,五風十雨斯應期。長官廉平縣令好,生民擊壤歌清時。願言觀風采詩者,慎勿廢我潁州老翁哀苦辭。

狀物寫景之功,固詩家之極致爾;繫於政治,尤作者之至言。易之此詩兼得之矣。禮部侍郎汝陰李黼子威書。

易之此詩,格調則宗韓吏部,情性則同元道州,世必有能知之者。監察御史危素書。

至正四年,河南北大饑。明年又疫,民之死者過半。朝廷嘗議鬻爵以賑之,江淮富人應命者甚衆,凡得鈔十餘萬錠,粟稱足。會夏小稔,賑事遂已。然民罹大困,田菜盡荒,蒿蓬沒人,狐兔之跡滿道。時余爲御史行河南,請以富人所入錢粟貸民,具牛種以耕,豐年則收其本。不報。覽易之之詩,追憶往事,爲之惻然。八年三月翰林待制武威余闕志。[4]

校記:

[1] 持:海王邨本作"治"。

[2] 撤:海王邨本作"徹"。

[3] 慰:海王邨本作"尉"。

[4] 薈要本無。

錫喇鄂爾多[1]觀詐馬宴奉次貢泰甫授經先生韻

詔下天門御墨題,龍岡開宴百官齊。路通禁籞聯文石,幔隔香塵鎮水犀。象輦時從黃道出,龍駒牽向赤墀嘶。繡衣珠帽佳公子,千騎揚鑣過柳隄。

珊瑚小帶佩豪曹,壓轡鈴鐺雉尾高。宮女侍筵歌芍藥,內官當殿出蒲萄。柏梁競喜詩先捷，羽獵争傳賦最豪。一曲霓裳纔舞罷，天香浮動翠雲袍。

繡綺新裁雲母帳，玉鉤齊上水精簾。鳳笙屢聽伶官奏，馬湩頻煩太僕添。風動香烟飄閬殿，日扶花影上雕檐。金盤禁臠纔供膳，階下傳呼索井鹽。

上林宮闕净朝暉，宿雨清塵暑氣微。玉斧照廊紅日近，霓旌夾仗彩霞飛。錦翎山雉攢遊騎，金翅雲鵬織賜衣。宴罷天階呼秉燭，千官争送翠華歸。

灤河涼似九龍池，清暑年年六月時。孔雀御屏金簇簇，棕櫚別殿日熙熙。青藜獨喜頒劉向，黃閣重聞拜子儀。千載風雲新際會，願將金石播聲詩。時太傅公再入相。

校記：

　　[1] **錫喇鄂爾多**：海王邨本作"**失剌幹耳朶**"。

行　路　難

至正己丑夏，右相**多爾濟**[1]公拜國王，就國遼東，是日左相賀公亦左遷，因感而作。

行路難，難行路，黃榆蕭蕭白楊莫。槍竿嶺上積雪高，龍門峽裏秋濤怒。嵯峨虎豹當大關，蒼崖壁立登天難。千車朝從赤日發，萬馬夜向西風還。鑑湖酒船苦不畜，遼東白鶴歸華表。夜雨空階碧草深，落花滿院行人少。世情翻覆如秋雲，誓天歃血徒紛紛。洛陽争迎蘇季子，淮陰誰識韓將軍。行路難，難行路，白頭總被功名誤。南樓昨夜歌舞人，丹旌曉出東門去。子午谷，終南山，青松草屋相對閒。拂衣高歌上絶頂，請看人間行路難。

校記：

　　[1] **多爾濟**：海王邨本作"**朶兒只**"。

塞 上 曲

秋高沙磧地椒稀，貂帽狐裘晚出圍。射得白狼懸馬上，吹笛夜半月中歸。

雜遝氈車百輛多，五更衝雪渡灤河。當轅老嫗行程慣，倚岸敲冰飲騾駝。

雙鬟小女玉娟娟，自捲氈簾出帳前。忽見一枝長十八，折來簪在帽簷邊。長十八，草花名。

馬乳新挏玉滿缾，沙羊黃鼠割來腥。踏歌盡醉營盤晚，鞭鼓聲中按海青。

烏桓城下雨初晴，紫菊金蓮漫地生。最愛多情白翎雀，一雙飛近馬邊鳴。

大元特進上卿玄教大宗師饒國吳公全節哀詩二十二韻

延祐間命公返，初服拜執政，力辭不就，止，封其祖父皆饒國公，賜其鄉曰榮祿，里曰具慶。

特進天人間世英，長身玉立氣崢嶸。高年幸際時熙洽，盛德尤關國重輕。柱史久聞周典禮，留侯多識漢公卿。寓言有道皆心服，論治無爲顧力行。天子欲煩黃閣寄，山人自負白衣名。鄉閭表異絲綸渥，茅土疏封鬮黻榮。萬里函香祠五嶽，頻年載筆賦三京。尚方賜鳥蟆蛛絡，內膳分庖翠釜烹。棕殿說經揮麈拂，竹宮望拜候鸞笙。榜懸高閣宸章妙，碑賜仙壇琢刻精。寶劍叱龍山雨至，鐵符誅怪海潮平。華編盡許冰壺潔，藻鑒難逃水鏡清。臺閣從遊多故舊，王侯趨事儼神明。萬全自保惟謙抑，一諾端能託死生。開户圖書聯竹色，下階環珮雜松聲。學窮河洛知休運，誼薄雲天見古情。入室有人傳印綬，升堂無客不簪纓。每慚賤子依琳館，長憶高秋醉玉觥。絳節纔聞朝上帝，石棺俄報瘞佳城。神仙自古稱豪傑，朝著於今憶老成。官舫涼風吹畫檗，大江飛雨濕丹旌。何年下馬墳前過，一束生芻淚盡傾。公自龍虎臺接駕還即捐館，命給傳舟歸，葬河圖仙壇。

古鏡篇寄韓與玉

時與玉將南歸，故賦此留別。

古鏡團團似秋水，美人當窗正梳洗。芙蓉涼月鬪嬋娟，默默自憐還自喜。朝來開匣忽淒然，一痕微雪映華鈿。卻恨東風惜桃李，年年開傍鏡臺邊。粉綿拭鏡還清澈，佳人薄命空愁絕。不如化石在山頭，萬古千年照明月。

孔林瑞槐歌　并序[1]

先聖墓林古槐一章，枝幹偃蹇，膚理若鑴刻篆籀龍鳳，細如絲髮，雖善畫者莫能狀其奇巧。襲封衍聖公愈加培植，見者咸加敬愛，因以紀瑞云。

闕里陰陰槐樹古，百尺長柯挾風雨。密葉蟠空擁翠雲，深根貫石流瓊乳。蒼皮皴蝕紋異常，天成篆籀分豪芒。遊絲縈錯科斗亂，雲氣飛動龍鸞翔。嬴秦書焚士坑戮，幾歎遺經藏壁屋。千年聖道復昭明，喜見文章出嘉木。神明元胄嗣上公，雨露滋沐深培封。清陰如水石壇静，彈琴樹底歌薰風。

校記：

[1] 并序：海王邨本缺。

投贈趙祭酒廿韻　字子期，宛丘人。

三朝元老國蓍龜，山立精神虎豹姿。高步瓊林開宦轍，蚤登華省被恩私。棟梁材器明堂用，臺閣文章聖主知。輦下肯辭郎署久，斗南爭望使星移。諫垣屢賞朱雲節，宣室重陳賈誼辭。錦綬還鄉迎駟馬，繡衣行部去褰帷。譚經秘閣重茵坐，扈蹕甘泉載橐隨。玉節引班朝謁早，金蓮擁騎夜歸遲。尚書曳履登鸞閣，給事含香近鳳

池。冰蘖操持心似鐵，廟廊贊畫鬢如絲。久聞陸贄頻憂國，盡許匡
衡喜説詩。百世斯文開絶學，四門冑子得名師。弦歌濟濟承周禮，
冠珮瑲瑲舉漢儀。掌故傳經編竹簡，諸生脱穎擅囊錐。鄙人自致
慚無術，男子平生謾負奇。久望車塵空感激，欲趨門屏愧驅馳。王
陽豈待彈冠慶，孺子還因下榻**思**[1]。輒效詩人陳賦頌，敢從閽吏候
旌麾。何蕃獨重陽司業，嚴武深憐杜拾遺。懷寶山林當一出，平津
正在禮賢時。

校記：

[1]思：海王邨本作"**來**"。

達魯[1]將軍射虎行　并序[2]

達魯[3]將軍世爲**奈曼**[4]部主，歸國朝，拜隨穎萬户，平金有功，事載國史。其
出守信陽射虎之事尤偉。曾孫與權舉進士，爲秘書郎官，與余雅善，間言其事，因
徵作歌。

將軍部曲瀚海東，三千鐵騎精且雄。久知天命屬真主，奮身來建
非常功。世祖神謨涵宇宙，坐使英雄皆入縠。十年轉戰淮蔡平，帳下
論功封太守。信陽郭外山嵯峨，長林大谷青松多。白額於菟踞當道，
城邊日落無人過。將軍聞之毛髮竪，拔劍誓天期殺虎。彎弓走馬出
東門，傾城來看誇豪武。猛虎磨牙當路嘷，目光睒睒斑尾搖。據鞍一
叱雙眥裂，鳥飛木落風蕭蕭。金弰珮弓鐵絲箭，滿月絃開正當面。箭
翎射没錦毛摧，厓石崩騰腥血濺。萬人歡噪聲**振**[5]天，剖開一鏃當心
穿。父老持杯馬前拜，祝公眉壽三千年。丈夫立功期不朽，奇事相傳
在人口。可憐李廣不封侯，卻喜將軍今有後。承平公子秘書郎，文塲
百步曾穿楊。咫尺風雲看豹變，鳴珂曳履登朝堂。虎既剖，箭鏃正貫於
心中。

校記：

[1]魯：海王邨本作"**禄**"。

[2] 并序：海王邨本缺。

[3] 魯：海王邨本作"禄"。

[4] 奈曼：海王邨本作"乃蠻"。

[5] 振：海王邨本作"震"。

新 隄 謡

近歳河決白茅，東北氾濫千餘里。始建行都水監於鄆城，以專治之。少監蒲從善築隄建祠，病民可念。予聞而哀之，乃作歌曰：黄河決道時，有清水先流至，名曰漸水。曹濮之人見此水，皆遷居高丘預避。

老人家住黄河邊，黄茅縛屋三四椽。有牛一具田一頃，蓺桑種穀終殘年。年來河流失故道，墊溺村墟決城堡。人家墳墓無處尋，千里放船行樹杪。朝廷憂民恐爲魚，詔蠲徭役除田租。大臣雜議拜都水，設官開府臨青徐。分監來時當十月，河冰塞川天雨雪。調夫十萬築新隄，手足血流肌肉裂。監官號令如雷風，天寒日短難爲功。南村家家賣兒女，要與河伯營祠宫。陌上逢人相向哭，漸水漫漫及曹濮。流離凍餓何足論，只恐新隄要重築。昨朝移家上高丘，水來不到丘上頭。但願皇天念赤子，河清海晏三千秋。

劉舍人桃花馬歌

青絲駿馬桃花色，翠鞍玉彎黄金勒。奚奴牽出不敢騎，道上行人爭愛惜。往時曾遇李將軍，汗流赤血氣如雲。朝刷黄河暮南粤，沙場百戰成奇勛。歸來無心伏槽櫪，頓彎長鳴思奮力。東家白面繡衣郎，千金買去遊南陌。昨朝校獵向城隅，萬人爭説天下無。夜歸不怕霸陵尉，玉鞭醉打蒼頭奴。畫燭銀屏歡徹曙，一朝金盡賓朋去。可憐驕馬屬誰家，斷韁猶繫階前樹。君不見西家歎段三十年，青芻滿櫪菽滿田。老翁不識城下路，騎看射獵南山邊。

贈空谷山人徐君歸武當

五更鐘鳴天未曙,六街馬蹄聲似雨。露華滿屨霜滿衣,束帶爭趨丞相府。千鍾之禄萬户侯,幾人空負平生愁。鏡中綠髮漸垂素,窗間白日如奔流。誰念幽人在空谷,瘦木爲冠草爲服。小甕春風紫术香,長鑱落日黄精熟。行歌偶到黄金臺,坐看世事如浮埃。長衢甲第換新主,舊時燕子愁歸來。忽憶紫霄峰下路,倒跨青鸞獨歸去。松花釀酒一千石,結廬招我南山住。

送林庭立歸四明兼簡[1]張子端兄弟

徵君歸隱海東頭,三月開帆江水流。坐看浮雲知世態,長歌落日送離愁。平生不負揚臨賀,此去端如馬少遊。若見山中陶宰相,白雲千里思悠悠。庭立客賀相府,相左遷,獨遠送之,其鄉多弘景故蹟。

廿季滄海託交情,最憶張家好弟兄。清夜泛舟傳玉斝,高堂秉燭聽銀箏。故人别去青山遠,遊子忘歸白髮生。明月河邊還有約,一竿春水釣絲輕。

校記:

　　[1] 簡:海王邨本作"柬"。

次韻趙(子期)祭酒城東宴集

金河流水碧粼粼,御柳烟消曙色新。黄鳥只愁春去遠,隔窗呼醒看花人。

童子將車候辟雍,先生載酒出城東。絲絲細雨春雲薄,卻恨羅衫怯曉風。

上東門外杏花開,千樹紅雲繞石臺。最憶奎章虞閣老,白頭騎馬看花來。

鱸滿銀盤酒滿壺,山童竹裏送行廚。風流絶似蘭亭會,留取他年作畫圖。

　　仙家高館隔紅塵，流水聯階竹樹新。學士重來今白髮，馮闌空憶
種花人。
　　碧草纖纖藉翠裀，酴醾釀熟十分春。移尊更近池邊樹，漉酒先生
待掛巾。
　　十騎聯鑣入郭遲，從教斜日過棠梨。候門稚子牽衣笑，今日先生
有好詩。國子監散學候日影到堂後梨樹。
　　杜陵野客戀京華，日典春衣醉酒家。徒步歸來情寂寞，一年空負
隔城花。時諸公子招予，以疾不能赴。

贈謝尚禮歸盱江

　　江左風流玉雪郎，牙籤錦軸滿高堂。五言往往凌三謝，八法翩翩
逼二王。芳草池塘春夢斷，杏花風雨客窗涼。平生狗監能知己，奏賦
他時入建章。
　　畫船綠樹映滄波，撾鼓開船發御河。作惡情懷唯仗酒，落花時節
況聞歌。潮來別浦江聲急，雲起南山雨氣多。落日都門一分袂，相思
千里奈君何。

北邙山歌

　　白樂天賜第履道坊，既葬北邙，敕命遊人至墳所者必酹酒，至今墓前隙地
泥潦。
　　北邙山高雲嵯峨，山前日日聞挽歌。千金買穴望卿相，不道洛陽
人葬多。長安歸來錦衣客，昨日城南起新宅。雕闌華礎滿前楹，盡是
當年墓邊石。墓邊野老鬢如絲，自言曾見築墳時。轉頭石馬臥荊棘，
白楊蕭颯秋風悲。白日西流水東逝，眼見君家葬三世。舊時隧道盡
爲田，新墳苦作千年計。寄語洛陽諸少年，對酒莫惜黃金錢。縱有穹
碑勒勳業，文章誇靡誰能傳。君不見履道坊中白太傅，留客高堂醉歌
舞。至今三月看花人，載酒去澆墳上土。

讀汪水雲詩集 並序[1]

水雲汪元量,字大有,錢塘人,以善琴受知宋主。國亡,奉三宮留燕甚久。世祖皇帝嘗命奏琴,因賜爲黃冠師。南歸時,幼主瀛國公福王、平原郡公趙與芮、駙馬右丞楊鎮、故相吳堅、留夢炎、參政家鉉翁、文及翁提刑陳杰、貴陽夢炎與宮人王昭儀清惠以下廿有九人,分韻賦詩,以餞其行。水雲之詩,多紀其國亡時事,與文丞相獄中倡和之作。文丞相又與馬丞相廷鸞、章丞相鑑、鄧禮部光薦、謝國史枋得、劉太傅辰翁序其詩集。劉公又爲批點。余間聞危太史言曰:"水雲長身玉立,修髯廣顙,而音若洪[3]鐘。比[4]歸,數來往匡廬、彭蠡之間,若飄風行雲,世莫能測其去留之跡,江右之人以爲神仙,多畫其象以祠之,象至今有存者。其諸公所賦墨跡,嘗見於臨川僧舍云。"及予至京師,因徐君敏道得《水雲集》,讀而哀之,偶成二律,以識其後。

　　三日錢塘海不波,子嬰繫組納山河。兵臨魯國猶弦誦,客過殷墟獨嘯歌。鐵馬渡江功赫奕,銅人辭漢淚滂沱。知章喜得黃冠賜,野水閒雲一釣簑。

　　一曲絲桐奏未休,蕭蕭笳管禁宮秋。河山有意風雲變,江水無情日夜流。供奉自歌南度曲,拾遺能賦北征愁。仙人一去無消息,滄海桑田空白頭。

校記:

　　[1] **並序**:海王邨本缺。

　　[2] **洪**:海王邨本作"**鴻**"。

　　[3] **比**:海王邨本作"**北**"。

岳 墳 行

守墳觀禪師至京,請加封謚徵賦此。宋將孟珙滅金,捷回金陵,命軍士屎溺秦檜墓上。

　　岳王烈烈真丈夫,材兼文武唐漢無。平生許國膽如斗,誓清九廟迎鸞輿。十萬精兵多意氣,赴難勤王盡忠義。將軍閫外圖中興,丞相江南請和議。東京百戰方解圍,班師詔促事還非。父老吞聲仰天哭,兒郎含憤渡河歸。感激英雄竟誅害，萬里長城真自壞。但將淮水作邊關，不道中原屬蕃塞。百年古廟近荒墳，夜深石馬戰秋雲。簫鼓時來謁祠下，遺民猶泣舊將軍。君不見滅金孟珙誇驍勇，凱還兵薄秦家隴。六軍涸穢積如山，千古行人呼糞塚。

田家留客圖爲四明劉師向先生賦

客來田家當六月，主人相留樹邊歇。呼兒牽馬飲清泉，廚裏新漿解君熱。郎君出城幾日前，城中米價今幾錢。昨夜南村三尺雨，不知還到城壕邊。勿厭儂家茅屋小，棘門新編土墻繞。明朝早[1]飧莫匆匆，雞鳴送君出官道。

校記：

　　[1] 早：海王邨本作“番”。

讀揭文安集　公字曼石[1]，豫章人，
明廟神御殿碑，賜楮幣萬緡，白金五十兩。

白鶴江頭夢窅然，焚香燈下讀遺編。憂時論議泉傾峽，載道文章日麗天。先帝樹碑勤述德，大臣草制聽傳宣。皇天不負斯人意，今見才華屬象賢。

秘閣初開拜授經，除書爭喜得公名。御床奏疏丹心在，清夜悲歌白髮生。謝病長懷高士志，育材端有古人情。百年師道今寥落，空使諸生憶老成。

校記：

　　[1] 石：海王邨本作“碩”。

文穆處士鄭君挽歌　廣信鄭晅宣伯之父。

昔讀滎陽譜，嘗聞左押牙。系傳唐相國，世作宋名家。喬木流風

在,徵君述德遒。消遥謝簪紱,辛苦力桑麻。種橘逾千户,藏書過五車。春潮生酒甕,夜雨落燈花。太史占星隕[1],長沙歎日斜。諡從張籍定,銘豈蔡邕誇。令子名方振,諸孫學更嘉。他時五雲誥,泉壤被光華。

校記:

　　[1] 隕:海王邨本作"殞"。

送楊梓人待制出守閬州兼寄嘉定宣尉[1]家兄

　　簪筆三年侍禁林,分符還向蜀江潯。莫雲盡處峨眉出,春雪消時灌口深。鈴閣雕盤香冉冉,臺門畫戟畫森森。錦屏山下多遺迹,好覓城南老杜吟。

　　朱輪五馬出王庭,父老西南望福星。家世久聞清白吏,文章爭誦太玄經。岷江水落嘉魚美,劍閣春晴橙木青。若過眉州見蘇子,卬君京國尚飄零。東坡稱子由爲卬君。

校記:

　　[1] 尉:海王邨本作"慰"。

送楊季子赴德慶知事

　　天禄揚雄久校書,忽聞章綬縮銀魚。一官遠赴諸侯幕,六轡先乘使者車。椰子剖漿霜落後,荔枝封蜜雨晴初。故人只守平生業,一硯[1]相求不願餘。

　　八月秋高海月明,年年壽斝得同傾。喜君馬上青雲遠,念我燈前白髮生。尚論古人多感慨,閒憂時事各牽情。羅浮山下梅花發,驛使來時好寄聲。

校記:

　　[1] 硯:海王邨本作"研"。

羽　林　行

羽林將軍年十五,盤螭玉帶懸金虎。黃鷹白犬朝出遊,翠管銀箏夜歌舞。珠衣繡帽花滿身,鳴驄斧鉞驚路人。東園擊毬誇意氣,西街走馬揚飛塵。湖南昨夜羽書急,詔趣將軍遠迎敵。寶刀鏽澀金甲寒,上馬傍徨苦無力。美人牽衣哭向天,將軍執別淚如泉。安得天河洗兵甲,坐令瀚[1]海無塵烟。君不見關西老將多戰謀,數奇白髮不封侯。據鞍矍鑠尚可用,誰憐射虎南山頭。

校記:

　[1] 瀚:海王邨本作"嶺"。

仙居縣杜氏二真仙廟詩[1]

　東陽杜氏二女子,早喪父母,鬻餅市中,廚人挑之,二子憤殺廚人,走匿仙居之孟溪。夜雨水漲,皆溺死。其屍閣鉅木上,蒼藤纏束,儼若棺槨。時隋大業間也。唐令令狐某取其遺骨,塑像建廟溪上。宋時,古靈陳襄禱雨屢應,刻石祠下。國朝至正壬寅,東陽陳君元祥以浙省員外督制茲邑,水旱之禱,顯有奇應。明年,君督漕入京,請諸中書,令太常議封貞惠、貞淑二真仙,元祥因徵賦詩廟壁云。

　君不見瀟湘江上斑斑竹,雨灑疏林淚痕綠。又不見金谿縣裏兩嬋娟,身化白金金賤復。至今九疑山下大江西,窅窱祠堂依古木。仙居更有杜貞娥,千古清風凜相續。貞娥鬻餅東陽市,廚人相挑憤切齒。提刀夜斷賊奴頭,勇烈真同丈夫子。脱身竄匿來孟溪,木食澗飲幽巖棲。煢煢姊妹自相保,天寒愁聽哀猿啼。夜雨奔流溢山趾,月黑溪深黯無底。嗚呼雙娥同溺死,玉骨藤纏高樹裏。開元賢令銜餘哀,築祠卻傍蒼崖開。悲風瀟瀟落山葉,精靈日暮猶歸來。陳侯自是古靈後,來作仙居民父母。衒香赤脚禱龍湫,秋日甘霖起枯朽。去年飛章徹九門,紫綾裁詔褒貞魂。鸞車孔蓋蔽白日,仿佛來謝朝家恩。男兒堂堂軀七尺,忍詬含羞汙簡册。何如貞惠貞淑兩真仙,萬古千秋長廟食。

校記：

[1] 此詩輯自《文淵閣四庫全書》本《元音》卷一二。

輯補
七言律詩

伏承員外先生奉楊公之命函香浦陀洛伽山瑞相示現使節
今還輒成長律四章少寓餞忱　　南陽廼賢上[1]

瀛洲東望海茫茫，紫竹林中殿閣涼。夜半潮來紅日上，岩頭雨過白花香。褰裳珮玦聯珠網，束髻冠纓湧寶光。大士神通天廣博，盡將願力固封疆。

江左長城有鐵星，赤心憂國禱滄溟。經翻海藏函猶濕，兵洗天河刃不腥。屢出賜金分將帥，終圖全璧奉朝廷。幕中司馬才無敵，執筆磨厓畫勒銘。《北史》：楊津鎮定州，威望赫然，軍中謠曰："不怕利槊堅城，但怕楊公鐵星。"

天上張公玉雪妍，競傳官府有神仙。功名早建平南策，詩句今隨過海船。夜汲澄潭瓶貯月，曉登磐石珮淩煙。知君喜得楨祥兆，一目高懸古樹邊。《宋史》：彌遠禱海上，見一目掛樹邊。後果拜相。

狎鷗亭上望吳山，春水無邊壓畫欄。一樹飛花羅幕靜，滿湖明月玉簫寒。往時京國交遊舊，今日江城執馭難。後夜西湖鴻雁過，好將書信寄平安。

校記：

[1] 以上輯自（元）張昱《可閒老人集》附錄（《文淵閣四庫全書》本）。

錢塘留別喀爾丞相之會稽代祀

聖主臨軒授寶盒，詞臣將命祀東南。胥江潮上迎官舫，禹穴雲開擁使驂。萬里兼程安敢後，四方專對每多慚。千官法仗遙相送，始覺皇恩似海涵。

使　歸

白頭萬里喜來歸，小院深深過客稀。睡起無題閒錦囊，春來多病怯羅衣。流鶯亂蹴殘紅溜，乳燕爭銜落絮飛。莫道山房渾寂寞，臥聽小女學鳴機。

校記：

以上輯自《文淵閣四庫全書》本《元音》卷一二。據洪武十七年烏斯道《元音序》，《元音》爲元末明初"寧波孫原理采輯，陳孟誠編選，定海邑丞張侯中達校正"，共十二卷，卷一二選迺賢詩歌共四首，皆未入《金臺集》。

奉題定水見心禪師天香室

團團桂樹倚秋風，小榻加趺觀想空。八月花開金粟界，五更人立水精宮。蟾華冷浸晴芬外，蘭氣鋨聞碧落中。明月堂深涼不寐，清心靜對一燈紅。

和芝軒中丞答蒲庵禪師四首

定水蒲庵禪師賦詩，招南臺中執法遜都思公入山中。公既用韻答謝，予因次韻四首，以紀二公雅興，並述鄙懷，及憶史館諸公云。南陽迺賢和南上。

託交湖海十年餘，重見情同握手初。尉藉獨看方外好，笑譚頗覺老來疏。久知齊已憐茅屋，更愛高閒善草書。一夜秋風吹桂樹，天香搖落滿階除。

山中書至最情深，秋半相招坐竹陰。內相才華專北省，上人行業著東林。月明莫惜移床飲，雨罷須同曳杖吟。便著青鞵過泉上，請師與我蓋安心。

生涯老去一茅廬，白髮南歸賦遂初。夜半竹窗燈澹澹，秋深山葉雨疏疏。金人已分三緘口，玉陛無由再上書。慚愧衰殘等樗櫟，敢將寵辱較乘除。

寓直曾依玉署深，高槐合抱晝陰陰。百年人物多清選，千古文章重禁林。雨漬鼇峰漫舊刻，霜摧鴨腳動新吟。白頭歸臥滄江上，戀闕空懸萬里心。

奉和中丞相國先生高韻兼簡蒲庵禪師[1]

憶昨倉龍在執徐,芝軒燕客素秋餘。錦囊傳看中丞笏,玉匣閒評內史書。天上九門頻入夢,山中半院許分居。解纓且濯滄浪水,坐看鑪薰只晏如。

校記:

[1] 以上輯自(元)釋來復《澹遊集》卷上(《續修四庫全書》第一六二二冊)。

題　丹　山[1]

城居久憶洞天名,春日登臨杖履輕。山雨晴時崖瀑冷,巖花落盡石窗明。黃冠白髮情偏古,野水閑雲意自清。便欲去尋劉縣令,愿攜妻子學長生。

一逶遥通白水宮,衆山屹立青芙蓉。飛流倒垂千尺練,高處更登三四峰。或聞溪獺趁魚走,只有仙人跨鶴從。看我山中遊十日,雲南雲北訪靈蹤。

白水真人去不回,紫青宮殿倚雲開。崖懸一瀑銀爲帶,山列三峰翠作堆。採藥仙童隨鶴過,銜花馴鹿倚人來。方知異境非塵世,且共清吟坐石苔。

校記:

[1] 此詩輯自《四明洞天丹山圖詠集》。

七言排律

奉題定水見心禪師蒲庵

董孝溪頭一草庵,春蒲出水碧毿毿。意行東澗雲生屐,夢繞西江月滿籃。織屨睦州終有養,授經方進豈無慚。漢翟方進讀書京師,其母織蒲屨以給其學。鄉關早晚兵塵息，燈下先裁信一函。

題趙雍挾弹遊騎圖[1]

　　長安少年豪俠者，茜紅衫色桃華馬。擊毬縱獵五陵歸，緩控絲韁樹下。牙弰竹弓新月彎，袖中更有黃金丸。綠陰深沉鳥聲絕，落花飛絮生愁端。君不見墮丸覆巢非厚德，蓬肉區區味何益。鵷雛多在碧梧枝，少年慎勿輕彈射。

校記：

　　[1] 此詩輯自《秘殿珠林石渠寶笈合編》第十册一五八二頁。

題瀟湘八景圖[1]

　　圖不知何人作，乃元進士和實碩家物。跋言至正己亥括城之變，倉皇避地，舟覆惡溪，此卷乃獨全，遂贈同年陳用中。迺易之題一詩，云：

　　岳陽樓下船初泊，壓岸黃蘆秋漠漠。刲羊澆酒賽龍君，高挂蒲颿晚風作。白頭波裏君山青，滿湖明月過洞庭。金銀臺殿出林麓，疏鐘隱隱煙中聽。小市人家茅緝緝，山翠濛濛客衣濕。一聲漁唱浦口回，竹艇搖搖歸去急。崖顛雲氣暝不開，夜深風雨如奔雷。遊子衣寒倚篷看，一雙白雁沙頭來。只今作客僧窗下，白髮燈前空看畫。謾吟詩句憶瀟湘，少慰江南未歸者。

校記：

　　[1] 此詩輯自（清）孫承澤《庚子銷夏記》卷八《寓目記》（《文淵閣四庫全書》本）。

五言絕句

看雲圖[1]　　趙仲穆爲仁甫作。

松溪春水落，白石粲可數。坐愛南山雲，溶溶不成雨。

校記：

　　[1]　此詩輯自（明）朱存理《珊瑚木難》卷三（《文淵閣四庫全書》本）。

雜言

賣　鹽　婦[1]

　　賣鹽婦，百結青裙走風雨。雨花灑鹽鹽作鹵，背負空筐淚如縷。三日破鐺無粟煮，老姑飢寒更愁苦。道傍行人因問之，拭淚吞聲爲君語：妾身家本住山東，夫家名在兵籍中。荷戈崎嶇戍明越，妾亦萬里來相從。年來海上風塵起，樓船百戰秋濤裏。良人賈勇身先死，白骨誰知沈海水。前年大兒征饒州，饒州未復軍尚留。去年小兒攻高郵，可憐血作淮河流。中原封裝音信絕，官倉不開口糧缺。空營木落煙火稀，夜雨殘燈泣嗚咽。東鄰西舍夫不歸，今年嫁作商人妻。繡羅裁衣春日低，落花飛絮愁深閨。妾心如水甘貧賤，辛苦賣鹽終不怨。得錢糴米供老姑，泉下無慚見夫面。君不見繡衣使者浙河東，采詩正欲觀民風。莫棄吾儂賣鹽婦，歸朝先奏明光宮。

校記：

　　[1]　此詩輯自《文淵閣四庫全書》本《元音》卷一二。

太山高一首上王尚書

　　太山高，不知其幾千丈兮，但見衡恒嵩華何其低。膚寸之雲雨天下，東西南北三十七萬八千里。內無枯畦，吾儕小人，重報本春至。三月下澣之八日，幼壯老稚相扶攜。五步一稽首，十步一頓顙。蠟光檀氣壓衢路，帝德浩蕩無端倪。帝曰嗟，下民何以厚汝褆。我有香案史，置之黃金閨。前期一日，遠賚汝下輿，有宋十一葉，天子蘇遺黎。胸中七百里雲夢，筆端一萬丈虹霓。臂間六鈞弓，指下十萬韇。囊中書萬卷，坐上賦十題。朝聞擢英上蟾蜍，暮見賜食烹駃騠。蒼苔紅藥

省中宿,花底柳邊歸路迷。上坡直作威鳳鳴,騎馬不敢寒雞栖。綠蓑
青笠忽夢江海去,便欲畢命依梟鸞。一朝喚起作邊帥,黃河以北兒女
皆驚啼。載筆九天上,判花雙禁西。夕闈拜青瑣,金殿執牙笆。銓衡
百里聽,文印九州提。此皆東坡六一間闊所僅得,老馬歷遍無留蹄。
不羨百官班迎入東閣,不羨十里列炬行沙堤。千羨萬羨越中千岩與
萬壑,雲門寺外若耶溪。丈夫東來不用高牙千騎殺風景,只在古錦詩
囊消一奚。蓬萊閣上三大字,意氣欲與義獻父子相攀躋。元才子,龐
將軍,二人名字不相齊。一公文字照今古,一公武烈傅髦齯。皆不如
王尚書,詩隨賈客過南海,箭壓飛將驚幽蹊。但令千歲眉壽無與害,
世間富貴皆塵泥。

校記:

[1] 此詩輯自(明)宋公傳《元詩體要》(宣德八年刻本)卷三。

文

徐伯敬哀詩序

伯敬姓徐氏,諱仁則,世爲明之奉化大族。蚤孤,奉母鞠弟,至行
有聞於時。家貧,益自勵。嗜字學,有能名,王公碩儒皆慕重之。君
與予同生年,月日先於余,爲莫逆者幾二十年。歲庚辰,君年三十有
二,得疾,臥於家。予歸自京師,聞之,馳往省焉。君伏枕已逾月,既
莫而別,君曰:"明日不復握手。"越宿訃至,君果死矣。嗚呼! 君之孝
弟溫慎,益自治問學,天假以年,惡知其不少概見哉? 而卒以死。如
予之愚,而求知之深,又惡得不深悲哉! 予再至京師,徵銘於太史危
先生,以志其行實,於是復作詩以哀之。

校記:

[1] 此文輯自(明)汲古閣刻《元人十集》本《金臺集》卷一。

寄題壽張堂詩序

曹之中陶城,韓伯常世所居也,南距黃河七十里。伯常驗井泉北洄,告諸鄉鄰曰:"河殆將北,吾陶城必受之。"皆不信。伯常乃傾貲築臺五十尺,冠屋其上。不再歲,河果北敗,多爲蕩析,而韓氏之堂巋然,人始悚然異之。伯常今推長子恩封壽張尹,因以其封名其堂云。

校記:

[1] 此文輯自(明)汲古閣刻《元人十集》本《金臺集》卷一。

南城詠古詩序[1] 　辛卯 至正十一年八月十六日

至正十一年八月既望,太史宇文公、太常危公偕燕處士九思、臨川黃君殷士、四明道士王虛齋、新進士朱夢炎與余凡七人,聯彎出遊燕城,覽故宮之遺蹟。凡其城中塔廟樓觀,臺榭園亭,莫不徘徊瞻眺,拭其殘碑斷柱,爲之一讀,指其廢興而論之。余七人者,以爲人生出處聚散不可常也,解后一日之樂,有足惜者,豈獨感慨陳蹟而已哉?各賦詩十有六首以紀其事,庶來者有所徵焉。河朔外史廼賢序。

校記:

[1] 此文輯自(明)汲古閣刻《元人十集》本《金臺集》卷二。

讀汪水雲詩集

水雲汪元量,字大有,錢塘人。以善琴受知宋王。國亡,奉三宮留燕甚久。世祖皇帝嘗命奏琴,因賜爲黃冠師。南歸時,幼主瀛國公福王、平原郡公趙與芮、駙馬右丞楊鎮,故相吳堅、留夢炎,參政家鉉翁、文及翁,提刑陳杰、青陽夢炎與宮人王昭儀清惠以下廿有九人,分韻賦詩,以餞其行。水雲之詩,多紀其國亡時事,與文丞相獄中倡和之作，文丞相又與馬丞相廷鸞、章丞相鑑、鄧禮部光薦、謝國史枋得、劉太傅辰翁序其詩集，劉公又爲批點。余間聞危太史言，曰："水雲長身玉立，修髯廣顙，而音若洪鐘。**北歸**[1]，數來往匡廬、彭蠡之間，**若飄風行雨**[2]，世莫能測其去留之跡。江右之人以爲神仙，多畫其象以祠之，象至今有存者。其諸公所賦墨跡，嘗見於臨川僧舍云。"及予至京師，因徐君敏道得《水雲集》，讀而哀之，偶成二律，以識其後。

校記：

　　[1] **北歸**：清乾隆間刻本《水雲集》作"**南**"。

　　[2] **若飄風行雨**：清乾隆間刻本《水雲集》作"**雲**"。

仙居縣杜氏二真仙廟詩序　癸卯 至正二十三年

　　東陽杜氏二女子，早喪父母。鬻餅市中，廚人挑之，二人憤殺廚人，走匿仙居之孟溪，夜雨水漲，皆溺死。其屍閣鉅木上，蒼藤纏束，**儼若棺椁**[1]。時隋大業間也。**唐令令狐某取其遺骨**[2]，塑像建廟溪上。宋時，古靈陳襄禱雨屢應，刻石祠下。國朝至正壬寅，東陽陳君元祥以浙省員外督制茲邑，水旱之禱，顯有奇應。明年，君督漕入京，請諸中書，令太常議封貞惠、貞淑二真仙，元祥因徵賦詩廟壁云[3]。

校記：

　　[1] **儼若棺椁**：《宋元詩會》本作"**若殯宮然**"。

　　[2] **唐令令狐某取其遺骨**：《宋元詩會》本作"**唐仙居宰令狐某封其遺骨**"。

　　[3] 自"宋詩"至篇末，《宋元詩會》本與此差異較大，茲錄如下："**自爾水旱之禱，輒有奇徵，宋令陳襄碑之。今使君東陽陳君元祥督漕入京，上其事於中書，命太常議對貞惠、貞淑二真仙，詩以紀之。**"

答禄與權

　　答禄與權(約1311—1380),字道夫,晚號洛上翁,西域乃蠻答禄氏,乃蠻君主大陽汗後裔。據稱其先人有別號答禄子者,子孫因之,故以答禄爲氏。答禄與權在元惠宗至正初登進士第,初任秘書監管勾,後出爲河南北道廉訪司僉事。據《明史》本傳所載,入明寓居河南永寧,自署洛上人,或洛上翁。明洪武六年(1373)受推薦,被明太祖任以秦王府紀善,後又改任監察御史。七年(1374)初,又令出任廣西按察僉事,未行,復命爲御史,擢翰林院修撰。後坐事,降職典籍。九年(1376)又晉爲應奉。十一年(1378)以年老辭官。卒年不詳。

　　生平事跡見(元)黃溍撰《答禄乃蠻先塋碑》(《金華黃先生文集》卷二八),(明)廖道南《殿閣詞林記》卷八,(明)朱元璋《辯答禄異名洛上翁及謬贊》(《明太祖文集》卷六),(明)趙撝謙《奉吳端學書》(《趙考古文集》卷一),(元)釋來復《澹遊集》卷上(第221頁),《明太祖實錄》卷七九、一一七,(明)朱睦㮮《皇朝中州人物志》卷一,(清)張廷玉等《明史》卷一三六(附於《崔亮傳》),(清)陳田編《明詩紀事》甲簽卷四,(清)萬斯同《明史》卷一七七,(清)王鴻緒《明史稿》卷一二四,郎櫻、扎拉嘎主編《中國各民族文學關係研究》元明清卷,呂友仁主編、查洪德副主編《中州文獻總録》,黃惠賢主編《二十五史人名大辭典》,錢仲聯等主編《中國文學大辭典》,楊鐮、薛天緯主編《詩歌通典》,郭人民、史蘇苑主編《中州歷史人物辭典》,邱樹森主編《中國歷代人名辭典》,趙相璧《歷代蒙古族著作家述略》。

　　著有《答禄與權文集》，明人楊士奇《文淵閣書目》卷九有著録。
另著《歸有集》十卷。黄虞稷《千頃堂書目》又説他著有《答禄與權文
集》十卷，有"吴人黄省曾序其集傳之。"明初有《答禄與權詩集》、《答
禄與權文集》、專門解析儒家經典的學術專著《窺豹管》傳世。據黄省
曾《答禄與權集序》，他還有筆記《雅談》一卷。但今已不見傳本，僅
《永樂大典》還保存斷簡殘編。答禄與權的著述，見於《文淵閣書目》
和《千頃堂書目》。《文淵閣書目》是明代官方藏書目録，由楊士奇撰
於明正統年間。卷二日字型大小第二廚書目著録有"答禄與權文集，
一部五册，完全"。《千頃堂書目》屬私家藏書目，所録皆有明一代書
籍。卷七有如下著録："答禄與權文集，十卷。蒙古人……吴人黄省
曾序其集傳之。"此官私書目，言及卷數、册數，原書序文作者、庋藏情
況等，足見其書在明代確曾刊行。《明史·藝文志》據《千頃堂書目》
又予以著録。（清）陳田輯《明詩紀事》，在答禄與權小傳中提及他著
有《歸有集》十卷，按語中又説："余觀道夫題泳，自署洛上翁，則著籍
永寧明矣。《道夫集》十卷，著録於《明史·藝文志》及《千頃堂書目》，
今罕傳本。"事實上，《明史》及《千頃堂書目》著録的文集與陳氏所言
不同。或《答禄與權文集》又作《道夫集》，而答禄與權另有《歸有集》
十卷，亦未可知。

　　此次詩的點校以 1959 年中華書局出版（明）解縉《永樂大典》
（影印本）引《答禄與權詩集》爲底本，并參考宋濂《宋學士集》。《送宋
承旨還金華》以宋濂《宋學士集》爲底本。詩共計 56 首。

五言古詩

送徐知府赴京洛陽[1]

　　漢祖昔龍躍，豐沛多股肱。唐宗起晋陽，河汾盛豪雄。赫赫大明
朝，創業濠泗中。乘時淮楚士，奮若雲從龍。使君蘄黄秀，擇事知所

從。一麾守東洛，靡然皆向風。下車弔黎庶，豺狼咸絕蹤。至今洛下氓，頌聲歸茂功。側間赴京闕，膏車瀍水東。聖心眷人牧，煌煌逢四聽。願言求民瘼，一一報宸衷。坐令堯舜澤，熙熙四海同。垂拱建皇極，鴻烈傳無窮。

校記：

　　［1］此詩輯自《永樂大典》一○九九九引《答祿與權詩集》。

洞　中　歌[1]

　　山中道士來天津，霞爲鶴氅雲爲巾。潛居土室著道論，丹爐茶竈常相親。心如皎月照秋水，蒼鬢短髮顏生春。辭粟不讓伯夷餓，簞瓢有似顏淵貧。爾來雪落滿空谷，洞門靜掩傍無鄰。炊煙久絕釜揚塵，蕭然宴坐雙眉伸。一生坎坷長苦辛，東道主者知何人。

校記：

　　［1］此詩輯自《永樂大典》卷一三○七五引《答祿與權詩集》。

五言律詩

雜詩四十七首[1]

　　東風扇微綠，卉木日蕃滋。慨此春榮花，寧忘冬悴時。澗底松鬱鬱，淇澳竹猗猗。物性固難變，千春恒若斯。

　　勾芒布春令，微和滿郊墟。開門足生意，青青見園蔬。抱瓮時灌溉，植杖自耰鋤。寄跡衡門下，神閑體亦舒。

　　靜坐掩虛室，塵世何擾擾。齋心服我形，稍欣繁慮少。披襟澹忘機，味道窮幽杳。俯聽枝上蟬，仰看雲間鳥。好風何處來，悠悠動林杪。一笑天宇開，百年靜中了。

　　積雨憂我心，雨晴還可喜。樹響清風來，天空白雲起。林光動逸興，鳥語清閑耳。宴坐久忘機，澹然獨凭几。

　　偃息南窗下，快此涼風兮。手把一編書，仰看天正碧。矧茲都邑士，迥若山林客。幸無案牘勞，聊任詩書責。慮淡神自清，身閑地仍僻。坐待月華升，中夜頻移席。

　　黃河自天來，日夜無停奔。崩騰蕩山嶽，浩汗徹乾坤。龍馬負圖出，羲皇道彌敦。妙契畫前易，人文今古存。

　　至人不可見，至理諒可論。恭維千載下，獲仰聖謨尊。人言溟海上，靈槎蟠古根。張騫骨已朽，誰復窮其源。

　　猗蘭生園中，含馨媚幽色。不與芝同芳，乃與蒿並植。溥霑時雨滋，日夜各生息。異類等敷榮，此意誰能識。

　　秋蘭出幽谷，託根臨軒楹。微馨散閨闥，隨風有餘清。美人紉爲佩，素花間紫莖。令德良自貴，慎勿當門生。

　　中夜群動息，寒鴉棲復驚。西風颯然至，萬木皆商聲。遠人塵慮絕，仰瞻星漢明。洒心遊八極，但覺元氣清。

　　俯彼階下草，湛湛寒露凝。寒露已爲霜，豈知非堅冰。所以古人心，慎初惟戰兢。至教有如此，懍焉獨撫膺。

　　寒蟬響不息，宛在庭樹叢。朝飲葉間露，夕吟木杪風。浮遊埃塵外，蛻形濁穢中。尸解等仙遊，凡類孰與同。

　　瓠蛆雜糞壤，反以安其躬。斥鷃笑鵬鳥，奮翼翔蒿蓬。物類有清濁，世道有汙隆。悵然拂衣起，目送天邊鴻。

　　凌晨適南畝，駕言觀我田。我田奚不臧，稂莠鬱芊芊。願耘歎力薄，釋此愁思牽。及時功不懈，終期大有年。

　　在昔顏氏子，陋巷困簞瓢。爲邦兼四代，克復在一朝。青蠅附驥尾，勝驥千里遙。竭才方卓爾，奚暇嗟無聊。

　　負暄茅屋下，采芹南澗濆。野人效微忠，持此將獻君。矧茲青雲士，學道觀人文。大節誠有虧，功名安足云。

　　陳蕃既下榻，蔡邕還倒屣。上有賢主人，下有高世士。今古同一時，胡寧獨異此。周公躬吐握，千春照文史。

綺園成羽翼，采芝商山岑。魯連卻秦軍，長揖謝黃金。功成身亦退，不受名跡侵。寥寥千載後，誰識斯人心？

紈素麗且潔，實勞機杼功。製爲團團扇，爲君播仁風。仁風被四海，熙熙百世同。秋至商飆發，棄擲靡所庸。行藏隨所遇，哀哉吾道窮。

楚國賤荊璞，棄之等沙礫。宋人寶燕石，藏之重圭璧。舉世目多盲，茫然無所識。賢愚共乘軒，誰分堯與跖。

班姬歎紈扇，韓子悲短檠。篋笥尚有恩，牆角竟何情。物理有窮達，人心有愛憎。用舍諒難恃，哲人宜靜聽。

我有三尺琴，泠泠椅桐質。上無冰絲絃，妙音誰能識。高人得深趣，時時橫在膝。摩挲久沉吟，悟悅心自懌。終焉無與愬，俛首常淵默。

漁磯在洛濱，書舍依鳳麓。把釣月生波，讀書雲滿屋。上爲友千古，下爲不耦俗。至樂諒斯存，胡爲歎幽獨。

杖藜步原野，愛此春山深。丹霞曜其陽，白雲生其陰。坐覺群生遂，行聞孤鳥吟。安得一壺酒，自酌還自斟。俯仰天地間，陶然樂吾心。

窮居在陋巷，所親瓢與簞。蓬廬無客過，棘門晝常關。豈不念妻子，豈不憂飢寒。賴有古人書，使我開心顏。

生年幾六十，好古希前脩。時時持簡編，寸心常悠悠。貧賤非我慼，富貴非我求。天爵苟自尊，世事焉足謀。

手持唐虞典，欣欣慕古人。上有堯舜君，下有巢由民。我獨奚爲客，幽居洛水濱。願言時太康，躬耕不厭貧。

四時有代謝，人生有盛衰。吾今老將至，斑斑髮如絲。幸茲康且寧，好德心孳孳。但願考終命，樂天復奚疑。

太空無纖雲，十五清光圓。止水風不興，中有青青天。哲人體玄化,洒心常湛然。此樂真自得,此意不可傳。

我有金蓮炬,揚暉照無垠。千燈共萬燈,自我一炬分。燈燈各自明,我炬長有神。煌煌一寸光,夜夜如三春。

忘機北山公,抱拙冉溪客。混沌猶未分,焉知玄與白。所以古人心,直道以爲則。塊然天地間,俛首長淵默。

武子百世師,柴也千載人。小智不自鑿,乃得全吾真。我思灌園者,抱瓮良苦辛。極知事桔槔,機心誠可嗔。

明月出東隅,揚暉燭我堂。涓涓行空谷,皎皎遥相望。舉酒酹江月,我亦盡一觴。嘉會在今夕,歡娱猶未央。常恐晦朔交,清光深自藏。與汝不相見,淚下空霑裳。

玄陰散寒雨,布襦凄以風。川途泥濆漉,林藪煙溟濛。兹惟秋冬交,少昊收成功。納禾嗟改歲,來賓悲遠鴻。

吾生抱幽獨,養拙衡門出。感時歎無褐,寄身憐轉蓬。幽貞乃有吉,勞謙乃有終。此懷諒難託,歲暮心忡忡。

設教有先後,人才有賢愚。草木自區別,格言乃譬諸。小子當洒掃,實與誠意俱。君子體諸身,進脩本同途。

商偃遊洙泗,文學固有餘。信道苟不篤,判然言論殊。及門三千士,訓誨無親疏。循循善誘人,孰令躐等迻。宣尼今尚存,六經語不虛。誦言能自勉,不愧君子儒。

人生如飛蓬,飄蕩隨風轉。及時不爲樂,日月去人遠。華亭有鳴鶴,上蔡有黄犬。已矣復何言,追遊諒非晚。

中年衰且貧,獨抱固窮節。傾壺有醽漿,葱菁儼成列。人情賤清素,門無長者轍。我本淵憲徒,商歌心自悦。

仲冬風氣寒,緼袍猶未具。擁膝憩衡門,交臂行中路。惡服非吾慚,狐貉非吾慕。由也百世師,斯道宜深悟。

雪落何紛紛,北風何飀飀。袁安居陋巷,偃卧非自高。顔淵與原憲,飯氄還餔糟。道德雖云尊,奉養良獨勞。

　　我亦固窮者，蹣跚在蓬蒿。有生信如此，今古誰能逃。黽勉思先哲，異世爲同抱。居易俟天命，庶慰心忉忉。

　　夷齊志高潔，守經終不移。遯跡首陽阿，長吟薇蕨詞。清風起頑偄，百世同一時。君子貴中庸，試用此道推。

　　按：本詩詩題爲《雜詩四十七首》，題下僅存四十三首，所謂四十七首，或包括以下《偶成四首》。

校記：

　　[1] 此詩輯自《永樂大典》卷九〇四《答禄與權詩集》。

送孫處士還南湖[1]

　　透江汎晴瀾，逝者何深廣。天空遠峰出，參差列仙掌。湖平秋水澄，林夐朝霞上。舉手揖孫登，相期謝塵鞅。

校記：

　　[1] 此詩輯自《永樂大典》卷二二六五引《答禄與權詩集》。

鳥[1]

　　繞繞芳樹枝，豐草滿階露湑湑。明月入户簾垂垂，博山煙消翠屏冷。金釭挑盡鷺回影，阿郎不來夜方永。

校記：

　　[1] 此詩輯自《永樂大典》卷二三四六引《答禄與權詩集》。

贈故人任志剛[1]

　　紅顏同受業，皓首各離鄉。洛下欣相遇，江東豈獨忘。山風吹短鬢，詩卷在行囊。此別人千里，相看淚兩行。

校記：

　　[1] 此詩輯自《永樂大典》卷三〇〇五引《答禄與權詩集》。

七言律詩

寄趙可程

　　聞子新登汴省盧,晨昏抱牘曳長裾。乾坤再造元非昔,日月重明自有初。作吏要循三尺法,爲儒不負五車書。自慚衰朽渾無用,願理荒園學種蔬。

五言絶句

題見心禪師天香室

　　老僧定方起,鑪火不曾添。清風入幽户,明月掛虚簷。

七言絶句

偶成四首

　　夜氣沉沉萬象幽,長楊憔悴幾經秋。星眸月面無人識,露泣風啼總是愁。

　　鵲橋牛女赴佳期,銀漢無聲素月移。夢裏相逢還又別,可憐歡會不多時。

　　獨著荷衣汗漫遊,長風萬里去悠悠。月明露冷千巖淨,老鶴一聲天地秋。

　　清夜披衣上石床,月華爲牖洞爲房。洞前手種松千尺,始覺山中日月長。

校記:

　　[1] 以上輯自《永樂大典》卷九〇四引《答禄與權詩集》。

梅 花 村 圖[1]

樹樹寒梅已放花,背山臨水竹交加。按圖坐覺柴門靜,好似西湖處士家。

校記:

　[1] 此詩輯自《永樂大典》卷三五八〇引《答禄與權詩集》。

雜言

送宋承旨還金華[1]

金華之山,巍乎莫測。乃在牛女之墟,天池之北。自昔初平牧羊處,至今靈氣鍾名德。聖人立極開**太平**[2],賢佐仍有宋先生。先生讀書逾萬卷,雄才獨擅文章名。至尊臨軒時顧問,皇子傳經當繡楹。漢室舊聞疏太傅,明庭今見桓五更。先生行年幾七十,新春詔許還鄉邑。誥詞御制焕奎文,子孫簪筆當朝立。先生重德非常倫,聖明天子憂老臣。從茲一往三千春,高風長與初平鄰。

校記:

　[1] 此詩輯自宋濂《宋學士集》。
　[2] **太平**: 宋濂《宋學士集》附錄作"**大明**"。

蔑兒乞惕脱脱

蔑兒乞惕脱脱(1314—1355),字大用,篾兒乞惕氏。脱脱從小
"異於常兒",隨漢儒吴直方習漢文經史,漢學涵養頗深。後至元四
年累官御史大夫,六年參與罷逐權臣伯顔,有功,拜知樞密院事。
至正元年,除中書右丞相。詔修遼、宋、金三朝史,任總裁官。至正
十二年率軍敗紅巾軍於徐州。後因哈麻中傷而被罷職,一年後改
流大理,哈麻矯詔鴆死之。史稱其政績"不以察察爲明,赫赫爲威,
僚屬各效其勒。至於事功既成,未嘗以爲己出也"。其長子爲脱
脱,次子也先帖木兒。生平事跡見(明)宋濂《元史》卷一三八,《脱
脱傳》等。

此次點校以(明)蔣一葵《長安客話》卷五《畿輔雜記•東安縣》
爲底本,詩共計 2 首。

七言絶句

過安次留題

耿就橋南安次縣,煙火樓臺二萬家。自從硤石東西敗,只遺衰草
伴黄沙。

校記:

　[1] 此詩輯自(明) 蔣一葵《長安客話》卷五《畿輔雜記•東安縣》。

六月過安次遇大水復留題

安次城南水没路，波濤滾滾人難渡。滄浪番去又復來，田家何日得耕布？

校記：

[1] 此詩輯自（明）蔣一葵《長安客話》卷五《畿輔雜記·東安縣》。

金哈剌(金元素)

　　金哈剌,名哈剌,字元素,晚號葵陽老人。雍古(一作"弗林")人,世居燕山,馬祖常族弟。元文宗天曆三年(即至順元年)進士,元文宗賜姓金,故稱金哈剌、金元素。至順間任鍾離縣達魯花赤。至正四年(1344),改刑部主事。升江南浙西道肅政廉訪司僉事、淮東廉訪副使。至正間曾任監察御史,出爲福建海道防御,升江浙行省參政、左丞。入爲工部郎中,歷中政院使、參知政事,拜樞密院使。至正二十八年(1368),追隨元順帝放棄大都北遁。在北元是元老重臣,頗有影響。最後不知所終。能文辭,書宗巕正齋。

　　生平事跡見(元)陶宗儀《書史會要》,(元)歐陽玄《刑部主事廳題名記》(熊夢祥《析津志輯佚・朝堂公宇》),(元)劉仁本《賀金元素拜福建省省參政仍兼海道防御》(《羽庭集》卷一),(明)賈仲明《録鬼簿續篇》,(隆慶)《中都志》卷六,(康熙)《鳳陽府志》卷二五,陳垣撰《元西域人華化考》,楊鐮著《元西域詩人群體研究》,王清毅主編《慈溪海堤集》,黄仁生著《日本現藏稀見元明文集考證與提要》。

　　著有《玩易齋集》《南遊寓興集》。《玩易齋集》從未見著録。詩集《南遊寓興集》(不分卷)僅存於日本内閣文庫,爲江户時期鈔本,存詩三百六十四首,包括了《永樂大典》中的佚詩和《書宿州惠義堂》。卷首有劉仁本至正二十年(1360)臘月序、趙由正至正二十年(1360)四月序兩篇。

　　此次點校以日本内閣文庫藏鈔本《南遊寓興集》爲底本,以1959年中華書局出版(明) 解縉《永樂大典》(影印本)爲校本,並參考(清) 黃瑞《台州金石録》、(元) 釋來復《澹遊集》、(明) 葉翼《余姚海堤集》、(清) 顧嗣立、席世臣編《元詩選・癸集》。其中《奉題見心禪師蒲庵》以(元) 釋來復《澹遊集》爲底本,《詠余姚海堤》以(明) 葉翼《余姚海堤集》卷四爲底本,《書宿州惠義堂》以《元詩選・癸集》爲底本。詩共計 368 首。

六言古詩

米元暉畫二幅

雲滿山前山後,樹迷溪北溪南。安得風吹宿霧,重瞻日照晴嵐。
林下三間矮屋,溪頭一葉扁舟。飽看四時山色,全無半點塵愁。

七言古詩

三 友 圖 三 首

太山之顛風雨多,瀟湘江上水無波。扁舟載日西湖過,托根有地發奇秀,君能對之心靡他。

丁公有夢符吉祥,靈妃遺恨空悠揚。逋仙覓句何鏗鏘,古人嗜物志專一,君能兼之德愈芳。

高柯挺翠蟠蒼穹,長竿戛玉鳴秋風。老樹散香明月中,歲寒永久保貞節,君能守之誰與同。

七言律詩

觀海上靈異敬成近體一首

片帆高掛海門秋,滿袖西風作壯遊。神火現光誠有驗,漕糧分運定無憂。夜深星月輝鮫室,波靜雲霾結蜃樓。一寸丹心千里月,日邊春色望皇州。

早　　發

官舟早發喜興驛，屈指郵亭百里過。石岸水平鳧鴨亂，溪田雨足
稻粱多。道居僧屋依山阜，竹樹松林繞澗阿。聞道近來民力困，老夫
揮淚洒江波。

海中和閻彥達韻

北風十月起層陰，何事乘槎到海心。沙島有門巢鶴遠，黑洋無底
宅龍深。日行最苦波聲惡，夜坐常看斗柄沈。同客羨君才調美，成名
休歎二毛侵。

紹　　興

會稽爲郡亦雄哉，四面崇墉勢若裁。浙水東流蒼澗合，越山南望
翠屛開。右軍書罷籠鵝去，賀老船回載酒來。欲倚西風問遺蹟，古碑
秋雨漬莓苔。

王　節　婦　祠

青楓嶺上越江邊，死節於今八十年。書石字痕猶見血，墮崖肌骨
已成仙。西風敗壁喧鼯鼠，落日空山哭杜鵑。椒酒一杯香一炷，忍含
清淚拜祠前。

贈李舍人任道

騏驥能空萬馬群，鵾鵬高奮九霄雲。靈椿樹好春難老，唐棣花繁
世不分。暖浪魚龍三級過，寒窗燈火十年勤。君今抱負多經濟，藉甚
聲華側耳聞。

天　　台

雲覆層巒雨濕崖,藍輿肩我到天台。澗邊芝草常時出,洞裏桃花幾度開。玄府羽人收藥去,黃岩使者進柑來。直須馬首春風轉,題字重揮石上苔。

用前韻和何伯大縣尹

富陽令尹志超群,筆底文成五色雲。百里絃歌今有效,一州風月昔曾分。秋波昔浪欣同濟,春雨行田莫厭勤。明日浙西書上考,政碑應許世間聞。

台　州　二　首

台山嵯峨高接天,上有千尺飛來泉。笋輿度嶺疾於馬,松屋傍崖低似船。家家酒熟翁媼醉,溪溪水長魚蝦鮮。誰能對此作圖畫,把玩直向京華傳。

笋輿軋軋路高低,多少峰巒望欲迷。棕葉叢邊松鼠過,桐花樹上竹雞啼。纔聞野屋春雲碓,又踏山梁度石溪。詩客南來情思好,暖烟晴日不勝題。

江　樓　宴　集

元帥台城駐節旄,茲樓時復一登遨。倚欄呼酒傳金碗,憑几題詩運彩毫。海水遙通江水碧,黃山渾似赤山高。盍簪俱是風流客,醉折梅花香滿袍。

遊　永　慶　寺

古寺周圍樹木青,老僧不出自看經。年深石髓成鍾乳,春暖松根長茯苓。香篆度楹晴似霧,燈光穿竹夜如星。禪關政許人來往,莫把雲扉盡日扃。

登 巾 山

峻峻雙塔跱蒼天,人道巾山是福田。石磴雲飛看立馬,海門潮落
見歸舡。花開蒼蔔香偏膩,樹種菩提實更圓。但願歲豐多好興,持杯
時復上層巔。

李彥謙知事邀飲小樓看山有作

何處春山紫翠濃,越山行盡見台峰。坡前亂石不成路,溪上白雲
都佔松。深谷人家如避世,半空禪刹似聞鐘。我來不盡登臨意,爲愛
晴巒千萬重。

元日和劉德玄先生韻

瑞氣氤氳遍九垓,聖恩新自日邊來。已頒虎節金爲篆,佇看龜函
印有臺。廊廟既登瑚璉器,山林當出棟梁材。小臣再拜無他祝,四海
從茲壽域開。

寄天寧玅舜田長老

筇榻曾依宿上方,我師延款意何長。旋尋澡碗嘗新釀,更厭銀錢
炷妙香。經載三車文浩瀚,詩題滿壁墨淋浪。明當再赴巾山約,絕頂
無雲看海洋。

第 二 洞 天

洞前春早綠纖纖,洞裏桃花手可拈。方石帶雲明玉屑,怒泉飛雨
掛冰簾。經龕字濕蝸行砌,丹竈塵封燕拂簷。安得仙人驂鶴駕,修翎
還落此山尖。

一自仙翁玄不來,洞前幾度碧桃開。老僧披衲蒲團坐,使者焚香
寶殿回。翠蓋亭亭搖砌柏,鉛華片片落庭梅。歸驄卻喜逢燈夕,爆竹
街頭響似雷。

用劉德玄郎中清華樵隱韻寄丘彥材理問

劍佩鏘鏘自戛摩，醉筵華省厭酥陀。灤陽曾記三秋別，海上相逢六載過。春暖鳳池鸞誥濕，霜寒烏府豸冠峨。才名如此年方妙，莫向雲林羨執柯。

復 用 園 字 韻

石梯窈窕到山門，泉水縈紆灌小園。滿地白雲人跡少，半窗紅日鳥聲繁。闍黎不誤齋僧飯，侍者還持禮佛幡。我輩登臨無俗氣，題詩煮茗坐松軒。

和劉經歷送譯史周敏中進表

百寮簪笏映朝衫，香引龍亭表在函。聖德有容躋萬壽，臣言無忌忍三緘。顧將忠力宣王室，敢望官資帶相銜。北望五雲天只尺，要馳皇馹適風帆。

雨 中 懷 友

華居一日一須回，想像公車隱似雷。本欲鳴驂花下過，卻成張蓋雨中來。已無瑤瑟歌金縷，空對青山酌玉杯。明日天晴重有約，周家園裏海棠開。

二月六日丁巳觀禮

嵯峨宮殿瑞雲飄，庭燎輝煌午夜燒。三獻盡稽周典禮，九成如奏舜簫韶。仰祈至化恢文運，顧答繁禧翊聖朝。卻憶辟雍春似海，年年香幣下青霄。

友蓮爲屠秀才賦

爲愛嬌紅鑿小池，越娥交影弄晴暉。碧筒飲罷還傾蓋，翠纈裁來

可製衣。得意鷗盟衝葉過，多情鴛侶傍花飛。相看有益真無厭，香散
南風暑氣微。

閘響和劉經歷韻

迂江閘底似鳴雷，過客如行灩澦堆。鼉鼓發淵山石震，鮫梭穿水
浪花開。若非里閈登科應，定是邊庭報捷來。明日雲帆駕滄海，凱頭
聲裏帥旗回。

梅　　龍

崇國寺中梅一樹，枝柯蒼古似龍形。偏宜和靖來題句，卻恐僧繇
去點睛。月照鬚髯分瘦形[1]，風吹鱗甲散餘馨。不知誰是調羹手，聽
取春雷擘地聲。

校記：

　　[1] 形：《永樂大典》卷二八一〇作"影"。

書　觀　音　寺　壁

老僧結屋傍溪橋，門外山光翠欲飄。手撚楊枝乘法露，經翻貝葉
響春潮。鉢盂貯水龍來洞，杖錫穿雲鶴下霄。但願時和民俗厚，清香
日日佛前燒。

遊　淨　應　寺

披雲山前淨應寺，雨餘幽徑多苺苔。滿庭花氣百禽語，半壑松聲
孤鶴來。老僧補衲坐溪石，好客題詩登月臺，徘徊瞻禮未能去，梵音
忽聽空中雷。

寄的理翰德昭同年[1]

永嘉縣裏賢監邑，元是河東舊幕賓。金榜春風顯[2]姓字，玉壺秋

水照精神。十年不見頭俱白，百里遙聞政愈新。地接黃山無咫尺，有書須用寄來頻。

校記：

[1] **寄的理翰德昭同年**：《永樂大典》卷一四三八三題作"**寄的理翰伯昭同年**"。

[2] **顯**：《永樂大典》卷一四三八三作"**題**"。

浴佛日謁九峰寺觀音像

瑞氣氤氳遍九峰，上方樓閣翠玲瓏。四月八日慶佛壽，億世萬年符帝躬。寶笈琅函經浩浩，調風順雨歲融融。清香一炷重瞻禮，妙法光輝藹大雄。

送嘉仲和運判

昔年遺愛在舒城，又向嘉禾播政聲。尊俎每期賓客盛，詩書能教子孫成。江堤柳色春來早，驛館梅花夜更清。莫歎鹺司淹驥足，九霄萬里看鵬程。

簡八元凱監丞

武臣勳績九重聞，特遣皇華到海濱。珠匣寶刀光炫日，玉壺瓊液色涵春。仰瞻北闕酬恩澤，立使南邦息戰塵。歸奏天顏有深喜，更裁丹詔出楓宸。

寄處士鄭明道

宛宛霞城枕海隅，廣文僦屋近河居。家貧不給廚中食，客至惟談几上書。松逕雲閑時放鶴，柳塘波靜日觀魚。知君數學羅胸臆，欲問羲皇未畫初。

250

送安處道舍人過贅蔣氏

公子清標玉不塵，賢門應喜結良姻。此行莫廢雞窗曉，它日當題雁塔春。柳岸風移華棹穩，梅亭雪映錦袍新。尊翁與我同年好，爲爾吟詩意更親。

大仁寺見鐵德剛帥相就訪王山長

山中風景畫如年，時向僧房借榻眠。碧水兩泓魚宅底，青松千尺鶴巢顛。元戎既醉通仙釀，學士還分禮佛氈。明□筍輿回浦去，春帆又動北征船。

元霄和劉德玄知己

潭□相府慶宣麻，春滿迂江數百家。元夜珠燈呈富麗，中天寶月炫光華。水晶簾下歌聲度，琥珀杯濃飲興加。最喜風流賢幕府，新詩題處筆生花。

黃　岩　即　景

浮橋如箭水如弓，人道黃山地勢雄。政府帥垣新氣象，法門玄館舊家風。江魚入市秔春白，海菜登盤酒醉紅。況有讀書聲比屋，文郎應喜步蟾宮。

蟾室爲棲霞宮陳鍊師作

老君壇外築丹房，夜看神蟆玩月光。心寓廣寒冰雪窟，興遊仙府水雲鄉。竹窗照影琴書白，石榻含輝枕簟涼。秋滿鏡池清可掬，羽衣常帶桂花香。

和鐵周賢治書韻

腹笥儲書筆泛濤，士林咸願識旌旄。臺端政喜文烏集，海上俄驚

汗馬勞。石潤已知良璞現,淵深那許瑩珠韜。擬同參相施長策,不信
渠魁得遁逃。

簡 德 剛 元 帥

天曆三年同應舉,錦衣行樂帝城春。花枝壓帽閑騎馬,竹葉傾杯
醉勸人。白髮忽驚俱欲老,青雲多幸得相親。與君更作平吳策,願見
諸公事業新。

寄 張 本 仁 照 磨

吳甸蕭條鬼火青,吳城剝落賊為營。九重明詔天邊出,十萬雄兵
海上行。昆季忠貞昭日月,偏裨威武駭鯢鯨。維持更賴賢文幕,佇看
寰區賀太平。

乞 雨 謠

白稻滿田秋不收,池乾井涸河絕流。老農踏車足生繭,嗷嗷莫救
飢寒憂。郡侯持香扣龍戶,清醑在樽牲在俎。神能鑒誠沛霖雨,不見
悲啼見歌舞。

送 燕 叔 義 尹 新 昌

令尹到官纔十日,便騎齋馬海邊來。能言民瘼深如許,欲挽春風
暖可回。操履直存臺閣氣,丰儀元是棟梁材。此行莫厭資銜小,自古
郎官近上臺。

蘭 亭 圖

永和九年歲癸丑,山陰蘭亭修禊時。茂林脩竹各對坐,曲水流觴
還賦詩。俯仰今古慨陳迹,放浪宇宙生遐思。晉代衣冠已風靡,酒翰
只數王羲之。

謝德昌先生梅蜜

雙頰如春鬢似霜，引年行樂在山莊。崖深蜂釀蜜脾白，雨足樹垂梅彈黃。笑我未酬調鼎志，愛君多得治生方。愧無異睍爲瓊報，近體新裁學盛唐。

和楊建文二首

高樓嶪嶪對雲林，徙倚欄干壯客心。每喜種葵能向日，敢云栽樹即成陰。山中酒好經重臘，塞上書來直萬金。多謝郡庠楊博士，郵筒時復寄新吟。

四年爲客尚遲歸，萬里功名志弗違。海上蓬萊三島近，日邊閶闔五雲飛。青燈夜剔看碻劍，寶匣時開着賜衣。自覺丹心貧愈壯，不愁白髮老還稀。

送王天錫提點

蓬萊眞境住多年，此日南歸髮尚玄。彩鳳遠銜丹詔下，紫泥新聽白麻宣。舟行鄱水風濤息，驛過安仁草木鮮。莫向山中淹鶴馭，祝釐當奏五雲邊。

爲灑仲彬省掾題西海

自從西海來中國，萬里修程憶泛槎。璧水春深魚躍藻，金臺日暖雁鳴沙。州司已見清民瘼，憲府曾聞絕吏譁。同舍只今多峻擢，早騎鯨背上京華。

晚香亭爲顏仲輝徵君作

時人着意競春芳，公獨留情晚節香。座置圖書銷永日，地栽松菊傲清霜。芸編講閱多良友，桂藉占題有令郎。自古蒲輪徵隱逸，佇聞纁璧拜恩光。

送王拱之秀才訪友回溫州

門外黃沙眯醉眸，問君何事駕孤舟。只因雪案螢窗約，故作天台雁宕遊。錦幔拂江楓葉曉，金錢盈砌菊花秋。東嘉士子應馳望，好向山齋酒旋篘。

大 有 宮 紀 事

昔年神聖握乾綱，敕賜玄宮大有光。玉相寶龕明貝閣，璽書金字炫雕梁。龜蛇水火雷霆現，龍虎風雲日月長。傳語祝香諸道士，願祈皇祚永無疆。

鑑仲明畫爲習齋老人題

浙僧能畫天下聞，放筆萬里成逡巡。大山小山雲氣濕，遠樹近樹烟光分。蜿蜒石逕入屋底，交加薜蘿垂澗濱。徵君焚香日相對，頓令四座無囂氛。

答謙牧隱上人

西鄉蘭若路非迂，欲扣雲扉話不虛。忽見好詩來眼底，又分佳茗助吟餘。天台玩遍神仙蹟，洪福還尋水石居。早晚南風掃妓褉，筍輿當到遠公廬。

簡趙子俊隱者

三洞橋西趙氏莊，隱者高興獨徜徉。文章的的追松雪，行止雍雍慕草堂。桂酒乍開秋露白，荷衣新製午風香。朱顏未老心無事，笑看兒孫舞袖長。

與吳伯興省元

畫堂高搆映青林，林外蓮池水更深。寶篆度雲風細細，珠簾控玉晝沈沈。詩成每送鄰翁和，酒熟還同野父斟。聞有西庵又清邃，欲尋石榻坐松陰。

如 舟 樓

小樓誰絡對巾峰，坐客渾疑艦艋中。倚檻柳條如繫纜，開窗山色似推蓬。歸秦王粲思鄉切，使漢張騫有路通。昨夜涼風起蘋末，捲簾時望北來鴻。

戴 張 氏 旌 異

紫荊花發棣花多，兄弟雍雍樂至和。但見門庭行揖讓，不知林谷樹干戈。義門承旭恩書炫，壽酒浮春舞袖傞。從此令名歸太史，海波無盡石難磨。

題謝氏合居記後

煮荳燃萁世豈無，君家兄弟復同居。庭前五桂來丹鳳，屋後方塘躍錦魚。畫舫笙歌春載酒，綺窗燈火夜看書。移文特報觀風使，早檄邦侯爲表閭。

草堂即事用翁大中韻

石泉佳處構書堂，不問王侯索薦章。屋角晴雲杉樹碧，門前秋水稻花香。九歌有興靈均作，三賦無功杜甫傷。莫羨白鷗江上好，要知文豹霧中藏。

和 楊 建 安

南圃幽人入夢思，西山馳望翠參差。文章已足傳家盛，節行真能化俗卑。棣萼暖風生好興，桂花秋月照清儀。治安有策當敷進，宰相求賢不徇私。

寄弟孟堅

近聞天使到東甌，喜弟相逢禮數優。一紙除書膺錄事，幾番騰剡賴諸侯。吏增宿弊紛難理，民厭煩苛疾未瘳。好體上官行愷悌，滿城春色聽歌謳。

寄延平監郡月滄海

記得京華聯轡時，而今須鬢各成絲。每誇執筆親題篆，幾見簪花醉賦詩。茉莉曉屏香透幕，荔支春酒碧盈卮。諸郎森立俱英俊，應憶同門海上思。

送葉斗辰回括蒼尋師

爲客都門志未酬，去年航海過台州。青精飯飽能銷日，白紵袍寬不耐秋。江上芙蓉花正好，水邊楊柳樹偏稠。到家再拜松間老，勾漏丹砂尚可求。

奉寄趙元直都司

時危方面政須材，賓幕承恩海上來。萬里風濤鯨變化，九重霄漢鳳徘徊。筆揮世睹歐虞帖，賦就人驚屈宋才。且對薇花銷永日，明年聯轡上金臺。

登台州玄妙觀天寶臺

唐代寥寥數百年，仙家臺閣尚巍然。憑欄俯瞰三江水，望闕遥瞻萬里天。松老茯苓凝紫玉，山高瀑布瀉冰弦。丹房只在雕簷外，笙鶴時聞過石田。

謝葉仲明惠菊

我愛黃山葉孝廉，繞籬栽菊學陶潛。根深不畏風霜惡，好花惟宜

雨露沾。細細晚香浮小盞,娟娟秋色映疏簾。老來忍斷杯中物,清坐
相看撚白髯。

和陳繼善都司聞喜詩

攘攘干戈僅十年,幾人忠節世堪傳。王師近報收河外,邊將深能
制海堧。政用蠲徭紓兆姓,更宜束帛聘多賢。書生擬作中興頌,仰賀
寰區復晏然。

簡王德潤照磨

識面新昌已五年,每逢時貴說君賢。繼聞霞郡聲華振,今見黃山
事業傳。吏服廉明勤案牘,民懷愷弟播歌弦。人才自古真難得,擬薦
清名到日邊。

和楊建安松雲小隱

處士山居興自奇,能令朝市想丰儀。詩栽菊徑追元亮,字學蘭亭
逼獻之。適意賓朋來閤院,忘機猿鶴到階墀。松雲隱所堪圖繪,欲倩
吳興老畫師。

葉仲剛經歷陳繼善都司相地築城

黃岩瀕海舊無城,議築須令愜眾情。萬石礧基雄地軸,六丁驅役
助天兵。女牆透月旌旗動,譙閣淩風鼓角鳴。形勝他時有如此,二公
端不負茲行。

近山樓爲楊郡博賦

人皆築屋愛城市,君獨近山高起樓。嵐光入座枕衾濕,雲氣宿簷
簾幕秋。王粲節概世所慕,謝安事業誰能儔。何時同倚欄干上,細聽
楊溪溪水流。

和劉德玄郎中隱居

門外東風十丈塵，羽庭芳草自生春。謄裁錦軸酬詩債，熟煉金丹養穀神。盛世皇圖時藹藹，中天文連日申申。知君惟有葵陽老，千里相思白髮新。

懶齋爲蕭吉卿郎中賦

藉藉聲華著廟廊，誰知佳趣欲韜光。日移花樹猶欹枕，雨濕苔階不下床。聒耳厭聞絲竹亂，清心時避簡書忙。林泉未許成歸計，佇看東山事業昌。

懶拙爲張彥珪理問作

不勤不巧意如何，只爲年來未息戈。冠屨有時趨謁少，田園無計廢荒多。潛身自喜蝸行壁，櫻食還驚鳥犯羅。君負經綸匡世學，豈容高卧白雲窩。

潘士廣蓀畦小隱

手種幽芳作小畦，媆人居處靜相宜。風傳田徑香初度，月轉疏闌影漸移。紉佩有時歌楚些，援琴終日頌周詩。自憐未遂田園樂，北望淮山入夢思。

和劉德玄郎中見寄

籌畫薇垣指顧問，似君才器實非凡。尋真莫羨青田鶴，督餉當開赭浦帆。好客過門春貰酒，邊人傳箭夜書銜。風流近續蘭亭會，賤子何由附石鑱。

祈　雨

手把青青楊柳枝，郡人都到白龍祠。今朝好雨應三尺，明日牲醪

答聖慈。焚香朝拜叫龍神，禾稼焦枯井有塵。秉政誰能如汲黯，大開
倉廩救飢民。

觀續蘭亭會圖寄呈劉德玄郎中
兼簡謝玉成都事及會中諸作者

秘圖湖深風激波，龍泉山碧樹垂蘿。閣前官路草生出，寺裏僧房
雲占多。相幕復行修禊事，書生還詠舞雩歌。穹碑載文繼遺響，四十
二人名不磨。

煮茶軒爲慈德長老玉季璞賦

松烟風颺出罘罳，又是闍黎煮茗時。雪浪翻鐺偏醒夢，綠香浮柉
最宜詩。開懷留客同瓜果，厭俗嗔人話酒卮。何日杖藜過竹院，臨軒
一啜破愁思。

谷叟莊爲鄭靜思都事賦

鹿城東北鷹山傍，有地人呼谷叟莊。春雨篔簹穿石罅，秋風薜荔
護松房。四時延客隨豐儉，萬事從渠較短長。我屋淮南歸未得，羨君
高致獨徜徉。

訪醫士潘師讓不值

昨日籃輿度翠微，紫髯光拂素羅衣。閑庭趁雨栽花滿，小圃分泉
灌藥肥。掛壁瑤琴時自響，看家白鶴靜還飛。我來不得聞談笑，又向
松陰喝道歸。

過楊氏別業

望海峰尖見日華，帩頭岩上綵朝霞。開樓雲氣凝高樹，繞屋溪流
帶淺沙。戍卒幾時拋甲冑，居民終歲樂桑麻。楊家兄弟多清致，留我

吟窗夜煮茶。

和巽中和尚二首

袈裟遮體帽遮頭，共說沙門得貫休。禪答曇花言有據，詩題桐葉思無傳。曾臨越水居多日，又向黃山住幾秋。愧我驅馳江海上，敢將勛業繼伊周。

庭前柏樹子生蕃，瓶裏楊枝水自溫。道體周流三作坎，禪心專靜八爲坤。予遊洙泗師宣聖，汝向祇園禮世尊。齋粥一盂經一卷，笑渠歌舞媚金樽。

天　童

梵唄琅琅沸海潮，梵王宮殿倚岩嶢。雲從太白山頭起，香自朝元閣上飄。白馬馱經來絕域，紫鸞封誥下層霄。相臣再拜無他祝，聖主洪禧擬帝堯。

育　王

育王名刹冠東南，中有瞿曇道味酣。海氣結雲時作雨，山光迎日盡爲嵐。可人白鶴來松徑，聽法蒼龍出石潭。親見金星環寶塔，世尊舍利在珠龕。

大　慈

天童遊罷育王遊，又愛慈雲境界幽。山色四圍屏過雨，湖光十里鏡涵秋。維摩丈室紅塵遠，丞相祠堂碧樹稠。明日扁舟更風便，題詩須上月波樓。

月　波　樓

獨上高樓思渺然，月華波影净娟娟。姮娥手種天邊桂，洛女神栖

水上蓮。醉拍危欄歌白雪，遠聽橫笛起蒼烟。此山足遂追遊樂，不問
西湖買畫船。

倪吉父重慶堂

倪家元住賀溪邊，日課桑麻度歲年。翁父白頭春藹藹，兒孫綵服
玉娟娟。階前筍出宜登饌，江上魚來不用錢。四世光華能若此，大書
那惜筆如椽。

韓自行賢母堂[1]

韓家節婦陳家女，貞白持身過六旬。素履不侵階下露，朱顏甘老
鏡中春。一竿瑞竹來丹鳳，三尺崇丘臥石麟。太史勒銘華表立，時雍
深喜俗還淳。

校記：

[1]《永樂大典》卷七二三八題作“爲韓自行題”。

用劉院判韻題賢母堂[1]

庭萱蔚蔚晚生香，墳草離離遠更芳。國史有名書烈傳，臺臣題字
揭高堂。家傳譜系來安邑，子負才華似渭陽。三百年前賢母事，韓門
今日又輝光。

校記：

[1]《永樂大典》卷七二三八題作“賢母堂用劉院判韻”。

朱伯言白雲巢

白雲巢上白雲飛，最喜高居面翠微。愛客每懸徐孺榻，娛親常著
老萊衣。雨晴石洞龍初過，月冷松窗鶴未歸。隱者襟懷清似水，苔痕
生滿釣魚磯。

和馬易之韻簡劉院判

六載蒙君記憶頻，竟將談笑忘悲辛。閑尋柿葉題佳句，更折梅花寄遠人。老眼欲看江上雪，好懷宜醉甕頭春。岩廊正用匡時策，未許磻溪把釣綸。

夏　蓋　湖

夏蓋山前夏蓋湖，湖山形勝壓東吳。雪中佛刹金銀界，林外人家罨畫圖。大禹功勛藏玉册，有虞魂夢隔蒼梧。徘徊不盡登臨意，策馬西風日又晡。

雨眺登臨已壯哉，褰衣又上禹峰來。俯看湖水明如鏡，遥望吳山小似杯。天外雲隨孤鳥没，剡中船逐暮潮回。欲將詩句題高處，喚取閑僧掃石苔。

廟山會汪辰良太守

曾記征車出國門，今年相見海邊村。龔黄事業人爭慕，韓柳文章世所尊。溪近有船尋客子，家貧無地與兒孫。廟堂政是求賢日，徵拜應看駟馬奔。

高　節　書　院

漢陵翁仲已成塵，高節相傳世愈新。空使客星侵帝座，不教聖主得賢臣。灘流七里烟波晚，廟枕孤山草樹春。西望釣臺桐水上，利名羞殺往來人。

登龍泉寺閣貽悦白雲上人

傑閣標題不記年，青蓮寶座擁金仙。秋風鶴唳松梢月，春雨龍蟠石下泉。四面堅城環碧水，七層高塔倚蒼巔。白雲飛去知何處，我欲談詩對榻眠。

四明夏時中蘭竹圖

霜中直節月中香，翠袖寒多倚素裳。欲擷幽芳足清玩，九疑雲重隔三湘。怪石長枝翠戞摩，可人香影月中多。夜來湘水添春綠，誰向東風聽《九歌》。

董 彥 光 元 帥

將軍功賞拜宣麻，雄貌堂堂鬢未華。人道箕裘傳十世，我知陰德活千家。賦詩馬上春攜酒，讀《易》燈前夜煮茶。聞有諸郎獵經史，奪標須看上林花。

鄭監丞墓志卷

方山山下羽山邊，人道先生好墓田。紫誥寵恩封冑館，石碑題字表江阡。吟魂常繞梅關月，過客時觀義井泉。薇省賢郎官獨貴，詞頭宣贈看他年。

胡宗器秀才蒼雪軒

君家栽竹動成林，終歲蒼蒼愜素心。勁節欲隨天地老，直竿寧畏雪霜侵。月明清影搖書幌，風細微音和玉琴。會看他年紛結實，九苞威鳳下雲岑。

李士賢郎中忠孝卷

宣城城下賊兵屯，怒斥渠魁氣欲吞。二十一人忠節死，百千萬載姓名存。春風遺廟丹青合，秋雨荒墳竹樹昏。薇省賢郎真輔器，佇看犀玉拜殊恩。

四 明 張 節 婦

冉冉衰年七十過，脂容老盡鬢雙皤。氣吁帷幕昏奩鏡，淚洒松楸濕衲羅。地底見夫無赧愧,燈前教子重摩挲。倚門華表高如屋,從此鄞民感化多。

王仲祥都事北行

樞府掄才使上京,都司承檄愜輿情。風恬海國波濤息,雲散天街日月明。玉粒萬艘仍北貢,星槎千古繼南征。朝廷若見鵷行舊,爲報年來白髮生。

群 仙 宴 集 圖

霞裾瑤佩出仙關,孔蓋霓旌近畫欄。子晋吹笙遊世外,雙成騎鶴下雲間。蟠桃樹結千年果。大藥爐燒九轉丹。洞府悠悠春似海,肯教塵事老朱顏。

天香室敬爲見心老尊宿賦

維摩丈室本來空,誰散氤氳度曉風。麝劑飽聞兜率界,兔春元自廣寒宮。老僧説法登蘭座,好客題詩憶桂叢。笑我螨坳曾鵠立,罏煙滿袖對重瞳。

七言絕句

野 興

雪消春水長平湖,烟樹微茫似有無。一葉小舟雙槳去,行行鳧雁入菰蒲。

題全子儀同知軍功其兄子仁參政與予同官秋曹故并及之

高昌公子愛操戈,欲制鯨鯢静海波。看取他年麟閣上,大參勛業共嵯峨。

回書夏秀才

我愛華亭夏隱君，才標如玉氣如雲。料應詩在松江上，喚買鱸魚酒半醺。

東 關 驛

山中樹木尚青青，歲莫江天雪未零。一夜北風吹雨落，曉來溪水上沙汀。

東關天花寺隨喜二首

筍輿穿竹過溪橋，特訪禪關慰寂寥。試聽老僧傅妙法，梵音渾似海中潮。

妙高臺上散天華，日誦琅函力轉加。坐向青山白雲底，旋收黃葉補袈裟。

嵊 縣

崎嶇石路亂雲間，多少行人自往還。馬足不愁泥正滑，毳袍衝雨過前山。

新 昌

驛館蕭條隔縣衙，越鄉爲客倍思家。不知風雨前山路，開徹寒梅幾樹華。

小 院 即 景

雲母圍屏透日光，雨餘新綠上池塘。春風似慰詩人意，吹送梅花滿屋香。

得 硯 滴

三山翠色映書窗，兩竅泉添硯沼香。公館日長春思好，吸枯彩筆效鍾王。

大雲和尚造橋求頌

精衛來奔烏鵲飛，石梁千尺架虹霓。老僧已作慈航便，從此行人路不迷。

唐 馬 圖

翩翩公子氣如虹，挾彈春遊紫陌中。飛鳥不來高樹靜，漫兜瑤轡立東風。

山 水 圖

草樹依稀石路分，一溪春水半山雲。小舟來往滄波上，應指岩棲是隱君。

嚴 子 陵 圖

七里灘頭水拍磯，富春山上白雲飛。先生去漢今千載，猶有靈光占少微。

高 顏 敬 山 水

空中樓閣樹頭山，山上晴雲去復還。誰住溪邊小茅屋，日高猶自閉柴關。

唐公子出遊圖

恰從馳道按鷹回，滿袖香塵拂不開。馬駿如龍人似畫，王孫曾見太平來。

枯木和尚索頌

苔封雨蝕蟻成窠，莫道終然置澗阿。春透靈根憑佛力，枝枝葉葉
復婆娑。

柯 敬 仲 竹

丹臺老子寫叢幽，豈減當年李薊丘。試看石根三五葉，淡烟疏雨
不勝秋。

見安東張秀才

曉雲臺寺重逢日，春水船橋送渡時。十五年來曾記否，采芹亭上
舊題詩。

四月八日雨頌

如來金體浴蘭湯，法雨逡巡遍四方。不必牽牛還本主，滿田白水
插青秧。

觀張禹圭詩集

聞君家住赤城山，菇蕙紉蘭意自閑。詩比隋珠文似錦，明時當進
五雲間。

題張此山和陶詩序後

兩晋文章只數陶，遠師《風》《雅》近《離騷》。芸窗細讀天台句，秋
色南山一樣高。

偶　　成

海天春雨正霏霏[1]，半逐東風半作泥。明日晴溪舟楫便，看花直
過畫橋西。

校記：

[1] 霏霏：《永樂大典》卷九○○作"靡靡"。

夏 日 二 首

紗廚石枕竹方床，受用南風一味涼。誰念玉關征戰子，黃金鎧底汗流漿。

湘簾如水織龜紋，銀葉承香裊細雲。公館日長文事簡，葛衣無暑對南薰。

閱 武

山雲縹緲樹低迷，風逆潮頭入海遲。大將樓船高似屋，日光偏照七星旗。

調 南 弘 遠

集賢院裏南修撰，出使三年不到家。莫羨西湖山水好，瀛洲風月更堪誇。

丘彥材理問回京

使君帆海去京華，十月回帆恰到家。帶得天邊新雨露，相門日日慶宣麻。

送陳子章書吏

尊翁文筆冠中州，奉吏曾聞海外遊。今日雲孫才復振，佩裾容與柏臺秋。

淵 明 圖

袖拂清風杖曳雲，鹿皮爲氅葛爲巾。一從彭澤歸來後，花自秋香柳自春。

唐　馬　圖

當年待漏在東華，每見龍庭立仗騧。今日披圖觀駿骨，幾番回首
望天涯。

昭　君　圖

貂裘衝雪護金鞍，手撚哀絲帶淚彈。漢使未回歸雁去，好傳心事
到長安。

宮　娃　圖

素紈團扇拂輕塵，玉果冰盤薦晚醺。竹葉羊車歸別院，袞衣惟喜
繡龍紋。

老 子 度 關 圖

紫氣氤氳滿太虛，青牛西去駕仙車。琅函蕊笈文如海，我欲尋師
問緒餘。

子 昂 人 馬 圖

太僕殷勤控紫絲，渥洼龍骨異凡姿。畫圖仿佛驚曾見，興聖門西
立仗時。

送于梅隱赴京

道人元住蕃釐觀，騎鶴新從海上來。卻向蓬萊真境去，東風無數
碧桃開。

行樞密僉院野裏公告別

石橋南畔君家住，門外垂楊綠散風。海上今年得歸去，珊珊環珮日華東。

陳文昭惠茶

仙谷春芽白絹囊，故人持贈意難忘。啜餘齒頰清香滿，便欲騎鯨到玉堂。

芙　蓉

海天秋闊雁呼霜，籬落風淒菊破黃。誰把芙蓉栽近水，分明鸞鏡照紅妝。

黃筌荷蟹

翠盤擎露不勝秋，負甲舒箝得自由。有客持杯論佳味，莫教移近采蓮舟。

福建省李宣使請官求詩

海上南風破宿霾，內縑宮醞日邊來。閩中小梗君休訝，大將樓船次第開。

角鷹圖

玉爪金眸氣自豪，山巍野雉望風逃。平生不愛遊畋事，莫向枝頭銜羽毛。

觀王舍人所作師之子也

天孫織錦鳳梭飛，五色文章映壁奎。公子妙年才更逸，好尋丹桂躡雲梯。

蘭　竹

聞説天台柯學士，愛將南筆寫瓊枝。而今見畫僧窗下，想像奎章應制時。

寄馬德方監邑

天台四萬八千丈，料得公餘多費時。早晚西風吹雁過，要將佳句寫烏絲。

竹溪小景二首

石逕縈紆度小橋，雨餘新竹翠翛翛。人家住在青山下，不識公胥迫賦徭。

山間流水若鳴琴，石上修篁結翠陰。誰爲臨溪築茅屋，四時長守歲寒心。

商 學 士 畫

樓臺遠近樹玲瓏，雲白山青幾數重。恰似昔年鞍馬上，雨晴春日過居庸。

徐 運 判 畫 松

空谷年深石老蒼，長材合抱立中央。梓人一見憐修直，擬獻明堂作棟梁。

櫻桃山鳥橫披

珍果紅垂碧玉枝，翠禽直上立多時。江南舊識錢公選，京國今傳謝祐之。

271

老 萊 子 圖

彩衣綽綽鬢毿毿，七十猶能奉旨甘。多少世間遊蕩子，此圖一見
得無慚。

和經略使李景儀泊書委羽二首

空明洞裏老仙家，日漱瓊津咽紫霞。清夜步虛環佩冷，石壇秋露
濕松花。

石生瑶草洞生雲，山下流泉幾處分。仙客不來玄鶴去，聲聲松竹
自相聞。

王 鍊 師 扇

石田過雨紫芝香，老鶴行苔爪印長。最愛定光王道士，竹林逃暑
葛衣涼。

寄楊建文郡博

不見州西楊廣文，令人渴憶思如釃。料應竹上題詩遍，門對青山
管白雲。

喜 雨 試 筆

十日一雨五日風，溶溶水滿稻畦中。早苗將收晚苗長，准買牲醪
歌歲豐。

讀葛邏祿氏馬易之詩

鳳味銜梭織錦雲，世間組繡漫紛紛。憑誰函致青霄上，五色文章
達聖君。

唐昭宗封錢武肅王鐵券

當時竊據已紛紛，守節錢王迴出群。自是忠心昭日月，不勞鐵券立功勛。

蟾 蝶 圖

老蟾辭月下雲宮，草色花容舉世同。桂影滿身香不散，引教蝴蝶鬧西風。

秋夜偶成二首

西風吹雁過樓居，涼氣駸駸暑氣無。屋後木犀花滿樹，清香直到碧紗幮。

銀河耿耿夜迢迢，絳蠟搖光實篆燒。枕上忽成京國夢，覺來猶記聽簫韶。

諷 俗

州後街頭楊柳青，美人扶醉夜彈箏。郎君倖薄情懷惡，莫向伊家掉臂行。

古木幽篁圖

春雨篔簹種水涯，石根芳樹繫漁槎。故園北望三千里，見畫分明似到家。

雨 晴 二 首

雨晴嵐氣擁樓臺，潮落沙汀白雁來。盡道江南秋色好，芙蓉開罷木犀開。

葛衣侵曉不勝涼，旋取羅衫滿篋香。怪得昨宵秋雨落，西風吹葉響空廊。

許道寧畫爲張彥珪題

風雲滿壑樹參天,石角稜嶒水渺然。最愛少年張學士,此心終日抱貞堅。

王 元 章 梅

東閣西湖春意多,香凝玉砌影沉波。而今見畫風霜裏,尤愛昂藏鐵石柯。

高 彥 敬 橫 披

春嵐鬱鬱濕人衣,石枕溪流樹影稀。誰辦清資營草閣,開窗終日看雲飛。

王仲祥都司喜鵲

名園春日景熙熙,戢翼悠然占一枝。寰海近聞多喜事,好將消息報君知。

題方山泉道人扇

天台疊嶂翠玲瓏,瀑布晴飛掛玉龍。有客尋幽住岩底,日臨清碧照仙容。

鄭起清扇頭小景

古木鱗皴十大圍,橫坡經雨長苔衣。扁舟漁父清江上,不識紅塵傍馬飛。

柯 敬 仲 畫

鳳羽迎風翠欲流,蛟鱗過雨不勝秋。當時曾見奎章畫,今日相看海水頭。

寄大興明寺元明列班

寺門常鎖碧苔深，千載燈傳自茆林。明月在天雲在水，世人誰識老師心。

墨 梅 二 首

山邊籬落水邊村，楚楚孤標迥出群。歷盡風霜清不減，儘將春意報東君。

月中清影雪中香，老樹槎牙近野塘。爲報詩人高着眼，調羹滋味在岩廊。

送張仲益照磨赴京

使者乘槎海上行，南風吹柂錦帆輕。天邊雨露濃如酒，準擬回時賀寵榮。

送可久憲掾赴廣西

濠梁爲客共觀魚，二十年來不寄書。今日相逢又相別，海天新雨濕征車。

王元章梅竹爲省掾鄭起清賦

老幹懸崖花不繁，長梢分葉翠成竿。冰霜節摻誰能似，祇有薇郎耐歲寒。

種 橘

斷江兩岸住人家，種橘栽柑度歲華。欲摘圓香馳入貢，五雲樓觀在天涯。

過 寧 海 縣

昔年巡歷度桑乾，石磴凝霜馬足寒。今日籃輿桐嶺上，梅花依舊雪中看。

東 山 道 中

小徑蜿蜒轉石溪，平原經雪麥生齊。山禽似報春來早，飛在梅花樹上啼。

枕 上

松杉千尺倚雲高，上有巢窠宿羽毛。一夜禪窗如聽雨，北風吹樹響秋濤。

丹 井

金罍山上煉神丹，仙去雲封太乙壇。玉甃寒泉深百尺，虹光長覆石闌干。

登 大 禹 峰

我家有屋近塗山，山在淮汜兩水間。今日南遊登夏蓋，不如旌節幾時還。

陳克履員外小景

微茫烟樹映樓臺，沙際漁舟去復來。流水落花春滿地，故人居處是天台。

杜祁公正獻帖

正獻當年草聖傳，兔毫濡紙墨花鮮。欲知史氏箕裘富，請看清容居士篇。

黄 太 史 帖

閣老揮毫思入神，戲將詩句寄何人。多應夜聽紅樓玉，遊遍畫橋楊柳春。

唐 馬 圖

千里霜蹄隘九州，毛儀濯濯出清流。不因伯樂知神駿，腸斷西風苜蓿秋。

春 日

小蘭拳石淨涵波，習習東風試袂羅。燕子來時春一半，落紅飛盡綠陰多。

題 小 景

曲曲松溪小小船，山光過雨翠於鈿。碧蓮梵景尋常到，卻憶京華二十年。

過 奉 化 州

山城雲霧曉濛濛，市井魚鹽客漸通。楊柳小溪春水滿，笋輿行過硯橋東。

寧 川 道 中

柳磯桃徑酒旗斜，客子春來苦憶家。三月今朝纔一□，東風隨處看飛花。

墨 梅

無邊風雪凍關河，不減當年鐵石柯。疏影滿窗香滿屋，玉堂清夢近來多。

扇 贈 王 先 之

使者乘槎汎海波，舵樓搥鼓唱吳歌。南風十日京華近，聞道天邊雨露多。

五言律詩

廟 山 道 中

沙隄三十里，野色自相分。水浥湖邊樹，山連海上雲。滄浪漁笛晚，邊塞捷書勤。夜宿元戎宅，聽歌酒半醺。

毛元道收舜舉山水

杉柏笙竽奏，峰巒紫翠分。乃知錢博士，全似李將軍。有客臨清泚，呼童看白雲。少微光萬里，應是爲徵君。

蔡 皎 然 禱 雨

江東蔡法士，披髮跨蒼麟。噀酒成雲霧，揚旗役鬼神。一犁甘雨足，萬頃旱苗新。功行何由報，申名達紫宸。

宋陳獻肅公勁正堂銘卷

磊落陳金紫，前朝作諫員。霽威勞帝主，忠念格皇天。勁正傳碑刻，勛庸入簡編。誰能起公死，披露聽便便。

江節判墓志銘

表表江從仕，人稱坦率生。衣冠無俗氣，山水有餘清。貰酒新豐市，營阡古甬城。鳳毛春五色，應近日邊明。

陳 節 婦

哀哀陳節婦,誓死共夫墳。影對天邊月,心同水上雲。庭階秋鶴唳,機杼夜蛩聞。有子還清白,承家看策勛。

徐 用 賓 茂 異

猛士如雲簇,徐郎最白眉。看山時倚劍,過海夜張旗。雖作千夫長,能吟七字詩。更將忠與孝,騰達見明時。

王懷德元帥造黄山橋

雄哉王副帥,鞭石架長橋。驛近東西路,江流日夜潮。龍光浮碧水,虹影落青霄。好向高崖上,深鐫惠政謠。

八鵲圖爲虞思永賦

好事憑誰報,靈禽繞樹鳴。能傳遠客信,專慰主人情。道路無蠍險,干戈息戰爭。畫圖驚若訴,喜色滿眉生。

秋江待渡圖爲葉孟欽作

秋江不可渡,水急船難回。飛鷗自作陣,落葉空成堆。老翁拂石坐,童子抱琴來。過岸有茅屋,撥醅新甕開。

寫扇寄謝玉成都司

姚江相別後,回首見鄞城。士友傳名字,閭閻藹政聲。一夔爲世瑞,五鳳應時鳴。敬把團團扇,題詩寄遠情。

萬 松 關

喜尋方外友,特地到天童。松徑二十里,雲山千萬重。倚窗僧聽雪,隔樹鳥呼風。遊憩歸何晚,舟行半夜鐘。

霞嶼山[1]

此[2]地名霞嶼，人云擬補陀。寺荒僧跡少，林靜鳥聲多。石洞藏雲霧，松房掛薜蘿。誰能來此住，日日看湖波。

校記：

[1] 霞嶼山：日本内閣文庫藏鈔本《南遊寓興集》題作"霞嶼"。

[2] 此：日本内閣文庫藏鈔本《南遊寓興集》作"有"。

雪

相國多仁政，陰陽得順調。五更風撲面，三日雪齊腰。宿麥根猶壯，長松翠不凋。太平符樂歲，擊壤聽民謠。

史敬可古檜

誰種庭邊檜，前朝老相臣。翠枝搖鳳羽，蒼樹疊龍鱗。雨露思霑溉，風霜歷苦辛。至今孫與子，餘蔭不勝春。

張謙受省掾

昔作京華客，而今對紫薇。名臣各題贈，行李有光輝。二十年前事，三千里外歸。來春還北上，雨露滿朝衣。

象田寺

偶入象田寺，喜逢楠別林。梅花知客意，柏子寓禪心。雪散雲中樹，風調壁上琴。好懷吟未已，明日再登臨。

過徐季章所居

徐氏好兄弟，林林如雪松。幾年聞慷慨，今日見從容。晴竹題詩遍，春杯瀉酒濃。筍輿同我去，湖上看諸峰。

越人王介字如石號豫齋索詩

山居王處士,豫繇作齋名。陽動雷機發,陰柔地道亨。浮名雲變化,高節石堅貞。玩《易》南窗下,春階草自生。

胡師德守拙齋

胡君多雅致,守拙作齋名。蝸壁含春濕,鳩巢對月明。一心常默默,萬事笑營營。我亦忘機者,持循過此生。

陳彥欽雲深處

委羽仙岩下,依雲作小居。倚闌觀野鳥,坐石釣溪魚。客到頻沽酒,家貧不賣書。淮南歸未得,吾亦愛吾廬。

奉化貽李元中

馬首明殘雪,行行過奉川。驛亭新作麗,城郭遠相連。詩興浮梅塢,農歌起麥田。況逢賢太守,準擬樂豐年。

西鄉雜題六首寄鄭永思員外

欲上謳韶路,先經小澧橋。石田多種秫,溪水半通潮。曉市魚蝦亂,晴空鶴鸛遙。將軍奮英武,氛祲擬全消。

野徑秋花發,山田晚稻香。春聲林外急,天氣雨餘涼。婦女皆操耒,夫男盡執鎗。行行戎騶從,體索過都糧。

山中無酷暑,七月似深秋。枕席晨光潤,松筵露氣浮。望雲觀鶴過,俯檻看魚遊。自覺添才思,題詩更上樓。

送米源頭去,夫行步步齊。濕衣多積雨,沒脛有深泥。將校援弓矢,黔黎聽鼓鼙。近聞破梅旦,玉帳倚山磎。

繁紆稠樹嶺,磊落大人山。鳥宿層岩外,軍行亂石間。干戈連歲月,音信隔鄉關。聞說中興將,多躋玉筍班。

我本朝參客，來茲近六霜。兒童知姓字，田畝樂耕桑。買紙償詩債，尋花釀酒香。何當歸帝里，鏘佩步岩廊。

過謙上人所居

州西鴻福寺，杉竹亂紛紛。佛擁蓮花座，僧參貝葉文。溪流清見石，岩壑遠生雲。久別浮山老，新詩特願聞。

山 水 圖

曲曲松間路，英英嶺上雲。人家臨水住，機杼隔溪聞。戴笠耕春雨，扶節對夕曛。定知清興足，不作北山文。

和劉德華郡博見寄

新詩聊遣興，和韻勝珪璋。既篤斯文契，兼承異味嘗。楊梅紅且熟，珍李脆仍香。記在灤京日，冰盤宴玉堂。

帥掾王文善號聞善

側耳聞人善，書紳便不忘。箴規環左右，襟佩見趨蹌。堂上椿萱喜，階前芷蕙香。功名應未□，萬里看鷹揚。

朱明德知事政跡卷

昔爲州縣吏，刀筆擅才華。法律明三尺，陰功活數家。丹心全白首，綠綬恰黃麻。報施應無盡，雲仍爵有加。

登 樓

兵甲何時息，予心日夜憂。遙瞻鳳凰闕，獨上葵陽樓。山水撩詩興，風沙眯醉眸。安能身似鵠，飛向五雲遊。

杭州會周彥洪應奉

翰林周學士，幾日到錢塘。聞在新宮住，應添白髮長。西湖晴載酒，東閣夜焚香。我亦南行客，逢君意倍傷。

錢 塘 江

纔過西興渡，東南第一程。雲容媚山色，風力挾江聲。買酒澆懷抱，題詩記姓名。明朝還上馬，應在越中行。

錢 清 驛

小小錢清驛，程程是坦途。竹林僧寺近，茅屋酒簾孤。白髮滄浪興，青山罨畫圖。邑民飢渴否，立馬問田夫。

久 雨

客窗連夜雨，吟袖曉生寒。盡道之官好，誰知行路難。濕雲留樹杪，飛瀑落崖端。明日還開霽，青山馬上看。

用前韻和何伯大縣尹

富陽令尹志超群，筆底文成五色雲。百里絃歌今有效，一州風月昔曾分。秋波息浪欣同濟，春雨行田莫厭勤。明日浙西書上考，政碑應許世間聞。

劉經歷席上三首

華筵臨碧水，春色映朝簪。皓齒傅聲遠，金杯引興深。花燈團似月，風竹響於琴。況值元宵近，滿城簫鼓音。

春來多好興，旭日照華簪。白雁傅書去，丹心戀闕深。看山時把酒，對竹自橫琴。幸遇賢賓幕，賡酬足賞音。

出閣時迎客，烏紗盡日簪。柳池春水滿，梅塢落花深。不解相如賦，誰挑卓氏琴。忽聞枝上鵲，應是報佳音。

正月十四日登委羽山遊本源庵

龜山山下寺，宛似給孤園。桃李春風早，松杉夜雨繁。香雲籠佛座，燈影照經幡。絕頂從吟眺，歸時月滿軒。

新正書懷二首

鳳曆推年紀，生成託化鈞。驛梅纔送臘，官柳又逢春。莫歎須髯老，還欣麴米新。日邊雲五色，直北望楓宸。

敧枕愁長夜，凭欄豁醉眸。塵沙迷楚甸，風雨暗江洲。何日銷兵氣，窮年問酒籌。兒郎有書信，海上待歸舟。

寄劉德玄知己

藉藉賢賓幕，昂昂鶴出群。高談驚四座，雄筆掃千軍。馬踏燕山雪，舟移海嶼雲。往來防禦事，一一賴斯文。

撫　琴　圖

對坐溪邊石，閑橫膝上琴。衣冠無俗氣，山水有遺音。香散雲生席，風清月滿襟。寥寥千古意，誰識伯牙心。

醫士胡宗厚詩軸

種杏滿山岡，移居近市傍。家貧常施藥，客至便燒香。入籠無遺物，韜函有秘方。欲知陰德厚，森玉看兒郎。

候　樵　亭

留賢包處士，亭以候樵名。路向門前過，山從雨後青。負薪人杳杳，傳谷樹丁丁。若見芻蕘語，應須達舜庭。

遣 興

出郭愁仍散，看山興轉嘉。綠楊烟外樹，紅杏雨中花。舉網來漁艇，垂簾認酒家。殊方春色好，傳喜報京華。

得 家 書

朝朝簷鵲噪，夜夜燭花開。忽見家中信，新從海上來。政茲愁滿眼，翻作喜盈腮。我有平安寄，重封待雁回。

謝許士英經歷寄曆日並酒

京華老同舍，近別武林城。入幕無官況，將書見友情。蟻樽春潋灩，鳳曆日光亨。愧乏瑤瓊報，題詩作寄聲。

山 水 橫 披

松竹自婆娑，橫橋一徑過。溪邊流水急，山上白雲多。野老乘舟楫，村房帶薜蘿。太平無事日，擊壤聽謳歌。

方 山 禪 刹

方山雲外寺，樓閣倚穹蒼。四面松陰合，雙峰塔影長。溪風傳磬遠，泉水煮茶香。老衲看經罷，蒲團近日光。

調 王 元 直

誰家紅麴釀，方法造初成。琖內珍珠色，槽頭急雨聲。催詩才頓發，入藥骨能輕。可笑王山長，時時獨自傾。

謝胡宗厚藥膏

肘後傳方秘，囊中製藥新。香塵飛玉臼，團楮上玄雲。病臂驚無恙，吟軀覺有春。小詩聊見意，長軸待爲文。

芍　藥

小院晴宜畫,崇闌暖護雲。雨葩紅有暈,風葉翠生紋。越女眠初熟,宮娃酒半醺。高歌對芳樹,春思轉紛紛。

自　和

京城遊樂處,紅藥樹如雲。小玉傳金縷,輕烟裊篆紋。百篇隨逸興,雙頰帶微醺。今日花枝下,惟慚白髮紛。

生　意

蔬圃多生意,槐庭足晚涼。舉頭瞻野鳥,隨處坐胡床。寺隔雲間樹,田宜雨後秧。太平欣有兆,比屋誦琅琅。

初　夏

昨朝初入夏,景物便清和。紫燕尋巢定,青梅結子多。柳堤飛落絮,池水上新荷。漸喜南風好,清涼滿扇羅。

迂　浦

酒舍連深巷,魚船集小橋。山中一夜雨,海口兩番潮。細麥收金粒,新秧插翠苗。茲方慶寧謐,簫鼓樂漁樵。

紀　事

淮土勞烽燧,迂江境獨寧。曉煙桑樹密,時雨稻苗青。野有祠神鼓,街無警夜鈴。兼聞元帥府,奏捷滿王庭。

秋 丁 有 感

春丁前日是,秋祀又欣逢。俎豆干戈裏,蕭韶鼓角中。聖恩知廣大,民俗望和雍。早晚煙塵息,芹香滿泮宮。

高 彦 敬 山 水

天闊秋無際,山光紫翠分。斷崖皆有樹,空谷自生雲。野徑從橋轉,溪流隔岸聞。高堂塵不到,圖史侑爐燻。

表弟理太初柯山圖

昔聞柯山景,今見柯山圖。石梁光插漢,樓閣影沉湖。雲白峰逾秀,林深路更迂。不須求閬苑,只此是蓬壺。

簡列明遠南宏遠二修撰

天使來京國,洪恩及遠臣。門楣皆有慶,海嶼總生春。玉璽頒曆重,文犀賜帶新。平江須克復,萬里要通津。

久 雨 喜 晴

春陰連十日,雨雪落無休。平野雲低樹,長河水拍舟。甲兵期盡洗,麰麥擬全收。今喜陽烏出,晴光照九州。

春日遣興寄劉德玄經歷二首

我愛迂江好,離州半日程。園花飛暖蝶,庭樹囀春鶯。倚竹看山色,循溪聽水聲。況逢劉幕府,詩酒見交情。

聞道公車便,侵晨欲發程。到家延好客,隨處聽啼鶯。新宅花呈艷,高亭竹有聲。安能同逸步,春色最關情。

復 遊 方 山 寺

路入雲間寺,風傳谷口鐘。高知雙嶺塔,青喜萬年松。曉澗流泉急,春花著樹濃。登臨多好向,歸興亦從容。

寫扇寄南臺納侍御

挺挺薇垣老，雍雍柏府仙。馳思常入夢，分別屢經年。英氣三軍服，廉聲四海傳。煙塵從此息，聯佩五雲邊。

贈張士元書吏扇

我有白羅扇，皎如明月光。贈君向東浙，把玩秋蕭堂。煩暑不敢近，襟佩生清涼。去去勞夢思，雙溪水湯湯。

何經歷蜀相圖

拜觀出師表，漢代見斯人。社稷尊明主，經綸屬老臣。丹心昭日月，素節淨風塵。君有匡時志，當爲几上珍。

書蘇黃帖後

前朝文物論，二老最風流。既喜文華麗，兼知筆力優。越牋雲粉膩，川墨翠烟浮。且向山房玩，終宜秘閣收。

毛學士畫牛

毛翁年八十，信筆畫吳牛。漠漠平原曉，瀟瀟遠樹秋。客窗生野興，牧笛起鄉愁。早晚妖氛靜，桃林得自由。

梅隱爲于道士作

結屋叢梅下，翛然意自如。清香來几格，疏影上窗虛。摘蕊浮仙醸，簪花讀道書。卻嗟遊蕩客，塵氣滿衣裾。

安克讓元帥靜佳亭

將軍愛幽獨，屋後築亭臺。山色隨雲變，溪聲逐雨來。圖書供日玩，華木待時開。莫羨嬉遊樂，期君梁棟材。

金 哈 剌

子昂畫淵明像并書歸去來辭

曾讀淵明傅，真爲輔世才。文章若流水，襟度絕纖埃。對菊花簪帽，看山酒泛杯。寥寥千載後，清節屬庸材。

禹城馬知事編書

載看誠善録，馬氏亦勞心。已富三冬學，旁通四勿箴。潔身加滌垢，處事若臨深。有子能承訓，瓊枝照玉林。

梁德明書二幅

樹暝山含雨，溪春水帶波。高人無俗事，凭几聽漁歌。越絹織冰絲，霜毫畫竹枝。蕭蕭何所似，風定雨餘時。

納侍御再索題扇

世出元勛裔，天生碩輔才。經綸居八座，綱紀立三臺。傳令風行水，清心鑑絕埃。瞻思不可及，雲氣滿蓬萊。

寫扇寄玉岩長老

遙憶沙門老，高年八十餘。頭顱明似雪，晴目瑩如珠。禮佛天花墜，看經貝葉舒。山雲不可寄，持此到京都。

尚 德 齋 詩

天台胡道士，尚德作齋名。敬禮持三省，箴規制七情。往來無俗鄙，題詠有公卿。笑彼求仙侶，終然守太清。

重午日戲答周草庭大尹

侯門春似海，惟我冷於冰。祇有文章老，來尋鷗鷺盟。池禽翻白羽，罌釀縛青藤。履此端陽節，相期百福並。

289

酬王德昌教授

隱者居林下，經年不到州。尋常逋酒債，日夜爲詩愁。架上書連屋，門前稻滿疇。筍輿秋色裏，我欲訪君遊。

贈天寧孜舜田長老

貝閣慈雲動，祇園化日長。禪心同止水，梵放出修廊。對竹時供茗，看山自炷香。願將功行録，椽筆記琳琅。

呈仲肅先生師席

拜別武林城，俄然歲屢更。異方驚會面，老境倍傷情。擾擾紅塵亂，瀟瀟白髮生。程門曾立雪，敢忘得陶成。

以竹石蘭蕙圖贈醫士潘思讓

我愛潘徵士，茲圖實似之。蘭香塵不染，石潤玉無玼。步徑思芳草，行船聽竹枝。贈君深有意，芬發在明時。

日 者 黄 桂 林

賣卜黄山市，簾垂坐閣深。棣花香聚萼，桂樹鬱成林。星斗羅胸臆，詩書貫古今。閲人應不少，誰復早爲霖。

李可度推府事跡

造理明毫末，詳刑識重輕。薇垣能執法，蓮幕遂馳名。白璧光無翳，冰壺氣愈清。高門陰德在，蘭茁看敷榮。

玉山草堂爲和希尹賦

越上山無數，茲峰景最多。時將茅蓋屋，深喜樹垂蘿。穿谷尋僧寺，循溪理釣蓑。問君頭未白，歸隱欲如何。

琴隱爲童師周賦

能琴童處士，結屋華岩山。聲入松杉內，嵐浮几格間。近泉常洗耳，橫膝自怡顏。當有岐陽鳳，飛來聽曲還。

王德昌先生義學

干戈紛在眼，俎豆亦隳哉。義塾聞新起，君家實有開。逢迎多俊彥，揖讓見嬰孩。從此庭前竹，飛飛彩鳳來。

薩秀實省元回杭

聞君回浙右，興味特瀟條。叛賊憂衝突，居民歎劫燒。雙親占喜鵲，諸友望歸橈。幸得文軀健，鵬搏看九霄。

張　道　士

謝卻紅塵事，飄然去學仙。彈琴明月底，丸藥晚風前。茶竈留松火，香爐帶竹烟。函關多紫氣，騎鶴步青田。

送解源善照磨

大府政求賢，催君快著鞭。鹿城山濕雨，雁蕩樹生烟。士卒勞當恤，黎民病望痊。有時須遠寄，休負幕中蓮。

遜　齋

三台馬德讓，近似遜名齋。孝行聞鄉里，謙光接友儕。竹聲來別院，松影拂空階。燕坐心無事，看山獨放懷。

鐵德剛同帥挽詩

帥垣三品貴，滄海十年勞。議論師諸葛，陰功見叔敖。直言朝士重，芳謚野人褒。今日青雲上，承家有鳳毛。

書鄔老人墓志後[1]

處士西歸日,耆年八十[2]過。墓銘書行業,閭巷憶謙和。故物青
氈在,新阡碧草多。詵詵孫與子,樹立待恩波。

校記:

[1] **書鄔老人墓志後**:(清)黄瑞《台州金石録》卷一三題作**"鄔處士挽詩"**。
[2] **十**:(清)黄瑞《台州金石録》卷一三作**"表"**。

送朱伯温赴慶元照磨

薇垣分省地,郡幕得才賢。世系傳青史,飛騰屬妙年。翠題鄞縣
竹,紅看甬池蓮。聞道中原靜,煩君問北船。

賀趙元直都司遷居

西橋公甲第,今日復來居。妻沐金花誥,兒承紫府書。毗鄰欣老
稚,水竹樂禽魚。重託斯文契,時時過弊廬。

江 鄉 圖

川原望不極,林木亂紛紛。佛閣山藏霧,漁舟水帶雲。宛如吳越
上,還似楚江濆。戎馬何時息,吾將訪隱君。

寄 晚 香 處 士

送別南河上,西風九月初。逢人多問訊,養德愈謙虛。賓客來談
話,兒孫只讀書。斯文真眷戀,莫遣信音疏。

喜 羽 士 從 軍

琳宫胡道士,羽服換戎衣。劍學千人敵,弓開百步威。桃花難洞
曲,楊柳近營圍。深賴玄功祐,時聞奏凱歸。

題潘照磨父墓碣

處士多嘉行,鄉人頌未忘。賣田收典籍,捐粟賑饑荒。碑碣烟塵暗,松楸雨露香。兒郎今仕進,封誥看輝光。

五言排律

真拙爲於俊英府判題

時俗尚巧詐,營營雜汙流。脅諂媚尊貴,滑稽等伶優。夜冠慕華侈,車馬矜喧啾。奔馳利名場,恬然不知羞。君方而立年,學詣孔與周。長材見修直,良玉無雕鏤。高志隘八極,老氣橫九州。表表雲間鶴,閑閑水中鷗。真拙示箴扁,詩書效前修。軒冕視泥土,幽居淡何求。援琴坐松石,飛觴開竹樓。東皋足吟眺,南山復追遊。所結文字交,歌詠多唱酬。以茲保遐齡,庶勵風俗偷。

贈倪可輔萬户十四韻

四明三佛地,積善見倪門。問學資師友,威儀肅弟昆。雙親躋上壽,萬户拜殊恩。荔帶垂金重,葵袍被紫温。虹鬚分燕頷,皂蓋擁朱幡。督漕通滄海,題名近省垣。城闉新第宅,水竹小山村。芳樹森闌曲,清湍漱石根。池暄魚出藻,月朗鶴鳴軒。松影摇書幌,花香入酒樽。罘罳籠瑞靄,綽楔映朝暾。即此昇平世,還同獨樂園。公餘時適興,賓退每忘言。耿耿持忠節,相期報聖元。

寄題德玄郎中羽庭稿二十二韻

有客來四明,手持書一卷。云是劉左司,新詩極精選。開緘再披誦,珠玉紛交炫。上師雅頌古,下薄騷鄧賤。治音啓聾瞶,傑語驚毫彥。深深白玉堂,沉沉集仙殿。報國馳丹心,憂世皺白面。自行戎馬間,艱難誠歷遍。藻句落華牋,霜毫濡鐵硯。滄海蛟龍蟠,岐山鸞鳳

見。憶昔初識君，朝衣冠周弁。五年金石交，聆誨每不倦。悵望紫薇
垣，令人殊健羨。黃岩好樓居，春風屋梁燕。尊翁八十三，見我即具
饍。乃知真契家，諸孫命侍宴。令弟亦雄發，三台文學掾。意氣還相
親，詩筒若郵傳。今讀羽庭稿，中情倍思戀。甬山高切雲，澄江净如
練。莫言音問疏，鱗鴻乏良便。貞忠各努力，但願長相見。

寄劉德玄經歷十六韻

元帥新開府，參謨屬有文。筆揮鸞舞鏡，詩就錦成雲。入幕資籌
算，橫經醉典墳。賢良推郭隗，科第惜劉賁。報國忠彌著，娛親孝夙
聞。黃金知定價，白璧絕纖氛。天闊鵬搏翼，秋高鶴出群。嘉名傳九
域，高義服三軍。拯弊心如渴，鋤姦志若焚。征帆回海上，吟杖倚江
濆。顧我身何幸，逢君竟便欣。登山簪道帽，玩寺着僧裙。酒榼同春
早，茶甌共夜分。別來纔只尺，騰似幾昏昕。每喜交遊密，常蒙記憶
勤。涼風清酷暑，重擬策奇勛。

五言絕句

烟 波 釣 艇 圖

樹暝山含雨，溪暄水漾雲。得魚來屋底，塵事任紛紛。

寒 雀 圖

小竹欺殘雪，雙禽凍不禁。同飛復同宿，表此歲寒心。
啅啅籬間雀，飛來上竹枝。羽毛同一色，不必問雄雌。

贊 集 大 雲

大雲能作雨，雨亦待慈雲。雲散雨無迹，藹然天地春。

李 遵 道 竹

明月生湘浦，春雷起渭川。何時倚書幌，對此玉娟娟。

有 見

臨溪浣春衣，水潔衣自净。只恐溪上人，浮雲翳明鏡。

代 答

鏡體本自瑩，浮雲豈難除。譬以水濯衣，垢去衣復初。

蘭 竹 圖

清清首陽節，楚楚湘江魂。相對春無限，穠芳奚足論。

四 養

養雞樹高柵，司晨度三唱。善利終殊塗，孳孳慎趨向。
養馬沙石岡，春草綠短短。氛祲日以銷，行將華山滿。
養鵝白於雲，引頸浴地面。我欲臨黃庭，字畫愧羲獻。
養魚開方池，洋洋奮鬐鬣。一遇琴高生，翻然到銀□。

四 種

種竹臨西軒，琅玕翠雲動。截管吹八音，帝所下儀鳳。
種松千尺長，鏘鏘戛環佩。明堂需棟梁，適與風雲會。
種菊南山隅，西風散餘馥。于以享大年，掇英泛醽醁。
種梅松竹間，歲寒作三友。鼎實滋味和，皋夔踐臺斗。

水 仙 花 二 首

一叢冰玉花，瀟洒秋江上。蘭蕊亦同心，清姿日相向。
洛神秋委佩，湘女夜橫簪。莫唱西風曲，詩人趣正深。

弟 孟 堅 扇

英英棠棣花,森森紫荆樹。篤此友于情,春光滿庭户。

仙風八詠爲王德昌賦(一)

佛 洞 晴 嵐

山頭日光出,洞門嵐氣飄。中有古佛像,劫火不能燒。

仙 風 雪 澗

望海峰頭雪,仙風澗裏泉。大丹成石臼,服之可延年。

竹 林 避 暑

急湍穿石過,修竹近山栽。六月無炎暑,清風拂面來。

梅 壟 尋 春

曲曲山邊路,壠起壠上梅。南枝春已到,急酌紫霞杯。

溪 橋 聽 泉

伐竹作長橋,橋橫水通流。潺湲若鳴磬,襟裾不勝秋。

石 臺 望 月

嫦娥出海遲,登臺一望之。須臾金盤升,萬物光陸離。

香 岩 秋 桂

秋岩結雲氣,老桂承天風。清香滿衣袖,如在廣寒宮。

烟 寺 晚 鍾

樹隔雲間寺,鐘聲出暮煙。我欲尋僧遊,細話七祖禪。

金　哈　剌

柯敬仲小景
山高雲欲動，溪轉樹偏多。中有岩栖客，開軒看鶴過。

鑑仲明畫
高樹鳴秋雨，層巒起暮雲。扁舟江上客，應访武夷君。

題葉仲剛都司錢吳興四果石榴
剖實頰珠亂，舒花絳纈鮮。中原初識此，奉使説張騫。

香　橙
霜落江邊樹，黃看葉上金。持螯同菊酒，秋色愜人心。

林　檎
釀汁沙凝蜜，敷腮酒暈脂。品題傅寶晋，佳帖見羲之。

梅　子
綠樹成陰後，青圓炫日明。人皆論止渴，我獨問調羹。

雙鵲圖爲沙彥中題
三友耐寒暑，二禽樂雄雌。勁節永不改，喜音日聞之。

息齋竹爲鄭明道處士題二首
鳳羽夜娟娟，瑤笙度九天。徵君心似水，對此玉堂仙。
雲葉淨無塵，雲梢更可人。有時懸白璧，書幌不勝春。

李遵道竹二首
雨暝風吹樹，雲生石上苔。瀟瀟數枝玉，爲我洗氛埃。

297

深根滋雨露,直節傲風霜。截作參差管,吹音侑帝觴。

寄曾子習索鑑仲明畫

中津橋上別,倏爾又兼旬。籬菊驚殘露,山梅報小春。
烏巾簪白雪,縞服避紅塵。曾説南僧畫,揮毫似有神。

雜言

水 仙 華 圖

湘夫人,洛神女,玉佩搖清波,縞衣照明渚。幻作人間別樣春,幾
度問花花不語。

息 齋 學 士 竹

文湖州,李薊丘,二公妙筆誰能儔。篔簹谷中春未老,瀟湘江上
雨初收。李公此圖與文肖,長枝大葉寒光流。彩鳳爲實當來遊,彩鳳
爲實當來遊。

謝 玉 如 小 像

薜荔爲衣,芙蓉爲裳。有山在高,有泉在傍。蒼雪漱津,紫芝充
糧。是欲師老莊煉陰陽,而壽等夫松篁也。

王仲肅先生畫像贊

猗歟吾師,生於徽國。道學之區,仕於皇元,雍熙之朝。才華益
充,名譽孔昭。不汩汩而走俗,時昂昂以獨標。玉潤兮珠明,蘭芬兮
松高。昔考文乎汾河之東,今行吟乎台山之椒。殆將循溪而魚,緣木
而樵。屋青山而友白雲,養修齡而避紛囂也。

東　山

東山山水勢何雄，絶頂森嚴起梵宮。松竹翠搖殘雪後，樓臺光照夕陽中。詩才自愧唐王建，相業誰期晉謝公。千載風流遺跡在，登遊那放酒杯空。

東眺連西眺，南山望北山。月隨潮水上，風度嶺雲還。勛業千年後，漁樵一話間。空餘歌舞地，鍾磬出禪關。

圖書生林德遠歌

林德遠，東甌人，雪爲肌骨冰爲神。昂藏軀幹七尺許，達官文士多相親。冬絺夏仍裘，屋穿甑生塵。白眼待浮俗，孤哉同隱倫。江湖落魄走欲遍，衝雲之鶴長唳來秋旻。手中大小鑱，一一製作新。六書行楷詣玄趣，八分隸籀窮厥因。牙銅石木得方璞，遊絲玉筋成逡巡。有錢即買酒，酣笑驚四鄰。我初京華來，見之海水濱。高藝獵文囿，足以充席珍。重爲告曰嶧山之碑野火焚，鳳翔石鼓苔蝕真。君能直上天姥四萬八千丈，磨礱細石模刻故篆永使天下聞。

乞　雨　謠

山無雲，日當午。鳥渴於林，魚涸於渚。汗浥兮衣葛，塵蒙兮扇羽。慨井泉之絶流，閔稻苗之偃土。安得端人省躬致語，挈香幣兮投龍湫。潔纓佩兮籲神所，經緇黃卜巫瞽。叱咤風雷，沛施霖雨。爲國洗甲兵，爲民救禾黍。不獨台邦足沾溉，四海蒼生咸鼓舞。

題朱彥韶壽星

靈殼兮修翎，咸前導兮示長生。巾逍遙兮佩容與，松昂柯兮鹿在下。惟南極兮有星，衍棋祉兮介延齡。國永治兮世永泰，元元之民實所賴。

輯補

七言律詩

奉題見心禪師蒲庵[1]

老師日日念慈親，自種蒲芽向水濱。繞壁翠雲光照目，隔江烽火政愁人。聞香似覺風傳信，顧影宜憑月寫真。天意定須酬素願，緇衣當伴彩衣新。

校記：

[1] 此詩輯自（元）釋來復《澹遊集》。

詠 餘 姚 海 隄[1]

送行曾記午門西，官佐餘姚入會稽。爲患百年田作海，集工三月石成隄。天寒鳧雁依沙宿，風急鯨鰲截水齊。農事既登民業遂，道傍碑碣見稱題。

校記：

[1] 此詩輯自（明）葉翼《餘姚海堤集》卷四。

書宿州惠義堂[1]

空城落落柳依依，州是符離舊縣基。山勢西來連汴泗，河流東下接徐邳。扶疏亭畔多荒草，惠義堂前有斷碑。官府不須頻賦斂，鄉民比屋正號饑。

校記：

[1] 此詩輯自《元詩選·癸集》丁集。

囊 加 歹

字逢原,乃蠻人,居濟陽(今屬山東)。元統元年(1333)進士,仕至同知制誥兼國史編修。仁宗時,以其家河南,特授河南江北行省平章政事,佩金虎符終其身,封浚都王。子教化,山東、河北、蒙古軍副都萬戶,執禮和臺,河南、江北行省平章政事。孫脫堅,山東河北軍大都督,世襲有位。存文一篇。生平事跡見(明)宋濂《元史》卷一三一,《列傳》第十八;明萬曆三十七年《濟陽縣志》卷七等。

此次點校以(清)乾隆三十年《濟陽縣志》卷一〇爲底本,以民國二十三年《續濟陽縣志》卷一六爲校本,文1篇。

文:

善士郭英助文廟禮器記

至正己酉,善士郭英以楮帛六千緡,因故人路基提舉勾吳,託鑄銅器百二十五,續置竹豆四十有一,形制古若,不遠百舍而來,悉上送官,藏諸廟學,以備釋奠之需,可謂允迪報本者也。英字傑惠,迪信古,素履思誠,其行實之詳,則見於進士王健所撰墓表。其先陽邱人,宗族素居濟陽治,六葉祖有仕至朝散者。猶子思義,朝列大夫、知泰安州致仕;侄孫遵,奉政大夫、深州知府,政震燕南。

伯　顔　子　中

　　伯顔(1327—1379)，字子中，以字行，西域人。祖、父仕江西，因家焉。幼穎悟，嶷然有成人之志。史載其"五舉有司不第"，後爲南昌東湖書院山長，又改任建昌路(今江西省南城縣)教授，授教儒家經典爲主，從事教育事業。教學有方，深得學生尊重與敬仰。元順帝至正十二年(1352)江西行省授其贛州路知事，後擢升爲總管府經歷、行省參知政事都事。至正十八年，紅巾軍陳友瓊部攻贛，領兵應戰，敗北走閩。後任行省員外郎、吏部侍郎等。至正二十八年(1368)被明將廖永忠俘後義釋，遂頭戴黃冠，隱其名，遁跡江湖。明洪武十二年(1379)，因拒絶徵召，飲鴆而死。

　　生平事跡見(元)王禮《伯顔子中詩集序》(《麟原集》前集卷四)；(明)朱善《伯顔子中傳》(《一齋集》前集卷六)；(明)丁之翰《七修類稿》卷十六；(清)顧嗣立、席世臣編《元詩選》；(清)張廷玉等編《明史》卷一二四附《陳友定傳》；陳衍輯撰《元詩紀事》卷二十六；李國祥編《明實錄類纂·人物傳記卷》；周紹祖主編《西域文化名人志》等。

　　著有《子中集》，詩多散佚。《子中集》有清康熙四十一年長洲顧氏秀野草堂刻本，清光緒十四年重印。(清)顧嗣立、席世臣編《元詩選》二集庚集《子中集》即康熙年間野秀草堂刻本；吳海鷹主編、甘肅文化出版社出版的《回族典藏全書》第一五六册中《子中集》爲清鈔本影印本。

　　李修生主編《全元文》卷一六二五《伯顔子中傳》及(清)顧嗣立、

席世臣編《元詩選》(二集)收録其《過烏山舖》《挽余廷心》《過故居》《十華觀》《春日絶句》《北山》《過豫章》《七哀詩七首》等詩;《元詩紀事》卷二十六亦録《七哀詩七首》。《元詩體要》卷十三存詩《春日絶句》。

此次點校以(清) 顧嗣立、席世臣編《元詩選·二集》爲底本,以朱善《一齋集》(明成化二十二年刻本)、(康熙)《南昌郡乘》、(清) 婁近垣《龍虎山志》爲校本,詩共計 14 首。

五言律詩

過 烏 山 舖

溪流霜後淺,野燒曉來明。古路無人跡,空山有驛名。衾寒知夜永,柝響覺風生。苦被浮名誤,棲棲復此行。

挽 余 廷 心

義重身先死,城存力已窮。百年深雨露,一士獨英雄。甲第聲華舊,文章節概中。只今千種恨,遺廟夕陽紅。

過 故 居[1]

白頭歸[2]故里,荒草没柴門。鄉舊仍相見,兒童且不存。忠清千古事,骨肉一家魂。痛哭松楸下,雲愁白日昏。

校記:

[1] 過故居:(康熙)《南昌郡乘》卷五十二題作《過北山故居》。

[2] 歸:(康熙)《南昌郡乘》卷五十二作"過"。

過 豫 章

艤棹滄洲外,行行入故[1]城。樓臺空舊跡,門巷半新名。盛學誰從説，明身只自驚。惟看徐孺子，千古有餘清。

校記：

[1]　故：（康熙）《南昌郡乘》卷五二作“古”。

七言絶句

春 日 絶 句

幾片殘紅點客衣，小溪流水鱖魚肥。畫橋盡日無人過，楊柳青青燕子飛。

北　　山

平川楊柳翠依微，暖日遊絲掛緑扉。啼鳥不知江國變，多情到處勸人歸。

七言律詩

十　華　觀

十載風塵忽白頭，春來猶自强追遊。香浮素碧雲房静，日落青林石徑幽。海内何人扶社稷，天涯有客卧林丘。此心只[1]似長江水，終古悠悠向北流。

校記：

[1]　只：（清）婁近垣《龍虎山志》卷一三作“祇”。

雜言

七 哀 詩 七 首

有客有客何纍纍，國破家亡無所歸。荒村獨樹一茅屋，終夜泣血知者誰？燕雲茫茫幾萬里，羽翮鍛盡孤飛遲。嗚呼我生兮亂中遭，不自我先兮不自我後。

我祖我父金月[1]精，高曾累世皆簪纓。歲維丁卯兮吾以[2]生，於赫當代何休明。讀書願繼祖父聲，頭白今日俱無成。我思永訣非沽名，生死逆順由中情，神之聽之和且平。嗚呼祖考兮俯饗假，籩豆失薦兮我之責。

我母我母何不辰，腹我鞠我徒辛勤。母兮淑善宜壽考，兒不良兮負母身。殽維新兮酒既醇，我母式享無悲辛。嗚呼母兮母兮無遠適，相會黃泉在今夕。

我師我師心休休，教我育我靡不周。四舉濫叨感師德，十年苟活貽師羞。酒既陳兮師戾止，一觴我奠涕泗流。嗚呼我師兮毋我惡，舍生取義未遲暮。

我友我友，全公海公，愛我愛我兮人誰與同[3]？惟[4]公高節兮寰宇其空，百戰一死兮偉哉英雄。嗚呼我公兮斯酒斯酌[5]，我魂[6]我魂兮惟[7]公是托[8]。

我子我子兮嬌且癡[9]，去住[10]存歿兮予莫女[11]知。女[12]既死兮骨當朽，女苟活兮終來歸。嗚呼女長兮毋我議，父不慈兮時不利。

鳩兮鳩兮置女[13]已十年，女[14]不違兮女心斯堅。用女[15]今日兮人誰我冤，一觴進女[16]兮神魂妥然。嗚呼鳩兮果不我誤[17]，骨速朽兮肉速腐。

校記：

[1] 月：明成化二十二年刻本朱善《一齋集》前集卷六作"天"。

[2] 以：明成化二十二年刻本朱善《一齋集》前集卷六作"已"。

[3] 我友我友，全公海公，愛我愛我兮人誰與同：明成化二十二年刻本朱善《一齋集》前集卷六作"我友我友兮全公海公，愛我敬我兮人誰與同"。

[4] 惟：明成化二十二年刻本朱善《一齋集》前集卷六作"維"。

[5] 嗚呼我公兮斯酒斯酌：明成化二十二年刻本朱善《一齋集》前集卷六、

《七修類稿》卷一六作"鳴呼我公我公兮斯酒斯酹"。

　　[6] 魂：明成化二十二年刻本朱善《一齋集》前集卷六作"**死**"。

　　[7] 惟：明成化二十二年刻本朱善《一齋集》前集卷六作"**維**"。

　　[8] 托：明成化二十二年刻本朱善《一齋集》前集卷六作"**託**"。

　　[9] 我子我子兮嬌且癡：明成化二十二年刻本朱善《一齋集》前集卷六作"有子有子嬌且癡"。

　　[10] 住：明成化二十二年刻本朱善《一齋集》前集卷六作"**生**"。

　　[11][12][13][14][15][16] 女：明成化二十二年刻本朱善《一齋集》前集卷六均作"**汝**"。

　　[17] 誤：明成化二十二年刻本朱善《一齋集》前集卷六作"**悞**"。

蘭 楚 芳

蘭楚芳，又作藍楚芳，西域人，約生活在元中後期。曾官江西元帥。才思敏捷，儀表清秀，爲元季曲壇俊傑之士。他和"唯以填詞爲事"的劉庭信關係篤切，曾在武昌等地賡和樂章，切磋曲技，時人把他倆與唐代掀起新樂府運動的元稹、白居易相提並論。

生平事跡見（明）賈仲明《録鬼簿續編》小傳（天一閣藏本）；朱昌平、吳建偉主編《中國回族文學史》；解玉峰編注《元曲三百首》；褚斌傑主編《元曲三百首詳注》；任犀然主編《元曲三百首》；張人和、黃季鴻編《名家講解元曲三百首》；蔣星煜主編《元曲鑒賞辭典》；張志江、張薇編著《詩趣》；鄧元煊選注《元曲三百首》；許海山主編《中國歷代詩詞曲賦大觀》；華業編著《曲廳》；趙義山選注《元典選》；李靜嘉、洪江著《情歌的時光隧道‧古代流行情歌今賞》；徐文軍選注《元曲選》；傅德岷、余曲主編《元曲鑒賞辭典》；陳緒萬、李德身、駱守中主編《唐宋元小令鑒賞辭典》。

《蘭楚芳散曲》共收入小令五首，套數三篇，内容包括［南吕‧四塊玉‧風情］、［南吕‧罵玉郎過感皇恩採茶歌‧閨情］、［雙調‧雁兒落過得勝令‧相思］、［雙調‧折桂令‧相思］；套數有［黃鐘‧願成雙‧春思］、［中吕‧粉蝶兒‧思情］、［中吕‧粉蝶兒‧失題］等。

蘭楚芳的散曲創作，皆爲女性題材，是對傳統女性文學的强有力衝擊。從女性形象而言，以往文人筆下的女子通常是美若羅敷、驚采絶艷。從女性身份來説，絶大多數不是青樓歌妓，也是貴族少女，極少有鄉村女子的形象描寫或內心世界的刻畫，但在蘭楚芳的散曲世界裏卻有農莊女子的粉墨登場，可謂別具一格，另有風采。如小令［南呂·四塊玉·風情］："斤兩兒飄。家緣兒薄。積壘下些娘大小窩巢。蕎蔴稭蓋下一座袄神廟。你燒時容易燒，我着時容易着，燎時容易燎。我事事村，他般般醜，醜則醜村則村意相投。則爲他醜心兒真博得我村情兒厚。似這般醜眷屬，村配偶，只除天上有。意思兒真。心腸兒順。只爭個口角頭不圓圖。怕人知羞人説嗔人問。不見後又嗔，得見後又忖，多敢死後肯。"一反傳統詩詞清詞麗句、意境深蘊之規，直接以農言俚語入曲，乾脆利落，質樸無華，以農村鄉土女子的口吻傾述相戀之情，思情難耐，顯示了化醜爲美、以真易美的審美傾向，寫俗情、俗美，把"俗醜"之美引入到散曲創作（詳參溫斌《俗情鍾女性，散曲新天地——元西域色目人蘭楚芳的散曲創作》，《陰山學刊》2013 年 12 月）。

天一閣舊藏《錄鬼簿續編》稱其："江西元帥，功績多著。風采神秀，才思敏捷。"

此次點校以（明）張禄輯《詞林摘艷》十卷爲底本，以明鈔本《樂府群珠》四卷、明正德刊本《盛世新聲》一二卷、明萬曆刊本《新鐫古今大雅南宮詞紀六卷、北宮詞紀六卷》、四部叢刊影明嘉靖本《雍熙樂府》二〇卷爲校本，小令共計 9 首，套數共計 3 套。

小令

南呂·四塊玉·風情

斤兩兒飄。家緣兒薄。積壘下些娘大小窩巢。蕎蔴稭蓋下一座袄神廟。你燒時容易燒，我着時容易着，**燎**[1]時容易燎。

我[2]事事村，他般般醜，醜則醜村則村意相投。則爲他醜心兒真博得我村情兒厚。似這般醜眷屬，村配偶，只除天上有。

意思兒真。心腸兒順。只爭個口角頭不圓圖。怕人知羞人説嗔人問。不見後又嗔。得見後又忖。多敢死後肯。

　　雙漸貧。馮魁富。這兩個爭風做姨夫。呆黃肇不把佳期誤。一個有萬引茶。一個是一塊酥。攪得來無是處。

校記：

　　[1] 燎：《樂府羣珠》四卷本作"他燎"。

　　[2] 我：《樂府羣珠》四卷本作"你"。

南呂·罵玉郎過感皇恩採茶歌·閨情

　　蘭堂失卻風流伴。倦刺繡懶描鸞。金釵不整烏雲亂。情深似刀刃剜。愁來似亂箭攢。人去似風箏斷。口則説應舉求官。多因是買笑追歡。從今後鴛夢兒再休完。魚書兒團。陽臺上路盤桓。藍橋下水瀰漫。傍樓一傍一心酸，空憶當時**花爛熳**[1]。可憐今夜月**團圞**[2]。

校記：

　　[1] 花爛熳：《樂府羣珠》四卷本作"風爛熳"。

　　[2] 團圞：《樂府羣珠》四卷本作"團圓"。

雙調·沉醉東風

　　金機響空聞玉梭。粉牆高似隔銀河。閑繡床。紗窗下過。佯咳嗽噴絨香唾。頻喚梅香爲甚麼。則要他認的那聲音兒是我。

雙調·折桂令·相思

　　可憐人病裏殘春。花又紛紛。雨又紛紛。**羅帕**[1]啼痕。泪又新新。恨又新新。寶髻鬆風殘楚雲。玉肌消香褪湘裙。人又昏昏，**天又昏昏**[2]。燈又昏昏，月又昏昏。

　　被東風老盡天台，雨過園林，霧鎖樓臺。兩葉愁眉。兩行愁泪。兩地愁懷。劉郎去也來也那不來。桃花**謝也**[3]開時節還開。早是難眶。恨殺無情。杜宇聲哀。

校記：

[1] **羅帕**：《樂府羣珠》四卷本作**"袖搵"**。

[2] **天又昏昏**：《樂府羣珠》四卷本無此句。

[3] **謝也**：《盛世新聲》十二卷本戌集作**"謝時節"**。

雙調・雁兒落過得勝令・相思

丹楓葉上詩。白雁雲中字。黃昏多病身。黑海心間事。月影轉花枝。香篆裊金獅。翡翠衾寒處。鴛鴦夢覺時。嗟咨。悄悄人獨自。相思。沉沉一擔兒。

套數

黃鍾・願成雙・春思

春初透。花正結。正愁紅慘綠時節。待鴛鴦塚上長連枝。做一段風流說話。

〔么篇〕融融日暖噴蘭麝。倩東風吹與胡蝶。安排心事設山盟。準備着鮫綃搵血。

〔出隊子〕青春一捻。奈何**羞嬌**[2]更怯。流不乾淚海幾時竭。打不破愁城何日缺。訴不盡相思今夜捨。

〔么篇〕**看看的**[3]捱不過如年長夜。好姻緣惡間諜。七條絃斷數十截。九曲腸拴千萬結。六幅裙攪三四摺。

〔尾聲〕三四摺裙攪且休藉。九回腸解放些些。量這數截斷絃須要接。

校記：

[1] **羞嬌**：《北宮詞紀》六卷本作**"嬌羞"**。

[2] **看看的**：《北宮詞紀》六卷本無此三字。

中吕·粉蝶兒·思情

他生的如月如花，蕩湘裙一鈎羅襪，寶釵橫雲鬢堆鴉。翠眉彎，櫻唇小，堪描堪畫。閑近窗紗，倚幃屏繡簾直下。

[醉春風]香細裊紫金爐。酒頻斟白玉斝。銀釭[1]影裏殢人嬌。他生的可喜殺，殺。他生的宜喜宜嗔，便有那[2]閑愁閑悶，見了他且休且罷。

[迎仙客]傍芝蘭吸露花，遊宇宙步雲霞，我則見窄弓弓藕芽兒剛半扎[3]。踐香塵，踏落花，淺印在輕沙，印一對相思卦。

[紅繡鞋]有他時一刻千金高價[4]，有他時一世兒興旺人家，有他時村的不村殺。臨風三勸酒，對月一烹[5]茶，說蓬萊都是假。

[普天樂]信步到海棠軒，閑行至荼蘼架，引的些蜂喧蝶穰，來往交加。粉臉襯桃杏腮，雲髻把花枝抹，嬝嬝婷婷花陰下。他若是不言語那裏[6]尋他。他比那名花[7]解語，他比那黃金足色，他生的美玉無瑕。

[耍孩兒]透春情說幾句知心話，則被你迤逗殺我心猿意馬，寒窗寂寞廢琴書，苦思量曉夜因他[8]。傲風霜分不開連枝樹，宜雨露栽培出並蒂花，見一日買幾遍龜兒卦。似這般短促促攜雲握雨，幾時得穩拍拍[9]立計成家？

[二煞]捧金杯勸醄醆，按銀箏那玉馬，似展開幅吳道子《觀音畫》。他那裏倚欄[10]翠袖凝秋水，映日紅裙襯曉霞。但行處人驚訝[11]，端的是沉魚落雁，閉月羞花。

[一煞]笑一笑不覺的春自生，行一步看的人[12]眼又花。十分愛常帶着[13]三分怕，愛的是風流[14]旖旎嬌千種，怕的是間阻飄零那半霎。天生下一虎口凌波襪，堪與那俏子弟寒時暖手，村郎君飽後挑牙。

[尾聲]若要咱[15]稱了心，則除是娶到家。學知些柴米油鹽價，恁時節悶減愁消受用殺。

校記：

    [1] **銀釭**：《雍熙樂府》二十卷本作"**銀燈**"。

    [2] **便有那**：《雍熙樂府》二十卷本作"**便有他**"。

    [3] **半扎**：《雍熙樂府》二十卷本作"**半折**"。

    [4] **高價**：《雍熙樂府》二十卷本作"**無價**"。

    [5] **一烹**：《雍熙樂府》二十卷本作"**一甌**"。

    [6] **那裏**：《雍熙樂府》二十卷本作"**無處**"。

    [7] **名花**：《雍熙樂府》二十卷本作"**白花**"。

    [8] **苦思量曉夜因他**：《雍熙樂府》二十卷本作"**不由人曉夜思他**"。

    [9] **拍拍**：《雍熙樂府》二十卷本作"**便便**"。

    [10] **倚欄**：《雍熙樂府》二十卷本作"**倚鸞**"。

    [11] **驚訝**：《雍熙樂府》二十卷本作"**驚號**"。

    [12] **看的人**：《雍熙樂府》二十卷本作"**迄逗人**"。

    [13] **帶着**：《雍熙樂府》二十卷本作"**墊着**"。

    [14] **風流**：《雍熙樂府》二十卷本作"**三分**"。

    [15] **若要咱**：《雍熙樂府》二十卷本作"**要教咱**"。

中呂·粉蝶兒·贈妓

    驕馬金鞭，自悠悠未嘗心倦。正閑尋陌上花鈿，過章臺，臨洛浦，與可憎相見。他恰正芳年，誤沉埋舞裙歌扇。

    [**醉春風**]螺髻紺雲偏，蛾眉新月偃，樽前席上意相投，無半星兒顯，顯。姿色兒嬌羞，語音兒輕俊，小名兒伶便。

    [**迎仙客**]詩酒壇，綺羅筵，他舉瑤觴笑將紅袖捲。不由咱不留情，剛推的個酒量淺。似這般嬌鳳雛鸞，爭奈教不鎖黃金殿。

    [**石榴花**]知他是怎生來天對付好姻緣，晝同坐夜同眠，搵桃腮攜素手並香肩，撒地殢腼腆，我索痛惜輕憐。常則是比翼鳥連理枝雙飛燕，蜜和酥分外相偏。一扎腳住定無移轉，他兜的拴意馬我索鎖心猿。

[**鬪鶴鶉**]他愛我那表正容端,我愛他那香嬌玉軟。你看他那雲鬌[1]金釵,**英**[2]花翠鈿,羅襪凌波底樣兒淺,正少年。俺是那前世姻緣,非是[3]今生偶然。

[**上小樓**]他衕一味溫柔**軟善**[4],無半點輕狂寒賤。常則是眼兒盼盼,脚兒尖尖,越着他那意兒懸懸。若是天可憐,得兩全,成合姻眷,盡今生稱了心願。

[**么**]寫**情懷**[5]詩押便,**閑嬉**[6]酬譚答禪。常記得那錦字機頭,金縷聲中,玉鏡臺前。日暖風和,柳媚花濃,深沉庭院,看時節小紅樓當家兒歡宴。

[**滿庭芳**]初來時**爭着與他**[7]錦纏,則爲他那歌謳宛轉,舞態翩躚。憐香心**等閑間**[8]難窨變,着我怎不垂涎?你看他那**穩穩重重**[9]那些兒體面,**你看他那安安詳詳罪愆,似一個謫降下的玉天仙**[10]。

[**耍孩兒**]浮花浪蕊**我也**[11]多曾見,不似**這風流**[12]的業冤,似別人冷定熱牙疼。從今後燒好香禱告青天,則願的有實誠口吐芝蘭氣,無虧缺心同碧月**圓**[13]。**我覰他似那**[14]張麗華潘妃面,雖不得朝朝玉樹,也能够步步金蓮。

[**一煞**]得成合好味況,**乍離別**[15]怎過遣,有一日那扁舟**水順**[16]帆如箭,我則索盼長途日窮剩水殘雲外,你則索宿旅店腸斷孤雲落照邊。我這般廝敬重偏心願。只除是無添和知音的子弟,能主張敬思的官員。

[**二煞**]有一日**泪汪汪把我**[17]扶上馬,哭啼啼懶下船。我不**學儒業**[18]你也**休習**[19]針線,我便有那孫思邈《千金方》也醫不可相思病,你便有那女媧氏五彩石也補不完離恨天。徹上下思量遍,你似一個有實誠的離魂倩女,我似那數歸期泣血的啼鵑。

[**三煞**]到別州城不問二三。那謊勤兒**敢有**[20]萬千。那廝每餓肚皮**乾牛糞**[21]無分曉胡來纏,你也則索一杯悶酒樽前過,兩葉愁眉時下展,稱不得平生願。你**縱然有那**[22]千般巧計,也則索權結姻緣。

313

[尾聲]你若是不忘了舊日情，常思着**往日的**[23]言，你不忘**舊情**[24]魚雁因風便，你是**必休辭**[25]憚江鄉路兒遠。

校記：

[1] 髻：《北詞廣正譜》作"鬢"。

[2] 英：《北詞廣正譜》作"鶯"。

[3] 非是：《北詞廣正譜》作"也非是"。

[4] 軟善：《彩筆情辭》十二卷本作"軟款"。

[5] 情懷：《彩筆情辭》十二卷本作"幽懷"。

[6] 聞嬉：《彩筆情辭》十二卷本作"喜聞"。

[7] 爭着與他：《彩筆情辭》十二卷本作"爭與"。

[8] 等閑間：《彩筆情辭》十二卷本作"等閑"。

[9] 穩穩重重：《彩筆情辭》十二卷本作"穩重"。

[10] 你看他那安安詳詳罪您，似一個謫降下的玉天仙：《彩筆情辭》十二卷本作"那安詳謙遜辭言，笑一笑鶯聲囀。這千般婉變，似謫下的玉天仙"。

[11] 我也：《彩筆情辭》十二卷本無此二字。

[12] 這風流：《彩筆情辭》十二卷本作"您風流"。

[13] 圓：《彩筆情辭》十二卷本作"懸"。

[14] 我覷他似那：《彩筆情辭》十二卷本作"覷他似"。

[15] 情辭離別：《盛世樂府》十二卷本作"別離"。

[16] 水順：《盛世樂府》十二卷本作"山順"。

[17] 泪汪汪把我：《彩筆情辭》十二卷本作"把我泪汪汪"。

[18] 學儒業：《彩筆情辭》十二卷本作"業儒"。

[19] 休習：《彩筆情辭》十二卷本作"莫拈"。

[20] 敢有：《盛世樂府》十二卷本作"感有"。

[21] 乾牛糞：《彩筆情辭》十二卷本無此三字。

[22] 縱然有那：《彩筆情辭》十二卷本作"縱有"。

[23] 往日的：《彩筆情辭》十二卷本作"往日"。

[24] 你不忘舊情：《彩筆情辭》十二卷本作"肯尋"。

[25] 你是必休辭：《彩筆情辭》十二卷本作"是必休"。

附　録　一

哈薩克部族文人著述版本概覽

姓名	著作名稱	版 本 概 況	收藏單位
金哈剌	南遊寓興集	江户時期鈔本	日本內閣文庫
	玩易齋集	無	無
廼賢	金臺集（二卷）	至正十五年元刊本；（清）康熙二十四年金侃鈔本；法式善存素堂本；民國十一年武進董氏誦芬室影印元至正本；文淵閣四庫全書本；四庫全書薈要本；摘藻堂本；清傳鈔林雲鳳鈔本	國家圖書館；北京大學圖書館；復旦大學圖書館
	河朔訪古記（十六卷殘存三卷）	文淵閣四庫全書本；武英殿聚珍版本·史部（福建本、廣雅書局本），真意堂叢書三種，守山閣叢書·史部（道光本、鴻文書局影道光本、博古齋影道光本），粤雅堂叢書三編·第二十四集，真意堂叢書（清嘉慶十六年潢川吳氏活字印本，清吳志忠編、傅增湘校並跋）	國家圖書館
	南城詠古詩帖		國家圖書館
	海雲清嘯集	無	無
	鐃歌集	無	無
泰不華	泰顧北詩集	明萬曆四十三年（1615）刻本，天啟二年重修本，輯入潘是仁《宋元詩六十一種》	國家圖書館
	顧北集（一卷）	清康熙三十三（1694）年長洲顧氏秀野堂刻本，1册（15頁）	國家圖書館

315

姓名	著作名稱	版　本　概　況	收藏單位
凱(克)烈拔實	凱烈拔實詩	清嘉慶三年南沙席氏刻本,清光緒十四年重修刻本,1冊(42頁),輯入顧嗣立編《元詩選》	國家圖書館
答禄與權	答禄與權詩集	無	無
	答禄與權文集	無	無
	歸有集(十卷)	無	無
	雅談(一卷)	無	無
	窺豹管	無	無
伯顏子中	子中集	清康熙四十一年(1702)長洲顧氏秀野草堂刻本,1冊(22頁),輯入顧嗣立編《元詩選》	國家圖書館

附　錄　二

表一　哈薩克部族文人詩歌內容簡表

姓名	詩歌內容					總計
	社會諷諭詩	詠史述懷詩	風光紀行詩	酬唱贈答題畫詩	思家愛國詩	
伯顏子中	挽余廷心、過故居，共計2首。	過豫章、七哀詩七首，共計8首。	過烏山鋪、十華觀、春日絕句、北山，共計4首。			14
不忽木			過贊皇五馬山泉、登蓬山，共計2首。			2
回回		賈公祠二首，共計2首。				2
巙巙	清風篇，共計1首。	題釣臺、秋夜感懷，共計2首。	聖安寺詩，共計1首。	送高中丞南臺、李景山歸自南談點蒼之勝寄題一首，共計2首。		6
康里百花				題夏禹玉《煙江疊嶂圖》，共計1首。		1
鐵閭				寒草岩、昇仙木，共計2首。		2

317

姓名	詩　歌　内　容					總計
	社會諷諭詩	詠史述懷詩	風光紀行詩	酬唱贈答題畫詩	思家愛國詩	
伯顔宗道		龍祠鄉社義約贊，共計1首。				1
泰不華		衡門有餘樂、題岳忠武王廟、詠鄭氏義門，共計3首。	陪幸西湖、絕句二首、蘭雪齋、京師上元夜，共計5首。	賦得上林鶯送張兵曹二首、送友還家、春日次宋顯父韻、上尊號聽詔李供奉以病不出奉寄、送趙伯常淮西憲副、寄姚子中、送劉提舉還江南、送新進士還蜀、送趙季文之湖州參軍、送王奏差調福州、春日宣則門書事簡虞邵庵、寄同年宋吏部、與蕭存道元帥作秋千詞分韻得香字、送瓊州萬户入京、桐花煙爲吳國良賦、衛將軍玉印歌、題梅竹雙清圖、題柯敬仲竹二首、題祁真人異香卷、鄔處士挽詩、贈堅上人重返江西謁虞閣老、題玉山所藏水仙畫卷，共計24首。		32

318

姓名	詩　歌　内　容					總計
	社會諷諭詩	詠史述懷詩	風光紀行詩	酬唱贈答題畫詩	思家愛國詩	
凱烈拔實			元符山房、遊茅峰、喜客泉、全清亭，共計4首。	贈集虛宗師，共計1首。		5
脱脱		過安次留題、六月過安次遇大水復留題，共計2首。				2
答禄與權		洞中歌、雜詩四十七首，共計44首。	鳥、偶成四首、梅花村圖，共計6首。	送徐知府赴京洛陽、送孫處士還南湖、贈故人任志剛、寄趙可程、題見心禪師天香室、送宋承旨還金華，共計6首。		56
廼賢	新鄉媪、潁州老翁歌、行路難、達禄將軍射虎行、新堤謡、劉舍人桃花馬歌、讀揭文安集二首、羽林行、賣鹽婦，共計10首。	京城雜言六首、郊城冬夜讀書有感、讀唐媯川劉太守遺愛碣、黃金臺、憫忠閣、壽安殿、大悲閣、鐵牛廟、雲僊臺、長春宮、竹林寺、龍頭觀、糠臺、雙塔、西華潭、白馬廟、萬壽寺、玉虛宮、	使歸、崇真宮夜望司天臺、登峱峒山、益清堂、發大都、龍虎臺、居庸關、榆林、槍竿嶺、李老穀、赤城、龍門、獨石、檜子窪、還京道中、京城春日四首、月湖竹枝四首、和危太樸檢討葉敬常太史東湖紀遊、雪霽紅門偶成是日千秋、京城燕、	僉朱景明惠墨兼次韻、送王公子歸揚州、題吳照磨墨梅、題馬遠信州圖、賦甘露門送李侍御之西臺、耕樂爲張處士賦、江東魏元德進所製齊峰墨於上都慈仁殿賜文繾馬渾以寵之既南歸作詩以贈云、題會稽韓與玉秋山樓觀、賦南湖送	秋懷寄西蜀仲良宣慰家兄、三月十日得小兒安童書、秋夜有懷佺元童、七月十六夜海上看月、鄆城題壁二首、新月行、望泰山、錢塘留別喀爾丞相之會稽代祀、寄劉德玄知己，共計10首。	280

姓名	詩　歌　內　容					總計
	社會諷諭詩	詠史述懷詩	風光紀行詩	酬唱贈答題畫詩	思家愛國詩	
迺賢	陵州、劉蕡祠、李陵臺、讀金太祖武元皇帝平遼碑、月彥明都水月石研屏盍歐陽公故物也、馬德良下第、三峰山歌、汝水、南城詠古十六首、北邙山歌、岳墳行、仙居縣杜氏二真仙廟詩、書蘇黃帖後，共計52首。	雪霽晚歸偶成二首、宮詞八首、錫喇鄂爾多觀詐馬宴奉次貢泰甫授經先生韻五首、塞上曲五首、和芝軒中丞答蒲庵禪師四首、奉和中丞相國先生高韻兼簡蒲庵禪師、題丹山三首、奉題定水見心禪師蒲庵、奉題定水見心禪師天香室，共計56首。	歐陽遜學歸廬陵、題墨梅贈徐用吉南歸、汝州園亭宴集奉答太守胡敬先進士摩哩齊德明、題應中立所藏陳元昭山水、松巢爲錢塘謝堯章先生賦、送進士王克敏赴成都錄事、宋顯夫內翰挽詩、送胥有儀南歸、病中答張元傑宗師惠藥、陽明洞丁元善尊師攜酒招省郎穆蘓君過余夜飲、寄上京圖葡章、賦環波亭送楊校勘歸豫章、贈韓印曹歸會稽、送葉上舍晉歸四明、送道士袁九霄歸金坡道院、送太師掾陳德潤歸吳省親、賦鸚鵡送俀世南廉使之海南、送危助教分監上京、送達爾瑪實理正道監州歸江		

續　表

姓名	詩 歌 内 容					總計
	社會諷諭詩	詠史述懷詩	風光紀行詩	酬唱贈答題畫詩	思家愛國詩	
廼賢				南三十韻分韻得朱字、徐伯敬哀詩、逍遙室爲鄒上舍賦、春草軒爲毘陵華以愚賦、鶴齋爲道士薛茂弘賦、賦漢關將軍印、送余廷心待制之浙東僉憲、羅稚川山水十韻爲甬東應可立題、次上都崇真宮呈同遊諸君子、贈張直言南歸、送王子充歸金華、寶林八詠爲別峰同禪師賦（飛來峰、應天塔、大布衣、鐵缽盂、羅漢泉、靈鰻井、深竹堂、盤翠軒）、梨花白頭翁圖爲四明應成立題、題畫扇送蘭石奉御遊上京、贈沈元方歸吳興兼簡韓與玉、病中送楊仲如廣文歸四明兼簡鄭以道先生、寄浙西廉		

姓名	詩　歌　內　容					總計
	社會諷諭詩	詠史述懷詩	風光紀行詩	酬唱贈答題畫詩	思家愛國詩	
廼賢				訪托克托使君、秋夜有懷明州張子淵、題王虛齋所藏鎮南王墨竹、送經筵檢討鄒魯望之北流尹、題羅小川青山白雲圖爲四明倪仲權賦、送王季境還淮東幕、送陳道士歸金華（復初）、玄圃爲上清周道士賦、題張萱美人織錦圖爲慈溪蔡元起賦、春日次王元章韻、程叔大歸四明兼簡徐仲裕、桃花山水圖爲桃源屠啟明題、春暉堂爲武陟趙太守賦、送布延子壽之廣西經歷子壽從駕自海南歸、送喀爾聞善之猗氏長、送阿勒坦布哈萬户湖廣赴鎮、送吳月舟之湖州教授、送國子生郭鵬歸河東石		

姓名	詩　歌　内　容					總計
	社會 諷諭詩	詠史 述懷詩	風光 紀行詩	酬唱贈答題 畫詩	思家愛國詩	
廼賢				室山省親、送李士寧之河南太守、送楊復吉之遼陽學正、送朱景明從王廉使之山東、送劉將軍姑蘇之官、寄揚州成元璋先生、送李中父典簿高麗頌歷、送劉碧溪之遼陽國王府文學、南城席上聞箏懷張子淵、題舜江樓爲葉敬常州判賦、次段吉甫助教春日懷江南韻、送趙彦征上舍歸吳興、送張維遠御史之南臺、聞偰尚書除浙省參政因寄樂仲本、送曾文暉之湖州推官、送慈上人歸雪竇追挽浙東旺札勒圖元帥四首、題中丞張文忠公(希孟)諫罷鐙山奏稿後、題四明王元凱畫三姬弄釵圖、		

姓名	詩　歌　内　容					總計
	社會諷諭詩	詠史述懷詩	風光紀行詩	酬唱贈答題畫詩	思家愛國詩	
廼賢				寄南城梁九思先生、送平章扎拉爾公赴西臺御史大夫、送蔣伯威下第南歸象山、梅花莊爲張式良賦、送陳煉師奉香歸四明慶醮玉皇閣寄王致和真人、寄程仲能校書、題匡禪師看雲亭、寄河南趙子期參政、張仲舉危太樸二翰林同擢太常博士、雨夜同天台道士鄭蒙泉話舊並懷劉子羹、歸途過金閣山懷虞侍講、病起書事呈兼善尚書二首、送蔡樞密仲謙河南開屯田兼呈偰工部世南、題崇真宮陳煉師壁間竹梅邀倪仲愷同賦、送葛子熙之湖廣校官二首、送太尉掾潘奉先之和林、古詩一章、秋日有懷徐仲		

姓名	詩歌内容					總計
	社會諷諭詩	詠史述懷詩	風光紀行詩	酬唱贈答題畫詩	思家愛國詩	
廼賢				裕四首、虛齋爲四明王煉師賦、天壽節送倪仲愷翰林代祀龍虎山、送方以愚編修之嘉興推官二首、寄題壽張堂、送道士張宗岳奉賀正旦表朝京竣事還龍虎山、挽清溪徐道士三首、巢湖述懷寄四明張子益、送都水大監托克托清卿使君奉命塞白茅決河、大元特進上卿玄教大宗師饒國吳公全節哀詩二十二韻、古鏡篇寄韓與玉、孔林瑞槐歌、投贈趙祭酒廿韻、贈空谷山人徐君歸武當、送林庭立歸四明兼簡張子端兄弟、次韻趙祭(子期)酒城東宴集、贈謝尚禮歸盱江、讀汪水雲詩集二首、田		

325

姓名	詩　歌　内　容					總計
	社會諷諭詩	詠史述懷詩	風光紀行詩	酬唱贈答題畫詩	思家愛國詩	
廼賢				家留客圖爲四明劉師向先生賦、文穆處士鄭君挽歌、送楊梓人待制出守闓州兼寄嘉定宣尉家兄二首、送楊季子赴德慶知事二首、伏承員外先生奉楊公之命函香補陀洛伽山瑞相示現使節今還輒成長律四章少寓餞忱四首、題趙雍挾弹遊騎圖、題瀟湘八景圖、題趙仲榛看雲圖、太山高一首上王尚書，共計152首。		
金哈剌	蔡皎然禱雨、宋陳獻肅公勁正堂銘卷、江節判墓志銘、陳節婦、徐用賓茂異、王懷德元帥造黄山橋、雪、奉化貽李元	胡師德守拙齋、陳彦欽雲深處、登樓、新正書懷二首、秋丁有感、尚德齋詩、重午日戲答周草庭大尹、呈仲肅先生師席、王德昌先生義學、海中和	廟山道中、萬松關、霞嶼山、象田寺、過徐季章所居、過謙上人所居、山水圖、錢塘江、錢清驛、久雨、用前韻和何伯大縣尹、劉經歷席上三首、正月十四日登委羽山遊本源庵、候樵	讀葛邏禄氏馬易之詩、米元暉畫二幅、三友圖三首、八鵲圖爲虞思永賦、秋江待渡圖爲葉孟欽作、寫扇寄謝玉成都司、張謙受省掾、越人王介字如石號豫齋索詩、西鄉雜題六首	寄弟孟堅、弟孟堅扇、得家書毛元道收舜舉山水、簡列明遠南宏遠二修撰、元日和劉德玄先生韻、閣響和劉經歷韻、和鐵周賢治書韻、大有宮紀事、和陳繼善都司聞喜詩，共計9首。	368

姓名	詩 歌 內 容					總計
	社會諷諭詩	詠史述懷詩	風光紀行詩	酬唱贈答題畫詩	思家愛國詩	
金哈剌	中、朱明德知事政跡卷、何經歷蜀相圖、安克讓元帥靜佳亭、李可度推府事跡、鐵德剛同帥挽詩、書鄔老人墓志後、題潘照磨父墓碣、用前韻和何伯大縣尹、和劉經歷送譯史周敏中進表、送嘉仲和運判、簡八元凱監丞、乞雨謠、和楊建安、簡王德潤照磨、葉仲剛經歷陳繼善都司相地築城、潘士廣蓀畦小隱、祈雨、倪吉父重	閻彥達韻、王節婦祠、書觀音寺壁、蘭亭圖、如舟樓、戴張氏旌異、題謝氏合居記後、草堂即事用翁大中韻、高節書院、鄭監丞墓志卷、唐昭宗封錢武肅王鐵券，共計22首。	亭、遣興、山水橫披、方山禪刹、芍藥、自和、生意、初夏、迀浦、紀事、高彥敬山水、久雨喜晴、復遊方山寺、日者黃桂林、遜齋、江鄉圖、觀海上靈異敬成近體一首、早發、紹興、天臺、臺州二首、江樓宴集、遊永慶寺、登巾山、李彥謙知事邀飲小樓看山有作、第二洞天二首、復用圍字韻、二月六日丁巳觀禮、梅龍、遊净應寺、浴佛日謁九峰寺觀音像、黃岩即景、登臺州玄妙觀天寶臺、謝葉仲明惠菊、和楊建安松雲小隱、和劉德玄郎中隱居、訪醫士潘師讓不值、過楊氏別業、天童、育王、大慈、月波	寄鄭永思員外、和劉德華郡博見寄、帥掾王文善號聞善、杭州會周彥洪應奉、醫士胡宗厚詩軸、謝許士英經歷寄曆日並酒、調王元直、謝胡宗厚藥膏、春日遣興寄劉德玄經歷二首、寫扇寄南臺納侍御、贈張士元書吏扇、梅隱爲於道士作、禹城馬知事編書、納侍御再索題扇、寫扇寄玉岩長老、酬王德昌教授、贈天寧孜舜田長老、枯木和尚索頌、以竹石蘭蕙園贈醫士潘思讓、玉山草堂爲和希尹賦、琴隱爲童師周賦、薩秀實省元回杭、張道士、送解源善照磨、送朱伯温赴慶元照磨、賀趙元		

續　表

姓名	詩歌內容					總計
	社會諷諭詩	詠史述懷詩	風光紀行詩	酬唱贈答題畫詩	思家愛國詩	
金哈剌	慶堂、韓自行賢母堂、用劉院判韻題賢母堂、廟山會汪辰良太守、董彥光元帥、李士賢郎中忠孝卷、四明張節婦、王仲祥都事北行、真拙爲於俊英府判題、大雲和尚造橋求頌、諷俗，共計36首。		樓、朱伯言白雲巢、夏蓋湖二首、四明夏時中蘭竹圖、胡宗器秀才蒼雪軒、贊集大雲、有見、代答、四養四首、四種（四首）、水仙花二首、野興、東關驛、東關、天花寺隨喜二首、嵊縣、新昌、小院即景、得硯滴、四月八日雨頌、偶成、夏日二首、閱武、調南弘遠、芙蓉、黃筌荷蟹、蘭竹、竹溪小景二首、櫻桃山鳥橫披、和經略使李景儀泊書委羽二首、喜雨試筆、秋夜偶成二首、雨晴二首、墨梅二首、種橘、過寧海縣、東山道中、枕上、丹井、登大禹峰、春日、過奉化州、寧川道中、墨梅、東山、奉題見心	直都司遷居、寄晚香處士、寄天寧孜舜田長老、贈李舍人任道、喜羽士從軍、用劍德玄郎中清華樵隱韻寄丘彥材理問、雨中懷友、寄的理翰德昭同年、友蓮爲屠秀才賦、寄處士鄭明道、蟾室爲樓霞宮陳煉師作、送安處道舍人過贄蔣氏、見安東張秀才、大仁寺見鐵德剛帥相就訪王山長、元霄和劉德玄知己、簡德剛元帥、寄張本仁照磨、送燕叔義尹新昌、謝德昌先生梅蜜、和楊建文二首、送王天錫提點、晚香亭爲顏仲輝征君作、送王拱之秀才訪友回溫州、答謙牧隱上人、鑒仲明畫爲習齋老		

姓名	詩 歌 內 容					總計
	社會 諷諭詩	詠史 述懷詩	風光 紀行詩	酬唱贈答題 畫詩	思家愛國詩	
金哈刺			禪師蒲庵、詠 余姚海堤、書 宿州惠義堂， 共計 126 首。	人題、簡趙子 俊隱者、與吴 伯興省元、寄 大興明寺元明 列班、寄延平 監郡月滄海、 送葉門辰回括 蒼尋師、送張 仲益照磨赴 京、送可久憲 掾赴廣西、奉 寄趙元直都 司、近山樓爲 楊郡博賦、天 香室敬爲見心 老尊宿賦、懶 齋爲簫吉卿郎 中賦、懶拙爲 張彦珪理問 作、和劉德玄 郎中見寄、觀 續蘭亭會圖寄 呈劉德玄郎中 兼簡謝玉成都 事及會中諸作 者、煮茶軒爲 慈德長老玉季 璞賦、穀叟莊 爲鄭靜思都事 賦、王元章梅 竹爲省掾鄭起 清賦、和巽中 和尚二首、圖 書生林德遠 歌、和馬易之 韻簡劉院判、		

329

姓名	詩　歌　內　容					總計
	社會諷諭詩	詠史述懷詩	風光紀行詩	酬唱贈答題畫詩	思家愛國詩	
金哈剌				回書夏秀才、寄楊建文郡博、陳文昭惠茶、福建省李宣使請官求詩、丘彥材理問回京、送于梅隱赴京、行樞密僉院野里公告別、觀王舍人所作師之子也、送陳子章書吏、贈倪可輔萬戶十四韻、寄題德玄郎中羽庭稿二十二韻、寄馬德方監邑、寄曾子習索鑒仲明畫、寄劉德玄經歷十六韻、仙風八詠爲王德昌賦（佛洞晴嵐、仙風雪澗、竹林避暑、梅壟尋春、溪橋聽泉、石臺望月、香岩秋桂、烟寺晚鍾）、觀張禹圭詩集、題張此山和陶詩序後、鑒仲明畫、撫琴圖、題葉仲剛都司錢吳興四果（石榴、		

姓名	詩　歌　内　容					總計
	社會諷諭詩	詠史述懷詩	風光紀行詩	酬唱贈答題畫詩	思家愛國詩	
金哈剌				香橙、林檎、梅子)、雙鵲圖爲沙彦中題、息齋竹爲鄭明首處士題二首、表弟理太初柯山圖、毛學士畫牛、子昂畫淵明像并書歸去來辭、登龍泉寺閣貽悦白雲上人、梁德明書二幅、題全子儀同知軍功其兄子仁參政與予同官秋曹故並及之、淵明圖、唐馬圖、昭君圖、群仙宴集圖二首、宮娃圖、老子度關圖、子昂人馬圖、唐馬圖、山水圖、嚴子陵圖、唐公子出遊圖、角鷹圖、商學士畫、徐運判畫松、老萊子圖、王煉師扇、蟾蝶圖、古木幽篁圖、許道寧畫爲張彦珪題、王元章梅、高彦敬橫披、王仲祥都司喜		

續　表

姓名	詩　歌　内　容					總計
	社會 諷諭詩	詠史 述懷詩	風光 紀行詩	酬唱贈答題 畫詩	思家愛國詩	
金哈剌				鵲、題方山泉道人扇、鄭起清扇頭小景、柯敬仲畫、柯敬仲竹、柯敬仲小景、蘭竹圖、李遵道竹、煙波釣艇圖、寒雀圖二首、李遵道竹二首、高顔敬山水、陳克履員外小景、杜祁公正獻帖、黄太史帖、唐馬圖題小景、扇贈王先之、水仙華圖、息齋學士竹、謝玉如小像、王仲蕭先生畫像贊、題朱彦韶壽星，共計175首。		
詩歌數量	49	136	204	363	19	771
所占比重	6％	18％	26％	47％	3％	100％

表二　哈薩克部族文人散文簡表

姓　名	文　章　篇　目	數　量
不忽木	請興學校疏、請遣使勸諭陳日烜自新疏、請效法漢文帝克謹天戒疏，共計3篇。	3

姓　名	文　章　篇　目	數　量
巙巙	康里巙草書柳子厚謫龍説、閻立德王會圖跋、題唐歐陽詢化度寺邕禪師塔銘、顏真卿述張旭筆法一卷款識、周朗畫杜秋圖款識、十二月十二日帖、書臨懷素自叙卷、跋靜心本蘭亭、奉記帖、跋趙孟頫常清靜經帖、跋任仁發張果見明皇圖、題丞相義門詩後,共計12篇。	12
廼賢	徐伯敬哀詩序、寄題壽張堂詩序、南城詠古詩序、讀汪水雲詩集、仙居縣杜氏二真仙廟詩序,共計5篇。	5
伯顏宗道	節婦序、濮陽縣尹劉公德政碑,共計2篇。	2
泰不華	禱雨歌序、題范文正公書伯夷卷頌後、題范文正公與尹師魯二札卷後、書李孝光漢洛陽令方聖公儲傳後、重建靈溥廟記、明倫堂記略,共計6篇。	6
襄加歹	善士郭英助文廟禮器記,共計1篇。	1
總計		29

表三　哈薩克部族文人散曲簡表

姓　名	元　曲　篇　目	數　量
不忽木	套數:仙呂·點絳唇·辭朝,共計1套。	1
蘭楚芳	小令:南呂·四塊玉·風情、南呂·罵玉郎過感皇恩採茶歌·閨情、雙調·沉醉東風、雙調·折桂令·相思、雙調·雁兒落過得勝令·相思,共計5首。 套數:黄鍾·願成雙·春思、中呂·粉蝶兒·思情、中呂·粉蝶兒·贈妓,共計3套。	8
總計		9

參 考 文 獻

一、參考書目

［1］［西漢］司馬遷. 史記［M］. 北京：中華書局, 2006.

［2］［南朝宋］范曄. 後漢書［M］. 北京：中華書局, 1965.

［3］［北宋］歐陽修. 新唐書［M］. 北京：中華書局, 1975.

［4］［元］迺賢. 金臺集［M］. 影印文淵閣四庫全書本. 臺北：臺灣商務印書館, 1983.

［5］［元］楊載. 楊仲弘詩集［M］.《四部叢刊》本.

［6］［元］歐陽玄. 圭齋集［M］.《四部叢刊》本.

［7］［元］黃溍. 金華黃先生文集［M］.《四部叢刊》本.

［8］［元］蘇天爵. 元文類［M］. 北京：商務印書館, 2008.

［9］［元］蘇天爵. 元朝名臣事略［M］, 北京：中華書局, 1988.

［10］［元］虞集. 道園類稿［M］. 北京：北京圖書館出版社, 2006.

［11］［元］吳澄. 吳文正集［M］. 影印文淵閣四庫全書本.

［12］［元］王元恭. 至正四明續志［M］. 臺北：成文出版社, 1983.

［13］［元］徐元瑞著, 楊訥點校. 史學指南［M］. 杭州：浙江古籍出版社, 1988.

［14］［元］金哈剌. 南遊寓興集［M］. 日本江户寫本.

［15］［元］脱脱等. 金史［M］. 北京：中華書局, 1975.

［16］［明］宋濂. 元史［M］. 北京：中華書局,1975.

［17］［明］宋濂. 宋文憲公全集［M］.《四庫備要》本. 上海：中華書局,1936.

［18］［明］陶宗儀. 書史會要［M］. 上海書店,1984.

［19］［明］陶宗儀. 南村輟耕録［M］. 上海書店,1985.

［20］［明］蕭良幹. 萬曆紹興府志［M］. 四庫全書存目叢書本. 濟南：齊魯書社,1996.

［21］［清］錢大昕著,陳文和、張連生、曹明升校點. 廿二史考異［M］. 南京：鳳凰出版社,2008.

［22］［清］顧嗣立、席世臣編. 元詩選［M］. 北京：中華書局,1987.

［23］［清］彭大雅著,王國維箋證. 黑韃事略［M］. 文殿閣書莊,1936.

［24］［清］邵遠平. 元史類編［M］. 臺北：文海出版社,1984.

［25］［民國］屠寄. 蒙兀兒史記［M］. 北京：中國書店,1984.

［26］［波斯］拉施特. 史集［M］. 北京：商務印書館,1983.

［27］魏良弢. 喀喇汗王朝史稿［M］. 烏魯木齊：新疆人民出版社,1986.

［28］韓儒林主編. 元朝史［M］. 北京：人民出版社,1986.

［29］蘇北海. 哈薩克族文化史［M］. 烏魯木齊：新疆人民出版社,1989.

［30］羅賢佑. 元代民族史［M］. 成都：四川民族出版社,1996.

［31］白壽彝總主編、陳得芝主編. 中國通史［M］. 上海：上海人民出版社,1997.

［32］楊鐮. 元西域詩人群體研究［M］. 烏魯木齊：新疆人民出版社,1998.

［33］陳垣. 元西域人華化考［M］. 上海：上海古籍出版社,2000.

［34］桂棲鵬. 元代色目人進士考［M］. 蘭州：蘭州大學出版社,2001.

［35］馬建春. 元代東遷西域人及其文化研究［M］. 北京：民族出版社,2003.

［36］李修生. 全元文［M］. 南京：鳳凰出版社,2004.

［37］［伊朗］志費尼. 世界征服者史［M］. 南京：江蘇教育出版社,2005.

［38］上海書店出版社編. 中國地方志集成［M］. 上海：上海書店出版社,2006.

［39］蕭啟慶. 内北國而外中國・蒙元史研究［M］. 北京：中華書局,2007.

［40］張沛之. 元代色目人家族及其文化傾向研究［M］. 天津：天津古籍出版社,2009.

［41］楊鐮. 全元詩［M］. 北京：中華書局,2013.

［42］尚衍斌. 元史及西域史叢考［M］. 北京：中央民族大學出版社,2013.

［43］賈合甫・米爾紮汗. 哈薩克族歷史與民俗［M］. 烏魯木齊：新疆人民出版社,2014.

［44］多洛肯. 元明清少數民族漢語文創作詩文叙録［M］. 北京：中國社會科學出版社,2014.

二、參考論文

［1］齊沖天. 論元代民族詩人廼賢［J］. 内蒙古社會科學（漢文版）,1980 年第 3 期.

［2］賈合甫・米爾紮汗. 關於哈薩克族族源與民族形成問題［J］. 新疆社會科學,1982 年第 3 期.

［3］蘇北海. 元代克烈部考［J］. 新疆師範大學學報（哲學社會科

學版),1987 年第 1 期.

[4] 巴哈提. 乃蠻述略[J]. 新疆大學學報(哲學社會科學版),1987 年第 1 期.

[5] 蘇北海. 元代乃蠻族衰落考述[J]. 西北民族大學學報(哲學社會科學版),1988 年第 03 期.

[6] 陳高華. 元代的哈剌魯人[J]. 西北民族研究,1988 年第 1 期.

[7] 黃庭輝. 元代回回詩人伯顏子中生平事跡考評[J]. 寧夏大學學報(社會科學版),1989 年第 2 期.

[8] 蘇北海. 蔑兒乞惕部在遼、元時期的歷史活動[J]. 喀什師院學報(哲學社會科學版),1991 年第 2 期.

[9] 王叔磐. 泰不華傳略與族籍考正[J]. 內蒙古社會科學,1991 年第 3 期.

[10] 何兆吉. 元政權中的顯赫家族——《康里氏先塋碑》考略[J]. 西北第二民族學院學報(哲學社會科學版),1994 年第 2 期.

[11] 蕭啟慶. 元色目文人金哈剌及其《南遊寓興詩集》[J]. 漢學研究,1995 年第 2 期.

[12] 星漢. 廼賢生平考略[J]. 新疆師範大學學報(哲學人文科學版),1998 年第 4 期.

[13] 蕭啟慶. 元朝泰定元年與四年進士輯錄[J]. 蒙古史研究,2000 年第 6 輯.

[14] 楊富學. 元代哈剌魯人伯顏宗道事文輯[J]. 文獻季刊,2001 年 4 月第 2 期.

[15] 楊富學. 元代哈剌魯人伯顏宗道新史料[J]. 新疆大學學報(社會科學版),2001 年 3 月第 3 期.

[16] 續西發. 哈薩克族的族稱、族源和系譜[J]. 伊犁師範學院學報,2005 年第 1 期.

[17] 王頲. 元康里人巎巎家世、仕履和作品[J]. 湖北大學學報

(哲學社會科學版),2005 年第 5 期.

[18] 蕭啟慶.元代蒙古色目人的漢化與士人化[J].北京"世界格局中的中華文明"國學論壇論文集,2006 年.

[19] 查洪德、劉嘉偉.元代葛邏禄詩人廼賢研究百年回顧[J].民族文學研究,2007 年第 4 期.

[20] 王偉.蒙古興起前的克烈部落[J].科教文匯,2008 年第 7 期.

[21] 劉嘉偉.論回回詩人廼賢的語言藝術[J].寧夏師範學院學報(社會科學版),2009 年第 1 期.

[22] 劉嘉偉.論廼賢在多民族文學史上的地位及貢獻[J].前沿,2009 年第 4 期.

[23] 劉嘉偉.論色目詩人廼賢的民族特色[J].黑龍江民族叢刊(雙月刊),2009 年第 2 期.

[24] 劉嘉偉.元代葛邏禄詩人廼賢生平考述[J].西北民族研究,2010 年第 2 期.

[25] 劉嘉偉.元代詩人廼賢上京紀行詩中的尋根情結[J].河北北方學院學報[社會科學版],2010 年第 1 期.

[26] 劉嘉偉.元大都多族士人圈的互動與元代清和詩風[J].文學評論,2011 年第 4 期.

[27] 崔海軍.廼賢詩歌研究[D].河北大學,2011 年.

[28] 劉嘉偉.泰不華在元大都多族士人圈中的文學活動考論[J].内蒙古大學學報,2012 年第 4 期.

[29] 黃鳴.元代葛羅禄詩人廼賢詩風考論[J].中央民族大學學報(哲學社會科學版),2012 年第 1 期.

[30] 馬曉娟.葛邏禄研究概述[J].西域研究,2013 年第 2 期.

[31] 殷晨.元代内遷哈剌魯人的文化變遷[J].絲綢之路,2015 年第 18 期.

圖書在版編目(CIP)數據

元朝哈薩克諸部族漢語作品搜集整理研究 / 多洛肯
等著. —上海：上海古籍出版社,2019.3
ISBN 978-7-5325-9079-7

Ⅰ.①元… Ⅱ.①多… Ⅲ.①哈薩克族-少數民族文
學-文學研究-中國-元代 Ⅳ.①I207.936

中國版本圖書館 CIP 數據核字(2019)第 017358 號

西北民族大學 中華多民族文學遺產叢書
元朝哈薩克諸部族漢語作品搜集整理研究
多洛肯 孫坤 等 著
上海古籍出版社出版發行
(上海瑞金二路 272 號 郵政編碼 200020)
(1) 網址：www. guji. com. cn
(2) E-mail：guji1@guji. com. cn
(3) 易文網網址：www. ewen. co
上海惠敦印務科技有限公司印刷
開本 890×1240 1/32 印張 10.75 插頁 2 字數 270,000
2019 年 3 月第 1 版 2019 年 3 月第 1 次印刷
ISBN 978-7-5325-9079-7
Ⅰ·3347 定價：55.00 元
如有質量問題,請與承印公司聯繫